当代中国现代化丛书 | 姜义华 主编

China Modernization

本书受教育部人文社科重大项目"中国现代化：理论与实践"和教育部人文社科重点研究基地重大项目"中国社会主义现代化指标体系研究"资助

当代中国现代化
的理论与实践

何爱国◎著

科学出版社
北京

图书在版编目(CIP)数据

当代中国现代化的理论与实践/何爱国著.—北京：科学出版社，2011.5
(当代中国现代化丛书/姜义华主编)
ISBN 978-7-03-030743-9

Ⅰ.①当… Ⅱ.①何… Ⅲ.①现代化-研究-中国 Ⅳ.①D614

中国版本图书馆 CIP 数据核字（2011）第 062744 号

责任编辑：付　艳　侯俊琳／责任校对：林青梅
责任印制：赵德静／封面设计：无极书装
编辑部电话：010—64035853
E-mail: houjunlin@mail. sciencep. com

科学出版社 出版
北京东黄城根北街 16 号
邮政编码：100717
http://www.sciencep.com

新蕾印刷厂 印刷
科学出版社发行　各地新华书店经销

*

2011 年 5 月第　一　版　开本：B5（720×1000）
2011 年 5 月第一次印刷　印张：17 1/2
印数：1—2 000　　　字数：353 000

定价：49.00 元
（如有印装质量问题，我社负责调换）

走自己的路：
中华文明从传统向现代转型及其路径的独创性

姜义华[*]

当代中国的现代化进程，实际上就是中华文明从传统的农耕文明、政治大一统、德性至上的泛伦理主义，向现代工业文明、现代政治文明、现代精神文明、现代社会文明全面转型的过程。经过一个多世纪的艰苦探索，特别是自 1949 年中华人民共和国成立以来全方位的艰苦探索，中国人终于开辟了一条真正符合中国国情的具有独创性的转型路径。它最显著的表现，就是成功地解决了并正继续解决着中华文明转型中外铄与内生，大一统与人的普遍自主化，人的德性、知性与诗性全面发展这样一些根本性的矛盾。这本书相当具体地展现了这一艰难的历程。

下面，我想简要地说明一下这条路径的独创性之所在。

一、中华传统文明的三大特征

我以为，已经延续了两三千年的中华传统文明，至少具有以下三个主要特征。

---

* 复旦大学中外现代化进程研究中心主任，资深特聘教授。

I

第一，中华文明是一种以农耕文明为主轴，以草原游牧文明与山林农牧文明为两翼，并借助商业和手工业予以维系的复合型文明（"一体两翼"或"多元一体"的文明）。

中华文明是在东亚广袤大地上形成与发展起来的。以清代全盛时期版图而论，农耕地区 120 多万平方公里，草原及荒漠地区大约 800 万平方公里，山林农牧地区大约 180 万平方公里。清代以前，中国各族先民就在这一版图内及其周边一些地方生息活动。

中国农耕文明是一种有着独特形态的、非常成熟的农耕文明。自从商鞅变法以后，中国农耕地区就一直以一家一户为基本生产单位和生活单位，以男耕女织、自给自足的小农经济为其根基。它的存在与盛衰，可以说，都直接取决于这种小农经济的运行是否正常，能否得到必要的支持与保障。这种小农经济，其顽强的生命力，源于直接生产者农民对主要生产资料土地和生产工具具有较多的支配权与自主权，他们自身具有较多的人身自由，这就使他们对家庭中的全部人力、畜力、物力，能够较为合理而充分地予以利用，在生产和生活过程中又特别能够节省。小农的土地可以买卖，劳动力、资金、资源等各种生产要素可以在一定范围内流动，这固然会导致土地集中，社会两极分化，但它们又可使小生产者具有很高的生产积极性，并能够在受到严重摧残后，顽强地迅速恢复与再生。正是这种小农经济，奠定了中华农耕文明绵延不断地存在与繁荣的主要基础。

然而，中华传统文明的形成，从来就离不开北方与西部草原游牧文明、西南广大地区山林农牧文明的形成和发展，离不开它们与主要集中在中东部地区的农耕文明持续不断的积极互动。这三大区域的人们的生产方式与生活方式很不相同，彼此力量对比也经常变化。一般而言，农耕文明区域虽较小，但人口集中，生息在这一区域的人口经常占全体人口的 80% 以上，因此，它构成了中华传统文明的主轴。草原游牧文明与山林农牧文明地区人口相对较少，但地域特别广阔，极其广泛而深刻地影响着农耕文明乃至整个中华文明的发展。这三种文明历史上曾多次发生激烈冲突，但更经常的是和平交往。在长时间的积极互动中，三者互相取长补短，形成互相依存、互为补充的密切关系。当将中华传统文明概括为农耕文明时，必须不要忘记它从内在结构到整体运行，都是由"一体两翼"共同构成的。

在中华文明形成和发展过程中，相当发达的商业与手工业，不仅是将分散的广大小农维系在一起的重要纽带，而且是将农耕地区、草原游牧地区、山林农牧地区维系在一起的重要纽带。它们推动传统农耕文明成为一个整体，推动传统农耕文明、草原游牧文明、山林农牧文明成为一个整体。它们是传统中华文明不可或缺的有机构成部分，在中华传统文明形成和发展过程中，是一支非常重要的能动的力量。

所以说，中华传统文明是由"一体两翼"或"多元一体"构成的文明，"一体两翼"是一个不可分割的整体。正如荀子所说："北海则有走马吠犬焉，然而中国得而畜使之；南海则有羽翮齿革曾青丹干焉，然而中国得而财之；东海则有紫绀鱼盐焉，然而中国得而衣食之；西海则有皮革文旄焉，然而中国得而用之。故泽人足乎木，山人足乎鱼，农夫不斫削不陶冶而足械用，工贾不耕田而足菽粟。"（《荀子·王制》）由此可以看出，中华传统文明作为一种已延续了数千年的自成体系的物质文明，乃是一种其社会生产与社会生活都按照其自身的规律运行的具有很强独立性的文明，一种具有自己独特的质的规定性并具有高度稳定性、持续性的文明。

第二，中华文明是一种以君主官僚国家政权体系为主轴、以血缘网络与地缘网络为两翼，并借助众多经济共同体及文化上高度认同而予以强化的政治大一统文明。

自秦汉以来，政治大一统成为中华文明一个最显著的特征。董仲舒《天人三策》中说："《春秋》大一统者，天地之常经，古今之通谊也。"隋、唐、宋、元、明、清，毫无疑问是大一统的国家；三国、两晋南北朝、五代十国、辽金西夏，虽呈分裂态势，但那只是追求大一统而未达目的的结果，分治的每一方都希望以自己为中心实现由自己主宰的大一统。

大一统以君主官僚国家政权体系为主要载体。这一国家政权体系，主要由皇帝制度、宰辅制度、郡县官吏制度及地方士绅制度构成。中国早就建立了非常发达完备的文官制度，它能够在较大范围内从社会各阶层中选取精英人才充实官僚队伍，扩大自己的统治基础，以有效地对国家进行控制、动员与管理。大一统君主官僚国家政权体系之所以产生并长久地运行是因为，首先，它适应了以小农经济为基础的农耕文明发展的需要，因为分散的小农经济，需要集中而统一的行政权力对社会进行全面支配，解决其无法分别解决的一系列共同问题；其次，它也适应了在农耕文明与草原游牧文明及山林农牧文明之间建立稳定的秩序，使它们不再彼此冲突而能积极地相辅相成的要求。正因为如此，君主官僚国家政权主要的职责，就是保障农业生产，确立稳定而有效的社会秩序，有力地维护国家安全。《荀子·王制·序官》中说："修堤梁，通沟浍，行水潦，安水臧，以时决塞，岁虽凶败水旱，使民有所耘艾，司空之事也；相高下，视肥硗，序五种，省农功，谨蓄藏，以时顺修，使农夫朴力而寡能，治田之事也；修火宪，养山林薮泽草木鱼鳖百索，以时禁发，使国家足用，而财物不屈，虞师之事也；顺州里，定廛宅，养六畜，闲树艺，劝教化，趋孝弟，以时顺修，使百姓顺命，安乐处乡，乡师之事也；论百工，审时事，辨功苦，尚完利，便备用，使雕琢文采不敢专造于家，工师之事也。"荀子这里所说的，就是如何通过国家政权各级权力机构兴办各项事业，从各方面为农业生产的正常进行和发展提供必要的保障。《荀子·王制》中又说："人生不能无群，群而无分则争，争则乱，乱则离，离则弱，弱则不能胜物。……君者，善群也。群道当，则万物皆得其宜，六畜皆得其长，群生皆得其命。故养长时则六畜育，杀生时则草木殖，政令时则百姓一，贤良服。""养长时"，指草木荣华滋盛之时，不能去山林砍伐；鱼鳖怀孕之时，不能下网捕捞。这叫"不夭其生，不绝其长"。这里所说的，就是如何借助国家权力建立必要的社会秩序。这正是中国历代王朝官僚机构的基本职责之所在。

至于维护国家安全，从修筑长城、屯垦戍边，到结盟和亲、羁縻修好，从守土卫疆、远征苦战，到设官分治、并入版图，都是为了解决农耕文明与草原游牧文明及山林农牧文明的冲突，为中华文明的发展提供安全保证。

以皇帝为最高首领的大一统等级权力的绝对支配地位，使权力控制者有可能利用手中的权力为自身及与其相关者牟取各种特殊利益，乃至贪赃枉法、为所欲为，而对于所负职责，则多数敷衍了事，或尽做表面文章，或乘机从中渔利，甚至故意制造事端，扩大事态。庞大的官僚机构和广大农民既相统一又相矛盾。公共事业、公共秩序、公共安全，使二者统一；而等级权力带来的各种特殊利益，使越来越多的人涌入各级官僚机构，官僚机构越来越膨胀。加上官僚们的消费欲越来越滋长，加在农民身上的负担便越来越沉重，使二者发生冲突。当广大农民不堪重负，正常的农业生产无法持续进行时，他们最终只有起来造反，在长时间的战乱中，打垮旧的官僚机器，重建一个新的君主官僚国家，这就是中国历史上以王朝兴衰更迭为标志的周期性运动。一个又一个王朝不断地更迭与再生，一个决定性的动因，一个真实的基础，就在于此。

由皇帝制度、宰辅制度、郡县地方官吏制度构成的国家官僚政权体系，运用自上而下的等级权力建立了大一统的社会控制、社会协调、社会动员和社会保障系统。但大一统国家政权传统体系的形成与延续，并非仅仅依靠这一点。渗透于全社会的同族、同宗、同姓血缘网络系统，同乡、同县、同省地缘网络系统，族田、义仓、义塾等经济共同体网络系统，同学、同科、同一方言、同一宗教信仰等文化共同体网络系统，为大一统奠定了极为广泛而深厚的社会与文化基础。当然，血缘网络系统、地缘网络系统、经济共同体网络系统、文化共同体网络系统，也是矛盾的统一体。它们既能给人们提供必要的生产要素支持，必要的秩序和安全的保障，又给人们以束缚。当君主与官僚们利用它们来攫取各种特殊利益时，它们又会从内部腐蚀与破坏大一统国家系统。但是，王朝虽然可以更迭，这些社会与文化网络却终究不会中断，它们仍然会有力地帮助大一统国家系统在废墟中重建。

第三，中华文明的一个重要特征，就是不语怪力乱神，而一直注重以人为本，将"人文化成"视为实现人的最高价值的根本途径。人文化成，即尊德性、崇礼义、重教化、尚君子，以伦理为本位。中华文明因此便常常被称为一种泛道德主义文明。

中国古代有所谓"三不朽论"，它出自春秋时期鲁国叔孙豹之口："大上有立德，其次有立功，其次有立言，虽久不废，此之谓不朽。"（《左传·襄公二十四年》）立德、立功、立言，均可不朽，但立德最高。教化最重要的使命、最主要的内容，不是技术、技能，而是德性，是怎样为人，怎样知人。《论语·颜渊》中说，樊迟问仁，子曰："爱人。"问知，子曰："知人。"这就是要人们珍惜人生、尊重人生、热爱人生，并清楚了解什么才是真正有价值的人生，怎样才能做一个真正的人，实现人生的价值。

怎样做人？《论语·学而》中提到子曰："弟子入则孝，出则弟，谨而信，泛爱众，而亲仁。行有余力，则以学文。"《孟子·滕文公上》说："人之有道也，饱食暖衣，逸居而无教，则近于禽兽。圣人有忧之，使契为司徒，教以人伦：父子有亲，君臣有义，夫妇有别，长幼有叙，朋友有信。"《礼记·丧服小记》说："亲亲，尊尊，长长，男女之有别，人道之大者也。"《礼记·中庸》说："仁者，人也，亲亲为大；义者，宜也，尊贤为大。""君臣也，父子也，夫妇也，昆弟也，朋友之交也，五者，天下之达道也。"这就是一种以家庭伦理为核心的泛道德主义。

这种泛道德主义以父家长制为其主要支柱，但它的功能并不仅仅局限于家庭。它最主要的功能是用之以整合全社会，正如《论语·为政》中所说，子曰："道之以政，齐之以刑，民免而无耻；道之以德，齐之以礼，有耻且格。"① 仅凭政与刑，会使民众学会逃避，而且失去羞耻心；德性与礼仪，则会培育人们的羞耻心，使人们的行为自觉地合乎规范与程序。中国乱世亦常用重典，但平时对德治、礼治的重视要远远高于对法治及刑治效果的期待。

以伦理为本位的泛道德主义，体现了小农经济对于家庭及社会长久保持和睦与稳定的强烈诉求，也体现了大一统国家有序与稳定运行的原则需要。

---

① 《礼记·缁衣》这段话作："子曰：'夫民，教之以德，齐之以礼，则民有格心；教之以政，齐之以刑，则民有遁心。'"

泛道德主义,将人们的政治关系、经济关系、血缘关系、地缘关系以及其他各种关系贯通与统一起来,具有很大的包容性与适应性,又较易操作。它使每一个人都处在一个巨大的、极为复杂的社会网络之中,成为夫妇、父子、家庭、亲友、同学、同宗、同事、同乡、同胞等关系中无法割断的一环,必须负起相应的社会责任。杨朱"拔一毛而利天下,不为也"的个人主义在中国一直被谴责,敦孝悌、笃宗族、和乡党,"其行己也恭,其事上也敬,其养民也惠,其使民也义"(《论语·公冶长》)则被视为理所当然。这一信条,在两千多年的历史演进中,尽管受到各种挑战与冲击,但可以说,仍一直保持其主导地位。

但是,中华传统文明的主要局限与主要弊端,也正源于以上三大特点。其一,以农为本,重农抑商,农耕、游牧、山林农牧三者互相制约,尤其是土地可以流转,官僚的财产和商人的利润最终都用于购置地产,沉淀于土地之上,限制和阻止了资本、劳动、技术向城市和工业集中。其二,君主官僚国家政权体系,由于没有足够的制约力量,防止自身向全能权力、绝对权力蜕变,防止自身不断膨胀并演变为民众不堪负担而与民众越来越对立的寄生者,最终都难以避免它所固有的各种社会矛盾的激化,产生巨大的、自发的社会动乱,各种矛盾在这些社会动乱中得到自流性的解决或缓和,再在小生产基础上重建原先的秩序,以王朝更迭为重要标志,形成中国古代经济、政治与社会"危机—动乱—重建—繁荣—危机"的周期性运动。其三,知识分子的主要精力用于研习四书五经,以通过科举考试挤进官僚队伍,而为践行德性教化民众,则或潜心于理气心性学说,或纵情于诗词歌赋文章,轻视或漠视生产知识的积累和技术科学的探求,完全脱离生产实践,在社会生产力发展中贡献很少,因视科学技术的探求为雕虫小技,反而屡屡自觉不自觉地压制生产技术的革新与发展。正是以上这些主要局限和主要弊端,使中华传统文明在小生产基础上虽发展到其他农耕文明难以媲美的极高水准,却一直未能突破小生产与手工劳动范畴,内生出近代机器大工业,也无法像欧洲那样基于商业资本和土地经营的对立、城市和乡村的对立以及狂热的海外殖民,内生出近代资本主义生产方式和资本主义文明。

二、中华文明的现代转型

要系统而完整地了解当代中国现代化的理论与实践,就必须回顾近代以来中华文明从传统向现代转型的整个过程。

中华文明从传统向现代的转型，主要是从以下三个方面逐步展开的。

其一，以工业文明、城市文明、信息文明为主导，以国内市场和国外市场为两翼，整个社会经济从传统农耕文明、游牧文明和山林农牧文明向现代文明转型。

中国正在进行着一场规模空前广泛的工业革命，这场革命结束了已经绵延了数千年的手工劳动的支配地位。中国已形成门类相当齐全的现代工业体系，尽管劳动密集型产业仍占有很大比重，资本与技术密集型产业已占据越来越重要的地位。现代科学技术成就被广泛应用于工业、交通运输业和服务业，并已越来越多地被应用于现代农业，使社会生产力极大提高，日益众多的人已从超强度和超长时间的沉重体力劳动中解放出来，这就使他们获得了实现自由而全面发展自身的更多可能与更大空间。

直到 20 世纪 70 年代末，中国城市化率还一直徘徊在 16% 左右。到 2008 年年底，全国城镇人口已达 5.94 亿人，全国城市 655 个，建制镇 1.9 万个，城市化水平达到 45.68%。城市因人口、资本、技术、人才、信息高度集中，在生产发展中能大大降低成本与提高效率，因而成为国民经济的主要增长源；城市能为人们提供更为优质的教育、工作和生活环境，有助于人们得到较为全面的发展。由于改革开放的不断推进，中国城市化正进入快速发展期。

中国正在超越已延续了数千年的自给自足的自然经济，以及在各种小生产共同体中进一步强化乃至固定化了的自然经济，走向全国大市场、世界大市场。尤其是现代信息化的飞速发展，使人们的物质生产、精神生产、社会生活，越来越密切地和全国、全世界的物质生产、精神生产、社会生活联系在一起。

现代文明相较于传统文明，时间节奏大大加快，农耕文明春种秋收，时间以年月节气为节奏，现代文明时间则以小时、分、秒乃至更小的单位计算；空间活动范围大大扩展，不再固守一隅，而活跃在全国市场和世界市场上；由于资本、劳动、知识、技术、信息、人口高度集中，人们可以在同样的时间内创造出更多的物质财富与精神产品，分享更为丰富的人类物质生产与精神生产的产品，这就使人的社会性内涵大大丰富与充实，使人的生命具有更高的价值。

现代文明要求经济和社会能够较之以往更为健康、稳定、持续地向前发展。文明转型所取得的成就，已使 13 亿中国人有史以来第一次真正走出了普遍性贫困，普遍地实现了温饱，逐步有序地在走向小康，走向富裕。覆盖城乡居民包括养老、医疗、卫生、妇幼在内的社会保障体系初步形成，公共设施与公共服务范围日益扩大，水准日益提高，使中国人在历史上首次真正享有免除贫困的自由，以及生存、发展乃至全面发展的自由。

在中华文明从传统向现代转型的过程中，大一统国家一直居于主导地位，中央集权的官僚国家实际上统领着整个社会从传统向现代的转型，并在这一转型进程中使自身获得新的活力和继续存在的合法性。

近代以来，中华文明从传统向现代转型，无论是晚清时代、北洋政府时代、国民党领导的国民政府时代，还是中华人民共和国成立以来，大一统国家政权在大部分时间里都发挥着主导作用，甚至在那些分裂时期，在各割据政权所控制的地区，也很少例外。之所以如此，是因为中国的官僚系统，包括其后备队伍，集聚了中国传统社会的主要精英，他们能够获得较多较广的信息，能够更为强烈地感受到现存政权及国家和民族存亡绝续的危机，能够较早地了解外部世界，能够利用他们手中的权力应世之变兴办其他社会力量难以兴办的一些事业。近代以来，主要是这些社会精英和他们的追随者，利用大一统的中央集权的官僚国家机器，借助国家权力，进行了资本的积累与积聚，兴办现代机器工业，发展现代金融、现代商业、现代交通运输等各种事业，建立起新型的国有经济，并使之成为推动中华文明从传统向现代转型的具有决定性意义的力量；他们又利用国家政权的力量，对分散在全国的广大人力资源、物质资源和其他各种资源进行有效的统一配置，以提高对于它们的利用效能。官僚系统还利用国家权力，确定国家发展目标和发展战略，努力协调各方利益，力图将由转型引发的各种社会冲突约束在可控制的范围内。即便近代中国民营资本，其兴起和发展，也无法脱离国家权力的支持与庇护，一旦失去这一支持与庇护，甚至就会无法生存。

1978年以来所实行的改革开放，也同样是首先依靠国家政权自身的力量，才能够较为顺利地改变先前高度集中统一的计划经济体制和国营经济、公有经济一统天下的格局，承认并发挥市场在资源配置中的基础性作用，建立起充满活力的社会主义市场经济体制，在国营企业中建立起现代产权制度和现代企业制度，变公有制单一实现形式为多种有效实现形式。在服务业或第三产业，也是借助国家政权的力量，才比较顺利地打破了先前一直将它们视为非生产性行业的流行观念，适应经济发展和人民生活的实际需要，使它们获得了前所未有的发展，在坚持发挥国有经济主导作用的同时，使各种形式的非公有经济蓬勃发展，在满足人民多层次多样化需要、容纳就业以及发展国民经济中发挥越来越大的作用。非公有经济的经营者，不再被视为异己势力，而被视为社会主义建设者，由此逐步形成了各种所有制经济平等竞争、相互促进的新型关系。

由于大一统国家政权体系和现代经济积极互动，人们越来越广泛地直接参与国家政治生活、国家事务管理，现代法治也开始逐步形成。经由长时间的革命、斗争乃至战争之后，人们终于使进行全方位的建设和建立和谐社会成为整个国家的主导诉求，并由此首次真正拥有了免除恐惧的自由。这一自由，为整个国家应对和抗击国内外突发重大危机提供了强大力量。在一段相当长时间里，由中央集权所统辖的权力支配系统居于主导地位这一局面，将仍会继续。为既能充分发挥大一统国家之所长，又能有效地制约和有效地监督权力的运行，保障人们对于国家事务管理的有效参与，人们正努力开辟越来越多样的途径，创造越来越多样的方法。

在推动中华文明从传统向现代转型中，人们的思维方式、行为方式的改变，发挥了巨大的能动作用。

最大的变化，是知性上升至主导地位（知识就是力量），整个社会正在走向知识化，整个教育系统都将知识传授放在最突出的地位。

知识就是力量，是现代文明的一个代表性的口号。近代以来，知识分子从潜心理气心性、名物训诂，转向研究声、光、化、电，走到"学会数理化，走遍天下都不怕"，再到承认"科学技术是第一生产力"，再走到承认人文社会科学与自然科学同等重要，知识结构发生了极大变化，知识传授的途径与方式也发生了极大变化。从文言文到白话文，再到掌握多种外国语言，人们得以很方便地接触和利用世界各国的各种知识；电视、计算机、手机、网络的普及，更将人们跳跃式地带进了信息时代。将知识传授置于最重要地位的现代教育制度的建立，是现代文明形成的一个重要标志。经由100多年的努力，在中国，城乡免费九年义务教育终于全面实现，高等教育从精英教育快速发展为大众教育，大、中、小学在校学生数量均已位居世界第一。尊重知识、尊重科学、尊重人才、尊重创造，为人的素质的普遍提高提供了前所未有的条件，使人们对自己的发展有了更为多元的选择。

但尽管如此，尽管由于传统的德性已经在许多方面失去普遍的约束力，而新的德性又在磨合成长中，中华文明中德性先于知性、高于知性这一基本特征仍继续强劲地保持着，《论语》中"己所不欲，勿施于人，在邦无怨，在家无怨"（《卫灵公》）及"己欲立而立人，己欲达而达人"（《雍也》），《中庸》中"成己"同时也要"成物"等，长久以来一直获得人们最广泛认同的中华德性，和深藏于广大农民心灵中的"有田同耕，有饭同吃，有衣同穿，有钱同使，无处不均匀，无人不饱暖"（太平天国《天朝田亩制度》）的原始社会主义相结合，驱使人们在文明转型过程中，始终不忘民众的共同利益，国家与民族的共同利益，走共同发展共同富裕的道路成为人们的根本诉求。这一点，为中国在进行多年艰苦探索之后，最终选择经由社会主义道路实现文明全面转型，提供了最为深厚、最为广泛的社会基础与文化的精神基础。

在传统文明下，由于生产力水平低下，中国人崇尚寡欲摄生，安分知足，大多数人常常一辈子都固着在一块狭小的土地上，生于斯，长于斯，老于斯，死于斯，对他们来说，知性与诗性的发展常常都局限在很有限的范围。现代文明所提供的生产力的巨大增长和高度发展，为人们普遍培育和发挥其潜在能力提供了新的巨大空间，但改变毕竟不可能一蹴而就。这就导致中华文明在从传统向现代转型过程中，在相当长的一段时间里，古代、近代、现代将继续并存共生。

放眼中国，不难看到，东、中部地区，传统农耕文明向现代工业文明、城市文明、信息文明的转型，已经取得举世瞩目的成就，但原先广大草原游牧文明和山林农牧文明地区，向现代文明的转型不仅发展相对滞后，而且转型的路径还不是很明确。大一统国家权力的全能化以及演变为绝对权力的问题、官僚系统利用手中所掌控的权力谋求特殊利益而走向腐败的问题，仍未得到根本的解决。人们的道德、信仰、意志，或仍固守传统，或已完全现代，或现代与传统交织于一身，在相当长一段时间里，将会继续成为一种常态。面对科学技术突飞猛进的发展，人的活动和思维越来越为新技术所左右；由于物质生活越来越丰富繁华，纵欲主义对人们的腐蚀越来越严重；任由这二者自由泛滥，必定会严重侵蚀和破坏文明的转型。而所有这些问题，只有在转型进一步拓展和进一步深化过程中才能解决。让转型停顿下来，或者使转型倒退回去，是绝不会有出路的。

三、中华文明转型路径的独创性

中华文明从传统向现代的转型，曾师法过东、西方各国的多种模式，选择过多条道路，经过几代人艰苦探索，在付出沉重代价、取得正面与负面的丰富经验之后，终于逐渐找到了既符合中国国情又适乎世界潮流的具有鲜明独创性的转型路径。

这一转型路径的独创性，主要表现在它非常成功地解决了中华文明从传统向现代转型过程中无法回避的以下三大问题。

首先，这一路径非常成功地解决了外铄与内生相悖和对立的问题。

中华文明转型的成功路径，属于外铄催化内生、内生与外铄互动型。

中华文明的转型是在西方列强入侵造成的严重威胁与空前危机背景下开

始的，从这个意义上可以说，中华文明转型属于所谓"外铄"型。但转型真正开始，还是通过"外铄"引发的"内生"。先是西方国家的机器生产，西方国家的科学技术，西方国家所主导的世界市场，然后是西方各国的经济与政治制度，刺激了最先与西方国家打交道的中国官僚和中国士子，以及中国商人、中国买办，他们学过英国、俄国、普鲁士、日本，又学过法国、美国，希望走西方这些国家所走过并取得成功的资本主义道路。然而，走这些道路，虽然或多或少取得了一些成效，却又引发了中国极为激烈的社会冲突，引发了中国社会下层民众特别是广大农民的激烈反抗。这是因为"西化"道路本质上原就是剥夺农民和广大殖民地人民，中国自身就处于半殖民地地位，资本原始积累和资本集聚积累的负担更全部落在中国农民身上，他们迅速破产，却无法在现代工业、现代城市、现代市场中找寻到新的出路，分享现代文明的成果。在俄国十月革命的影响下，不少志士仁人又转而学习苏联，希望走苏式社会主义道路。走这条道路，取得过成效。但"苏化"道路，就迅速实现工业化而言，本质上其实也是依靠剥夺农民，通过剥夺农民对于土地和其他生产资料的支配权，对生产、产品流通、产品分配的自主权，乃至若干人身自由权利，完成资本的原始积累，实现对劳动力流动的全面控制。这条道路，使广大农民付出了沉重代价，也遭遇到亿万农民各种形式的抗拒而最终无法走通。

从孙中山开始，许多人很早就提出"平均地权"、"耕者有其田"。中国共产党在新民主主义革命实践中，根据中国农民是小农经济的农民这一最基本的国情，发动广大农民起来进行以平分土地为核心的土地革命，让他们直接享受中华文明向现代转型的成果，赢得了广大农民对于这一革命的热情拥护和积极支持。这是新民主主义取得辉煌胜利的根本保证。在改革开放中，广大农民重新获得了对土地和其他生产资料的自主支配权，农田和农村基础设施提高到了一个全新的水平，农村资本市场、技术市场、人才市场、信息市场、产品市场得到了相当程度的发育，传统农业经济开始全方位地向现代农业经济转变。农民有了前所未有的机会学习现代科学文化知识，掌握现代经营管理能力，培育现代精神、现代理念、现代素质，能够自觉吸收世界物质生产和精神生产的优秀成果来充实自己。中华文明转型路径的独创性，首先表现在广大中国农民成为现代化的强大的内在动力，而其前提则是他们必须成为这一转型的主要得益者。

其次，这一路径正在成功地解决大一统国家权力全能化、绝对化与人的普遍自主自立的相悖和对立的问题。

"西化"是在市场经济基础上发展自由资本主义，走向垄断资本主义和国家干预，"苏化"是取消市场经济和消灭自由资本主义而走向国家资本主义，乃至官僚资本主义。经过一个多世纪的艰难探索，中华文明转型终于明确，唯一正确的路径必须是将国家的主导作用和市场经济的作用有机地结合起来。

在大一统国家中，由于各级政府掌控着国家和地方的经济命脉，直接掌控着各种生产要素的主要分配权，政府实际上成了"经济人"。在利益的驱使下，大量权力寻租、权力越位、权力缺位问题出现，权力本身成为牟利者追逐的目标。这就和现代文明所带来的人的普遍的自主自立相悖，甚至形成尖锐对立。

解决这一矛盾的症结在于，一是使国家权力从全能主义的威权体制转变为民主化基础上的有限权力，变成真正受有效监督、有效制约、有效制衡的权力；二是使公民社会、公众社会健康成长和早日成熟，真正成为全社会不可或缺的中坚力量。然而，从晚清开始，历经北洋军阀、国民党统治时期，这一问题都未能真正有效解决。新中国成立后，毛泽东为防范国家权力演变成凌驾于人民大众之上的绝对权力，曾一次次发动反对官僚主义运动，后来更升级为反对官僚主义者阶级、党内走资本主义道路的当权派的"无产阶级专政下的继续革命"，最后又提出"资产阶级在党内"，企图用大搞群众性政治运动乃至自下而上全面夺权的方法，建立起巴黎公社式的民主政权机构，创造一种全新的国家形态。但是，结局却与他的主观愿望正相反。由于广大农民长时间处于等级权力控制之下，根本无法对各级权力进行有效的监督；而社会中产化又被视为资产阶级化，公民社会与公众社会因此几乎完全缺失，对于各级权力制度性的制约与制衡便完全流于形式。大规模的群众政治运动、巴黎公社式的民主，带来的只是"痞子式"的无政府主义的疯狂泛滥，全社会陷入普遍的混乱状态，使得大一统国家各级政权几乎都处于瘫痪状态，根本无法正常运转，经济建设和社会秩序受到严重破坏。"文化大革命"因此导致整个国民经济走到崩溃边缘，中华文明从传统向现代转型的进程反而因此停顿甚至大幅度倒退。

中国特色社会主义政治文明建设的目标，就是将国家政权的有效运作与主导作用同人民大众真正当家做主紧密结合起来，通过将国家权力变成严格在宪法与法律规定范围内运作的有限权力，借助成熟的公民社会与公众社会对于各级权力实施的有效制约、制衡与监督，确保各级政府成为真正的现代服务政府、责任政府、法治政府。

中国特色社会主义政治文明建设的另一重要内容，就是将中央集权与地方分权有机地结合起来，充分发挥省级与县级地方权力机构的积极性，使它们在国家总战略的主导下，既互相竞争，又互相协调，使从中央到地方各级权力机构既充满活力，又不会走向互相对立，更不会互相冲突、互相对抗。

再次，这一路径较好地解决了现代化所带来的人的新异化与每个人自由而全面发展相悖及对立的问题。

中华文明从传统向现代的转型，除面临着传统与现代的重大差异外，还面临着现代文明条件下人的异化所带来的新问题。

现代化所造就的工业文明、城市文明、信息文明，为人的发展提供了广阔的空间和比较充裕的物质基础，同时，也将人引向了新的异化。现代文明，一方面带来了人的新的解放，另一方面又带来了新的异化。二者常常是一体的两面：工业化带来劳动的解放，同时，又使人的生存与成长、人的全部活动，越来越受制于外在于人自身的经济与政治乃至社会力量；工业化不断追求高度发展，会纵容、鼓励和引导人们追逐利益最大化，"天下熙熙，皆为利来；天下攘攘，皆为利往"。与利欲不断膨胀相联系的，是物欲的不断膨胀，义与利严重失衡，社会两极化趋向亦因此难以遏制；市场化带来物流、资金流、人流、知识流的解放，同时以人与人之间的契约关系与货币关系取代了原先的自然关系；城市化使人口、资金、信息、生产力、消费都高度集中，但同时却破坏了人与人之间传统的联系纽带，使人变得过于个人化、孤独化；对于物质利益的过度追求，更会导致纵欲主义、利己主义、拜金主义泛滥，使人与人之间、人与自然之间的关系变得非常紧张，这就是《荀子·富国篇》所说的"天下害生纵欲。欲恶同物，欲多而物寡，寡则必争矣"；知识化提高了人们的素养，同时又使人们为科学主义和技术主义所支配，丧失人文主义、理想信念和终极价值的追求；信息化使互相全面依赖关系的建立成为可能，但同时又会使人与人的交往虚拟化，人的思维方式与行为方式为工具理性所支配，如此等等。

如何在中华文明转型过程中，既超越传统与现代的二元对立，又克服现代化所带来的新的异化？中国在现代化发展的实践中终于发现，坚持将每个人自由而全面的发展作为未来发展的最根本的准则，将是一条既具有独创性又具有普适性的路径。

人的自由全面发展，是将人的物质生活、精神生活、政治生活、社会生活作为综合整体加以把握。人的知识传授、积累、更新、创造，不仅是为了满足经济发展的需要，而且是为了满足人的政治生活、社会生活、文化生活的需要。人除了知性生活、知性世界外，还有情感生活、情感世界，更有德性或神性或佛性生活、德性或神性或佛性世界，即人还要有比物质生活及知性生活、情感生活更高的意志生活，这就是人的理想、人对真善美的追求，人对高尚的人、纯粹的人、脱离了低级趣味的人这样一种境界的追求。只关注物质生活的发展，具有片面性；精神生活中只关注知识水准的提高，只关注自然科学、技术科学、管理科学水准的提高，将人文的发展、艺术的发展、信仰和意志的发展都从属于经济建设或政治秩序，同样具有片面性。人文的发展、艺术的发展、信仰和意志的发展，能够"使欲必不穷乎物，物必不屈于欲，两者相持而长"（《荀子·礼论》），它们都是人的全面发展不可或缺的重要组成部分。

以人的自由全面发展为主轴的社会主义建设，正在推动工业化进程和生态化相结合，城市化进程和人性化相结合，市场化进程和社会公平化相结合，世界化进程和民族国家的主体性相结合，还推动着经济成长和政治民主化、社会和谐化以及文化大发展大繁荣紧密相结合，推动着工业和农业、城市和乡村、东部中部和西部、汉族和其他各民族的协调发展。

人对真、善、美的追求，人的德性、知性和诗性的发展，既相统一，又相矛盾。"体恭敬而心忠信，术礼义而情爱人，横行天下，虽困四夷，人莫不贵；劳苦之事则争先，饶乐之事则能让，端悫诚信，拘守而详，横行天下，虽困四夷，人莫不任。"（《荀子·修身篇》）中华文明从传统向现代的转型，既是全球化的产物，更是中华文明自身创造性的一种转化。实现每个人自由而全面的发展，正推动着中国在传承中外优秀文化的基础上进行新的伟大创造。每个人自由而全面的发展，继承了中国人本主义传统和西方人文主义的优良传统，而又高于这两大传统，它不仅对中国的今天与未来有极为重要的意义，而且对世界的今天与未来同样具有极为重要的意义。

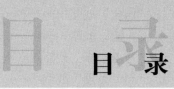

目　录

◀ 当代中国现代化的理论与实践

序：走自己的路：中华文明从传统向现代转型及其路径的独创性

导言 ……………………………………………………………… 01

第一章　新中国现代化核心理念的四次转变 …………………… 07

　一、第一次变迁：从三民主义现代化到新民主主义现代化 ……… 07

　二、第二次变迁：从新民主主义现代化到经典社会主义现代化 … 010

　三、第三次变迁：从经典社会主义现代化到中国特色社会主义现
　　　代化 ……………………………………………………………… 013

　四、第四次变迁：从发展到科学发展，从"小康"到"全面小康"
　　　………………………………………………………………… 015

第二章　毛泽东对苏联经典现代化理论与实践的批判 ………… 018

　一、批判基调：对苏联的学习与超越 …………………………… 018

　二、对苏联公有化理论与实践的批判 …………………………… 020

　三、对苏联计划化理论与实践的批判 …………………………… 025

　四、对苏联工业化理论与实践的批判 …………………………… 028

第三章　重探现代性：新中国现代化战略的演变 ……………… 033

　一、新民主主义现代化战略 ……………………………………… 033

二、学习苏联的现代化战略 ┈┈┈┈┈┈┈┈┈┈┈┈┈┈┈┈┈ 035

三、"借鉴苏联，统筹兼顾"战略 ┈┈┈┈┈┈┈┈┈┈┈┈┈ 037

四、"赶英超美"战略 ┈┈┈┈┈┈┈┈┈┈┈┈┈┈┈┈┈┈┈ 038

五、"农工商并举"战略 ┈┈┈┈┈┈┈┈┈┈┈┈┈┈┈┈┈┈ 039

六、"四化"战略 ┈┈┈┈┈┈┈┈┈┈┈┈┈┈┈┈┈┈┈┈┈ 040

七、"小康"战略 ┈┈┈┈┈┈┈┈┈┈┈┈┈┈┈┈┈┈┈┈┈ 041

八、"全面小康"战略 ┈┈┈┈┈┈┈┈┈┈┈┈┈┈┈┈┈┈┈ 043

九、"科学发展"战略 ┈┈┈┈┈┈┈┈┈┈┈┈┈┈┈┈┈┈┈ 044

十、我国现代化战略的演变态势及经验教训 ┈┈┈┈┈┈┈┈┈ 045

第四章　发展取向的三次转型：11 个五年规划的回顾与前瞻 ┈┈┈┈ 047

一、"一五"计划到"五五"计划：以工业化为重点，建立独立、
完整的工业体系 ┈┈┈┈┈┈┈┈┈┈┈┈┈┈┈┈┈┈┈┈┈ 047

二、"六五"计划到"九五"计划：以市场化为取向，重视社会
发展 ┈┈┈┈┈┈┈┈┈┈┈┈┈┈┈┈┈┈┈┈┈┈┈┈┈┈ 050

三、"十五"计划以来：以科学发展观统揽，完善市场化、推进城镇
化为新的着力点 ┈┈┈┈┈┈┈┈┈┈┈┈┈┈┈┈┈┈┈┈ 052

四、11 个五年规划的发展态势与未来取向 ┈┈┈┈┈┈┈┈┈┈ 054

第五章　中国现代化指标体系演进 ┈┈┈┈┈┈┈┈┈┈┈┈┈┈┈ 059

一、从"基本小康"的指标体系到"全面小康"的指标体系 ┈┈┈┈ 060

二、从重 GDP 的现代化指标体系到以科学发展观指导的现代化指标
体系 ┈┈┈┈┈┈┈┈┈┈┈┈┈┈┈┈┈┈┈┈┈┈┈┈┈┈ 064

三、中国现代化指标体系演进的思考 ┈┈┈┈┈┈┈┈┈┈┈┈ 071

第六章　从外视向内转："四化"理论的形成与蜕变 ┈┈┈┈┈┈┈ 077

一、从工业化到四个现代化："四化"理论的萌发（1949～1954）┈ 077

二、"四化"提法的定型："四化"理论的形成（1955～1963）┈┈ 080

三、"两步走"战略的形成："四化"理论的完善（1964～1978）┈ 082

四、从"四化"到"小康"："四化"理论的蜕变（1979～1990）┈ 084

五、对"四化"理论蜕变的解析 ┈┈┈┈┈┈┈┈┈┈┈┈┈┈ 087

第七章　邓小平与中国现代性重构 ┈┈┈┈┈┈┈┈┈┈┈┈┈┈ 090

一、现代性目标重构：从"大同"到"小康" ┈┈┈┈┈┈┈┈┈ 090

二、现代性主题重构：从"革命"到"发展" …………………… 092

三、现代性模式重构：从"模仿"到"创新" …………………… 095

四、经济现代性重构：从"计划"到"市场" …………………… 096

五、政治现代性重构：从"专政"到"民主" …………………… 098

六、国际现代性重构：从"封闭"到"开放" …………………… 100

第八章 现代化与全球化的互动：中国"开放"政策的形成与
　　　　发展 ………………………………………………………… 102

一、"开放"政策的形成与发展 ………………………………… 102

二、"开放"政策的基本内涵与战略地位 ……………………… 104

三、从"封闭"走向"开放"的根源 …………………………… 108

第九章 改革开放以来小康理论的形成与发展 ……………… 110

一、小康理论的发展行程 ……………………………………… 110

二、小康理论的基本构造 ……………………………………… 114

三、小康理论的基本特点及"大同小康"之变的深刻根源 …… 117

第十章 现代性与本土性交融：中国小康指标体系的演进 …… 121

一、中国小康指标体系的形成（1979～2002） ……………… 121

二、中国小康指标体系的发展（2002～2007） ……………… 123

三、中国小康指标体系的完善（2007 年至今） ……………… 129

四、中国小康指标体系演进的反思 …………………………… 130

第十一章 大城市化：中国现代化的新选择 ………………… 134

一、现代化意义的城市化是大城市化 ………………………… 134

二、中国城市化的路径及其问题 ……………………………… 137

三、中国大城市化的时机业已成熟 …………………………… 140

第十二章 新工业化路在何方：21 世纪初的新工业化思潮解读 …… 143

一、新工业化思潮缘起 ………………………………………… 143

二、新工业化思潮特点 ………………………………………… 144

三、新工业化思潮形态 ………………………………………… 147

四、新工业化思潮评析 ………………………………………… 154

第十三章　人文化与市场化交融：第三次国学思潮探析 ·············· 158

　　一、兴起及内涵 ···························· 159

　　二、流派分析 ···························· 164

　　三、特征分析 ···························· 167

　　四、背景及根源 ·························· 171

　　五、反思与前瞻 ·························· 174

第十四章　当代中国生态文明建设：理论探讨与实践指向 ············· 178

　　一、生态文明的含义 ······················ 178

　　二、中国生态文明建设的目标、路径与方式 ············ 182

　　三、中国生态文明建设指标体系 ················ 185

第十五章　市民返乡与农民进城：新中国成立初期的农民流动 ···· 189

　　一、农民流动的路径与方式 ·················· 190

　　二、农民流动的动力与制度分析 ················ 192

　　三、农民流动的限度及其原因 ················· 197

第十六章　新中国第一次农民进城潮的形成与消解 ··············· 201

　　一、农民进城潮形成与消解的实证分析 ············· 201

　　二、农民进城潮形成的制度分析 ················ 203

　　三、农民进城潮消解的制度分析 ················ 207

第十七章　社队企业体制下的农民流动 ···················· 211

　　一、社队企业遍地开花，农民大规模地向社队企业集聚流动 ··· 212

　　二、社队企业停办，农民流动停滞 ··············· 214

　　三、社队企业重新焕发生机，成为农民流动的唯一渠道 ····· 215

　　四、社队企业飞速发展，农民流动离土不离乡 ········· 216

　　五、社队企业体制下农民流动的反思 ·············· 218

第十八章　乡镇企业体制下的农民流动 ···················· 222

　　一、乡镇企业异军突起，形成改革开放以后农民流动的第一次
　　　　高潮 ····························· 223

　　二、乡镇企业整改，农民流动趋缓 ··············· 225

　　三、乡镇企业进入战略发展阶段，农民流动呈异地化与饱和化 …… 226

　　四、乡镇企业进入深层改制时期，吸纳就业能力大幅下降 ……… 228

　　五、乡镇企业在城乡一体化与现代企业制度架构下改革，农民流动
　　　　多元化 ……………………………………………………… 230

　　六、乡镇企业体制下农民流动的反思 ……………………………… 231

第十九章　从城乡二元走向城乡一体：改革开放以来中国农民流动
　　　　　机制变迁的考察 ………………………………………… 234

　　一、农民流动机制的历史变迁 …………………………………… 235

　　二、农民产业流动机制变迁的解析 ……………………………… 239

　　三、农民城市流动机制变迁的解析 ……………………………… 242

　　四、农民流动机制变迁的特点与经验 …………………………… 244

参考文献 ……………………………………………………………… 249

后记 …………………………………………………………………… 258

导　言

当代中国现代化的理念、理论、战略、模式因何而来，又如何演化，未来中国现代化向何处去？当代中国现代化的实践历程与现代化理念、理论、战略如何互动？当代中国现代化过程存在什么问题，问题是如何来的，又是如何逐步纾解的？现代化的概念与标准发生过哪些变化，这些变化如何影响中国现代化的目标与时间表？现代化与"三农"问题如何勾连，现代化视域下如何积极推进农民流动与城市化？本书带着这些问题，系统地研究了新中国成立以来现代化的整个历史进程，全面探讨了现代化理念、思潮、理论、战略、政策取向、指标体系的演进过程，重点探讨了小康理论及其指标体系，以及现代化进程中农民流动的历史与现实，既系统地回顾与反思历史，又在深入的历史分析基础上结合现实，前瞻未来。

广义的现代化进程（以全球化与人的现代化为起点）始于14～16世纪的文艺复兴与大航海时代（约1500年前后），狭义的现代化进程（以工业化为起点）始于18世纪的工业革命。同时，广义的现代化理论（对新社会的各种构想）伴随文艺复兴、科学革命、宗教改革与启蒙运动而渐次形成，狭义的现代化理论（对现代化自觉的系统的理论研究）在20世纪50年代以后的美国等西方国家出现。狭义的现代化理论包括各种经典现代化理论（以从农业文明向工业文明转型的第一次现代化进程为研究对象的现代化理论）及其修正理论（对经典现代化理论进行补充与发展的一种新的现代化理论）、后现代化理论（以预测或构想现代文明之后的新文明形态为对象的文明理论）、第二次现代化理论（以研究现代文明转型或升级为对象的现代化理论，包括生态现代化理论、反射现代化理论、继续现代化理论等）、综合现代化理论（两次现代化综合理论）等。深刻影响新中国前30年发展的是苏联式经典社会主义现代化理论，中国对这一理论进行过批判和修改，试图探索出中国自己的社会主义现代化道路，但还没有超越苏联式经典社会主义现代化理论的基本思路与总体框架。改革开放以来则逐渐打破这一理论的各种禁锢，在实践中艰难探索新路，渐次形成中国特色社会主义现代化理论体系（从第一次现代化理论发展到综合现代化理论）。

现代化核心理念的转变主要是解放思想的产物，又是实践内在推动的结果，同时也受到特定的国际环境的影响。现代化核心理念转变对中国现代化进程产生了重大影响。新中国的现代化战略一直随着国情与国内外形势的变化而变化，先后历经九次演变：具有中国特色的新民主主义现代化战略、以"一化三改"为中心的"苏联式经典社会主义现代化"战略、"借鉴苏联、统筹兼顾"战略、"赶英超美"的"大跃进"战略、"农工商并举"的"大调整"战略、"四个现代化"（简称"四化"）战略、"小康"战略、"全面小康"战略、"科学发展"战略。从演变趋势看，从学习与模仿向超越与创新转变。新中国现代化战略演变几经波折，留下了深刻的经验教训，给我们今后的现代化战略设计与选择留下了宝贵的财富。

从11个五年规划的历史发展看，在发展理念与模式规划方面，"一五"计划到"五五"计划主要为苏联式发展；"六五"计划到"九五"计划则强调中国式发展；"十五"计划到"十一五"规划则提升为科学发展。在发展取向与战略规划方面，"一五"计划到"五五"计划重点是实施工业化战略；"六五"计划到"九五"计划重点则是实施市场化战略；"十五"计划到"十一五"规划则转向完善市场化，推进城镇化。在规划方法与指标设置方面，"一五"计划到"五五"计划主要为学习苏联的计划方法，先目标后方案，量化指标过多过细；"六五"计划到"九五"计划则从国情国力出发，注重规划发展战略与方针政策，不再列举很多数字。"十五"计划到"十一五"规划则进一步突出战略性、宏观性、政策性，提高社会参与度。"十五"计划到"十一五"规划确立的发展理念与模式、发展取向与战略、规划方法与指标设置将在较长时期内继续发挥作用。

毛泽东对苏联式经典社会主义现代化理论与实践的批判，主要表现在公有化、非市场化与工业化三个方面。其中，在公有化方面，主要批判苏联公有化的方式、急于公有化的方法与单一公有制的形式；在非市场化方面，主要批判苏联的计划经济与商品经济的理论与实践；在工业化方面，主要批判苏联的工业化方式和优先发展重工业的理论与实践。毛泽东批判的基调是适度肯定苏联经验，但反对迷信苏联经验，认为苏联的理论与实践中均有一些错误与偏差，用到中国来要谨慎。同时，毛泽东本人也试图突破苏联框框，走中国自己的道路。毛泽东的批判对中国超越苏联模式、探索自己的现代化道路有着重要意义。

"四化"理论从形成到蜕变历经近 40 年，经历了四个阶段，即萌发期（1949～1954）、形成期（1955～1963）、完善期（1964～1978）与蜕变期（1979～1990）。"四化"理论的形成，顺应了我国从农业国向工业国、从古代经济向现代经济发展的需求，满足了我国迫切要求富国强兵、摆脱落后挨打局面的心愿，其政策实践使得我国社会主义现代化建设取得了重要成就。但是，"四化"理论的蜕变也不是偶然的，这与理论本身的成长环境与内在缺陷是密切相关的。"四化"理论在发展模式、发展速度、发展手段方面，都在不同程度上偏离了中国的发展实际。

为了解决长期困扰中国的贫困与发展问题，应对现代化与全球化的双重挑战，邓小平在总结新中国发展的经验教训的基础上，借鉴发达国家先进的发展理念，根据中国现实的基本国情，在接续改革开放以前中国现代性方案合理性的前提下，从六个方面进行了中国现代性方案的新构想。其中，在现代性目标方面，由"大同"到"小康"；在现代性主题方面，由"革命"到"发展"；在现代性模式方面，由"模仿"到"创新"；在经济现代性方面，由"计划"到"市场"；在政治现代性方面，由"专政"到"民主"；在现代性与全球化关系方面，由"封闭"到"开放"。邓小平的中国现代性重构，是马克思主义现代化理论中国化的科学成果，构建了中国特色社会主义现代化理论，开创了中国特色社会主义现代化道路。

"小康"理论是中国特色社会主义理论体系的主体组成部分之一，是马克思主义现代化理论与中国发展实际相结合的产物，丰富和发展了对中国特色社会主义现代化过程的理解，在 20 世纪 80 年代由邓小平提出，经历了六个发展阶段，到中共十七大提出"全面建设小康社会新要求"之际完全成熟。三代中央领导集体在阐发小康社会建设理论时，既保留了"小康论"的本质属性，也凸显了"小康论"与时俱进的动态特征。在"小康"建设的社会主义性、阶段性与务实性、中国特色性、现代性、改革开放性方面具有共同点，但在内涵、目标与总体布局、阶段、手段等方面，也有差异。由"大同论"

向"小康论"转型，有其深刻的现实、历史、理论与文化的根源。"小康论"立足于社会主义初级阶段的基本国情，以社会化大生产与工业市场文明为目标诉求，在强调公有制的主导作用下，显示出对个人利益的认可、宽容与疏导，强调"法治"、"市场"、"共富"与"民主"，注重循序渐进而不急于求成。"小康"理论的形成与发展，是对中国特色社会主义现代化理论的创新。

中国小康社会指标体系历经小康生活水平指标体系（形成期）、全面建设小康社会指标体系（发展期）及其修订完善三个阶段，顺应了小康社会建设的现实需要。总体看来它有如下特点：第一，有监测、评价、预警与辅助决策功能；第二，研制主体包括政府、科研单位以及学者个人等；第三，监测范围覆盖全国；第四，指标类型囊括经济、政治、社会、文化、生态各方面；第五，以客观指标为主；第六，适用于1990～2020年；第七，依循"小康水平"—"全面建设小康社会"的发展路径；第八，属于现代化阶段性发展指标体系。基于小康社会指标体系的发展阶段性、实施时效性、研制主体的多样性、监测对象的变动性与差异性，小康社会指标体系还需要继续发展完善。

1978年以来，中国对外政策从相对封闭走向全面开放，经历了从沿海开放、全国开放到融入全球化的过程。开放的含义是全方位的、多层次的、国际双向的、多边互动的。从现代化与全球化的联动关系看，改革与开放是一体两面、相互包容、相辅相成、互相促进的。从封闭走向开放有四大根源：全球化根源是当今世界是一个开放的、全球化的世界；理论根源是实事求是马克思主义的精髓；历史根源是吸取闭关锁国的深刻教训；现实根源是开放有利于发展社会生产力、有利于加速发展。

城市化是现代化的核心指标之一，但并非所有的城市化都是现代化，现代化意义的城市化其实是大城市化，而非小城镇化。小城镇化，只是城市化初期的一种现象，大城市化既是市场化条件下城市化的必然结果，也成为城市化路径的一种政策选择。外源性现代化国家，未必要完全遵循由小城镇化到大城市化的城市化路径，完全可以利用发达的科技与先进的城市规划、城市治理理念，去积极推进大城市化的发展进程，特别是在人口密集或人口众多的国家里更应如此，这样既能够节约土地资源，集约使用各种资源，又能够更可控地保护环境。我国长期以来的现代化实践则是工业化与城市化脱节，市场化与城市化不相配，长期抑制大城市发展，小城镇虽然得到鼓励发展，但不过是乡村的延伸。而今，工业化、市场化与城市化三者真正融合的大城市化时机业已到来，启动大城市化进程应是中国现代化的理性抉择与现实选择。为了适应大城市化的需要，城市治理理念与机制必须更新，否则大城市化的副作用也不可避免。

改革开放以前，我们的经济发展模式是资源能源密集型的，注重速度、产量与产业大全，而忽视或轻视质量、效益与资源环境问题。这种模式在改革开放以后有所调整，但资源过度损耗与生态效益仍然没有引起足够的重视，结果进入 20 世纪 90 年代，随着我国经济持续高速增长，生态与环境形势越来越严峻，生态文明建设被提上了日程。建设生态文明，不是简单地回到农业社会以前的原生态文明，也不是回到农业社会的次生态文明，而是建设工业、市场与生态的和谐共存、共育共进的新生态文明。新生态文明具有文明的现代性、发展的可持续性、人与自然的和谐性、人对生态的合理利用性，以及对其利用风险的高度警惕性等特点。

20 世纪以来，中国先后兴起了以民族主义、科学主义和人文主义为基本诉求的三次国学思潮。第三次国学思潮发生在 20 世纪 80 年代末 90 年代以来，至今方兴未艾。这次国学思潮关于国学含义有较大争议，由此导致"重倡派"、"反对派"、"缓行派"、"谨慎派"、"补充派"、"重估派"等各种流派的纷争，展现的无疑是现代化与传统性颉颃、人文性与市场化纠结、学术性与大众化并存的思想生态。这次国学思潮处于我国工业化中期与市场化完善期，因此其人文主义诉求显著。无论是从学术发展、人文熏育、文化创新方面来看，还是从身份标识、文化认同、国家软实力方面来看，国学的昌盛是必要的，但必须以现代化的、开放的、多元的、发展的、自主创新的态度来对待它。

农民流动是中国现代化之必然与必需。农民的流动化、非农化与市民化是解决中国农民问题的根本出路。当代中国农民流动有三大趋向：一是农村产业结构内部的流动，表现为从小农业（耕作业）向大农业（耕作业之外的其他农业部门）的流动、从农业向农村工业与服务业的流动；二是从农村向城市的流动；三是从公有制经济向非公有制经济的流动。从社会流动看，新中国成立初期（1949～1952）存在三种形式的农民流动：一是农民从农业向非农产业的流动；二是农民由农村向城镇的流动；三是农民的逆向流动，即已在城市就业与定居的市民的重新农民化流动。新中国初期的农民流动，既源于农村个体农业经济发展的推动力，也存在农村富农经济与城市工业经济发展的拉动力。推动机制在于农民土地所有制；吸纳机制是农村富农经济发展体制、多种经营机制与城市民营经济发展体制的存在；通道机制是市场经济体制的存在。值得注意的是，尽管这一时期农民流动是较为自由的，但诸多因素也决定了农民流动的有限性。这其中既存在思想认识根源及由此导致的政策问题，也存在生产力落后与制度设计方面的局限。

1953～1960 年形成了新中国第一次农民进城潮。1961～1963 年是这次农民进城潮的消解时期。这次农民进城潮的形成，既是工业化的拉力与农村剩余劳动力的推力共同作用的结果，也与当时的制度交替和制度调整密不可分。1953～1957 年是市场体制与计划体制交替、计划体制初步形成（其弊端也初步显露）的时期，市场体制还发挥一定的作用。1958～1960 年是计划体制在其弊端显露后的内部调整（中央权力下放）时期，市场体制也在一定时期与一定范围内有所恢复。正是这一制度环境为农民大量进城提供了条件。1961～1963 年，是中央高度集权的计划体制的重建与加固时期，农民进城潮由此得到遏制与消解。高速的、密集的工业化带来的农民进城潮是对初步形成的计划体制的全面检验，结果是中央高度集权的计划体制与城乡二元体制得以最终形成。

改革开放以来，中国农民流动机制变迁经历了三个基本阶段：1978～1992 年以乡镇企业发展为主体的产业流动机制建设时期；1992～2002 年以国有企业改制和非公经济发展为主体的社会主义市场经济机制建设时期；2002 年至今以科学发展观为指导的城乡一体发展体制建设时期。其基本特点与历史经验有：第一，家庭联产承包责任制与社会主义市场经济体制搭建了农民工流动机制的基本框架；第二，从城乡二元流动机制走向城乡一体流动机制；第三，从产业流动机制到地域流动机制有序放开；第四，在城市流动机制中，以沿海城市与中小城市为吸纳主体，农民工市民化以小城镇为吸纳主体。改革开放以来农民工流动机制变迁，既积累了宝贵的经验，也留下了深刻的启示。

从各种现代化概念与理论来看，现代化是人类历史上的一次深刻转型，是从农业、手工业与地域性商业文明向大工业与全球市场文明转型，并进一步向以全球市场文明为基础的知识与生态文明转型。新中国的现代化已经取得长足进展，但中国的现代化还在路上。我们的现代化目标是：2020 年全面建成小康社会，2050 年左右基本实现现代化。至于全面实现现代化，时间将会更长。赶超最先进的现代化国家，将是我们面临的长期的艰巨任务，我们要为现代化的成功不懈努力。中国的现代化转型，为现代化研究提供了巨大的历史契机，这正是我们身处这个伟大时代的光荣使命。

第一章

新中国现代化核心理念的四次转变

中华人民共和国成立 60 多年来，一直致力于实现现代化的追求，先是提出工业化与四个现代化，改革开放以来则提出系统的中国特色社会主义现代化理论。从目标模式看，现代化的核心理念历经四次转变：从三民主义现代化到新民主主义现代化；从新民主主义现代化到有一定中国特色的经典社会主义现代化；从有一定中国特色的经典社会主义现代化到中国特色社会主义现代化；从发展到科学发展，同时从建设小康社会到全面建设小康社会。现代化核心理念及其相关理念的每次转变，都对现代化的重心、方向、结构、效度、程度、进度、广度产生了重大影响。

一、第一次变迁：从三民主义现代化到新民主主义现代化

新中国现代化核心理念的第一次变迁，发生在新中国成立之时，主要是从旧中国的三民主义现代化转变到新中国的新民主主义现代化。

旧中国现代化的核心理念是三民主义，尤其是民生主义，具体体现在孙中山先生的《建国方略》中，包括心理建设、物质建设与社会建设。首先，以振兴实业为中心，"第一工业革命"（易手工用机器）与"第二工业

革命"（工业统一与国有）"同时并举"①，优先发展交通运输（特别是铁路与港口）、水利与市政建设，其次是钢铁工业、农业与矿业。发展国家资本，节制民营资本，在平等互利的基础上，大规模引进外资、先进技术与设备，实现国际合作，共同发展中国实业，建设一个实业发达、民权发达、"政治最修明、人民最安乐"的"为民所有、为民所治、为民所享"的现代化社会。但在实际执行的过程中，官僚资本独大，政治腐败严重，工业化进程缓慢，现代化范围狭小，程度很低且严重不均衡，而且对西方列强有很强的依附性。

新民主主义现代化理论是以毛泽东为首的中共第一代领导集体，在新民主主义革命道路理论形成的基础上，在抗日民族统一战线确立的背景下，提出与发展起来的。在毛泽东的《新民主主义论》、《论人民民主专政》，中共七大的书面和口头报告与结论，以及刘少奇论新中国经济建设的相关文章中有集中表述。

新民主主义现代化理论认为，在新民主主义革命胜利后，国家进入建设新民主主义社会时期，作为进行社会主义革命之前的过渡阶段。虽然新民主主义的前途是社会主义，但新民主主义并不等于社会主义，基本上属于资本主义性质，不过是一种新资本主义。在新民主主义阶段，应提倡利用资本主义的积极性，该理论甚至一度认为新民主主义时期可以广泛地发展资本主义。在这一阶段必须从农业国转变为工业国，工作重点从以农村为重点转移到以城市为重点。新民主主义社会时期，在政治方面是各革命阶级联合的人民民主专政，经济方面是国营经济领导下的公私五种经济成分分工合作发展，文化方面是建设民族的、科学的、大众的文化。

其中，经济现代化道路是先工业化（机械化）后社会化（合作化），认为私营工业国有化和农业社会化还在很远的将来。② 工业化道路是以发展农业和轻工业为重心。首先，恢复工业生产；其次，以主要力量发展农业与轻工业，同时建立必要的国防工业；再次，以更大的力量建设与发展重工业；最后，以重工业为基础，大大发展轻工业并使农业生产机械化。③ 朱佳木称之为欧美、德日与苏联三条发展道路之外的"第四条道路"，即"通过没收官僚资本和自力更生，巩固和壮大国有工业基础和技术力量，在国有经济主导下，

---

① 孙文：《建国方略》，郑州：中州古籍出版社，1998年，第162页。

② 毛泽东：《做一个完全的革命派》，《毛泽东选集》（第五卷），北京：人民出版社，1977年，第27页。

③ 刘少奇：《国家工业化和人民生活水平提高》，《刘少奇选集》（下卷），北京：人民出版社，1985年，第4页。

重点发展私人资本主义工业（其中主要是轻工业），以此积累资金，扩充装备和技术队伍，然后着重发展重工业"①。

这次现代化观念转变，是中国共产党经历了长期酝酿、反复实践，不断发展与完善之后自然形成的，充分吸收了三民主义现代化思想的合理之处，是中国共产党探索中国特色现代化道路的重要理论成果，为中国共产党深入探索中国特色社会主义现代化道路奠定了良好的基础。但由于我国面临着较为复杂而紧张的国际与周边环境，亟须建立独立自主的工业体系与国民经济体系，并通过重工业建设迅速使国家强大起来，而新民主主义现代化并不可能采取重工业优先发展战略，也难以通过密集的国家投资来迅速实现工业化与国防现代化，以最短的时间建立独立自主的工业体系。也由于这次现代化观念转变具有策略性而非战略性，主要是利用资本主义追求利润的积极性来迅速恢复生产与实现工业化，没有充分认识到商品经济或市场经济的高度发展也是社会主义不可逾越的阶段，社会主义国有经济主导下的非公经济并不等于资本主义，即没有完成"从策略到经济学理论的转变"②。因此，这次转变刚开始不久就不得不发生第二次转变。

新民主主义现代化实施得非常短暂，到1953年大规模的社会主义改造正式实施之前，仅3年时间，即使算上不断加快结束新民主主义进程的社会主义改造时期，也不过7年时间，但是，还是取得了巨大的成绩，奠定了社会主义工业化的初步基础。1949～1952年，现代工业产值占工农业总产值的比重由17%上升为26.6%，工业总产值占工农业总产值的比重由30%上升为41.5%，工业总产值增长145.1%，工农业总产值增长77.5%，好于此前最高历史水平的20%。但是，轻工业优先增长在实际上并没有得到完全落实，实际上，重工业产值占工业总产值的比重由26.4%上升为35.5%。同样，非公经济也没有在国有经济领导下得到广泛发展，非公工业产值在全国工业总产值中由63%下降为39%，国营工业由34.7%上升为56%，国家合营工业由2%上升为5%。随后的第一个五年计划（1953～1957），则完全是以重工业为中心，而且建立了单一公有制与高度集中与集权的计划体制。

---

① 朱佳木：《由新民主主义向社会主义的提前过渡与优先发展重工业的战略选择》，《当代中国史研究》，2004年第5期。

② 虞和平：《中国现代化历程》，南京：江苏人民出版社，2007年，第986页。

二、第二次变迁：从新民主主义现代化到经典社会主义现代化

新中国现代化核心理念的第二次变迁，主要发生在 1952～1956 年，至 1956 年基本完成，此后不断巩固与强化，是从新民主主义现代化，转变为具有一定中国特色的、主要仿效苏联式经典社会主义现代化，完整表述为过渡时期总路线。虽然过渡时期总路线把 1949～1956 年统称为从新民主主义向社会主义的过渡时期，但是，实际过渡时期却主要发生在 1953～1956 年，当然此前也为过渡作了不少准备，如"互助合作"、"合理调整工商业"、"五反"运动分别为社会主义改造奠定了基础。

这次现代化核心理念转变，一开始完全学习苏联，后来提出"以苏为鉴"，开始试图构建中国特色社会主义现代化理论，探索中国特色社会主义现代化道路，取得了一定的理论成果与实际进展，如中共八大的理论成就与毛泽东的《论十大关系》、《关于正确处理人民内部矛盾的问题》等，但总体上并没有摆脱经典社会主义现代化，主要是苏联社会主义现代化的理念与模式，在以群众运动推进现代化等方面超越了苏联理念。

相对此前的新民主主义现代化而言，这次转变的主要方面如下。

第一，现代化属性方面，从积极利用资本主义，甚至广泛发展资本主义，转到提倡经典社会主义，强调单一公有制，特别是全民所有制的领导与主导地位。

第二，在现代化结构方面，从一般性地提工业化与现代化，转为系统地提"四化"理论，核心是工业化，关键是科技现代化。"四化"理论从形成到蜕变历经近 40 年，经历四个阶段，即萌发期（1949～1954）、形成期（1955～1963）、完善期（1964～1978）与蜕变期（1979～1990）。1949～1954 年，已经牢固地形成了以工业化为中心的现代化战略，"四化"的提法已经正式出现，但其内涵与提法还没有完全固定下来。1955～1963 年，"工业化"、"两个现代化"、"三个现代化"、"四个现代化"的提法并存，"四化"的正式提法完全形成。此后一直到 20 世纪 80 年代后期，"四化"的提法一直在沿用，"四化"理论得到了深入发展。从 1964 年到改革开放以前，"四化"及其"两步走"发展道路构想已经形成，并得到反复强调，但是，由于"文化大革命"的干扰，四个现代化战略的实施受到严重影响。

第三，在现代化发展阶段方面，新民主主义现代化理论主张，要在新民

主主义社会时期用 15～20 年时间实现工业化，在此基础上再一举实现社会主义。具有一定中国特色的经典社会主义现代化理论则提出中国现代化的"两步走"战略，即到 1980 年实现工业化，到 2000 年全面实现"四化"。当然，也有一段时间，主要是"大跃进"时期，提倡 15 年赶英、20 年超美，并不断缩短赶超时间。但后来一直强调的主要是两步走战略，在 1964 年三届人大一次会议与 1975 年四届人大一次会议的政府工作报告中有明确表述。

第四，在工业化战略方面，从轻工业优先转变为重工业优先，特别是钢铁工业优先。"一五"计划与"二五"计划都是根据这个战略来安排的。"三五"计划的设计处于"大跃进"以后的经济困难与大调整时期，原计划为以农业轻工业优先发展的"吃穿用计划"，但由于我国周边环境的高度紧张，最终变成了一个主题为"备战、备荒为人民"、以国防建设为中心的"三线建设"计划。

第五，在现代化实现手段方面，由注重发挥商品货币符号与价值规律的作用，到过于强调单一的计划经济体制，甚至要消除被称为体现"资产阶级法权"的按劳分配制度。

这次现代化观念转变，充分认识到公有经济特别是国有经济在社会主义现代化建设中的领导地位，充分认识到发展现代工业在现代化中的核心地位，特别是发展重工业在工业化中的基础性地位，以及对于建立独立自主的工业体系与国民经济体系的紧迫性，充分认识到计划经济体制的后发赶超优势与理性配置资源的效应，充分认识到赶超型现代化的可能性、必要性与紧迫性。

但是，这次现代化观念转变的基本局限也是很明显的，主要有如下六个方面。

第一，对社会主义经济增长方式与工业化的认识主要是以苏联为参照系，把苏联的经验提升为社会主义国家工业化必须遵循的普遍规律。例如，当时认为，与资本主义工业化比较，社会主义工业化的特点是：在性质方面，扩大全民所有制，资本主义则是扩大剥削制度；在工业化的方法上，优先发展重工业，资本主义则是优先发展轻工业；在工业化的速度上，是不断增长和极为迅速的，理由有二：为了克服资本主义势力的威胁，必须尽快完成工业化；社会主义经济是全民所有，不是保证最大限度的利润，而是有计划的和为广大人民积极支持的，而资本主义工业化则是缓慢的；在资金来源方面，是依靠劳动人民增产与节约，而资本主义工业化则是通过剥削与对外侵略。[1]

---

① 一民、民之：《社会主义工业化与资本主义工业化有何不同？》，载本书编辑组：《过渡时期总路线学习问题解答》，上海：华东人民出版社，1954 年，第 29、30 页。

苏联的经济学家也强调优先发展重工业，是社会主义工业发展的一般规律。但这种主要依靠资源与资本投入的经济增长实际上属于早期的经济增长模式，并非真正意义的现代经济增长，而且是无法长期持续的，要维持高速经济增长必须依靠提高资源配置效率和各类创新活动。[①]

第二，对现代化的认识仍然没有超越把现代化简化为工业化或经济现代化的取向。无论是从集中提工业化，还是着力提"四化"，其基本指向都是工业化，对政治现代化、文化现代化、社会现代化、生态现代化等方面没有予以应有的重视。

第三，单一公有制与单一计划体制的"大同"式社会主义现代化有着浓厚的空想性，不能从根本上调动体力与智力千差万别的各种社会力量的发展积极性，也不能合理地配置各种社会资源，更不能灵活地利用与驾驭国际市场及其资源；没有估计到产权不明晰的公有制所造成对实际经营者激励不足的可能性，也没有意识到计划经济对信息要求的充分性、对称性、准确性与实际运作所可能造成的盲目性、滞后性、风险性。虽然想通过"一大二公"的人民公社体制去实现"农村工厂化、农业工业化、农民工人化"，但从现代化的角度看，这种体制"实际上是建立在半自给自足的自然经济基础上的，注重的是上下关系，而这不利于加强跨公社的各生产队的横向经济联系，不利于实行跨地区、跨行业、跨所有制之间的协作和联合，也不利于农业向专业化、社会化方向发展"。[②] 从根本上说，这是与现代化所要求的人的解放和市场经济相违背的。

第四，过分追求赶超式现代化的高数量与高速度，没有充分认识到质量、效益、协调性与可持续性对现代化的更基础性的作用，更没有科学预计到不同的增长方式、发展方式对现代化品质的战略性影响。

第五，长期坚持优先发展重工业战略，使得轻工业与农业发展严重滞后，不利于广泛扩大就业渠道，大量转移农村剩余劳动力，提高人民消费水平，最终制约重工业水平的不断提高与可持续发展。

第六，推行城乡各自独立发展、缺乏普遍联系，特别是缺乏充足的市场联系的二元体制，抑制了农民流动对经济发展的活力以及对城市美好生活的追求，从根本上不利于城市对农村的整合发展，农村的城镇化与城市本身的发展，固化了传统的经济社会结构，不利于现代化的整体推进，使得现代化

---

① 吴敬琏：《中国增长模式抉择》，上海：上海远东出版社，2006年，第53页。
② 罗平汉：《农村人民公社的解体》，载罗平汉：《当代中国历史问题札记二集》，桂林：广西师范大学出版社，2006年，第261页。

容易遭到来自农村的抗拒力量，而非支持力量。到 1978 年工业总产值已占工农业总产值的 72.2%，而农业人口仍然高达 84.2%，保持在 1952 年的水平。一亿多农民没有解决温饱问题，全国贫困人口高达 2.5 亿人。[①]

这次现代化理念转变，适应了我们对社会主义的不懈追求，也迎合了我们对工业化与现代化建设的殷切期待，在一定程度上的确实现了工业化的高速增长，基本上建立了独立自主的工业体系与国民经济体系。但是，工业化的品质较低，工业内部不均衡发展严重，整个工业结构与国民经济结构处于畸形状态，人民生活水平长期得不到改善，而且并没有在理论上完全搞清楚什么是社会主义现代化，在实践中如何实现社会主义现代化，经典社会主义现代化观念挥之不去，中国特色社会主义现代化难以深入探索，从而贻误了中国现代化更高层次腾飞的机会，延误了中国现代化的发展进度与深度。但是，由于其理论宣传范围广、执行时间长，因此，它对中国现代化影响极为深刻，其路径依赖也造成了改革开放的曲折艰难。

三、第三次变迁：从经典社会主义现代化到中国特色社会主义现代化

新中国现代化核心理念的第三次变迁发生在 1978～2002 年，是具有一定中国特色的经典社会主义现代化，转变到中国特色社会主义现代化。

相对此前的现代化而言，这次转变主要体现在以下几个方面。

第一，在现代化主题方面，从革命与斗争为中心转变为发展与和谐为中心；从弱化发展转变到把发展看做执政兴国的第一要务。

第二，在现代化目标方面，从迅速实现工业化的"赶英超美"、快速进入共产主义的"大同"，转变到脚踏实地建设中国式现代化的"小康"；从以工业化为中心的四个现代化转变到以发展为中心的基本现代化。

第三，在现代化阶段方面，建立独立的比较完整的工业体系与国民经济体系（到 1980 年）—全面实现四个现代化（到 2000 年）的两阶段论，转变为经过温饱（到 1990 年）—小康（到 2000 年）—基本现代化（到 2050 年）的三阶段论。

第四，在现代化手段方面，从高度集权的计划经济转变为计划与市场结合，进而演化为建立社会主义市场经济体制；从主要依靠思想政治教育与群

---

① 国家发展与改革委员会经济体制综合改革司，国家发展与改革委员会经济体制与管理研究所：《改革开放三十年：从历史走向未来》，北京：人民出版社，2008 年，第 10 页。

众运动转变到更加注重发挥基础组织积极性、群众首创性，并积极培育市场主体，激发市场主体的企业家精神与现代性活力。

第五，在政治现代化方面，从过于强调专政与集中转变到较为注重法治与民主，社会活力被充分调动，民主的制度化建设受到重视，法治国家建设被提上日程，党内民主、基层民主、选举民主深入开展；从党、政、资、社、企五合一体制转变为党、政、资、社、企相对分离体制。

第六，在社会现代化方面，从过于强调社会组织体制的一元化转变到注意培育与发挥各种民间或中介社会组织的作用；从强调"贫穷革命"（依靠贫下中农）转变到提倡"致富光荣"（扩大中等收入阶层）；从过分关注社会矛盾、阶级分化与阶级斗争转变到更加注重社会发展、社会建设与社会和谐。

第七，在经济现代化方面，从优先发展重工业转变到比较注意工业结构与整个经济结构的协调发展；从过于关注工业化转变到注意发展第三产业；从完全忽视市场化转变到大力提倡市场化；从经济的大起大落转变到注重可持续发展；从相对封闭搞建设转变到全方位对外开放；从主要利用本国资源转变到注意利用国际市场与全球资源。

第八，在思想文化现代化方面，从百家争鸣与百花齐放的虚化转变到逐渐实化；从提倡科学文化与科学技术的现代化转变到大力提倡发展先进文化、"科学技术是第一生产力"与科教兴国；从学习苏联转变到向世界优秀的思想文化与科技管理经验广泛学习。

这次现代化理念转变，是在充分吸取改革开放以前我国社会主义现代化探索的经验教训的基础上展开的，进一步解放思想、实事求是，结合本国国情与发展实际，广泛地吸取先进国家的现代化经验，不断探索，及时总结探索中的可行经验，进一步理论化与再实践化，不断解放思想，因此，这次现代化观念转变是开放的、符合我国发展实际的，引领了有史以来一场涉及人口最多、现代化范围最密集、持续增长时间最长的现代化进程。同时，形成了中国特色社会主义现代化理论体系，找到了中国特色社会主义道路，就是"在中国共产党领导下，立足基本国情，以经济建设为中心，坚持四项基本原则，坚持改革开放，解放和发展社会生产力，巩固和完善社会主义制度，建设社会主义市场经济、社会主义民主政治、社会主义先进文化、社会主义和谐社会，建设富强民主文明和谐的社会主义现代化国家"[1]。

不可否认的是，这次现代化观念转变，在实际操作中也存在着"重国际

---

① 胡锦涛：《在纪念党的十一届三中全会召开 30 周年大会上的讲话》，北京：人民出版社，2008 年，第 38 页。

市场、轻国内需求，重低成本优势、轻自主创新能力，重物质投入、轻资源环境，重财富增长、轻社会福利水平提高"等问题。[①]

四、第四次变迁：从发展到科学发展，从"小康"到"全面小康"

新中国现代化核心理念的第四次变迁，发生在进入 21 世纪以来，特别是 2002 年中共十六大提出"全面建设小康社会"、2007 年中共十七大提出"深入贯彻落实科学发展观"以后。主要表现是：从强调"发展是硬道理"到大力提倡"科学发展"，学界称之为从"黑色发展"或"黑色现代化"到"绿色发展"或"绿色现代化"[②]，同时，由提出"建设小康社会"（达到小康水平或总体小康）到提倡"全面建设小康社会"。对"科学发展"的基本认识是：第一要义是发展，核心是以人为本，基本要求是全面协调可持续，根本方法是统筹兼顾；关键是转变经济发展方式、完善社会主义市场经济体制。对"全面建设小康社会"的基本认识是：继承了邓小平关于分阶段实现现代化的战略构想，具有中国特色，易于为广大人民理解，符合中国国情与现代化建设实际，同实现社会全面发展与共同富裕的目标相吻合。

这次现代化理念转变，主要体现在：

第一，在发展模式方面，从过分强调国内生产总值（GDP）转变到强调以人为本；从主要强调发展转变到主要强调全面协调可持续发展。其中，在工业化模式方面，从经典工业化转变到新工业化，从"黑色工业化"到"绿色工业化"；在城乡发展模式方面，从城乡二元分立发展转变到城乡一体联动发展；在城市化模式方面，从"黑色城市化"转变到"绿色城市化"，从工业城市转变到生态城市；在资源利用模式方面，从过于强调向自然索取与挑战转变到重视环境保护，从"黑色能源"转变到"绿色能源"；在消费模式方面，从"黑色消费"转变到"绿色消费"。

第二，在发展内涵方面，不仅强调数量性、速度性、基础性、物质性、外延性发展，更强调广泛性、均衡性、深度性、人本性、精神性发展；不仅关注经济增长与经济效益，更关注社会公平与生活质量；不仅关注社会主义市场经济、民主政治、法治国家、服务政府建设，更强调社会主义和谐社会、

---

① 任仲平：《决定现代化命运的重大抉择——论加快经济发展方式转变》，《人民日报》，2010 年 3 月 1 日，第 1 版。

② 胡鞍钢：《绿色现代化：中国未来的选择》，《学术月刊》，2009 年第 10 期。

生态文明与全面小康建设，认识到社会和谐是中国特色社会主义的本质属性，要求在全社会树立生态文明观念。

第三，在经济发展方面，从注重发挥资源比较优势转变到注重提升自主创新能力，提高科技进步对经济增长的贡献率；从主要注重发展生产与投资以推动经济增长转变到更加注重消费来拉动经济发展；从更注重小城镇发展转变到较注重城市化；从相对忽视农村建设转变到大力提倡城乡一体化体系下的新农村建设；从低效农业、糊口农业、自然农业、灌溉农业、土地农业转变到高效农业、精细农业、设施农业、节水农业、观光农业、海洋农业、生态农业、有机农业；从污染工业、黑色工业、夕阳工业转变到生态工业、清洁工业、绿色工业、朝阳工业、信息工业；从物质经济、黑色经济、高碳经济转变到非物质经济、绿色经济、低碳经济。

第四，在政治发展方面，从关注党政分离与政企分开转变到更加注重公民政治参与、法治政府建设、廉洁政府建设、执政能力建设、公共服务能力建设。

第五，在文化发展方面，从注重文化的引进交流与多元发展转变到更加关注社会主义核心价值体系建设，从过分偏重强调意识形态建设转变到注重公共文化服务体系建设、文化软实力建设与文化产业化。

第六，在社会发展方面，从关注效率优先转变到要求效率与公平并重，更关注充分就业、消除贫困与扩大社保覆盖范围。

第七，在生态发展方面，从忽视环境保护与资源节约转变到更加强调产业结构、增长方式、消费模式的转变，提倡建设资源节约型、环境友好型社会。

这次现代化理念转变，早在 20 世纪 90 年代中期以后就已经在酝酿形成之中，到 21 世纪开始以后相继展开。主要应对以下三个问题：第一，在基本小康目标已经实现的前提下，中国经济社会发展向何处去？为了解答这一问题，中共十六大提出了全面建设小康社会的奋斗目标、时间表与基本任务，中共十七大在此基础上提出了新的更高的要求。第二，在拼自然资源、拼土地资源、拼廉价劳动力、拼大量投资与出口、拼环境承载容量已经难以为继的情况下，中国经济增长向何处去？为了解答这一难题，中共十七大提出深入贯彻落实科学发展观，转变发展方式，提高自主创新能力，提高城镇化水平，形成消费、投资、出口协调拉动的增长格局，建设生态文明。第三，在中国社会分工日益复杂、社会阶层日益分化、社会利益冲突加剧、社会结构日益差异化与多元化，以及城乡、区域、经济社会发展很不平衡，就业、社保、分配、教育、医疗、住房、治安等方面关系群众切身利益的问题比较突出的新形势下，社会建设将如何开展？为了解答这一难题，2004 年中共十六届四中全会通过的《关于加强党的执政能力建设的决定》中提出了构建社会主义和谐社会的命题，2006 年中共十六届六中全会正式通过了《关于构建社会主义和谐社会若干重大问题的决定》。

这次现代化理念转变虽然还在进行之中，但是，可以预期的是，必将对中国现代化进程产生极为深远的影响。

第二章

毛泽东对苏联经典现代化理论与实践的批判

经典现代化，无论在理论上还是在实践上，均出现了苏联式与西方式。新中国改革开放以前的社会主义现代化建设，无论在理论还是在实践上，都受到苏联经典社会主义现代化的深刻影响。但是，新中国也不是一味学习和模仿苏联的理论与经验，而是在学习与实践的过程中表现出越来越强的批判性与独创性。无论是在社会主义改造还是在社会主义建设之中，毛泽东都在认真学习苏联理论与经验的基础上力图结合中国国情，探索具有中国特色的现代化道路。特别是在 1956 年苏联破除了对斯大林的迷信之后，我们也破除了对苏联经典社会主义现代化理论与实践的迷信，努力探索中国实现社会主义现代化的具体道路。毛泽东对苏联理论与实践的批判和超越主要在1956～1957 年与 1958～1960 年两个时间段。

一、批判基调：对苏联的学习与超越

毛泽东对苏联经典社会主义现代化理论与实践的批判，主要并不是以否认苏联理论与经验为前提，而恰恰是在进一步深入学习苏联理论与经验的基础上，结合中国实际，探讨在中国实践的具体形式与举措，摒弃不适合中国社会主义改造与社会主义建设的形式与举措。关于社会主义基本制度建设的取向与主旨，1956 年 1 月 22 日，毛泽东在接见南斯拉夫新闻工作代表团时表达了其实施原则与细则的基本要求："过渡时期这一套政策是马克思列宁主义的思想。原则上我们没有添加新的原则，我们没有增加新的东西，我们只不过在实施这些原则的形式上、细节上，有些新的东西，有些经验，这些经验，对一些比较落后的国家有些帮助。"① 关于中国社会主义建设的主要参考系，1957 年 10 月 9 日，毛泽东在中共八届三中全会上指出："苏联的建设经验是比较完全的。所谓完全，就是包括犯错误。不犯错误，那就不算完全。学习苏联，并不是所有事情都硬搬，教条主义就是硬搬。我们学习苏联，要包括研究它的错误。研究了它错误的那一方面，就可以少走弯路。我们是不是可以把苏联走过的弯路避开，比苏联搞得速度更要快一点，比苏联的质量更要好一点？应当争取这个可能。"② 学习苏联经验、避免苏联错误、尽量少走弯路，争取更快更好发展，这是毛泽东学习苏联的根本出发点。

　　1956 年毛泽东明确宣布要把马列主义同中国实际进行"第二次结合"，探索中国建设社会主义的"具体道路"，不要再迷信并照搬苏联一套。1956 年 4 月 4 日，毛泽东在中共中央书记处会议上说："现在是社会主义革命和建设时期，我们要进行第二次结合，找出在中国怎样建设社会主义的道路。这个问题我几年前就开始考虑，先在农业合作化问题上考虑怎样把合作社办得又多又快又好，后来又在建设上考虑能否不用或少用苏联的拐杖，不像第一个五年计划那样照搬苏联的一套，自己根据中国的国情，建设得又多又快又好又省。现在感谢赫鲁晓夫揭开了盖子，我们应从各方面考虑如何按照中国的情况办事，不要再像过去那样迷信了。其实，过去我们也不是完全迷信，有自己的独创。现在更要努力找到中国建设社会主义的具体道路。"③ 在 1956年，毛泽东反复宣布，不要迷信苏联经验，不要依赖苏联援助，要对苏联的经验教训"引以为戒"。1956 年 4 月 20 日，毛泽东在听取第三次汇报时说："过去有人说，'如果没有苏联的援助，中国的建设是不可能的。'这种思想是不对的。为什么英国、美国、日本建设了呢？为什么苏联建设了呢？"④ 1956年 4 月 25 日，毛泽东在中共中央政治局扩大会议上特别强调："最近苏联方

---

① 顾龙生：《毛泽东经济评传》，北京：中国经济出版社，2000 年，第 370 页。

② 毛泽东：《做革命的促进派》，《毛泽东选集》（第五卷），北京：人民出版社，1977 年，第473 页。

③ 吴冷西：《忆毛主席——我亲自经历的若干重大历史事件片断》，北京：新华出版社，1995年，第 9、10 页。

④ 《党的文献》编辑部：《党的重要文献选载》，《党的文献》，2004 年第 1 期。

面暴露了他们在建设社会主义过程中的一些缺点和错误，他们走过的弯路，你还想走？过去我们就是鉴于他们的经验教训，少走了一些弯路，现在当然更要引以为戒。"① 1956 年 11 月 15 日，毛泽东在中共八届二中全会上说："我们曾经对他们（苏联人）说过：我们不同意你们的一些事情，不赞成你们的一些做法。"②

1958～1960 年"大跃进"时期，毛泽东为了实现赶超苏联与英美的愿望，反复提倡说：要解放思想、破除迷信；要敢想、敢讲、敢做；工业没有什么了不得，迷信是不对的；要学苏联，不是硬搬，而是有选择地学；还一定要学日本和美国；破除迷信，自力更生；没有苏联就不能活，此论不通，苏联之前无苏联，马克思之前无马克思。1958 年 3 月 10 日，毛泽东在成都会议讲话中明确反对经济工作中照搬苏联模式的教条主义做法，并总结了中国对苏联的学习与超越，且分析了造成这一局面的具体原因。毛泽东指出，我们对苏联的硬搬和适用部分主要是重工业、计划工作、银行工作、统计工作，其次是教育工作、卫生工作。他认为我们在商业与轻工业方面照搬苏联似较少些，在社会主义革命与农业方面则是有独创精神的。形成这一状况的原因是：①我们的设计、施工、设备都从苏联而来，自己不行；②我们对苏联、对中国的实际情况都不了解；③来自苏联方面的强大压力，特别是斯大林的压力，我们自己则盲目地屈服于这样一种大压力。1956 年以后，我们开始探讨中国自己的社会主义建设方式，主要是因为斯大林被批判之后，破除了对斯大林理论与苏联经验的迷信，同时对苏联的了解比以前更多。③

二、对苏联公有化理论与实践的批判

毛泽东接受斯大林如下的公有制理论与实践：社会主义在经济方面的基本形式是单一公有制，包括全民所有制（国有制）与集体所有制（"小全民"）。集体所有制只是社会主义的一种临时过渡形式，必须尽快向全民所有制过渡。完全意义的社会主义，则只有全民所有制。公有制与私有制是完全对立的，确立公有制则必须消灭私有制，二者绝无并存、包容、融合、合作与妥协之

---

① 毛泽东：《论十大关系》，《毛泽东文集》（第七卷），北京：人民出版社，1999 年，第 23 页。
② 毛泽东：《在中国共产党第八届中央委员会第二次全体会议上的讲话》，《毛泽东选集》（第五卷），北京：人民出版社，1977 年，第 320 页。
③ 毛泽东：《建国以来毛泽东文稿》（第七册），北京：中央文献出版社，1992 年，第 194～197、199～204、112、113 页。

可能，是你死我活的斗争关系。1955 年 10 月 11 日，毛泽东在中共七届六中全会上提出要让帝国主义、封建主义、资本主义与小生产"绝种"，特别是要资产阶级与资本主义在中国"绝种"、在地球上"绝种"，无疑这是认可斯大林"公私不能兼容"的一种反映。① 1958 年 11 月 10 日，毛泽东在郑州会议上的讲话承认"建成社会主义的集中表现是实现社会主义的、全面的全民所有制"。1958 年 11 月 21 日，毛泽东在武昌会议的讲话中再次承认，"建成社会主义的一个主要标准，是全面的全民所有制"。讲话强调，"我们建成社会主义，是所有制合为一个标准，都是全民所有制。我们以完成全民所有制为第一标准"②。1959～1960 年，毛泽东在关于读苏联《政治经济学教科书》的谈话中指出："所有制方面的革命，在一定时期是有底的，例如，集体所有制过渡到全民所有制，整个国民经济变成了单一的全民所有制以后，在相当长的时期内，它还是全民所有制。"③ 尽管如此，毛泽东对苏联公有化理论与实践也有所批判，毛泽东对苏联国有化与集体化的方式并不完全认同，对急于国有化与集体化的方法也有非议，在一段时期对单一公有制的危害也有所认识与批判。

第一，对苏联国有化与集体化方式的批判。

毛泽东认同苏联的国有化与集体化，但对苏联国有化与集体化的方式还是颇有非议。当然，毛泽东把公有化方式的差异原因主要归结为国情或历史条件不同。1956 年 11 月 15 日，毛泽东在中共八届二中全会上指出，"我们对待资本家的政策跟他们（苏联）不同"④。1959～1960 年，在读苏联《政治经济学教科书》的谈话中他详细地分析了中苏国有化方式的区别，即苏联的国有化是统一没收，中国的国有化是区别对待，没收与赎买并存。毛泽东指出："中国的资产阶级和俄国的资产阶级不同。我们历来把中国的资产阶级分为两部分，一部分是官僚资产阶级，一部分是民族资产阶级。我们把官僚资产阶级这个大头吃掉了，民族资产阶级这个小头，想反抗也没有力量。他们看到中国无产阶级力量强大，同时我们又采取适当的政策（赎买与教育）对待他们，所以在民主革命胜利后，他们就有可能接受社会主义改造。"我们国有化的渐进性特点与具体方式也与苏联大有不同，毛泽东说："对于民族资

① 毛泽东：《农业合作化的一场辩论和当前的阶级斗争》，《毛泽东选集》（第五卷），北京：人民出版社，1977 年，第 198、199 页。

② 顾龙生：《毛泽东经济理论与实践》（下册），北京：红旗出版社，2010 年，第 493、496 页。

③ 毛泽东：《读苏联〈政治经济学教科书〉的谈话》，《毛泽东文集》（第八卷），北京：人民出版社，1999 年，第 135、136 页。

④ 毛泽东：《在中国共产党第八届中央委员会第二次全体会议上的讲话》，《毛泽东选集》（第五卷），北京：人民出版社，1977 年，第 320 页。

本，我们是经过了三个步骤，即加工订货、统购包销、公私合营，来实现对它的社会主义改造。就每个步骤来讲，如加工订货，也是逐步前进的。公私合营也经过了从单个企业的公私合营到全行业公私合营的过程。"在公有化的过程中，我们在处理农民与资本家的关系也与苏联有所不同："我们是联合农民反对资本家。而列宁在一个时期曾经说过，宁愿同资本家打交道，想把资本主义变成国家资本主义，来对付小资产阶级的自发势力。"① 当然，我们的"三改"在目的上与苏联一样，也是反对农民与手工业者的自发势力并让资产阶级"绝种"。

中苏不仅国有化方式有差异，集体化方式同样存在差异。毛泽东认为苏联的集体化方式有问题，中国的集体化方式经过不断调整之后符合中国实际，完全集体化要渐进发展。1959 年 10 月 14 日，毛泽东在会见波兰党政代表团时说："我们研究过苏联 1918 年的农业公社章程，章程中有的条文不够妥当，如规定自留地一点不要，更严重的是实行各取所需，实行共产主义的分配原则。现在我们公社的生产资料所有制是集体所有加个人所有，两条腿走路，主要是集体所有。农民生活来源 80％来自集体经营的生产，20％来自自留地和其他副业，将来，若干年后把私有部分逐步减少。"②

第二，对苏联急于国有化与集体化的方法的批判。

毛泽东虽然接受斯大林的观点，把国有化视为社会主义建成的主要标志，但在目睹国有化实践中的一些弊端后，也产生了一些怀疑。1956 年 12 月 7 日，毛泽东在同中国民主建国会（简称民建）和中华全国工商业联合会（简称全国工商联）负责人的谈话中明确指出，"急于国有化，不利于生产"③。毛泽东也同样接受斯大林关于农村集体所有制最终要向全民所有制过渡的观点，一度还准备在中国实践，但最终反对急于过渡，认为集体所有制本身应该有一个发展过程。毛泽东在读苏联《政治经济学教科书》时指出："集体所有制本身有一个变化、变革的过程。"④ 究其根源，毛泽东指出，只有在集体所有制下充分地发展生产力，极大地增加社会产品，才能最终过渡到全民所有制。毛泽东提出建成社会主义要有基本条件或标准，大线是社会主义与共

---

① 毛泽东：《读苏联〈政治经济学教科书〉的谈话》，《毛泽东文集》（第八卷），北京：人民出版社，1999 年，第 111、114～116 页。

② 顾龙生：《毛泽东经济理论与实践》（下册），北京：红旗出版社，2010 年，第 579 页。

③ 毛泽东：《同民建和工商联负责人的谈话》，《毛泽东文集》（第七卷），北京：人民出版社，1999 年，第 171 页。

④ 毛泽东：《读苏联〈政治经济学教科书〉的谈话》，《毛泽东文集》（第八卷），北京：人民出版社，1999 年，第 138 页。

产主义；小线是集体所有制与全民所有制。毛泽东基本肯定了斯大林的三条标准：①首先是增加社会产品。这是基本的，叫以钢为纲，极大地增加产品。②集体所有制提高到全民所有制；将商品交换提高到产品交换，使中央机构能掌握全部产品。现在只有一部分是全民所有，大部分是集体所有。全民所有也不一定就过渡到共产主义。③提高文化水平、体育、智育。毛泽东特别强调第一条标准，但认为缺少一个政治条件。这几条的基本点是增加产品，极大地增加生产资料和消费资料，发展生产力。[①]

发展农村生产力，根本方法是发展商品生产与商品交换。毛泽东指出："斯大林说不能剥夺农民。我国人民公社，不但种子，还有化肥、产品，所有权在农民。我们没有宣布土地国有，而是宣布土地、种子、牲畜、大小农具社有。在这一段时期内，只有经过商品生产、商品交换，才能引导农民发展生产，进入全民所有制。"[②]他在读斯大林《苏联社会主义经济问题》的批注中，结合发达资本主义国家的经验，反复声明：不但不能过早废除商业，反而应该全力发展商业。毛泽东说，直到现在，只有英国一国（工农业资本主义高度发达），英国能否废商业，还是一个待研究的问题。看来还得生产商品；又说，列宁是要全力发展商业，问题还是一个农民问题，必须谨慎小心。[③]

除了需要大力发展商品生产与商品交换外，毛泽东还反复提出满足斯大林标准需要政治条件。1958年11月，毛泽东在一份抄录斯大林《苏联社会主义经济问题》论述过渡到共产主义的三个基本条件的材料上批示指出："没有政治挂帅，没有群众运动，没有全党全民办工业、办农业、办文化教育、没有几个同时并举，没有整风运动和逐步破除资产阶级法权的斗争，斯大林三个条件是不易达到的。有了这些加上人民公社的组织形式，过渡条件的问题就比较容易解决了。"[④]

在集体化目标与方式方面，我们基本学习苏联经验，即以小全民性质的集体所有制为制度目标，工业化与集体化同步，以集体化推进工业化；但在具体步骤方面，"我们的农业集体化经过几个步骤，跟他们不同"[⑤]。毛泽东

---

① 顾龙生：《毛泽东经济理论与实践》（下册），北京：红旗出版社，2010年，第492、493页。

② 毛泽东：《关于社会主义商品生产问题》，《毛泽东文集》（第七卷），北京：人民出版社，1999年，第437页。

③ 顾龙生：《毛泽东经济理论与实践》（下册），北京：红旗出版社，2010年，第503页。

④ 毛泽东：《建国以来毛泽东文稿》（第七册），北京：中央文献出版社，1992年，第596、597页。

⑤ 毛泽东：《在中国共产党第八届中央委员会第二次全体会议上的讲话》，《毛泽东选集》（第五卷），北京：人民出版社，1977年，第320页。

对苏联过急集体化有所批评，但反对过分批评，认为快一点也是合理的。
1955 年 7 月 31 日，毛泽东在省、市、自治区党委书记会议上指出："《苏联
共产党（布）历史简明教程》不是告诉了我们，他们的许多地方党组织，曾
经在合作化的速度问题上，在一个时期内，犯过急躁冒进的错误吗？我们难
道不应当注意这一项国际经验吗？我认为我们应当注意苏联的这一项经验，
我们必须反对没有准备的不顾农民群众觉悟水平的急躁冒进的思想。"但毛泽
东也指出："虽然苏联的一些地方党组织，如像《苏联共产党（布）历史简明
教程》上所说的，犯过一次所谓'胜利冲昏头脑'的错误，但是很快就被纠
正。我们不应当容许我们的一些同志利用苏联的这项经验来为他们的爬行思
想作掩护。"①

第三，对苏联单一公有制形式的批判。

单一公有制的生产关系与生产力之间是否会产生矛盾，这种矛盾应该如
何解决？毛泽东批评斯大林掩饰矛盾的态度，承认它们之间的矛盾，并提出
以新经济政策解决的思路。毛泽东指出："斯大林在一个长时期里不承认社会
主义制度下生产关系和生产力的矛盾，上层建筑和经济基础之间的矛盾。直
到他逝世前一年写的《苏联社会主义经济问题》，才吞吞吐吐地谈到了社会主
义制度下的生产关系和生产力之间的矛盾，说如果政策不对，调节得不好，
是要出问题的。但是，他还是没有把社会主义制度下生产关系和生产力之间
的矛盾、上层建筑和经济基础之间的矛盾，当作全面性的问题提出来，他还
是没有认识到这些矛盾是推动社会主义社会向前发展的基本矛盾。"②

单一公有制的生产关系与生产力之间的矛盾在社会主义基本制度确立之
际就已经表现出来了，那就是生产不足与缺乏效益。"国营、合营企业不能满
足社会需要。""做衣服要三个月，合作工厂做的衣服裤腿一长一短，扣子没
眼，质量差。"毛泽东批评斯大林过早地结束列宁的新经济政策，导致整个社
会物资不足："我怀疑俄国新经济政策结束得早了，只搞了两年退却就转为进
攻，到现在社会物资还不充足。我们保留了私营工商业职工 250 万人（工业
160 万，商业 90 万），俄国只保留了 8（万）～9 万人。"毛泽东提议实施新
经济政策，在公有制企业主导下有限地恢复私有企业。1956 年 12 月 7 日，
毛泽东在同民建和全国工商联负责人的谈话中指出，"最好开私营工厂，同地

① 毛泽东：《关于农业合作化问题》，《毛泽东选集》（第五卷），北京：人民出版社，1977 年，
第 183、184 页。
② 毛泽东：《在省市自治区党委书记会议上的讲话》，《毛泽东选集》（第五卷），北京：人民出
版社，1977 年，第 356 页。

上的作对，还可以开夫妻店，请工也可以。这叫新经济政策"；"可以开私营大厂，订个协议，10 年、20 年不没收。华侨投资的，20 年、100 年不要没收。可以开投资公司，还本付息。可以搞国营，也可以搞私营。可以消灭了资本主义，又搞资本主义。当然要看条件，只要有原料，有销路，就可以搞。"①

三、对苏联计划化理论与实践的批判

苏联以斯大林理论为核心的经典社会主义现代化理论与西方以美国理论为核心的经典现代化理论均注目于工业化，其根本区别则在于要不要市场化，即要不要全面发展市场经济。毛泽东对苏联经典社会主义现代化理论中的非市场化特点基本上是接受的，而且是力行的。但对其过分申说计划经济的合乎规律性与完美性有所批评，同时对农村商品经济发展的必然性与必要性有进一步的阐述。

第一，对苏联计划经济理论与实践的批判。

社会主义国家中计划的作用很大，毛泽东无疑是认可的。但毛泽东对计划的性质、计划的质量与计划者的能力、计划的效益、计划内部存在的矛盾等问题，与苏联《政治经济学教科书》的认识有所不同。

在计划的性质方面，苏联把计划看做严格地探索国民经济有计划按比例发展的科学，毛泽东则不以为然，虽然他也把计划的科学性作为一种任务提出，但认为计划的人为因素相当明显、相当强烈，"计划是意识形态。意识是实际的反映，又对实际起反作用"②。

在计划的质量与计划者的能力方面，苏联认为公有制下的人民由于成为社会经济关系的主人，能够完全自觉掌握和利用国民经济有计划按比例发展的客观法则，而毛泽东不赞成，认为不存在先知先觉的人，能否掌握规律、利用规律，以及掌握与利用到什么程度要因人而异。毛泽东指出："把事情说得太容易了。这要有一个过程。规律，开始总是少数人认识，后来才是多数人认识。就是对少数人来说，也是从不认识到认识，也要经过实践和学习的过程。任何人开始总是不懂的，从来也没有什么先知先觉，斯大林自己还不

① 毛泽东：《同民建和工商联负责人的谈话》，《毛泽东文集》（第七卷），北京：人民出版社，1999 年，第 170 页。

② 毛泽东：《读苏联〈政治经济学教科书〉的谈话》，《毛泽东文集》（第八卷），北京，人民出版社，1999 年，第 119 页。

是对有些东西认识不清楚？他曾经说过，搞得不好，社会主义社会的矛盾可以发展到冲突的程度；搞得好，就可以不致发生冲突。"①

在计划的效益方面，苏联认为计划经济与公有制下没有自发性和自流性，毛泽东承认自发性和自流性仍然存在。毛泽东指出："不能认为社会主义社会里就没有自发性和自流性。我们对规律的认识不是一开始就是完善的。实际工作告诉我们，在一个时期内，可以有这样的计划，也可以有那样的计划。不能说这些计划都是完全合乎规律的。实际上是，有些计划合乎规律，或者基本合乎规律，有些计划不合乎规律，或者基本上不合乎规律。认为对比例关系的认识，不要有个过程，不要经过成功和失败的比较，不要经过曲折的发展，这都是形而上学的看法。"②

在计划内部存在的矛盾方面，苏联不承认计划经济的内在矛盾，毛泽东则认为这种矛盾是永远存在的。毛泽东指出："要经常保持比例，就是由于经常出现不平衡。因为不成比例了，才提出按比例的任务。平衡了又不平衡，按比例了又不按比例，这种矛盾是经常的、永远存在的，（苏联政治经济学）教科书不讲这个观点。"③

第二，对苏联商品经济理论与实践的批判。

苏联经典社会主义现代化理论的基调虽然是非市场化，计划经济发挥着主导作用，但是也不完全排除市场的作用，只是对市场的作用进行了严格限制，只承认集体经济内部以及集体经济与全民经济之间存在市场关系，这种市场要在国家计划与国家市场的引导下发展，以个人交易与企业自主交易为主体的自由市场的空间很小。"大跃进"与"人民公社"时代，我们曾经在这方面走得更远，市场的作用被降到了最低，"共产风"大为流行。严重的经济困难，使得毛泽东不得不号召大家认真学习斯大林的《苏联社会主义经济问题》与苏联《政治经济学教科书》，以掌握苏联的商品经济理论与实践，纠正急于消灭商品经济、"共产风"与"穷过渡"的问题。在这一时期，毛泽东接受了苏联的商品经济理论，并且进行了进一步的发挥，同时也有所批评。

毛泽东认同斯大林关于社会主义商品经济存在的根源在于两种所有制（全民所有制与集体所有制）："只要存在两种所有制，商品生产和商品交换就

---

① 毛泽东：《读苏联〈政治经济学教科书〉的谈话》，《毛泽东文集》（第八卷），北京：人民出版社，1999年，第104页。

② 毛泽东：《读苏联〈政治经济学教科书〉的谈话》，《毛泽东文集》（第八卷），北京：人民出版社，1999年，第118页。

③ 毛泽东：《读苏联〈政治经济学教科书〉的谈话》，《毛泽东文集》（第八卷），北京：人民出版社，1999年，第119页。

是极其必要、极其有用的。"① 但是，斯大林这一理论的根本悖论在于全民所有制生产的"产品"（斯大林认为生产资料不是商品）与集体所有制生产的"商品"如何能够进行交换。②

斯大林认为社会主义商品经济不会导向资本主义。毛泽东充分加以肯定，得出"不要怕资本主义"的结论，指出社会主义商品经济与资本主义商品经济有本质区别，其标准就是与什么制度关联在一起。毛泽东指出，"不要怕，不会引导到资本主义，因为已经没有了资本主义的经济基础"；"现在是国家同人民公社做生意，早已排除资本主义，怕商品生产做什么？不要怕，我看要大大发展商品生产。商品生产，要看它是同什么经济制度相联系，同资本主义相联系就是资本主义的商品生产，同社会主义相联系就是社会主义的商品生产"。③

关于商品经济消失的条件，毛泽东一方面承认斯大林的单一国有制理论，另一方面强调"必须在产品充分发展之后，才可能使商品流通趋于消失"④。

中国特别需要发展商品经济，这是毛泽东所着意强调的。究其原因，毛泽东点明了两点：一是中国商品经济特别落后，"我国是商品生产很不发达的国家，比印度、巴西还落后"；二是长期的小农经济历史使得中国农民小私有意识较强。"我们不要以为中国农民特别进步"，"商品流通的必要性是共产主义者要考虑的"。⑤

毛泽东突破了斯大林关于生产资料不是商品的限制，认为商品不限于个人消费资料，部分生产资料也是商品。毛泽东指出："斯大林认为在苏联生产资料不是商品。在我们国家就不同，生产资料又是商品又不是商品，有一部分生产资料是商品，我们把农业机械卖给合作社。"⑥ 因此，毛泽东认为，商品不限于个人消费品，农业和手工业生产工具也是商品。⑦

---

①　毛泽东：《关于社会主义商品生产问题》，《毛泽东文集》（第七卷），北京：人民出版社，1999年，第440页。

②　王珏：《现代公有制——关于公有制实现形式的探讨》，济南：济南出版社，1998年，第66页。

③　毛泽东：《关于社会主义商品生产问题》，《毛泽东文集》（第七卷），北京：人民出版社，1999年，第440、439页。

④　毛泽东：《关于社会主义商品生产问题》，《毛泽东文集》（第七卷），北京：人民出版社，1999年，第440页。

⑤　毛泽东：《关于社会主义商品生产问题》，《毛泽东文集》（第七卷），北京：人民出版社，1999年，第435、440页。

⑥　毛泽东：《关于社会主义商品生产问题》，《毛泽东文集》（第七卷），北京：人民出版社，1999年，第435页。

⑦　顾龙生：《毛泽东经济理论与实践》（下册），北京：红旗出版社，2010年，第503页。

四、对苏联工业化理论与实践的批判

毛泽东对以集体化推进工业化、以农业高额积累支持工业化、以重工业优先发展、以国家主办工业、以中央主导工业管理为基本内涵的苏联式工业化道路是认同的，对苏联工业化标准（苏联以现代工业产值占工农业总产值比重的 70％ 为工业化标准）、工业化阶段（直接进行机械化、自动化）、工业化资金来源（农业超额积累）、产业结构（对农业与轻工业发展的过分弱化）、工业管理（国家包办工业、中央集权管理）等方面均进行了批评，提出了自己的看法。这些新的看法，对我国自主探索工业化道路富有启发性。

第一，对工业化道路理论与实践的批判。

苏联建成社会主义、完成工业化的标准是大工业（现代性工业）产值占工农业总产值比重的 70％，对于这个指标，毛泽东不以为然，认为这个指标定得太低，容易达到，不能充分调动人民发展的积极性，且不符合我国现代化的实际情况，应该提高或改变指标。1958 年 12 月 6 日，毛泽东在第三次接见朝鲜代表团时指出，苏联在 1938 年第十八次党代表大会上宣布社会主义建成。我们是否可以采取另一种办法，不忙于宣布建成社会主义，把标准提高一点，使人民有个奔头？按苏共十八大宣布的社会主义建成的标准，一是消灭阶级；二是工业比重占 70％，这个指标是很容易达到的。我们要把时间拉长，指标提高。我们要进一步进行工业化，慢一点宣布阶级消灭，提高建设社会主义的标准。[①] 1959～1960 年，毛泽东在读苏联《政治经济学教科书》时进一步阐述了必须提高或改变指标的原因："苏联在第一个五年计划完成以后，大工业总产值占工农业总产值的 70％，就宣布实现了工业化。根据统计，我国 1958 年工业总产值占工农业总产值的 66.6％；1959 年计划完成后，估计一定会超过 70％。即使这样，我们还可以不宣布实现了工业化。我们还有五亿多农民从事农业生产。如果现在就宣布实现了工业化，不仅不能确切地反映我国国民经济的实际状况，而且可能由此产生松劲情绪。"[②] 新的工业化标准在 1956 年的中共八大上已经提出，即"我国社会主义工业化的主要要求，就是要在大约三个五年计划时期内，基本上建成一个完整的工业体系"，并认为新的工业化标准将带来的好处是："能够生产各种主要的机器设备和原

---

① 顾龙生：《毛泽东经济理论与实践》（下册），北京：红旗出版社，2010 年，第 500 页。

② 毛泽东：《读苏联〈政治经济学教科书〉的谈话》，《毛泽东文集》（第八卷），北京：人民出版社，1999 年，第 125 页。

材料，基本上满足我国扩大再生产和国民经济技术改造的需要。同时，它也能够生产各种消费品，适当地满足人民生活水平不断提高的需要。"①

毛泽东认为工业化应该分阶段有序进行，由于中国工业化起点低，机械化、自动化不能一步到位，毛泽东提倡应先经过洋土并举、大中小并举、半机械化之后再到全盘机械化与自动化。全盘机械化与自动化的实现时间至少要在六个五年计划之后。毛泽东指出："我们现在还不一般地提自动化。机械化要讲，但也不要讲得过头。机械化、自动化讲得过多了，会使人看不起半机械化和土法生产。过去就曾经有过这样的偏向，大家都片面追求新技术、新机器，追求大规模、高标准，看不起土的、半洋半土的，看不起中小的。提出洋土并举、大中小并举后，这个偏向才克服。我们要实现全盘机械化，第二个十年还不行，恐怕要第三个十年以至更长的时间。在一个时期内因为机器不够，要提倡半机械化和改良农具。"②

苏联工业化的资金来源，主要是通过一定的工农业产品价格剪刀差，来为工业化筹集资金。毛泽东对此是认同的，但反对过分地抠挖农民，要求适可而止，"赚钱不能过分"，要以等价交换为基础。毛泽东指出："多发展农业和轻工业，多为重工业创造一些积累，从长远来看，对人民是有利的。只要农民和全国人民了解到，国家在买卖农产品和轻工业品方面赚的钱是用来干什么的，他们就会赞成，不会反对。农民自己已经提出了农业支援农业的口号，就是证明。当然，赚钱不能过分，工农业产品的交换不能够完全等价，但要相当地等价。"③ 毛泽东批评苏联的农业超额积累办法把农民抠得太苦，提出必须兼顾国家与农民利益，切实处理好国家与农民的关系。毛泽东说："苏联的办法把农民挖得很苦。他们采取所谓义务交售制等项办法，把农民生产的东西拿走太多，给的代价又极低。他们这样来积累资金，使农民的生产积极性受到极大的损害。你要母鸡多生蛋，又不给它米吃，又要马儿跑得好，又要马儿不吃草。世界上哪有这样的道理！我们对农民的政策不是苏联的那种政策，而是兼顾国家和农民的利益。"④ 欲速则不达，毛泽东十分清楚斯大林搞农业高积累以提高工业发展速度的后果，就是农业长期停滞，工业发展

---

① 周恩来：《第一个五年计划的执行情况和第三个五年计划的基本任务》，《周恩来选集》（下卷），北京：人民出版社，1984 年，第 225 页。
② 毛泽东：《读苏联〈政治经济学教科书〉的谈话》，《毛泽东文集》（第八卷），北京：人民出版社，1999 年，第 125 页。
③ 毛泽东：《读苏联〈政治经济学教科书〉的谈话》，《毛泽东文集》（第八卷），北京：人民出版社，1999 年，第 122 页。
④ 毛泽东：《论十大关系》，《毛泽东文集》（第七卷），北京：人民出版社，1999 年，第 29、30 页。

也缺乏物质动力。1959 年 2 月 27 日，毛泽东在与河南新乡、洛阳、许昌、信阳四个地委书记座谈会上指出："大家都想多积累一点办工业，这也是好心。斯大林就是这样的政策，斯大林从建国到 1953 年为止的 30 年间，没有解决这个问题。斯大林搞了一个集体化，搞了一个机械化，但是，他死那一年的产量和沙皇时代一样。"①

苏联的产业结构是重工业过重，轻工业过轻，农业过弱。1956 年 11 月 15 日，毛泽东在中共八届二中全会上说明："我们处理农业、轻工业同重工业的关系，跟他们不同。"② 我们的办法是农、轻、重并举。1957 年 2 月 27 日，毛泽东在最高国务会议第十一次扩大会议上强调："我国是一个大农业国，农村人口占全国人口 80% 以上，发展工业必须和发展农业同时并举，工业才有原料和市场，才有可能为建立强大的重工业积累较多的资金。"③ 重视发展农业不仅是工业发展之所需，更是国计民生之所需。1957 年 1 月 27 日在省、市、自治区党委书记会议上详细解说："农业关系国计民生极大。要注意，不抓粮食很危险。不抓粮食，总有一天要天下大乱。因为农业关系到全体人口的吃饭问题、轻工业原料的主要来源、进口工业设备所需外汇的出口物资来源、积累的重要来源，同时农村也是轻重工业的重要市场。因此，在一定的意义上可以说，农业就是工业。"④

斯大林的工业管理是国家完全包办工业，且由中央集权管理，毛泽东则认为发挥一个积极性，不如发挥多个积极性，因此，应该给集体办工业的权力，不仅全党办工业，而且全民办工业，甚至在一些场合还提出过私人办工业。"人民公社"时期，社队工业普遍兴起，就是这种思路的产物。工业管理不仅中央政府参与，地方政府也应该给予一定的权力，以充分发挥地方政府办工业的积极性。1956 年 4 月 25 日毛泽东在中共中央政治局扩大会议上指出："应当在巩固中央统一领导的前提下，扩大一点地方的权力，给地方更多的独立性，让地方办更多的事情。这对我们建设强大的社会主义国家比较有利。我们的国家这样大，人口这样多，情况这样复杂，有中央和地方两个积极性，比只有一个积极性好。我们不能像苏联那样，把什么都集中到中央，

---

① 毛泽东：《建国以来毛泽东文稿》（第八册），北京：中央文献出版社，1993 年，第 524 页。
② 毛泽东：《在中国共产党第八届中央委员会第二次全体会议上的讲话》，《毛泽东选集》（第五卷），北京：人民出版社，1977 年，第 320 页。
③ 毛泽东：《关于正确处理人民内部矛盾的问题》，《毛泽东选集》（第五卷），北京：人民出版社，1977 年，第 400 页。
④ 毛泽东：《在省市自治区党委书记会议上的讲话》，《毛泽东选集》（第五卷），北京：人民出版社，1977 年，第 360、361 页。

把地方卡得死死的，一点机动权也没有。中央要发展工业，地方也要发展工业。就是中央直属的工业，也还要靠地方协助。至于农业和商业，更需要依靠地方。总之，要发展社会主义建设，就必须发挥地方的积极性。中央要巩固，就要注意地方的利益。"①

第二，对重工业优先理论与实践的批判。

苏联优先发展重工业，优先发展生产资料生产，且认为这是社会主义工业化的普遍规律。对此，毛泽东是认同的："生产资料优先增长的规律，是一切社会扩大再生产的共同规律。资本主义社会如果不是生产资料优先增长，它的社会生产也不能不断增长。斯大林把这个规律具体化为优先发展重工业。"按照经济学家吴敬琏的说法，第二次工业革命之前，资本主义国家的确有过一段生产资料优先增长的历史，这段历史为 100 年左右，资本积累是经济增长的主要驱动因素，此后则不再是重工业优先增长，而是进入制造业与服务业一体化时期，科技进步与提升效率取代资本积累成为新的主导性驱动因素。② 限于当时的认识水平，生产资料优先增长的规律被接受为工业化，特别是社会主义工业化的普遍规律。毛泽东认为，苏联东欧优先发展重工业的弊病是，片面地注重重工业，忽视农业和轻工业，因而市场上的货物不够，货币不稳定，苏联出现粮食产量长期达不到革命前最高水平的问题，一些东欧国家由于轻重工业发展太不平衡而产生严重问题。"斯大林的缺点是过分强调了重工业的优先增长，结果在计划中把农业忽略了。前几年东欧各国也有这个问题。"毛泽东将斯大林关于生产资料优先增长的规律修改为"在优先发展重工业的条件下，工农业同时并举。我们实行的几个同时并举，以工农业同时并举为最重要"；"每一个并举中间，又有主导的方面。例如，中央和地方，以中央为主导；工业和农业，以工业为主导"；"所谓并举，并不否认重工业优先增长，不否认工业发展快于农业；同时，并举也并不是要平均使用力量"。为什么必须使工业和农业同时并举、轻工业重工业同时并举？毛泽东指出："1925～1957 年苏联生产资料生产增长了 93 倍，消费资料生产增长了17.5 倍，问题是，93 同 17.5 的比例，是否对发展重工业有利。这么多年来，消费品生产只增长了那么一些，为什么在这个问题上又不讲'物质刺激'呢？要使重工业迅速发展，就要使大家都有积极性，大家都高兴。而要这样，就

---

① 毛泽东：《论十大关系》，《毛泽东文集》（第七卷），北京：人民出版社，1999 年，第 31 页。
② 吴敬琏：《中国增长模式抉择》，上海：上海远东出版社，2006 年，第 44 页。

必须使工业和农业同时并举，轻工业重工业同时并举。"① 高度重视农业与轻工业发展，"可以更好地供给人民生活的需要，更快地增加资金的积累。多发展一些农业和轻工业，从长远来看，会使重工业发展得多些和快些，而且由于保障了人民生活的需要，会使它发展的基础更加稳固"②。

毛泽东对苏联经典社会主义现代化理论与实践的批判，以学习为前提，以本国实际为基础，解放思想，破除迷信，着力于社会主义现代化理论与实践的探索与创新，在公有化、市场化、工业化诸方面，取得了有益的成果，丰富了马克思主义现代化理论宝库，对中国特色社会主义现代化道路的探索，有着筚路蓝缕之功。但毛泽东毕竟没有突破苏联经典社会主义现代化理论与实践的框架，以国有制为主体的单一公有制的企业产权结构、以计划经济为经济运行方式的单一资源配置模式，长期以重工业为优先与重点而忽视农业、轻工业和服务业的工业化模式，城乡二元分隔发展的经济社会发展模式，工业化与城市化脱节、经济现代化与其他领域的现代化几乎脱钩的现代化模式，这些仍然属于苏联现代化的基本框架。苏联现代化的致命缺陷是工业化（特别是重工业化）单打独斗，导致现代化缺乏整体效益。构建中国特色社会主义现代化理论体系，找到中国特色社会主义现代化道路，是改革开放以来最重要的历史课题。

---

① 毛泽东：《读苏联〈政治经济学教科书〉的谈话》，《毛泽东文集》（第八卷），北京：人民出版社，1999 年，第 121～124 页。

② 毛泽东：《论十大关系》，《毛泽东文集》（第七卷），北京：人民出版社，1999 年，第 24、25 页。

第三章

重探现代性： 新中国现代化战略的演变

现代性是现代化社会具有的属性与特征，是现代化的一种结果。现代化战略是对现代化目标、路径与方式的一种战略规划，是现代性工程的理论表达。现代化，特别是工业化，是晚清以来中国发展的强力诉求。中国共产党早就认为新民主主义社会与社会主义社会必须是现代性工业社会。新中国成立以来，一开始是准备采用自主探索的新民主主义现代化战略，后来转为学习苏联经典社会主义现代化战略，1956 年以后，则走上了借鉴苏联、自主探索之路。现代化战略在不断调整与发展之中，具体来说，经历了九次转变。

一、新民主主义现代化战略

先工业化后社会化、以市场体制为基础、先发展农业与轻工业后发展重工业，这是一种新民主主义现代化战略。中国共产党一开始认为，新中国成立之后的新民主主义社会应该是一个相对独立的、发展时期很长的民主主义社会（1948 年以后在苏联压力下新民主主义理论与过渡时期理论逐渐合流，1952 年以后过渡时期理论完全取代新民主主义理论），在这个社会里容许私人资本广泛发展，以推进工业化建设，在工业化完成的基础上，进入社会主义革命与社会主义建设时期。1944 年毛泽东在同英国记者斯坦因的谈话中指出，未来的新民主主义社会不能建立在分散的个体小农经济基础上，要以现代工业为主要经济基础，并且认为，"只有工业社会才能是充分民主的社会"。为了大力发展工业，"不管是中国的还是外国的私人资本，在战后的中国都应给予充分发展的机会"，当然，"凡是能够操纵国计民生的关键产业如铁路、矿山等，最好由国家开发经营，其他产业可以让私人资本来发展"。① 新中国即将成立前夕召开的中共七届二中全会的报告中明确了恢复和发展生产的次序：第一是国营工业的生产，第二是私营工业的生产，第三是手工业生产。②《论人民民主专政》阐述了农业社会化必须与以国有企业为主体的强大的工业发展相适应的思想，指出分散的小农经济需要很长的时间和细心的工作，才能做到农业社会化。③

新中国成立之初，我国的现代化方略还是"先国家工业化，后农业集体化"④。《中国人民政治协商会议共同纲领》对这一方略进行了正式确认。刘少奇详细构思了以发展农业和轻工业为重心的新民主主义工业化道路："在恢复中国的经济并尽可能发挥已有的生产能力之后，第一步发展经济的计划，应以发展农业和轻工业为重心。因为只有农业的发展，才能供给工业以足够的原料和粮食，并为工业的发展扩大市场。只有轻工业的发展，才能供给农民需要的大量工业品，交换农民生产的原料和粮食，并积累继续发展工业的资金。同时，在农业和轻工业发展的基础上，也可以把劳动人民迫切需要提高的十分低下的生活水平提高一步，这对于改进人民的健康状况，在政治上进一步团结全体人民，也是非常需要的。而建立一些必要的急需的国防工业，则是为了保障我们和平建设的环境所不可缺少的。只有在这一步做得有了成效之后，我们才有可能集中最大的资金和力量去建设重工业的一切基础，并发展重工业。只有在重工业建立之后，才能大大地发展轻工业，使农业机器化，并大大地提高人民的生活水平。"⑤ 1950 年 6 月 23 日，毛泽东在全国政协一届二次会议上的闭幕词中继续阐发了先工业化、后国有化与社会化的政策主张，甚至认为私营工业国有化与农业社会化"还在很远的将来"，要等到

---

① 毛泽东：《毛泽东文集》（第三卷），北京：人民出版社，1996 年，第 186 页。
② 毛泽东：《毛泽东选集》（第四卷），北京：人民出版社，1991 年，第 1428 页。
③ 毛泽东：《毛泽东选集》（第四卷），北京：人民出版社，1991 年，第 1477 页。
④ 杜润生：《杜润生自述：中国农村体制变革重大决策纪实》（修订版），北京：人民出版社，2005 年，第 28 页。
⑤ 刘少奇：《刘少奇选集》（下卷），北京：人民出版社，1985 年，第 5 页。

国家经济事业和文化事业大为兴盛，全国人民考虑成熟并同意之后。[①] 到
1952 年以前，他还是认为先国家工业化，后农业社会主义化。"社会主义道
路只能是作为我们发展农业生产的远景，而不能作为今天立即实行的现实
政策。"[②]

新民主主义现代化战略接续并发展了孙中山的三民主义现代化战略，是
一个在市场化基础上、以工业化为中心、多种经济成分并存发展的现代化战
略，基本适合我国国情。在经济恢复时期（1949～1952）短暂实施过，但由
于来自苏联的强大压力以及我们确实缺乏建设社会主义现代化的经验，在自
主探索方面要冒的国内外风险都比较大，因此，不久就被苏联式经典社会主
义现代化战略取代。

二、学习苏联的现代化战略

学习苏联经验、先社会化后工业化、以单一公有制与计划体制为制度基
础、以重工业为中心，这一现代化战略可称为"苏联式经典社会主义现代化"
战略，又称为"工业化与合作化并举"，或"一化三改"的现代化战略。它以
过渡时期总路线为代表，先社会主义化（城市经济国有化；农村经济先集体
化后国有化），后工业化与农业机械化，明确表示反对"先工业化；先机械化
然后才有合作化"的新民主主义现代化方略。[③] 工业化道路则是：优先发展
重工业，以重工业为中心，忽视农业与轻工业发展，压低人民生活需求，维
持较低的生活水平。其制度基础则是：以国有制为主的单一公有制、按劳分
配的单一分配体制、以指令性计划为主的集中统一的计划管理体制、统包统
配的人力资源管理体制、全国统一的工资管理体制、以统收统支为主的财政
管理体制、以中央部门直接管理（条条管理）为主的基建管理、企业管理与
物资管理体制、统购统销的生产生活资源供给体制、国家通过农村公社与城
镇企事业单位全面管理个人生活的单位社会体制、城乡分离发展的城乡二元
发展体制等。

早在经济恢复时期的 1951 年，中央就明确提出"三年准备，十年计划经

---

① 毛泽东：《毛泽东选集》（第五卷），北京：人民出版社，1977 年，第 27 页。
② 邓子恢：《邓子恢自述》，北京：人民出版社，2007 年，第 174 页。
③ 杜润生：《杜润生自述：中国农村体制变革重大决策纪实》（修订版），北京：人民出版社，
2005 年，第 61 页。

济建设"① 的思想，同时提出"准备以二十年时间完成中国的工业化"。首先，建设重工业和国防工业。为了完成国家工业化，必须逐步完成农业社会化。② 1952 年 9 月 24 日，毛泽东在中共中央书记处会议上提出，现在就要开始用 10～15 年基本完成社会主义改造，不是 10 年或者以后才开始过渡。③ 1953 年提出"应该在全国掀起一个学习苏联的高潮，来建设我们的国家"④，明确反对"国家专搞重工业，轻工业让私人去搞"的新民主主义现代化战略。⑤ 1953 年 9 月 24 日，全国政协在"庆祝中华人民共和国成立四周年"的口号中向全国正式公布了过渡时期总路线。⑥ 1954 年提出实现社会主义工业化、农业社会主义化、机械化的阶段发展战略是："大概是三个五年计划，即十五年左右，可以打下一个基础"；"大概经过五十年即十个五年计划，就差不多了"⑦。1955 年 7 月 31 日，毛泽东在中共中央召开的省、直辖市、自治区党委书记会议上阐述了社会主义革命与工业革命结合、先合作化后机械化的思想："我们现在进行关于社会制度方面的由私有制到公有制的革命，而且正在进行技术方面的由手工业生产到大规模现代化机器生产的革命，而这两种革命是结合在一起的。"并特别指出："在农业，在我国的条件下，则必须先有合作化，然后才能使用大机器。"⑧ 在 1955 年 10 月中共七届六中全会上，毛泽东再次确认"先搞好合作化，推动工业化"的政策主张。

"一化三改"的现代化战略主要实施时期是"一五"计划时期，但其深刻影响一直延续到改革开放。由于实施单一公有制与高度集权的计划体制，各种社会力量的生产积极性长期受到压抑，生产效率低下；同时，由于偏重重工业而忽视农业、轻工业与服务业，导致剩余劳动力长期积压，人民生活水平长期得不到提高。1962 年 1 月 30 日，毛泽东在"七千人大会"上业已指出这种现代化战略的弊病："因为我们没有经验，在经济建设方面，我们只能照抄苏联，特别是在重工业方面，几乎一切都抄苏联，自己的创造性很少。这在当时是完全必要的，同时又是一个缺点，缺乏创造性，缺乏独立自主的

---

① 毛泽东：《毛泽东文集》（第六卷），北京：人民出版社，1999 年，第 143 页。

② 毛泽东：《毛泽东文集》（第六卷），北京：人民出版社，1999 年，第 207 页。

③ 逄先知、金冲及：《毛泽东传》（1949—1976）（上），北京：中央文献出版社，2003 年，第 236 页。

④ 毛泽东：《毛泽东文集》（第六卷），北京：人民出版社，1999 年，第 264 页。

⑤ 毛泽东：《毛泽东文集》（第六卷），北京：人民出版社，1999 年，第 288 页。

⑥ 中国人民政治协商会议全国委员会：《庆祝中华人民共和国成立四周年的口号》，《人民日报》，1953 年 9 月 25 日。

⑦ 毛泽东：《毛泽东文集》（第六卷），北京：人民出版社，1999 年，第 329 页。

⑧ 毛泽东：《毛泽东文集》（第六卷），北京：人民出版社，1999 年，第 432 页。

能力。这当然不应当是长久之计。"①

三、"借鉴苏联，统筹兼顾"战略

　　借鉴苏联经验、多方兼顾、统筹安排、容许民营经济发展，重视农业与轻工业发展，这一现代化战略可称为"借鉴苏联，统筹兼顾"战略，其提出是在苏联破除了对斯大林的个人崇拜之后，此时，我们也破除了对苏联经典社会主义现代化理论与实践的迷信，转而提倡解放思想，自主探索中国特色社会主义现代化道路。在认真听取34个中央部门的工作汇报之后，1956年4月25日，毛泽东在中共中央政治局扩大会议上作了《论十大关系》的报告，并就会议讨论情况作了总结讲话，特别指出："最近苏联方面暴露了他们在建设社会主义过程中的一些缺点和错误，他们走过的弯路，你还想走？过去我们就是鉴于他们的经验教训，少走了一些弯路，现在当然更要引以为戒。"②

　　"借鉴苏联，统筹兼顾"战略的核心理念是十大关系统筹兼顾、合理安排。其中，在重工业、轻工业与农业发展的关系方面，重点建设重工业，但也要更多地发展农业与轻工业，农业与轻工业的投资比例要加重，这样，可以更好地供给人民生活需要，会使发展的基础更加稳固；可以更快地增加资金积累，以更多、更快、更好地发展重工业。在沿海工业与内地工业发展的关系方面，为了平衡工业发展布局，并且利于备战，内地工业必须大力发展，但沿海工业基础必须充分利用，必须更多地利用和发展沿海工业，特别是轻工业，也可以建一些大型企业，可以使我们更有力量来发展和支持内地工业。在经济发展与国防发展的关系方面，只有经济建设发展得更快，国防建设才能有更大的进步；要加强国防建设，必须首先要加强经济建设，把国防费用降到一个适当的比例。在国家利益与非国家利益关系方面，必须兼顾国家、集体、个人三方利益，发挥中央与地方两个积极性，处理好国家与农民的关系。在中共与民主党派关系方面，与民主党派长期共存、互相监督。在民族关系与对外关系方面，向一切民族、一切国家的长处学习。在艺术学术发展方面，百花齐放、百家争鸣。

　　在独立自主探索中国社会主义现代化道路时期，我们对苏联新经济政策进行了重新认识，提出中国在社会主义基本制度建立以后，也可以搞多种经济成分并存的新经济政策，以适应生产力发展的需要。1956年12月7日，

---

　　① 毛泽东：《毛泽东文集》（第八卷），北京：人民出版社，1999年，第305页。
　　② 毛泽东：《毛泽东文集》（第七卷），北京：人民出版社，1999年，第23页。

毛泽东同民建和全国工商联负责人谈话，批评俄国新经济政策结束得早了，以致到现在社会物资还不充足，提倡中国也可以搞新经济政策，认为只要社会有需要，国家投资又有困难，私人可以开厂，"可以搞国营，也可以搞私营。可以消灭了资本主义，又搞资本主义"①。

"借鉴苏联，统筹兼顾"战略的核心是要求高度重视农业发展，吸取苏联不注重农业发展导致农业长期停滞的严重教训。1957 年 1 月 27 日，毛泽东在省、直辖市、自治区党委书记会议上批评苏联东欧搞合作化而导致粮食长期减产，提醒全党一定要高度重视农业发展。"在一定的意义上可以说，农业就是工业。"② 因为农业关系到农村、城市和工矿区人口的吃饭问题，是轻工业的主要原料来源与重要的产品市场，是重工业的重要市场，是换成外汇进口工业设备的主要出口物资来源，是积累工业发展资金的重要来源。

"借鉴苏联，统筹兼顾"战略对经济大调整（1961～1965）与改革开放影响较大，但在当时并没有得到认真执行。由于我们国家家底很薄，迫切需要发展，国内外环境高度紧张又带来发展的急迫性，于是，"统筹兼顾"战略刚提出不久，就被以"快"为灵魂的高速赶超型现代化战略取代。

四、"赶英超美"战略

以"以钢为纲"、"全面跃进"为主题，以土洋并举与群众运动为方法，以高速发展、赶英超美为目标，这一现代化战略可称为"大跃进"战略或"赶英超美"战略，是苏联影响与中国自主探索相结合的产物，也是前面两个现代化战略综合的结果。它继承了"土改"与"合作化"以来群众运动的工作方法，也继承了"一五"计划以来以重工业为中心的工业化偏好，更是在美国与苏联的压力下"争一口气"的直接反应。"赶英超美"战略以 1958 年中共八大二次会议确认的社会主义建设总路线为代表。

"大跃进"战略是作为"三面红旗"被提出的，主张全国要迅速工业化，在农村也要实现农村公社化、工厂化、农业机械化、工业化，决定苦干三年，改变面貌，赶英超美。开始是以美国为赶超目标，提出 50～70 年超过美国。1955 年 10 月 29 日，毛泽东在资本主义工商业社会主义改造问题座谈会上明确提出，"我们的目标是要赶上美国，并且要超过美国"，时间"至少是五十

---

① 毛泽东：《毛泽东文集》（第七卷），北京：人民出版社，1999 年，第 170 页。
② 毛泽东：《毛泽东文集》（第七卷），北京：人民出版社，1999 年，第 200 页。

年吧，也许七十年"。① 在继 1957 年莫斯科会议期间苏联提出 15 年内在主要工农业产量方面超过美国之后，提出 15 年超过英国；1958 年成都会议上，提出 15 年赶超英国，20 年赶超美国的发展战略；后来把赶超英国的时间缩短至 2～3 年，甚至 1 年（主要是钢产量）。赶超美国的时间也不断缩短，最后缩到 10 年左右。当时还提出 10 年之内实现农业机械化的发展战略。1959年 4 月 29 日，毛泽东在一封写给党内从省级到小队级的同志的通信中指出："农业的根本出路在于机械化，要有十年时间。四年以内小解决，七年以内中解决，十年以内大解决。"②

"大跃进"战略高度重视重工业，特别是钢铁与机械工业发展，主张"以钢为纲"，"钢铁元帅升帐"。早在 1956 年 8 月 30 日，毛泽东就在中共八大预备会第一次会议上指出我们在钢产量方面落后美国 60 年，提出"1956 年钢是 400 万吨，1957 年突破 500 万吨，第二个五年计划（到 1962 年）要超过1000 万吨，第三个五年计划（到 1967 年）可能超过 2000 万吨"的钢产量发展规划，要求 50～60 年超过美国。③ 后来钢铁产量指标不断加码，直到要求1958 年必须完成 1070 万吨钢产量指标，而且要求作为一项严肃的政治任务去完成，号召党委书记挂帅，全民炼钢，土洋并举。结果是，重工业挤掉了农业、轻工业与商业，出现了国民经济比例关系的重大失调与异常严重的粮食危机。

"大跃进"战略，重视工业轻视农业；重视工业产量，轻视质量与效益；重视重工业，轻视轻工业、商业与各类服务业；重视土办法，轻视洋办法；重视主观能动性，轻视客观规律与科学方法；重视群众运动，轻视规章制度；重视"一大二公"，轻视个人利益与市场机制。虽然其完全付诸执行的时间是1958～1960 年，但是，由于这一战略是作为"三面红旗"提出来的，不允许基本否定。因此，它对此后的发展仍然有较为长期的影响。

五、"农工商并举"战略

以农业为基础、工业为主导，农工商并举，以计划经济、单位社会、城乡二元为制度基础，这一现代化战略可称为"农工商并举"战略，亦可称为"大调整"战略，是对前一时期现代化战略及其实施后果进行反思与调整的结

---

① 毛泽东：《毛泽东文集》（第六卷），北京：人民出版社，1999 年，第 500 页。
② 毛泽东：《毛泽东文集》（第八卷），北京：人民出版社，1999 年，第 49 页。
③ 毛泽东：《毛泽东文集》（第七卷），北京：人民出版社，1999 年，第 89 页。

果，是对前一战略严重偏差的修正。它既打上了前一战略的很多烙印，如以工业为重点、以单一公有制与计划经济体制为制度基础、以将来继续赶超为目标等，也吸收了统筹兼顾战略的合理因素，如综合平衡、重视农业等，同时也有一些新的思考，如发展农业生产责任制、试办托拉斯、城乡二元体制与单位社会体制严格化并定型化，同时也把"赶英超美"的时间大大延长。1961年1月30日，毛泽东在"七千人大会"上指出，"建设强大的社会主义经济，在中国，五十年不行，会要一百年，或者更多的时间"①。

在严重的农业危机面前，这一现代化战略重视农业与轻工业，甚至商业，要求把"重、轻、农、商、交"的发展次序调整为"农、轻、重、交、商"，工业要挂帅，农业与商业也要挂帅，实施农工商并举、轻重工业并举。1959年5月22日，毛泽东在为李先念关于粮食问题的报告写的批注中同意"工农商并举"的提议，认为"贬低商业，商不挂帅，工农两业是不会发展的"。1959年7月4日，毛泽东在审阅中共中央关于大中城市郊区发展副食品生产的指示稿中，指出"城市当然以工业为重点，但现在是处于副食品严重不足的时期，必须强调郊区的农业"②。1959年毛泽东在《庐山会议讨论的十八个问题》中指出：过去在提出两条腿走路时，实际只搞了一条腿，重工业挤掉了农业、轻工业与商业。"过去安排是重、轻、农，这个次序要反一下"，"过去是重、轻、农、商、交，现在强调把农业搞好，次序改为农、轻、重、交、商"，"要把衣、食、住、行、用五个字安排好"，"现在讲挂帅，第一应该是农业，第二是工业"，"赶上英国，说的是主要产品，钢太多了不一定好"。③1959年12月至1960年2月，毛泽东在读苏联《政治经济学教科书》时指出，多发展农业和轻工业，多为重工业创造一些积累，从长远来看，对人民是有利的，必须使工业与农业同时并举，轻工业与重工业同时并举。④

这一现代化战略主要执行期是1961～1965年的大调整时期。随后，由于对国际国内形势的估计越来越严重，逐渐被"四清运动"、"三线建设"与"文化大革命"所打断。

六、"四化"战略

"四化"战略，以建立完整的工业体系与国民经济体系、走在世界前列为

---

① 毛泽东：《毛泽东文集》（第八卷），北京：人民出版社，1999年，第301页。
② 毛泽东：《毛泽东文集》（第八卷），北京：人民出版社，1999年，第69页。
③ 毛泽东：《毛泽东文集》（第八卷），北京：人民出版社，1999年，第78、79页。
④ 毛泽东：《毛泽东文集》（第八卷），北京：人民出版社，1999年，第122页。

目标，是毛泽东、周恩来、刘少奇等第一代中央领导集体在工业化（工业现代化，不是手工业）与农业现代化（机械化）战略的基础上提出来的。1954年一届人大一次会议政府工作报告中正式进行了阐述。但当时一开始提的是交通运输现代化，而不是科学技术现代化，后来交通运输现代化并入了工业现代化，加上了科学文化现代化，但又去掉了国防现代化。1959年12月至1960年2月，毛泽东在读苏联《政治经济学教科书》时，要求重新加上国防现代化。[①] 1964年与1975年在三届人大一次会议与四届人大一次会议政府工作报告最终明确定型（农业、工业、国防与科学技术）并巩固下来，并确定两步走的现代化路径，即第一步，到20世纪80年代以前，建立完整的独立自主的工业体系与国民经济体系；第二步，到2000年以前，实现四个现代化，走在世界发展前列。改革开放以来，"四化"战略逐渐被"小康"（"中国式四个现代化"）战略取代。1982年中共十二大继续把实现"四化"作为党在新的历史时期的总任务之一。1987年中共十三大在社会主义初级阶段的基本路线中正式结束"四个现代化"的提法，代之以"社会主义现代化"。具体部署则着重现代化的第二步战略，即"小康"战略。

在"四化"战略提出的过程中，我们对工业化的理解发生了重大变化。我们不再把苏联实现工业化的标准（现代工业总产值占工农业总产值的70%）用于中国，我们认为，如果按照苏联标准，1959年我们就可能实现工业化。但是我们还有5亿农民从事农业生产，因此，苏联标准并不能反映我国国民经济的实际情况，而且可能产生松劲的情绪。[②] 我们把工业化的标准重新调整为建立独立自主的工业体系与国民经济体系，注重工业结构与国民经济结构的综合平衡与独立完整。

"四化"战略基本上是一种赶超型的经济现代化战略，定的指标与目标比较高，又受到1957年以后阶级斗争不断扩大化的干扰，特别是10年"文化大革命"的严重干扰，虽然取得了很大成绩，但是两个阶段的发展目标都没有完成。这导致它在20世纪80年代不得不转型为"中国式四个现代化"，即"小康"战略。

七、"小康"战略

以经济建设为中心、以发展为硬道理、以市场经济为导向、以致富光荣

---

① 毛泽东：《毛泽东文集》（第八卷），北京：人民出版社，1999年，第116页。
② 毛泽东：《毛泽东文集》（第八卷），北京：人民出版社，1999年，第125页。

为主题、以先富到共富为发展路径、以小康为目标,这一现代化战略可简称为"小康"战略。它是邓小平在综合中国传统文化、现代化实际与未来预期的基础上提出的,由"四化"战略蜕变而来,成为改革开放以来中国现代化的基本战略,也成为邓小平理论的重要组成部分。1979年12月6日,邓小平在会见日本首相大平正芳时正式提出了中国式现代化战略——"小康"战略。邓小平指出:"我们要实现的四个现代化,是中国式的四个现代化。我们的四个现代化的概念,不是像你们那样的现代化的概念,而是'小康之家'。到本世纪末,中国的四个现代化即使达到了某种目标,我们的国民生产总值人均水平也还是很低的。要达到第三世界比较富裕一点的国家的水平,比如国民生产总值人均一千美元,也还得付出很大的努力。就算达到那样的水平,同西方来比,也还是落后的。所以,我只能说,中国到那时也还是一个小康的状态。"[①] 小康战略在提出以来被不断充实与发展。1987年中共十三大报告正式确认"温饱(到1990年)—小康(到2000年)—基本现代化(到2050年)"三步走的发展路径,要求重点走好第二步,对第二阶段的发展作了战略部署。核心是要普及初中教育,大城市还要基本普及高中教育。主要领域工业技术要大体接近经济发达国家70年代或80年代初的水平。报告特别提出,要加强人口控制与环境保护,维持生态平衡,这是关系经济和社会发展全局的重要问题;结束了"四化"的提法,代之以"工业化、社会化、市场化、现代化"的提法。最后,在2002年,中共十六大报告中正式把"小康"战略发展为"全面小康"战略。

"小康"战略,以市场经济为导向,以新"四化"(工业化、社会化、市场化、现代化)为重大历史课题,以发展生产力为中心任务,以经济现代化为首要任务,以农业、能源、交通、教育、科技为战略重点,以科技现代化为关键,以多种经济成分共存、多种公有制形式共存、多种分配方式共存为经济基础,以"小康"与基本现代化为目标,以经济建设为中心、以发展为硬道理、以致富光荣为主题,以先富到共富、从城乡二元到城乡一体、从单位社会到真正的社会化为发展路径。在改革开放以来的30多年得到了坚决、认真的贯彻执行。除了少数指标外,"小康"战略的发展目标与各项具体指标定得比较恰当,符合国情、民情、世情,在20世纪末我国基本上达到了"小康"水平,实现了"总体小康",但是,就全国范围与各个具体方面而言,"小康"水平仍然是低水平的、不全面的、不协调的,需要巩固与提高,需要更长时期的全面建设。"全面小康"战略由此应时而生。

---

① 邓小平:《邓小平文选》(第二卷),第2版,北京:人民出版社,1994年,第237页。

八、"全面小康"战略

以依法治国、完善市场体制、健全社保体系为基础，以可持续发展为导向，以科教兴国人才强国为手段，以基本实现工业化、全面建设小康社会为目标，这一现代化战略可称为"全面小康"战略，是对此前的"小康"战略的接续、完善与发展，与"小康"战略相衔接。"全面小康"战略在 20 世纪 90 年代末期"基本小康"目标即将完成之际就开始酝酿，到 2002 年中共十六大正式形成。

"小康"战略的基本架构与主体内容已经成为"全面小康"战略的有机组成部分。但是，"全面小康"战略毕竟是在"小康"战略长期实践并取得巨大成绩的基础上构思出来的，因此，"全面小康"战略在新基础新形势下有了新的导向、目标、内容、手段与特征。"全面小康"战略的基本目标与基本内容是：到 2020 年，国民生产总值比 2000 年翻两番，基本实现工业化，较大幅度实施城镇化，建成完善的社会主义市场经济体制，建立比较健全的社会保障体系，依法治国全面落实，基本普及高中教育，可持续发展能力不断增强。

"全面小康"战略内涵包括"可持续发展"战略（1994 年提出）、"科教兴国"战略（1995 年提出）、"人才强国"战略（2000 年提出）、"依法治国"战略（1997 年中共"十五大"提出）、"西部开发"战略（1999 年提出）等一系列新的发展战略，是这些新的发展战略的有机集合。不少战略在 20 世纪 90 年代已开始实施，因此，"全面小康"战略实际的启动时间早于理论总结时间。

其中，"可持续发展"战略是由"发展是硬道理"战略中的环境保护政策、计划生育政策、资源节约政策综合深化发展而来，可以说是此前"发展是硬道理"战略的继承、完善与发展，又开启了"科学发展"战略的孕育，是此后的"科学发展"战略的三大核心发展理念之一。"可持续发展"战略在 1994 年《中国 21 世纪议程》中正式提出，1995 年江泽民在中共十四届五中全会上强调"在现代化建设中，必须把实现可持续发展作为一个重大战略"，严肃地提出，"不仅要安排好当前的发展，还要为子孙后代着想，决不能吃祖宗饭、断子孙路，走浪费资源和先污染、后治理的路子"。① 要求根据我国国情，选择有利于节约资源和保护环境的产业结构和消费方式。此后"可持续

_____

① 江泽民：《江泽民文选》（第一卷），北京：人民出版社，2006 年，第 463、464 页。

发展"战略在中共十五大报告、十六大报告、十七大报告中都得到反复强调。

九、"科学发展"战略

以以人为本为核心，以建设和谐社会、生态文明、建成小康社会为目标，全面、协调、可持续发展，这一现代化战略可称为"科学发展"战略。"科学发展"战略是在"小康"战略、"全面小康"战略基础上的继承与发展，也是在"发展是硬道理"战略、"可持续发展"战略基础上的继承与发展。"科学发展"战略既构成 2007 年中共十七大确立的新的"全面小康"战略的主体部分，同时又超越了"全面小康"战略，把发展视野投向了更远的未来与更大的发展空间，成为新的"全面小康"战略的指导思想，同时也是未来中国很长时期内发展的主导战略。

"科学发展"战略的正式提出是在 2003 年，胡锦涛主席先后三次作了有关"科学发展"的讲话，第一次是在全国防治非典工作会议上，提出了科学发展的三大理念：全面发展、协调发展、可持续发展，并对此进行了具体阐释。会议还阐释了评价科学发展的指标体系构成与有效保障科学发展的资金投入体系构成，指出发展绝不只是经济增长，而是要坚持以经济建设为中心，在经济发展的基础上实现社会全面发展；推动社会主义物质文明、政治文明和精神文明协调发展；在经济社会发展的基础上促进人的全面发展，促进人与自然的和谐。发展不仅要关注经济指标，而且要关注人文指标、资源指标和环境指标；不仅要增加促进经济增长的投入，而且要增加促进社会发展的投入，增加保护资源和环境的投入。[①] 接着，胡锦涛主席发表了《树立和落实科学发展观》的讲话，提出了科学发展观的基本含义、三大发展理念、树立和落实科学发展观的意义与原因，以及科学发展观与"发展是硬道理"的理念的关系、增长与发展的关系。最后，在纪念毛泽东同志诞辰 110 周年座谈会上，胡锦涛完整地提出了科学发展观的科学内涵（包括一个发展核心、三大发展理念、五大发展方法）与十大对策。科学发展观的完整内涵是：坚持以经济建设为中心，坚持以人为本，树立全面、协调、可持续的发展观，统筹城乡发展，统筹区域发展，统筹经济社会发展，统筹人与自然和谐发展，统筹国内发展和对外开放。十大对策是：坚持走新型工业化道路，大力实施科教兴国战略和人才强国战略，推进经济结构的战略性调整，加强农业的基

[①] 中共中央文献研究室：《十六大以来重要文献选编》（上），北京：中央文献出版社，2005 年，第 396、397 页。

础地位，积极推进西部大开发，有效发挥中部地区综合优势，振兴东北地区等老工业基地，鼓励东部有条件地区率先基本实现现代化，努力在经济社会协调发展的基础上促进人的全面发展，在开发利用自然中实现人与自然的和谐相处。[①]

十、我国现代化战略的演变态势及经验教训

自新中国成立以来，现代化战略一直随着国情与国内外形势的变化而演变：从演变的趋势看，在现代化战略的属性方面，逐渐偏离与超越传统的苏联经典社会主义现代化战略，向着真正自主创新的中国特色社会主义现代化战略转变；在现代化基本理念方面，由简单地把现代化化约为工业化，逐渐向深入挖掘现代化的内涵、不断拓宽现代化的广度与深度演变，最终把现代化看做一个从传统的小农手工社会向市场工业文明社会与生态文明社会深刻转型与科学发展的过程；在现代化的目标方面，从过分注重在经济总量与工业产量方面赶英超美、国力强大，逐渐向关注本国人民的生活水平与生活质量，建设和谐社会转变；在现代化的内容方面，从过分注重经济现代化（工业现代化与农业现代化）、国防现代化与科学技术现代化，逐渐向注重经济现代化（市场经济与新工业化）、政治现代化（民主政治与依法治国）、军事现代化、生态现代化（建设生态文明）、社会现代化（建设和谐社会）、科技现代化、文化现代化、人的现代化（人的全面发展）全方位发展，其中，在经济现代化的结构与品位方面，从过分注重工业发展，特别是重工业发展，逐渐转向注重三大产业协调发展，大力发展第三产业，从过分注重工业产量，特别是重工业产量，逐渐向更注重质量与品种转变；在现代化的手段方面，从过分强调计划经济、群众运动、人的主观意志、思想教育、"政治挂帅"，逐渐向市场经济、尊重自然、尊重科学、尊重知识、尊重客观规律、尊重规章制度转变。

新中国成立以来中国现代化战略演变几经波折，留下了深刻的经验教训，给我们今后的现代化战略设计与选择留下了宝贵的财富，主要包括以下几点：第一，必须保持现代化建设的和谐稳定环境，长期以现代化为中心任务，不能动摇，不能再以政治运动、阶级斗争、群众运动去冲击现代化建设。第二，必须从本国基本国情出发，从本国的资源禀赋与民族文化传统出发，在虚心

---

① 中共中央文献研究室：《十六大以来重要文献选编》（上），北京：中央文献出版社，2005年，第649页。

学习国际现代化的先进经验基础上，充分发挥本国的现代化潜力与实际能力，不能照搬照抄别国现代化战略与实践模式。第三，必须以本国人民的现代生活水平与质量的提高为基本目标，不能一味地追求赶超发达国家以扬眉吐气。第四，现代化的基础虽然是经济现代化，但不能把现代化化约为经济现代化，现代化是经济、政治、社会、文化与人的全面转型的过程，具有多面向、多层次、多维度、多重性的特点，因此，设计现代化战略必须从全面性、系统性与整体性出发，在以经济现代化为中心的基础上进行综合考量。第五，提出现代化战略固然需要以各种指标为规范，但指标的择取及目标值在参考发达国家经验的基础上，必须充分考虑本国实际，并权衡各种预期变数，不能生搬硬套，强行摊派，强制执行，更不能搞一个或几个指标单向突进。第六，必须适应现代化不断变化的新形势，根据国情变化与国内外现代化研究的新成果不断调整现代化战略，不能使把现代化战略僵化。

第四章

发展取向的三次转型：11 个五年规划的回顾与前瞻

　　新中国成立以来，国民经济与社会发展已编制并实施了 11 个五年规划。这 11 个五年规划的目标指向均着眼于使国家较快地富强起来，提高人民生活水平，实现社会主义现代化。11 个五年规划的执行，结束了我国现代化进程长期徘徊不前的历史，向实现现代化的目标迈出了坚实的一大步，人民生活步入小康水平，现已进入全面建设小康社会阶段。从发展取向看，11 个五年规划先后历经工业化、市场化、城镇化三大阶段。目前我国正处于完善市场化，推进城镇化阶段。未来较长时间内，我国国民经济与社会发展的战略重点仍然是在科学发展观统领下，继续完善市场化，深入推进城镇化，建设和谐社会，培育生态文明。

一、"一五"计划到"五五"计划：以工业化为重点，建立独立的完整的工业体系

　　"一五"计划到"五五"计划（1953～1980），以工业化为中国发展与现代化的根本取向，当时认为社会主义与市场经济是互相排斥的，计划经济才是社会主义经济运行的取向。这 5 个五年计划，偏重经济发展计划，对社会

发展计划有所忽视。其发展目标主要着眼于使我国由落后的农业国变为先进的工业国，生产方式由小农经济变为社会化大生产，建立独立自主的工业体系和国民经济体系，早日完成工业、农业、国防和科学技术四个现代化，赶超苏联、英美等先进工业化国家。现代化被理解为与苏联（生产关系方面）、与西方（生产力方面）趋同的线性时间赶超关系。其所有制构成是单一公有制，国有制为主导方向；管理形式是中央计划经济，市场调节的空间极其有限；工业化模式主要是学习苏联模式，工业化路径是重工业优化发展，生产资料工业优先发展；发展指标以产量指标为主，要求过细，量化过多；现代化目标是"赶英超美"的四个现代化，赶超时间过短过急；发展方法上强调解放思想与非常规发展，加上群众运动与阶级斗争；经济建设方面高度重视与国力国防有关的经济建设；企业追求大而全、小而全，建构整全的单位社会；出于国家富强的迫切诉求，社会化（社会主义改造与向共产主义过渡）、工业化、国防建设均要求过快过急；积累高，人民生活水平提高很慢；城乡二元分割，城市化进程基本停滞，城市化程度低。

"一五"计划（1953～1957），从 1951 年着手编制到 1955 年 7 月 30 日在一届全国人大二次会议正式通过，历时近 5 年之久。它是在缺乏经验、借鉴苏联，边设计、边编制、边实施、边修改、边补充的情况下进行的。其理论依据是列宁过渡时期理论与苏联社会主义建设理论，其政策依据是过渡时期总路线。"一五"计划以工业化与社会主义改造为基本任务，其中工业化为主体，社会主义改造为两翼。"一五"计划的基本任务之一，是集中主要力量进行以苏联帮助设计的 156 个单位为中心的、由限额以上 694 个建设单位组成的工业建设，建立我国社会主义工业化的初步基础。工业建设是"一五"计划的中心，而在苏联援助下的 156 个工业单位的建设又是工业建设的中心。"一五"计划对农业、交通、商业、文化、教育、科研、人民生活水平等方面均有所关照，兼顾了重点与一般，基本做到了综合平衡，需要与可能尽可能得到结合。"一五"计划期间正是市场经济体制向计划经济体制的过渡时期，是计划经济体制的基本确立时期，因此，"一五"计划是直接计划与间接计划的结合。

"二五"计划（1958～1962），开始编制于 1956 年初，由中共八大讨论通过，后来在"大跃进"思想的指导下重新编制。"二五"计划重点是煤、电、油等动力工业和冶金、化工等原材料工业。[①] 工业化战略是：在全国建立强

---

① 见《国家计委传达毛泽东关于"二五"计划的指示》。郭德宏：《历史的跨越：中华人民共和国国民经济和社会发展"一五"计划至"十一五"规划要览》（1953～2010）（上卷），北京：中共党史出版社，2006 年，第 157 页。该书以下简称《规划要览》。

大的独立完整的工业体系的同时，各协作区都应当建立起比较完整的、不同水平和各有特点的工业体系，各省、市、自治区也都应当建立起一定程度的工业基础。发展目标是：提前建成为一个具有现代工业、现代农业和现代科学文化的伟大的社会主义国家，并创造向共产主义过渡的条件。"二五"计划是一个以钢为纲、高速赶英超美的、急于实现现代化、急于向共产主义过渡的"大跃进"计划。在实际执行过程中，导致国民经济与社会发展的严重困难，不得不作出大幅度调整，使得"二五"计划实际上延期到1965年。"欲速则不达"是"二五"计划的深刻教训。

"三五"计划（1966～1970），原本是准备把它编制成大力发展农业、适当加强国防工业与基础工业的"吃穿用计划"，1965年以后重新编制的"三五"计划则突出重工业、突出三线建设，努力赶上和超过世界先进技术水平。

"四五"计划（1971～1975）的初期计划仍然是过分突出重工业、集中力量进行三线建设，要求建立不同水平、各有特点、各自为战、大力协同的十大经济协作区，初步建成独立的比较完整的工业体系和国民经济体系。鉴于经济比例严重失调，市场供应日益紧张，1973～1974年作了三次调整，适当改变了以备战和三线建设为中心的经济建设指导思想，要求把钢铁的品种与质量放在第一位，把农业发展放在第一位，充分发挥沿海工业基地的生产潜力，适当发展沿海工业，减少经济协作区数量；纠正军民分割、建立独立经济区域的做法，增加农业劳动力，严格控制人口增长速度，扩大对外贸易。

"五五"计划（1976～1980）是与"六五"计划（1981～1985）一道编制的，初称"十年规划"（1976～1985）。工农业生产平均增长速度为8.7%，其中，工业速度为10%以上。到1985年工业生产指标为钢6000万吨，煤9亿吨，化学纤维150万吨。[①] 它还规划了120个大项目，到1980年实现农业机械化。[②]

这一时期的五年计划，除了"一五"计划之外，其他计划并未正式公开。这些计划形式以行政性的指令性计划为主，计划形式较为单一；微观计划与宏观计划脱节，微观计划统得太死，宏观计划指标多变；计划投资过于偏重基本建设而忽视技术改造。由于计划设计的指导思想缺乏连续性、设计机构与设计人员频繁更换、信息限制、缺乏参与机制、政治斗争与意识形态、指

---

① 《国家计委关于1976—1985年发展国民经济十年规划纲要（修订草案）被批准》，见《规划要览》（上卷）第361页。

② 《十年规划的提出》，见《规划要览》（上卷）第361页。

标多变、评估标准不明等多种因素，计划的科学性大受限制，管理与实效有限。[1] 计划经济的"无政府状态"[2] 在这5个五年计划中得到了充分显现。

二、"六五"计划到"九五"计划：以市场化为取向，重视社会发展

从"六五"计划到"九五"计划（1981～2000），工业化仍然是我们的重要发展目标，但是，市场化成为新的发展取向，工业化必须立足于市场化的基础之上，市场化比工业化更紧要。苏联式现代化与西方式现代化均不再是我们模仿的对象，我们决定在吸取先行现代化国家的经验教训的基础上着手探索中国式现代化道路。这是我们吸取前30年发展教训得出的现代化新思维。这4个五年计划，社会发展计划开始列入发展计划之中。计划与市场逐渐结合，计划的指令性、直接性、微观性、数量性、变化莫测性开始向指导性、宏观性、间接性、战略性、预测性、制度性、政策性、可持续性转变。编制计划在着重考虑本国国情国力的同时，也开始考虑国际市场情况。这4个五年计划，以发展生产力为根本任务，以经济建设为中心，以现代化为远景发展目标，以小康为近期发展目标，强调发展是硬道理。以改革开放为发展动力与基本国策。体制改革不断深化，对外开放不断扩大，开始积极参与全球化。经济体制改革为改革重点，国有企业改革为经济体制改革重点。经济发展注重效益与质量，保持适当的稳定的增长速度，发展目标定得稳妥可靠。把加强农业放在发展国民经济首位，大力发展乡镇企业。要求产业结构合理化与现代化，注重产业结构、产品结构、企业组织结构的调整，大力发展轻工业与第三产业，调整重工业的服务方向，积极发展消费品工业与民用建筑业。在市场化条件下，注重发展横向经济联系，形成以大城市为中心的经济区网络。开始认识到城市化的必然性与重要性，城镇化重新起步，重点发展中小城市和城镇。从着重发展内地转到重视沿海发展，要求加速东部发展，在中部重点发展能源、原材料工业，积极开发西部。科技与教育开始受到重视，认识到教育为经济发展之本、科技是第一生产力，大力发展教育与科技。提高人民生活水平与共同富裕被视为社会主义现代化建设的基本出发点。人民生活水平的改善受到高度关注，发展计划首先考虑人民生活水平的

---

① 详细分析参阅刘国光：《中国十个五年计划研究报告》，北京：人民出版社，2006年，前言。

② 关于计划经济的无政府状态的详细解释，参阅厉以宁：《经济漫谈录》，北京：北京大学出版社，1998年，第20～22页。

提高。社会建设提上日程，注重物质文明与精神文明协调发展，经济与社会协调发展。要求建立完善的社保体系。鼓励先富，要求先富带动和帮助后富。环境保护列为基本国策。民主法制建设开始纳入社会发展计划。

"六五"计划（1981～1985），1975年开始编制，初称"十年规划"（1976～1985）。"文化大革命"结束后，1978年重新编制，但计划指标过高。1980年重新编制，1982年全国人大五届五次会议正式通过。"六五计划"贯彻调整、改革、整顿、提高的方针，以调整为中心、争取国民经济根本好转。产业结构要基本解决，产品结构要有相当大的变化，能源、交通要有适当的建设规模。计划还规定，要进行一些必要的改革，充分利用开放以后的条件，到国际市场上去发展。从1982年年度计划开始把社会发展计划与国民经济发展计划并列，社会发展计划正式列入发展议程。

从"七五"计划（1986～1990）开始，计划的编制开始正常化，结束了此前每一个计划反复编制的波折。"七五"计划坚持把改革放在首位，要求完成从有计划的产品经济向有计划的商品经济转轨过程，争取5年或更长时间内基本奠定有中国特色的新型社会主义经济体制的基础；大力促进科技进步，不断提高经济效益，保持经济的稳定增长。基本解决温饱问题，继续改善人民的生活质量、生活环境与生活条件，人民消费将由温饱型向小康型过渡。

"八五"计划（1991～1995）与1991～2000年10年规划结合在一起规划，要求在大力提高经济效益和优化经济结构的基础上，国民生产总值年均增长6%左右。人民生活从温饱达到小康。初步建立适应以公有制为基础的社会主义有计划的商品经济发展的、计划经济和市场调节相结合的经济体制和运行体制。社会主义精神文明建设达到新的水平，社会主义民主与法制进一步健全。"八五"计划已经认识到，市场调节可以发挥优胜劣汰机制的作用和增强经济发展的活力；并认为，随着经济体制改革的深化，经济结构的改善和市场的不断发育，进一步缩小指令性计划的范围，适当扩大指导性计划的范围，更多地发挥市场机制的作用。

"九五"计划（1996～2000）要求全面完成现代化建设的第二步战略部署，2000年实现人均国民生产总值比1980年翻两番；基本消除贫困现象，人民生活达到小康水平；加快现代企业制度建设，初步建立社会主义市场经济体制。"九五"计划认为，实现"九五"和2010年的奋斗目标，关键是实现计划经济体制向社会主义市场经济体制转变，经济增长方式从粗放型向集约型转变。计划要体现发展社会主义市场经济的要求。

这一时期的五年计划，在市场化环境下，计划功能发生重大变化，由基本制度架构向宏观经济管理手段转变。计划形式由单一的指令性计划向以指导性计划为主的多种计划方式转变。计划设计偏重发展战略与基本政策。计划的研制越来越趋向严格的程序化与科学化，社会参与度也不断加强。计划指标务实可行，指标体系得到简化并规范化。

三、"十五"计划以来：以科学发展观统揽，完善市场化、推进城镇化为新的着力点

"十五"计划（2001～2005）以来，开始以科学发展观统揽经济社会发展全局，在完善市场化的基础上积极稳妥地推进城镇化成为新的发展取向，提出保持经济平稳较快发展，加快转变经济增长方式，提高自主创新能力，促进城乡区域协调发展，加强和谐社会建设，不断深化改革开放；巩固和加强农业基础地位，建设社会主义新农村；以市场为导向，以企业为主体，着力自主创新，大力发展现代服务业，加快信息化与新工业化进程，推进产业结构优化升级；实施西部大开发，促进区域协调发展。转移农村人口，积极推进城镇化进程；重视生态建设与环境保护，建设资源节约型、环境友好型社会；深化体制改造和提高开放水平，以改革开放为发展动力，着力完善社会主义市场经济体制；大力开发人才资源，加快发展教育事业，深入落实科教兴国战略和人才强国战略；积极扩大就业，完善社保制度，改善城乡人民生活，加快社会主义精神文明建设与民主法制建设，推进社会主义和谐社会建设。

"十五"计划是经济结构调整、完善市场化、推进城镇化的重要时期。要求经济保持较快发展速度，经济结构战略性调整取得成效，经济增长质量和效益显著提高；国有企业建立现代企业制度取得重大进展，社保制度比较健全，完善社会主义市场经济体制迈出实质性步伐，在更大范围内和更深程度上参与国际经济合作与竞争；就业渠道拓宽，城乡居民收入持续增加；生态建设和环境保护得到加强；科技教育加快发展，精神文明建设和民主法制建设取得明显进展。

"十一五"规划（2005～2010）是全面建设小康社会的关键时期。从"十一五"规划开始，发展计划开始改为发展规划，彰显市场经济理念。过多过细的量化指标被淡化，更加注重宏观把握。在市场化与国际化方面，要求社会主义市场经济体制比较完善，开放型经济达到新水平。共同富裕、和谐社会与生态文明成为新的发展主题。

随着农业的不断发展与工业化的加快发展，我国推进城镇化的条件渐趋

成熟。"十五"计划以来，城镇化成为完善市场化基础上的新的发展着力点。与市场化与工业化一样，城镇化也是现代化的核心要义。"十五"计划已经深刻地认识到城镇化对经济和社会发展的重要意义，那就是：可为经济发展提供广阔的市场和持久的动力，是优化城乡经济结构、促进国民经济良性循环和社会协调发展的重大措施。因此，"十五"计划明确指出，要不失时机地实施城镇化战略，提出"积极稳妥地推进城镇化"的要求。"十五"计划在强调着重发展小城镇的同时，更重视形成合理的城镇体系。注意发展城市间的经济联系，发挥中小城市对小城镇发展的带动作用，积极发展中小城市，完善区域性中心城市功能，发挥大城市的辐射带动作用，走出一条符合我国国情、大中城市和小城镇协调发展的城镇化道路。①

"十一五"规划进一步认识到城镇化对于扩大内需、推动国民经济增长，对于优化城乡经济结构、促进国民经济良性循环和社会协调发展，都具有重要意义。第一，城镇化是经济社会发展的必然趋势，也是工业化、现代化的重要标志。我国正处于城镇化发展的关键时期。第二，坚持统筹城乡发展，在经济社会发展的基础上不断推进城镇化，可以加强城乡联系，在更大范围内实现土地、劳动力、资金等生产要素的优化配置，有序转移农村富余劳动力，实现以工促农、以城带乡，最终达到城乡共同繁荣发展。第三，提高城镇化水平，增强大城市以及城市群的整体实力，可以更好地配置各种资源和生产要素，进一步发挥城市对经济社会发展的重要推动作用，提高我国经济发展的水平和整体竞争力。② 因此，"十一五"规划提出"促进城镇化健康发展"的新要求。其基本原则是：坚持大中小城市和小城镇协调发展，提高城镇综合承载能力，按照循序渐进、节约土地、集约发展、合理布局的原则，积极稳妥地推进城镇化，逐渐改变城乡二元结构。要把推进城市群作为推进城镇化的主体形态。③ 其制度保障是：建立健全与城镇化相适应的财税、征地、行政管理和公共服务等制度。完善行政区划设置和管理模式。改革城乡分割的就业管理制度，深化户籍制度改革，逐步建立城乡统一的人口登记制度。城镇化的具体办法是：第一，珠江三角洲、长江三角洲、环渤海地区，要继续发挥对内地经济发展的带动和辐射作用，加强区内城市的分工协作和优势互补，增强城市群的整体竞争力。第二，继续发挥经济特区、

---

① 《中共中央关于制定国民经济和社会发展第十个五年计划的建议》，见《规划要览》（下卷）第 1037 页。

② 《"十一五"规划若干问题解答》，见《规划要览》（下卷）第 1346 页。

③ 《中华人民共和国国民经济和社会发展第十一个五年规划纲要》，载本书选编组：《中华人民共和国国民经济和社会发展第十一个五年规划纲要学习参考》，北京：中共党史出版社，2006 年，第 36 页。

上海浦东新区的作用，推进天津滨海新区等条件较好地区的开发开放，带动区域经济发展。第三，有条件的区域，以特大城市和大城市为龙头，通过统筹规划，形成若干用地少、就业多、要素聚集能力强、人口分布合理的新城市群。第四，人口分散、资源条件较差的区域，重点发展现有城市、县城和有条件的建制镇。①

以往发展小城镇，往往从农村地区自身的角度考虑问题，忽视了大、中、小城市之间的依存关系。"十五"、"十一五"这两个五年规划均强调城市结构的内在联系与协调发展。这是吸取我国城镇化的经验教训的结果。从发展经验看，我国沿海发达地区的广大农村正是借助于大、中城市分布密度高、辐射能力强以及辐射范围广的条件，带动乡镇企业的迅速发展，加快了城镇化进程。而内地试图独立发展小城镇，试图仅仅依靠政府规划与建设来拉动城镇化，事实上是不可取的，也是不成功的。小城镇的发展一刻也离不开大、中城市的发展。小城镇经济发展不是孤立的，在一定程度上有赖于生产社会化水平的提高。只有大、中、小城市和小城镇的协调发展，才能逐步形成比较合理的城镇体系结构，才能构成国家经济社会体系的合理空间支撑系统。因此，这两个五年规划要求重视大、中城市与小城镇的关系，走相互促进、相互依存的道路。小城镇的发展必须依靠与周边大、中、小城市的协调发展的关系，借助于大、中城市的辐射带动作用。

四、11个五年规划的发展态势与未来取向

从11个五年规划的历史发展看，发展（现代化）模式规划方面，"一五"到"五五"计划主要为苏联式发展；"六五"到"九五"计划则强调中国式发展；"十五"到"十一五"规划则提升为科学发展。

发展（现代化）战略规划方面，"一五"到"五五"计划重点是实施工业化战略，实现社会主义现代化（主要是四个现代化）；"六五"到"九五"计划重点则是实施市场化战略，建设小康社会；"十五"到"十一五"规划则转向完善市场化，积极推进新工业化、城镇化与国际化，全面建设小康社会。

规划方法与指标设置方面，"一五"到"五五"计划主要为学习苏联计划方法，重工业优先，以重工业推测其他部门指标，"先定下来多少钢，然后根据这来计算需要多少煤，多少电，多少运输等，根据这些再计算增加多少城

① 《中共中央关于制定国民经济和社会发展第十一个五年规划的建议》，见《规划要览》（下卷）第1303页。

市人口，多少生活福利"①（"三五"计划开始试图改变这种计划方法，先看农业生产，再根据农业生产来推算工业生产，但并未得到顺利实施）。强调产量与项目指标，量化指标过多过细；"六五"到"九五"计划则要求从实际的国情国力和主要问题出发，而不是此前的先定目标，后定指标方案。编制计划首先要考虑人民生活最必需的发展要求，据此考虑农业、轻工业、能源、交通和其他重工业部门的发展。注重综合平衡、结构调整与经济效果。经济发展有长远打算，避免走一步看一步的弊病。② 计划与市场开始结合，直接计划（指令性计划）逐渐减少，间接计划（指导性计划）逐渐增多，还有属于市场调节的部分，计划逐渐被市场所引导。不再列举很多数字，只列举关系经济和社会发展的全局与方向的一些重要指标，注重规划发展战略与方针政策。③ "十五"到"十一五"规划则突出了战略性、宏观性、政策性，减少实物指标，增加反映结构变化的预期指标；围绕要解决的主要问题和重点发展领域，提出努力方向和相应的政策措施。强调计划的实施一定要充分发挥市场机制的作用，政府宏观调控要更多地运用经济杠杆、经济政策和法律手段。在计划方法上，力求提高社会参与度，使计划制订过程成为发扬民主、集思广益的过程，成为各有关方面达成共识的过程。④

　　"十五"计划与"十一五"规划进入国民经济与社会发展规划的第三个发展阶段，这个以完善市场化，推进城镇化，转变增长与发展方式，建设和谐社会与生态文明为战略重点的发展阶段，将持续很长时间。根据预期，根本转变经济增长方式，完善社会主义市场经济体制，城镇化取得重要进展，和谐社会建设与生态文明建设取得相当成效，全面建成小康社会，这些要到2020年左右才有可能实现。而基本实现现代化则要到2050年左右。要真正实现现代化，还要上百年的时间以至更长。⑤ 因此，就规划本身预期的发展时间表而言，"十五"计划与"十一五"规划确立的发展理念与发展战略（指导思想与方针）、发展阶段、任务与方式、规划原则与方法等，将深刻影响以后的发展规划。除发展时间表的预定安排外，由于存在对我国现代化与发展中存在的实际制约问题的强烈针对性，"十五"计划与"十一五"规划确立的

---

① 毛泽东：《关于第三个五年计划——在中央工作会议上的讲话》，见《规划要览》（上卷）第255页。

② 《国家计委提出拟定"六五"计划》，见《规划要览》（上卷）第399页。

③ 《关于制定"七五"计划建议的说明》，见《规划要览》（中卷）第560页。

④ 朱镕基：《关于国民经济和社会发展第十个五年计划纲要的报告》，见《规划要览》（下卷）第1063页。

⑤ 日本新华侨报：《温家宝为何称中国现代化还要上百年》，《科学与现代化》（中国科学院中国现代化研究中心内刊），2010年第2期。

发展理念与发展战略也必然在较长时期内继续发挥作用。

坚持以科学发展观统领经济社会发展全局，是今后国民经济与社会发展规划的根本指导思想。在"一五"计划到"五五"计划期间，我们的发展过分注重国家投入与国家管理，轻视多元投入与市场调节；过分注重重工业发展，农业、轻工业、服务业长期被忽视；过分注重数量增长，对产品质量、品牌、品种与延伸服务有所忽视；过分注重国力增长，对人民生活水平提高有所忽视，且逐渐偏离经济社会发展这个中心轨道，走向阶级斗争扩大化。在"六五"计划到"九五"计划期间，则主要强调经济发展，特别是 GDP 增长，对社会发展有所忽视，特别是对半城市化的农民工与农村居民的社会保障体制建设有所忽视。经济发展本身则注重各种资源与资金投入，对技术创新、管理创新、增长方式转变、发展方式创新有所忽视。市场体制还不完善，城镇化还受到计划体制的严重制约。"十五"与"十一五"规划开始探索以科学发展观统领经济社会发展全局，迈出了可喜的第一步。发展是硬道理，是执政兴国的第一要务，但发展必须是科学发展，必须做到以人为本，全面、协调、可持续发展。更新发展观念，转变增长方式，创新发展模式，提高发展的质量。

不断完善市场化，积极推进城镇化，是今后国民经济与社会发展规划的现代化核心战略。世界上绝大部分国家，都是城市化率（城市人口占总人口比重）普遍高于工业化率（工业产值占 GDP 比重）。高收入国家更是城市化率高出工业化率近 3 倍。到 2004 年，高收入国家工业化率为 20％～30％，而城市化率却达到 70％～80％。然而，在中国，城市化率却长期低于工业化率。到 2004 年，工业化率达到 40％左右，而城市化率仍然只有 35％左右。"一五"计划到"五五"计划，以工业化为现代化的重点，进行没有市场化与城市化（二者皆被视为"资本主义的特有规律"）的工业化，以重工业为工业化的中心（优先发展重工业、以重工业为中心被认为是社会主义工业化的普遍规律），抑制第三产业发展，导致 1952～1978 年工业化率从 17.6％猛增到 44.1％，增加了 26.5％，同期城市化率仅从 12.5％增加到 17.9％，仅增加 5.4％。[①] 到"五五"计划结束的 1980 年，我国的城镇化率达到 19.39％。1952～1980 年年均城镇化率约增长 0.24％。"六五"计划到"九五"计划开始接纳市场化为现代化的要义，不再看做是资本主义特有的东西，市场化与工业化逐渐融合。但是，城市化仍然是受到较大限制的，只有小城镇被相对

---

① 白南生：《城市化与农村劳动力流动》，载李强：《中国社会变迁 30 年》，北京：社会科学文献出版社，2008 年，第 90、91 页。

放开。"六五"计划到"九五"计划，我国城镇化率由 19.39% 上升到 36.22%，上升了 16.83%，年均增长达 0.84%。① "十五"计划到"十一五"规划，市场经济体制基本建立，进入完善发展时期，农民工进城不再受到严格限制，城镇化进入积极稳妥发展时期，城市结构开始协调发展，城市群的发展受到鼓励与重视。"十五"计划实现转移农业劳动力 4000 万人，"十一五"规划预期城镇化率达到 47%。② 经过两个五年规划，我国城镇化率已经由 2000 年的 36.22% 上升到 2008 年的 45.68%，上升了 9.46%，年均增长 1.18%。③ 但是，我国城镇化面临的任务仍然相当严峻，一方面，在现代化实现之前，要继续转移农村人口，这需要继续完善市场机制，深入转换政府职能，大力发展包括教育在内的第三产业；另一方面还要让农民工真正融入城市，参与城市社会，这需要大力改革城乡二元与城市二元发展机制，即"四元经济结构"（农村的农业劳动者与乡镇企业职工、城市的市民与农民工并存）④，明确建立城乡一体化与城市一体化发展机制。后一个任务更具有紧迫性，也更具有挑战性。

小康与现代化是我国国民经济与社会发展规划的长远目标。虽然我国经济发展速度长期在世界领先，到 2008 年为止，GDP 增长率为 9.05%，大大高于世界平均增长率 2.06%，也高于大部分发达国家与发展中国家。但是，我国经济整体发展水平还处于基本小康阶段，贫困问题还没有完全解决。到 2008 年为止，农村居民家庭人均纯收入为 4761 元，城镇居民家庭人均可支配收入 15 781 元，东部地区、中部地区、西部地区、东北地区人均收入分别为 8604 元、5988 元、5286 元、9134 元。我国自然资源相对不足，生态环境较为脆弱，农村劳动力转移任务艰巨，但适应资源充分利用、环境有效保护与城乡一体化的经济结构与经济增长方式还没有形成，到 2005 年，第三产业从业人员比率为 31.4%，远远落后于法国、加拿大、英国、美国等发达国家（70% 以上），甚至也落后于很多发展中国家，如阿根廷、巴西、埃及、马来

---

① 国家统计局网统计数据库 2001 年度数据，http://www.stats.gov.cn/tjsj/ndsj/2001c/mulu.htm，2010 年 7 月 10 日。

② 《中华人民共和国国民经济和社会发展第十一个五年规划纲要》，载本书选编组：《中华人民共和国国民经济和社会发展第十一个五年规划纲要学习参考》，北京：中共党史出版社，2006 年，第 4、9 页。

③ 国家统计局网统计数据库 2009 年度数据，http://www.stats.gov.cn/tjsj/ndsj/2009/index-ch.htm，2010 年 7 月 10 日。

④ 胡鞍钢、鄢一龙：《中国：走向 2015》，杭州：浙江人民出版社，2010 年，第 111 页。

西亚等（50％以上）。[①] 经济发展与政治、文化、社会、生态方面的发展尚不协调，现代化程度总体上仍然较低。教育科技创新不足，核心竞争力缺乏，发展亟须新的驱动机制与驱动力量。今后很长时期，我国国民经济与社会发展规划的根本目标仍然是：推进城乡一体发展，完善社会保障体制，共同富裕，提高人民生活水平，构建和谐社会，培育生态文明，全面建设小康社会，最终实现现代化。

---

① 国家统计局网统计数据库 2009 年度数据，http：//www. stats. gov. cn/tjsj/ndsj/2009/index-ch. htm，2010 年 7 月 10 日。

第五章

中国现代化指标体系演进

现代化指标体系是反映现代化特征、状态和程度的主要指标的有机构成。20 世纪 30 年代和 80 年代，我国先后出现两次"何为现代化"的大讨论，对于现代化问题达成了一些基本的共识，对现代化指标体系也有了初步认识。①90 年代以来，我国深入对中国社会主义现代化指标体系的实际探索。目前对现代化指标体系的研究和设计已经成为现代化学科理论和实践探索中的热点问题。②

总体而言，50 年来，我国社会主义现代化战略目标及相关指标，经历了从工业化，尤其是偏重重工业化，到工业、农业、国防和科学技术四个物质形态的现代化并举的"旧四化"，到物质、结构、制度和文化形态的现代化并举，即经济、社会、政治和人的现代化协调推进的"新四化"。20 世纪 80 年代以来，特别是 90 年代以来，中国社会主义现代化战略目标与指标体系有了

---

① 关于 20 世纪 90 年代以前中国现代化战略及相关指标的变动，可参考郭德宏：《从四个现代化到全面现代化——对中国现代化目标发展变化的历史考察》，《中共党史研究》，1999 年第 5 期；王海光：《从求强、求富到人的现代化——中国现代化 50 年发展战略的反思》，《北京师范大学学报》（人文社科版），2000 年第 5 期。

② 国际上对现代化指标体系的研究和设计工作从联合国创立以来就开始了。发展中国家对现代化指标的研究和设计也是从 20 世纪 60 年代开始的，到 80 年代已形成全球性浪潮。

深刻变动，大体经历了从基本小康到全面小康，从偏重 GDP 到科学发展的历程。本书主要从这两个层面出发，考察 90 年代以来中国社会主义现代化指标体系的变动、动因以及研究和设计中存在的问题和解决的方向。

一、从"基本小康"的指标体系到"全面小康"的指标 体系

小康社会是国民生活水平从温饱型向富裕型发展的一个阶段。低限目标（"基本小康"）为人均国内生产总值 800～1000 美元，2000 年已经在总体上达到了这个水平，但在全国还很不平衡。高限目标（"全面小康"）为 4000～5000 美元，我们正在向此目标迈进，预期 2050 年左右实现。一般认为小康社会只是相当于国际社会的中上收入国家的发展水平，离高收入的发达国家还有相当距离，因而还不是现代化社会，而是为现代化社会的来临作准备。但无疑与温饱社会不同，小康社会已经深深地处在现代化的过程之中，因此，小康社会指标体系可以看做现代化指标体系的一种表现形式。

20 世纪 90 年代初，为了对建设小康社会的进程实行监测，1991 年国家统计局曾联合 12 个部委的研究人员参照国际标准并按照中央制定的《十年规划和"八五"计划纲要》中的小康社会的内涵确定了 16 个基本监测指标和小康临界值。此后，各地、各部门和研究机构纷纷展开对小康社会指标体系的研究和设计工作。中国社会科学院全面建设小康社会指标体系研究课题组于 2001 年提出农村全面建设小康社会指标体系和全国全面实现小康社会指标体系，2003 年该课题组发布《中国小康社会》，进一步阐明了关于全面建设小康社会的指标体系和综合评价。[1] 国务院发展研究中心发展战略和区域经济研究部"十一五"规划基本思路研究课题组于 2004 年提出了全面建设小康社会的指标体系。中国科学院可持续发展战略研究组在《2004 年中国可持续发展战略报告》中也提出了"全面建设小康社会的指标体系"。2002 年 11 月党的十六大召开之后，学术界纷纷就全面建设小康社会的评价标准发表看法。2002 年曹玉书提出全面建设小康社会的基本标准，2004 年吕书正提出到 2020 年的中国小康社会评价标准。

1991 年国家统计局的小康社会指标由五大战略目标领域、16 个具体指标构成。其中，经济水平指标 1 个：人均 GDP。物质生活指标 8 个：城镇人均

---

① 中国社会科学院全面建设小康社会指标体系研究课题组：《中国小康社会》，北京：社会科学文献出版社，2003 年。

可支配收入、农民人均纯收入、城镇住房人均使用面积、农村住房人均使用面积、人均蛋白质日摄入量、城市人均拥有铺路面积、农村通公路行政村比重、恩格尔系数（居民用于食物消费的支出与总消费支出之比）。人口素质指标3个：成人识字率、人均预期寿命、婴儿死亡率。精神生活指标2个：教育娱乐支出比重、电视普及率。生活环境指标2个：森林覆盖率、农村初级卫生保健基本合格县比重。

进入21世纪以来，我们已经在总体上进入了小康社会，现代化取得了巨大进展，但环境恶化、社会分化、劳动异化、东西差距鸿沟化、农民贫困化、国家公共管理能力弱化等一系列问题也浮出水面，呼吁遏制权力腐败、关注社会公平、解决"三农"问题的话语不绝于耳，中央相继提出以人为本、建设政治文明和和谐社会、建设社会主义新农村，走协调、稳定、可持续发展的现代化新道路。国家统计局适时调整了小康指标，以农村为中心，提出了全面小康新标准。经济发展指标2个：农民人均可支配收入、第一产业劳动力占农村劳动力总数的比重。社会发展指标5个：农村小城镇人口比重、农村合作医疗覆盖率、农村养老保险覆盖率、万人农业科技人员数、农村居民收入基尼系数。人口素质指标2个：农村人口平均受教育年限、农村人口平均预期寿命。生活质量指标4个：农村居民的恩格尔系数、农村居民的居住质量指数、农村文化娱乐消费支出比重、农民生活信息化程度。民主法制指标2个：农民对村政务公开的满意度、农民对社会安全的满意度。资源环境指标3个：常用耕地面积动态平衡、森林覆盖率、万元农业GDP用水量。

中国社会科学院全面建设小康社会指标体系研究课题组2001年提出，农村全面建设小康社会指标体系由四大基本指标、27个具体指标构成。[①] 社会结构和生产条件指标8个：城镇人口占总人口比重、非农劳动力占农村劳动力比重、乡镇企业从业人员占农村劳动力比重、非农增加值占GDP比重、每一农村劳动力拥有农业机械总动力、每一农村劳动力农村用电量、每一农村人口固定资产生产性原值、有效灌溉面积占耕地面积比重。经济效益指标5个：每公顷耕地农业增加值、每一农村劳动力农业增加值、每一农村人口固定资产投资额、每百元农民纯收入费用、每一乡镇企业从业人员提供的利税。人口素质指标5个：人口自然增长率、农村6岁以上人口初中以上文化程度比重、每百名农村劳动力文盲半文盲人数、每万名农村劳动力拥有农技专业人员数、每万名农村劳动力培训的实用技术人次。生活质量指标9个：农民

---

① 朱庆芳：《小康及现代化社会指标体系评价方法》，中国社会学网，http：//www. sociology. cass. cn/shxw/shfz/p020040108472478599161. pdf，2004年1月8日。

人均纯收入、农民人均生活消费支出、农民人均住房面积、农民恩格尔系数、每百农户拥有住宅电话、每百农户拥有彩色电视机、饮用自来水人口占农村人口比重、万人拥有医生数、每村有乡村医生和卫生员数。

全国全面实现小康社会指标体系由五大指数、28 个指标构成。其中，社会结构指数 5 个：第三产业从业人员占总从业人员比重、城镇人口占总人口比重、非农增加值占 GDP 比重、出口额占 GDP 比重、预算内教育经费占 GDP 比重。经济与科教发展指数 7 个：人均 GDP、人均社会固定资产投资额、工业企业占总资产贡献率、城镇实际失业率、R&D 经费占 GDP 的比重、预算内人均教育经费、万人专利数。人口素质指数 6 个：人口自然增长率、每万名职工拥有专业技术人员、每万人口在校大学生人数、大专以上文化程度人口占 6 岁以上人口比重、万人医生数、平均预期寿命。生活质量和环境保护指数 6 个：城乡平均恩格尔系数、人均生活用电量、百户拥有电话数、城镇百户拥有电脑数、工业三废处理率、农村饮用自来水人口占农村人口比重。法制与治安指数 4 个：万人刑事案件立案率、万人治安案件发生率、万人拥有律师数、万人交通事故死亡数。

中国科学院可持续发展战略研究组《2004 年中国可持续发展战略报告》提出了"全面建设小康社会的指标体系"[①]，由发展动力、发展质量、发展公平三大战略指标构成。发展动力指标则包含工业化、信息化、市场全球化（市场化与全球化的综合指标）、城市化、科技创新能力五大动力指标。其中，工业化动力指标 3 个：人均 GDP、第一产业产值占 GDP 的比例、第一产业就业人口占总就业人口比例。信息化动力指标 4 个：百户居民拥有的电脑数、千人拥有的互联网用户、百人拥有的电话数、人均邮电业务总量。市场全球化动力指标 3 个：贸易依存度、外资占 GDP 的比例、市场化程度/非国有固定资产投资比例；城市化 1 个：城市化率。科技创新能力动力指标 7 个：R&D 经费占 GDP 的比例、万人拥有的科学家和工程师人数、人均公共教育支出、新产品产值率、万人拥有的专利申请量、科技市场合同交易额占 GDP 比例、千名科技人员发表的论文数。发展质量指标由经济发展质量、集约化程度、社会运行质量、生态化程度构成。经济发展质量指标 3 个：成本费用利润率、流动资产周转率、总资产贡献率。集约化程度指标 4 个：万元产值能耗、万元产值水耗、万元产值三废排放当量、全员劳动生产率。社会运行质量指标 7 个：人口自然增长率、预期寿命、大专以上受教育人口比例、失

---

① 中国科学院可持续发展战略研究组：《2004 年中国可持续发展战略报告》，北京：科学出版社，2004 年。

业率、恩格尔系数、千人拥有医生数、人均住房面积。生态化程度指标 5 个：废气综合处理率、废水排放达标率、固体废弃物综合利用率、水资源重复利用率、污染治理投资占 GDP 比例。发展公平指标由收入公平度（城乡收入差距）、就业公平度（男女就业公平度）、教育公平度（男女受教育公平度）构成。

国务院发展研究中心发展战略和区域经济研究部"十一五"规划基本思路研究课题组 2004 年提出全面建设小康社会的指标体系。[①] "十一五"规划基本思路研究课题组认为，全面建设小康社会是现代化建设第三个战略阶段中具有决定意义的发展阶段。其目标的确定，必须符合最新的发展理念，符合社会主义的基本原则，体现中国现代化建设的阶段性要求，借鉴国际经验，以及体现综合性、简洁性和可操作性的要求。其指标体系包括经济、社会、环境和制度四个方面的 16 项指标。其中，经济指标 4 个：人均 GDP、非农产业就业比重、恩格尔系数、城乡居民收入。社会指标 7 个：基尼系数、社会基本保险覆盖率、平均受教育年限（6 岁和 6 岁以上人口平均受教育水平）、出生时预期寿命、文教体卫增加值比重、犯罪率（刑事犯罪率）、日均消费性支出小于 5 元的人口比重。环境指标 3 个：能源利用效率、使用经改善水源人口比重、环境污染综合指数。制度指标 2 个：廉政建设指数（全国检察机关直接立案的贪污贿赂和渎职案件数与国家机关、政党机关和社会团体就业人数之比）、政府管理能力指数（因交通事故、火灾、安全生产事故，以及自然灾害等造成的非正常死亡率）。

2002 年曹玉书提出全面建设小康社会的基本指标应该包括 10 个。属于经济指标的有人均国内生产总值、城镇居民人均可支配收入、农村居民家庭人均纯收入；属于社会指标的有恩格尔系数、城镇人均住房建筑面积、城镇化率、居民家庭计算机普及率、大学入学率、城镇居民最低生活保障覆盖面、刑事犯罪率。

2004 年吕书正提出到 2020 年的中国小康社会评价标准，含经济增长、经济社会结构、生活水平和质量、社会发展水平、社会保障与法制环境、生态环境保护六大领域、38 项指标。其中，经济增长指标为人均 GDP 至 3000 美元，达到中等收入国家的平均水平，以此作为建成全面小康社会的根本标志。经济社会结构指标 4 个：第三产业占国内生产总值的比重、第三产业从业人员比例、对外贸易依存度、城镇化。生活水平和质量指标 12 个（含城

① 国务院发展研究中心发展战略和区域经济研究部"十一五"规划基本思路研究课题组：《详细解读全面建设小康社会指标体系的 16 项指标》，《经济参考报》，2004 年 3 月 12 日。

乡）：城镇实际失业率、人均收入、城镇居民人均可支配收入/农村居民家庭人均纯收入、基尼系数、恩格尔系数、人均生活用电量、城镇/农村人均住房建筑面积、城市人均拥有铺装道路面积、电话普及率（含移动）、因特网普及率。社会发展水平指标 11 个：研究和开发经费占国内生产总值的比例、计算机普及率、公共教育经费占 GDP 的比重、中学普及率、大学入学率、人均图书拥有量、人均报纸拥有量、电视机普及率、千人医生数、婴儿存活率、平均预期寿命。社会保障与法制环境指标 5 个：社会保障支出占 GDP 比重、城镇居民最低生活保障率、每万人口治安案件发生率、每万人口拥有律师数、每 10 万人交通事故死亡人数。生态环境保护指标 5 个：森林退化率、自然保护区面积占国土总面积的比重、城市人均公共绿地面积、工业三废处理率、农村饮用自来水人口占农村人口比重。①

二、从重 GDP 的现代化指标体系到以科学发展观指导的现代化指标体系

2000 年春，中央提议一些沿海发达地区和城市"要富而思进，要在全国率先实现现代化"之后，许多地区分别提出本区率先实现现代化的目标、实施方案和衡量现代化进程的指标体系②，主要内容如下。

广东现代化指标体系主要由经济指标、可持续发展指标、社会指标、科技指标和制度指标构成。其中，经济指标 5 个：经济规模（DGP）、发展水平（人均 GDP）、产业结构（三次产业构成）、产业高度化（高技术产业在工业总产值比重）、经济外向度（出口总额占 GDP 比重）。可持续发展指标 6 个：自然资源承载力（土地产出率）、人口控制（人口自然增长率）、生态平衡（绿化、森林覆盖率）、环境保护（污水处理率、大气悬浮颗粒、酸雨频率）。社会指标 7 个：城市化水平（城镇人口占常住人口水平）、社会公平化（基尼系数）、生活高质化（恩格尔系数、人均住房面积、社会保障体系的覆盖面、每一医生服务人数、平均寿命）。科技指标 12 个：知识化（适龄青年受高教比重）、万人科技人员数、研发机构个数、万人研发人员数、万人科学家工程师数、研发经费占 GDP 比重、专利申请量，以及 SCI、EI、ISTP 收录论文数，信息化（百人拥有电脑数、百人拥有电话数），网络化（万户接入因特网

① 吕书正：《全面建设小康社会评价标准研究综述》，《理论前沿》，2004 年第 5 期。
② 其中广东、江苏、浙江、上海、深圳的现代化指标体系，参考中国科学院可持续发展战略研究组：《中国现代化进程战略构想》，北京：科学出版社，2002 年。

户数），科技进步贡献率。制度指标 3 个：民主化（各级政府直选比重）、法制化（万人拥有律师数）、市场化（市场对资源的配置比重）。

从上海"十五"发展目标看，上海提出要加快建设国际经济、金融、贸易中心和国际航运中心，初步确立国际经济中心城市地位。2001 年上海提出2010～2015 年率先基本实现现代化。2002 年上海宣布，将致力于成为继纽约、多伦多与芝加哥、东京、巴黎与阿姆斯特丹、伦敦与曼彻斯特为核心城市的五大都市圈之后的世界六大都市圈。未来上海的发展将立足于现代化国际大都市的功能定位。因此，上海的现代化指标体系着力体现以上战略构想。其经济指标有 7 个：GDP、GDP 占本国比重、人均 GDP、固定资产投资总额、国内投资率、个人消费占 GDP 比重、社会商品零售总额；金融指标 5个：年末居民储蓄存款余额、年末银行贷款余额、保险保费总额、外资金融机构入驻数、本市上市公司市值总额；科技指标 6 个：研发投入总额、每 10万人申请专利数、万人拥有科技人员数、技术市场成交合同金额、人均教育事业费支出、万人在校大学生人数。它还包含强化政府公共性体现的制度指标。上海市将事关民生的指标定为约束性指标，计划到 2010 年，让 98％的市民得到各类社会保障，10％的老人享受社会化养老服务，社会安全指数达到 100 以上，环境空气质量优良率超过 85％。

上海市统计局还按照全面系统、精简适用、科学合理的原则规划了上海郊区的现代化指标体系。[①] 农业现代化指标 16 个，其中，农业生态环境指标3 个（农业用地持有量、郊区水体功能达标、农田林网化率）；农业装备指标3 个（农业资金综合装备值、农业综合机械化率、农田水利设施现代化率）；农田经营管理指标 4 个（农田规模经营比重、农产品加工率、农业企业劳动者受教育指数、信息化综合指数）；农业科学运用指标 3 个（农业科技投入产出系数、农业科技人员比重、农业科技成果推广普及率）；农业结构与增长指标 3 个（农业结构升级指数、农业增长指数、农业劳动力比重）。郊区城市化指标 28 个，包括：经济发展与效益指标 5 个（GDP 增长率、人均 GDP、人均地方财政收入，第二第三产业增加值比重，外贸进出口额占 GDP 比重）；社会发展指标 9 个（城镇人口比重，城镇第二、第三产业就业比重，大专以上文化程度人口比重，城镇社会养老普及率，城镇医疗保险普及率，城镇失业率，城镇平均每万人口事业服务网点数，城镇平均每万人口医生数，郊区人口平均预期寿命）；郊区城镇基础设施及环境保护指标 8 个（城镇人均道路面积、人均年生活用电量、人均日用水量、城镇公交旅客日发送量、城镇绿

---

① 费彩运：《上海郊区现代化指标体系》，《上海统计》，2001 年第 10 期。

化覆盖率、城镇燃气普及率、城镇生活污水处理率、城镇垃圾粪便无害化处理率）；郊区居民生活质量指标 6 个（居民年均可支配收入、人均居住建筑面积、恩格尔系数、居民家庭电话普及率、居民家庭电脑普及率、基尼系数）。

江苏现代化指标体系由经济发展指标、社会结构指标、生活质量指标构成。其中，经济发展指标有 5 个：人均 GDP、科技进步贡献率、进出口贸易总额与 GDP 之比、农业劳动生产率、第三产业增加值占 GDP 比重。社会结构指标 2 个：产业化水平（非农劳动者占社会劳动者比重）、城市化水平。生活质量指标 13 个：人均纯收入、人均预期寿命、恩格尔系数、人均居住面积、千人拥有医生人数、万人拥有大专以上文化程度人数、社会保障覆盖率、失业率、贫富差距（20％高收入人口与 20％低收入人口收入之比）、人口自然增长率、城市人均拥有道路、"三废"处理率、刑事案件发案率。江苏省在《江苏跨世纪发展战略》中也提出了一套包括经济发展、经济结构、基础设施、人口素质和生活质量在内的由 21 个指标组成的指标体系。

浙江现代化指标体系含经济现代化指标（占指标体系权重 25％）、社会结构现代化指标（占指标体系权重 20％）、科技教育和国民素质现代化指标（占指标体系权重 30％）、社会事业和生活质量现代化指标（占指标体系权重 25％）。其中，经济现代化指标 4 个：人均 GDP、农业增加值占 GDP 比重、第三产业增加值占 GDP 比重、机电产品出口占出口总额比重。社会结构现代化指标 2 个：城市化水平、产业化水平（非农劳动者占社会劳动者比重）。科技教育和国民素质现代化指标 7 个：R&D 经费占 GDP 比重、科技进步对经济增长贡献率、大学生入学率、公共教育经费占 GDP 比重、文化教育支出占家庭支出比重、居民文化素质和文明水准综合评分。社会事业和生活质量现代化指标 7 个：恩格尔系数、社会保障覆盖率、每千人拥有医生数、电话普及率、环境综合质量评分、人均期望寿命、人口自然增长率。浙江现代化指标体系的标准值有上下线之分。浙江省计划委员会也提出了经济发展、社会结构、国民素质、生活质量和社会事业等 5 个方面 12 项指标组成的现代化指标体系。

深圳现代化指标体系由经济发展、社会进步、生活水平、可持续发展四大领域 42 个指标构成。其中，经济发展指标 10 个：人均 GDP、工业增加值占 GDP 比重、第三产业增加值占 GDP 比重、国际贸易总额占 GDP 比重、高技术产业增加值占 GDP 比重、R&D 经费占 GDP 比重、高新技术产品产值占工业总产值比重、高技术产品出口占制成品出口比重、社会劳动生产率、科技进步贡献率。社会进步指标 10 个：基尼系数、城市人口占总人口比重、人均拥有铺装道路面积、全社会教育支出占 GDP 比重、成人律师数、社会保险综合参保率、千人因特网用户数、城镇居民千人电脑数、广播电视覆盖率、百人电话用户人数。生活水平指标 11 个：恩格尔系数、城镇居民人均可支配收入、人均居住面积、平均预期寿命、人均馆藏图书数、人均公共体育场馆面积、人均年生活用电量、万人医生数、万人刑事案件立案数、万人拥有机动车辆数、万人大专文化程度人口数。可持续发展指标 11 个：每平方公里土地经济产出、环保投入占 GDP 比重、每千克能源产生的 GDP、人口密度、绿化覆盖率、城市人均公共绿地面积、人口自然增长率、人均二氧化碳排放量、工业废水处理率、城市污水处理率、生活垃圾粪便无害化处理率。深圳现代化指标体系，列出了中上收入国家和高收入国家两项对照指标、省社会科学院参考指标、基本实现现代化评价指标、1999 年现代化实现指标和 2005 年现代化预期指标。2004 年 2 月深圳市政府、市委通过了《关于调整我市"十五"规划有关基本实现现代化指标体系及相关指标的建议》，在指标体系构成上，将原"社会进步"和"生活水平"合并为"社会发展"，新增"城市功能"。在指标数量上，由原 42 项减到 38 项，其中删 15 项，增 11 项。调整后《建议》体现出的明显特点有 4 个：城市国际化、以人为本、完善城市功能和可持续发展。在国际化方面，包含港口集装箱吞吐量、国际机场旅客吞吐量、海外游客与常住人口比率、社会服务英语普及率、年会展数等；在"以人为本"方面，含登记失业率、万人律师数、万人医生数等；在"城市功能"方面，含人均消费品零售额等。将原"十五"计划纲要中提出"力争用 5 年时间率先实现社会主义现代化，用 10 年左右时间赶上中等发达国家和地区水平"调整为"力争到 2010 年基本实现社会主义现代化"。

2001 年，北京市统计局也提出了一套比较完整地反映北京市现代化实现程度的评价指标体系。该体系从经济现代化、社会现代化和城市建设现代化三个方面共设置了 15 项评价指标。2003 年，党的十六届三中全会提出科学发展观后，北京市统计局在上述研究的基础上对北京现代化的内涵和评价标准进行了修订和补充。[①] 2006 年 2 月北京市统计局发布《北京市和谐社会状况调查》，将"幸福感"正式纳入和谐社会的评价指标体系中。体系分为三大类：反映社会冲突客观现状的指标、反映社会主体诉求的指标和反映社会冲突协调机制现状的指标。第一类和第三类是客观指标，包括幸福感、社区归

---

① 北京市统计局：《现代化评价指标体系是什么？》，北京市统计信息网，http：//www.bjstats.gov.cn/lhzl/tjwd/tjxly/200512110009.htm，2005 年 8 月 21 日。

属感、底层市民自我认同度等内容的第二类指标则是主观指标。①

中国社会科学院社会指标研究课题组 2000 年提出的现代化指标体系②由经济发展、社会发展、生活质量、基础设施与环境保护四大指标构成。经济发展含人均 GDP、人均地方财政收入、工业企业总资产贡献率、人均固定资产投资额、人均实际利用外资 5 个指标。社会发展含非农人口占总人口比重、第三产业从业人员比重、人口自然增长率、万名拥有专业技术人员数、人均教育经费、每万人口在校大学生人数 6 个指标。生活质量含城镇居民人均可支配收入、恩格尔系数、人均住房使用面积、人均生活用电量、百户电话数、百户电脑数、万人医生数、平均预期寿命、人均储蓄余额 9 个指标。基础设施与环境保护含人均生活用水量、人均道路面积、绿化覆盖率、空气综合污染指数、工业废水排放达标率 5 个指标。

国家计划委员会中国现代化指标体系研究课题组③提出的现代化目标为，在经济领域（综合社会经济实力、工业、农业、全国产业结构、社会主义经济制度属性）、社会领域（社会结构、社会安定、人民生活消费、环境保护、公共服务）、人的素质方面（生命水平、教育文化素质）达到或超越世界中上水平，认为"四个现代化"应该是经济现代化、社会现代化、科技现代化和人的素质现代化。其经济现代化指标由经济现代化综合指标（人均 GNP）、产业结构现代化（工业增加值占 GDP 比重、第三产业增加值占 GDP 比重和农业劳动生产率）、国内经济对外开放程度（进出口贸易总额占 GDP 比重）、社会主义经济特色（国有经济比重/国有资本占社会资本比重）构成。社会现代化指标由城市化（城市人口占总人口数比重）、居民生活质量（恩格尔系数，即食品支出占总消费支出比重、基尼指数、获得安全饮用水人口比重）、社会服务质量（政府社会支出占总支出比重和千人医生数）、环境保护（国家保护区占国土总面积比重和三废处理率）、社会安全（社会安全指数，即刑事案件数、治安案件数、交通事故数和火灾事故数与人口数相比）构成。科技现代化指标由 R&D 经费占国民生产总值（GNP）比重、科技进步贡献率、信息化综合指数构成。人的素质现代化指标由平均期望寿命、万人大学生数、每人拥有图书量构成。数值标准的选择，其计算依据是 38 个国家在 20 世纪90 年代前 5 年的基本数据。它把 90 年代初中期的中上收入国家的表现作为

---

① 李松涛：《各地政府关注群众"和谐"感受"幸福指数"进入评价体系》，《中国青年报》，2006 年 3 月 12 日，"综合新闻"版。

② 朱庆芳：《小康及现代化社会指标体系评价方法》，中国社会学网，http：//www. sociology. cass. cn/shxw/shfz/p020040108472478599161.pdf，2004 年 1 月 8 日。

③ 国家计划委员会"十五"规划项目"中国现代化指标体系研究"课题，由中国人民大学承担。

中国实现现代化的下限指标（初步现代化指标），把同期高收入国家即经济合作与发展组织（OECD）国家的表现作为我国实现现代化的上限指标（完全现代化指标）。[1]

中国科学院可持续发展战略研究组在《中国现代化进程战略构想》（2002）中提出了"现代化指标体系"[2]，主张我国在实现工业化目标的同时，必须启动和叠加信息化的目标，走"以信息化带动工业化"的跨越式发展之路，即以信息技术为工具、以实物经济为载体，推动经济、社会和环境的协调发展。该指标体系以"推进动力"强弱、"运行质量"高低和"社会公平"程度这三方面的定量识别，去判断对中国现代化目标函数之间的实现概率，作为制定现代化指标体系的理论基础。其现代化实现程度由现代化动力表征、现代化质量表征和现代化公平表征显示。现代化动力表征由工业化、信息化、竞争力和城市化四个水平指数反映。现代化质量表征由集约化、生态化两个水平指数反映。现代化公平表征由公平化、全球化两个水平指数反映。工业化水平指数包括人均 GDP、第二产业占 GDP 的"倒 U 形位点"、非农劳动者占全社会劳动者的比例、国家基础设施建设的"满足指数"。信息化水平指数包括千人拥有的网络用户数、百户家庭拥有的电脑数、宽带建设的"满足指数"、信息产业产值占 GDP 的比例、国家"信息能指数"。竞争力水平指数包括 R&D 经费占 GDP 的比例、万人拥有的科学家和工程师人数、万人拥有的发明专利数、新经济增加值率、自主知识产权产品的国际市场占有率。城市化水平指数包括市镇非农人口占全人口比例、城镇固定资产占全社会固定资产总量比例、"城市聚集度指数"、"城市带动度指数"。集约化水平指数包括万元 GDP 的能源消耗、万元 GDP 的水资源消耗、万元 GDP 的三废排放强度、社会全员劳动生产率、国家财富"真实储蓄率"。生态化水平指数包括森林覆盖率、环保投资占 GDP 比例、三废处理率、"生态足迹指数"。公平化水平指数包括人文发展指数、城乡收入水平差距、"社会可持续发展度"、基尼系数。全球化水平指数包括出口总量与进口总量之比、外贸依存度、外资占本地 GDP 比例、"国际市场占有率指数"。

中国科学院中国现代化战略研究课题组《中国现代化报告 2003》[3]，根据"第二次现代化理论"提出了两次现代化指标体系：第一次现代化标准采用了

①　刘瑞、程卫平、周志文：《中国现代化标准探讨》，《宏观经济研究》，2001 年第 6 期。
②　中国科学院可持续发展战略研究组：《中国现代化进程战略构想》，北京：科学出版社，2002 年。
③　中国科学院中国现代化研究中心：《中国现代化报告 2003——现代化理论进程与展望》，北京：北京大学出版社，2003 年。

20世纪80年代美国学者英格尔斯提出的指标体系和评价标准；第二次现代化标准，提出了以"知识社会"特点为核心的评价指标体系。第二次现代化理论认为，第一次现代化指从农业时代、农业经济、农业社会和农业文明向工业时代、工业经济、工业社会和工业文明的转变过程。其主要特点是：政治的民主化、法治化、科层化；经济的工业化、专业化和集中化；社会的城市化、流动化、分化与整合、福利化；知识的科学化、初等教育的普及与大众传播；文化的理性化、世俗化和经济主义。第二次现代化指从工业时代、工业经济、工业社会和工业文明向知识时代、知识经济、知识社会和知识文明的转变过程。其主要特点是：政治的知识化、国际化和个性化；经济的知识化、非工业化、信息化、全球化和智能化；社会的知识化、非城市化、分散化、社区化和网络化；知识的产业化、创新社会化与普及高等教育；文化的多元化、产业化与生态意识。知识的创新、传播和应用是第二次现代化的发展动力。第一次现代化指标体系，以1960年19个工业化国家发展指标的平均值为现代化达标标准。经济指标4个：人均GNP、农业增加值占GDP比重、服务业产值占GDP比重、农业劳动力占总劳动力比重。社会指标6个：城市人口占总人口比重、千人拥有医生数、婴儿存活率、预期寿命、成人识字率、在校大学生占20～24岁人口比重。第二次现代化水平由知识创新、传播和应用水平来反映。第二次现代化指标体系由知识创新、知识传播、知识应用Ⅰ（生活质量）、知识应用Ⅱ（经济质量）四大指标16个具体指标构成。知识创新指标3个：知识创新经费投入（R&D经费占GDP的比例）、知识创新人员投入（万人或万劳动力拥有的R&D科学家与工程师人数）、知识创新专利产出（百万人专利申请数）。知识传播指标4个：中学普及率（在校中学生人数占适龄人口比例）、大学普及率（在校大学生人数占20～24岁人口比例）、电视普及率（千人拥有电视机台数）、因特网普及率（万人因特网用户）。知识应用指标9个，其中，知识应用Ⅰ（生活质量）5个：城镇人口占总人口比重、千人拥有医生数、1岁以内活产婴儿存活率、新生儿平均预期寿命、人均能源消费（人均消耗千克石油当量）。知识应用Ⅱ（经济质量）4个：人均GNP、人均PPP（购买力平价，按PPP计算的人均GNP）、农业和工业增加值占GDP比重、农业和工业占总劳动力比重。

陈友华的现代化指标体系含经济现代化、社会现代化、人的现代化指标共6个。[①] 其中经济现代化指标为人均GDP和工业化指数（非农产业增加值比例、非农劳动力比例）；社会现代化指标为城市化指数（城市人口比例）；

---

① 陈友华：《现代化指标体系构建及其相关问题》，《社会科学研究》，2005年第2期。

人的现代化指标为身体素质（平均预期寿命）、文化素质（平均受教育年限）。陈友华认为各指标在现代化指标体系中的重要性是不一样的，因此，在现代化度量中应赋予不同的权重，并利用加权综合指数法，而构造现代化指数，用以综合反映现代化的实现程度，他推算出：在 1980 年、1990 年与 2000 年，中国的现代化分别走完了 36%～54%、46.75% 与 61.71% 的路程。

三、中国现代化指标体系演进的思考

现代化指标是衡量、检验现代化发展水平的尺度，也是引导现代化进程的指针。它有描述、解释、评价、监测、预测、引导的功能。建立现代化指标体系，能使现代化进程减少盲目性，增强自觉性，最优配置资源。百年中国对现代化的认识经历了这样一个曲折的演进过程：从只要技术现代化到强烈要求发展科学、再到提倡科学与人文相得益彰；从启动经济现代化到要求政治现代化，再到呼吁文化与国民性现代化，进而主张全面现代化；从求"强"，到致"富"，再到"以人为本"；从"超英赶美"的赶超战略，后来转变为全面均衡的可持续发展和科学发展战略。对社会主义现代化指标的设定，开始是单一的工业化指标，甚至是片面的重工业指标，进而提出了"四化"（农业、工业、国防和科学技术的现代化）的指标体系，最后再扩展到经济、政治、社会和文化/人的全面现代化指标体系。

中国社会主义现代化指标体系变动总的趋势是：从单向突破到协调发展；从物质主义到以人为本；从经济至上到可持续发展；从突出工业化到强调市场化；从注重传统工业化到提倡新型工业化；从过分注重 GDP 到更加关注社会公平；从忽略社会分化到关注社会和谐；从强调政治斗争到建设政治文明。

中国社会主义现代化指标体系的变动，归结原因，有以下五点。

第一，改革开放以来，我国经历了从饥饿到温饱再到基本小康的发展历程，在中国现代化不断得到切实推进的基础上，政府适时提出从基本小康向全面小康迈进，进而基本实现现代化（中等发达国家）的战略目标。发展基础和目标的不断变动，必然要求其监测、引导和评价体系也要与时俱进。

第二，在经济发展压倒一切的发展战略指导下，我国的经济社会发展取得了长足的进步和令人瞩目的成就，但高速经济发展掩盖下的不协调问题也日益显现出来，因此，在我们进一步推动经济现代化的同时，我们也开始意识到经济的现代化需要政治现代化、社会现代化、文化现代化和人的现代化的配合与整合。这就要求我们修正仅仅视经济增长或经济发展为现代化目标的传统观点，适时地把全面现代化纳入我们的现代化研究和政策设计视野。

第三，因对现代化理解落实的一些偏差或现代化的"双刃剑"效应而导致的一些负面因素，如环境恶化、社会分化、差异化、极化和脱序化、人的异化等，迫切需要新的制度安排和其他渠道加以疏通化解。在现代化指标设计中对现代化进程中出现的负面问题，需要新的指标设计以作出检测和调整。

第四，国内发展观和国家发展政策的变动。20世纪90年代初，党中央又制定了快速、协调和持续发展的方针，特别是制定并开始实施可持续发展战略，开始注意经济发展与资源、环境和人口的协调问题，开始注意人与自然的和谐发展。"十五"计划进一步提出了"以人为本"的思想。但是，各地在实践中大都还是把经济增长，特别是GDP增长作为发展的核心，客观上对社会发展和人的发展重视不够。党的十六届二中全会明确提出："坚持以人为本，树立全面、协调、可持续的发展观，促进经济社会和人的全面发展。"十六届三中全会明确提出科学发展观。2006年的政府工作报告提出，全面加强社会主义经济建设、政治建设、文化建设与和谐社会建设。促进经济社会全面发展。坚持以人为本，搞好"五个统筹"，更加注重城乡、区域协调发展，更加注重社会事业建设，更加注重社会公平和社会稳定，让全体人民共享改革发展成果。

第五，国外发展观的变动对中国的影响。20世纪50~60年代的发展观，以"GDP增长"为其特征，这种发展观把现代化仅仅视为一种经济现象，把现代化过程理解为物质财富增长的过程，因此，现代化的目标无疑就是要实现经济指数的增长。此后，世界各国的发展观已从单纯追求经济增长转变到追求以人的发展为中心，以提高生活质量为目标的社会全面发展。80年代又提出既满足当代人的需要，又不对后代人的生存和发展构成危害的"可持续发展"战略。

如何生成社会主义现代化指标体系？

其一，全面性与重点性的结合。现代化指标体系既要全面反映现代化的内涵和特征，又要突出现代化的主要方面，指标体系应该由有代表性的指标组成。刘瑞、程卫平、周志文认为，就当前中国亟须实现的现代化领域而言，现代化主要集中在经济、社会、科技和人的素质四个领域，现代化的基本标准为经济领域、社会领域、科技领域和人的素质方面达世界中上水平。[①] 厉有为则表示，现代化指标至少要包含经济现代化、社会现代化、人的现代化和环境现代化四大要素，强调要防止重生产力现代化而轻体制和机制现代化，

---

① 刘瑞、程卫平、周志文：《中国现代化标准探讨》，《宏观经济研究》，2001年第6期。

只看经济现代化，而忽略社会和人的现代化，以牺牲环境去实现所谓现代化等错误倾向。①

其二，战略性与可操作性的结合。现代化指标体系的战略性主要指的是两方面的含义：一是指标体系之中应当显示现代化的长远目标；二是指标体系之中还应该存在一些主观性强但非常重要的、非量化的参考指标。现代化指标体系的可操作性主要指的是，现代化指标体系中必须具有符合当下实际现代化程度的阶段性目标指标和体现区域现代化特色的地方化指标。另外，现代化指标体系中的监测性指标则应该完全是可操作性的。

其三，层次性与立体性的结合。就全国而言，现代化指标体系的主要监控性指标应该一致，其指导性指标中的战略性指标（长远性目标指标）也应该相同。但基于各地现代化的基础和程度千差万别，指导现代化发展方向的战术性指标（阶段性目标指标）可能因为偏重的实际目标不同而大相径庭。因此，现代化指标体系应该在反映全国现代化整体方向和程度的同时，还能够准确体现各地的区域差异和区域特色，有必要建立一种多层次性和立体性的现代化指标体系。另外，诚如中国科学院可持续发展战略研究组发布的《中国现代化进程战略构想》所认为的，中国目前推进的现代化具有工业化和信息化并存的"二元性"特征，应当在其指标体系中有明确的表达。

其四，静态性与动态性的结合。现代化指标体系不应该是静止而不发展的，它必须体现时代性和动态发展性。现代化指标体系史也明白无误地反映了这一点。大致说来，20世纪50~70年代的现代化观，以"经济增长"（具体指标是"GDP增长"）为其特征，20世纪80年代初提出的"英克尔斯现代化指标"基本上是对这种现代化观的反映。从20世纪70年代开始，人们逐步地放弃了这种以"经济增长"为核心的传统现代化观，而倡导一种综合取向、协调发展的现代化观，强调发展不能仅理解为一种经济增长过程，而应看做经济、社会、生态、人等多方面之间协调进步的系统绩效，兼顾效率与公平成为要奉行的一项基本原则。现代化不是一个常量，而是一个变量，现代化概念既有一定的基本内涵，又在不断发展，其标准是可变的。现代化是艰巨而复杂的。有关现代化研究专家认为，传统的现代化标准，不仅起点低，而且未包括信息社会所必需的现代化内容，已无法适应21世纪的发展现实。21世纪中国所追求的现代化目标，已经不能只用工业化水平和城市化水平，以及与之相匹配的教育程度、生活质量、预期寿命等去加以度量，应当不失

① 陈建：《专家认为现代化指标不能"八仙过海"》，新浪网，http://finance.sina.com.cn/g/62369.html，2001年5月21日。

时机地加上信息化指数、全球化指数、竞争力指数、集约化指数、公平化指数等，作为从工业化时代向信息化时代过渡的基本衡量指标。[①]

其五，国际性与本土性的结合。中国社会主义现代化既有与世界现代化的潮流相适应、相一致的普适性特征，也必然深刻地打上具有中国风格的烙印。因此，中国现代化指标体系的设计，一方面与国际标准接轨，另一方面也要从本国实际出发。从 20 世纪中叶起，以联合国为首的国际经济社会机构，逐渐形成了许多有关经济社会发展和人类发展的指标监测与统计体系。这些指标体系设计比较科学、全面和具备统计学方面的操作性，大多数指标都能为各国政府认可而被纳入统计工作中去。对于我国来说，即使到 2050 年的现代化目标也仅是达到中等发达国家的水平或基本实现现代化。所以，使用联合国和其他国际组织的主要统计指标，可以确定我国现代化的速度，找准我们在世界上的位置和明确我们同发达国家的距离。[②] 但另一方面，作为一种社会形态和文明形态，中国现代化必然具有不同于其他现代化社会的社会发展特征和文明表现特征，因此，有必要设计中国自己的一些现代化指标，加入中国现代化指标体系中去。但这种具有中国特色的现代化指标不是凭空想象出来的，而是基于我国现代化的实情和态势预测出来的。

其六，统一性与机动性的结合。现代化指标体系的设计要结合统一性与机动性。国家要有一套整体性的现代化指标体系以监测和引导现代化进程，各地在国家现代化指标体系的基础上，也应该结合本地实际，设计出监测和引导本地现代化进程的指标体系。现代化学者普遍认为，目前中国缺乏权威性的、能够科学评价、描述现代化的指标体系。[③] 中国科学院可持续发展战略研究组在《中国现代化进程战略构想》中提议，中央要统一规划中国的现代化实施方案；要统一监测国家现代化进程的动态态势；要统一审查各地率先实现现代化的目标；要统一评价国家执行现代化的总体战略。并且建议中央成立国家现代化指标体系领导小组，专门研究设计一套具有中国特色的现代化进程规范评估体系、相应的评价标准和动态监测各地的现代化进程。其实，地方上也还没有能够真正科学地、全面地、准确地描述和引导本地现代化进程、程度和态势的现代化指标体系。就现代化指标体系的研究而言，目前应该加大研究力度，鼓励多种现代化指标体系的设计。

---

① 刘众：《中国现代化忌掀虚浮风　专家呼吁按信息化社会标准订时间表》，《香港商报》，2001年3月11日，"重要新闻"版。

② 梁中堂：《现代化：历史背景、动力及测度》，《经济问题》，2003年第2期。

③ 陈建：《专家认为现代化指标不能"八仙过海"》，新浪网，http://finance.sina.com.cn/g/62369，html，2001年5月21日。

其七，科学指导性与技术监测性的结合。现代化指标体系的设计，是为现代化的有序开展提供指导，为各级管理部门和决策者制定政策和完善决策提供科学依据，因此，现代化指标体系不仅仅是对现代化进程与现代化程度进行监测和排序，更重要的是发现其中存在或潜在的问题以及现代化的发展态势，在此基础上提出合理的对策、建议和规划，使经济社会能够协调地、可持续地发展。因此，现代化指标体系应该具有科学指导性与技术监测性双重职能。

其八，系统性与独立性的结合。现代化是一个社会系统、一种文明形态。现代化指标之间具有一种现代化整体的关联性和有机性，对单个现代化指标的选取就必须要考虑这种系统性，因此，要有体现现代化各方面、各领域的核心指标，而且这些核心指标之间不能有太多的相似与雷同。也就是说，核心指标之间的独立性与差异性必须能够反映出来。

其九，绝对性与相对性的结合。现代化指标包括可以量化和约束化的绝对性指标，也应该包含不可量化的却极其重要的相对性指标。有些指标完全可以通过市场化自动完成，有些指标则需要政府的指导、监控甚至强制。童星指出，一系列可以量化的皮相指标并不能将现代化指标全部囊括，甚至也不是一个地方所能"提前"、"率先"完成的。它受制于整个国家经济、政治、社会、文化的体制、制度和结构框架。譬如联合国"千年发展目标"，它牢牢锁定发展的目标在于"富民"、"国民共享经济社会发展的成果"、"保障穷人的基本生存"，不让"平均数掩盖贫困数"，只给出了一系列的指标，不提出具体的、统一的、绝对的指标标准值，着重考核政府在国内履行"消除极端贫困和饥饿"、"普及初等教育"、"促进性别平等"、"遏制疾病"、"保护环境"等应尽职责方面的绩效，能够而且应当交给市场解决的问题，就不对政府进行相关的要求和考核。①

其十，可持续发展与科学发展的原则。"增长优先"的发展战略，在一段时间内无疑实现了本国经济增长的加速，但也不可避免地导致了一些不良后果：国民教育、就业保障、社会福利、医疗卫生、文化建设等与人民生活质量密切相关的社会发展领域被当做所谓"经济增长的代价"被忽略掉，因此，在经济快速发展一段时间以后，这种现代化战略必须作出相应调整。可持续发展与科学发展的原则要求我们关注现代化的内在动力：制度动力、人的动力和技术动力。这就决定了现代化指标体系中应该包含制度指标、人的指标和技术指标。就制度动力而言，要建立一套能够统筹城乡发展、统筹区域发

---

① 童星：《"现代化"指标体系研究的再认识》，《新华文摘》，2006 年第 3 期。

展、统筹经济社会发展、统筹人与自然和谐发展、统筹国内发展和对外开放的要求、更大程度地发挥市场在资源配置中的基础性作用的科学发展体制，为全面建设小康社会提供强有力的体制保障。[①] 现代化指标中必须包含制度建设等软性指标。中国科学院可持续发展战略研究组还提出，要关心腐败指数在现代化进程中的变化和作用，认为腐败程度与投资和经济增长之间有着明显的负相关关系。就人的动力而言，现代化的主体是人，现代化的目的是人的独立自主、生活富裕和自由解放。因此，现代化必须有助于人的全面发展和可持续发展，只有在此基础上，人对现代化才会有一种自觉的追求。关注并度量人的现代化程度和幸福感，也是现代化的核心指标。就技术动力而言，用高附加值的、科技含量高的、高新技术的产业，或者是用资源消耗少、价值产出高的方式推动，现代化速度就快，现代化程度就高；用劳动密集型产业推动，现代化进程就慢，现代化程度就低。

---

① 参阅中共十六届三中全会通过的《中共中央关于完善社会主义市场经济体制若干问题的决定》。

第六章

从外视向内转:"四化"理论的形成与蜕变

"四化"的提法,是毛泽东在不同场合从不同角度加以阐释过的。"四化"并立的提法则是 1954 年周恩来在一届人大一次会议上的政府工作报告中正式作出的。1962 年刘少奇在"七千人大会"上的书面报告与 1963 年周恩来在上海市科学技术工作会议上的讲话中得到进一步阐释。1964 年与 1975 年在三届人大一次会议与四届人大一次会议政府工作报告得以明确并巩固下来。改革开放以来,实现四个现代化被作为党和国家的中心任务来抓,邓小平为此作了更全面、更细致、更深入的论证与阐释。但"四化"理论的形成环境与内在缺陷,却使得这个理论最终不得不发生蜕变,"小康社会"理论应运而生,取而代之。"四化"的提法在 1990 年左右最终消失。

一、从工业化到四个现代化:"四化"理论的萌发 (1949~1954)

1949~1954 年,中国已经牢固地形成了以工业化为中心的现代化战略,"四个现代化"的提法已经正式出现,但其内涵与提法还没有完全固定下来。

工业化、城市化、农业与手工业现代化、国防现代化、文化现代化是新中国现代化的基本诉求。其中，工业化是核心诉求。早在中共七届二中全会上的报告中，就已经认识到中国经济严重落后的国情，即"百分之九十左右的经济生活停留在古代"①，因而确定了新中国的发展目标，那就是城市化、工业化与现代化，"开始了由城市到乡村并由城市领导乡村的时期"②，中心任务是"使中国稳步地由农业国转变为工业国"③，"使我们的农业和手工业逐步地向着现代化发展"。④ 新中国成立以后不久，周恩来在中共七届二中全会确立的工业化精神的基础上，再次阐明了工业化的必要性，指出："城市领导农村、工业领导农业，资本主义社会就是如此，社会主义社会更是如此。"⑤ 1953 年，周恩来在全国政协一届四十九次常委扩大会议上的报告明确了第一个五年建设计划的基本任务，首先是集中主要力量发展重工业，建立国家工业化和国防现代化的基础。⑥ 此时，"四化"中"国防现代化"的提法已经显现。1954 年，毛泽东在中央政府委员会第三十次会议上，把"要实现社会主义工业化，要实现农业的社会主义化、机械化"作为新中国总目标的一部分。⑦ 9 月 15 日，毛泽东在一届人大一次会议开幕词中要求把我国"建设成为一个工业化的具有高度现代文化程度的伟大的国家"⑧。此时，"工业化"与"文化现代化"并立的提法出现。"科学文化现代化"的提法初露端倪。

基本上完成工业化、建立独立自主的工业体系的时间表，从新中国成立以后到 20 世纪 70 年代几经修正，后来确定于 80 年代，但最初被定为约三个五年计划。1953 年 6 月，毛泽东在中共中央政治局会议上要求，"在十年至十五年或者更多一些时间内，基本上完成国家工业化"。⑨ 在接见中国新民主主义青年团第二次全国代表大会主席团时他宣布，"要经过三个五年计划，基本上完成社会主义工业化"⑩。

工业化两步走战略在 1954 年正式形成。1954 年 6 月，毛泽东在中央政府委员会第三十次会议上，定下了"两步走"的计划：第一步是，大概

---

① 毛泽东：《毛泽东选集》（第四卷），北京：人民出版社，1991 年，第 1430 页。
② 毛泽东：《毛泽东选集》（第四卷），北京：人民出版社，1991 年，第 1427 页。
③ 毛泽东：《毛泽东选集》（第四卷），北京：人民出版社，1991 年，第 1437 页。
④ 毛泽东：《毛泽东选集》（第四卷），北京：人民出版社，1991 年，第 1430 页。
⑤ 周恩来：《周恩来选集》（下卷），北京：人民出版社，1984 年，第 8 页。
⑥ 周恩来：《周恩来选集》（下卷），北京：人民出版社，1984 年，第 109 页。
⑦ 毛泽东：《毛泽东选集》（第五卷），北京：人民出版社，1977 年，第 130 页。
⑧ 毛泽东：《毛泽东选集》（第五卷），北京：人民出版社，1977 年，第 133 页。
⑨ 毛泽东：《建国以来毛泽东文稿》（第四册），北京：中央文献出版社，1990 年，第 251 页。
⑩ 毛泽东：《毛泽东选集》（第五卷），北京：人民出版社，1977 年，第 87 页。

15 年，即三个五年计划（1953～1968），打下一个基础（基本工业化）；第二步是，大概 50 年，即十个五年计划（1953～2003），建成一个伟大的社会主义国家。① 1955 年 3 月，毛泽东在中国共产党全国代表会议上，再次强调"两步走"战略，即三个五年计划建成社会主义社会，用 50 年的时间，即在 20 世纪的整个下半世纪，建成强大的高度社会主义工业化的国家。②

　　1954 年 9 月，周恩来在一届人大一次会议上所作的政府工作报告中提出了"四化"并立的构想。具体内涵是工业现代化、农业现代化、交通运输业现代化和国防现代化。报告指出："我国的经济原来是很落后的。如果我们不建设起强大的现代化的工业、现代化的农业、现代化的交通运输业和现代化的国防，我们就不能摆脱落后和贫困，我们的革命就不能达到目的。"③ 在"四化"中，强调工业现代化，特别是发展重工业，认为"只有依靠重工业，才能保证整个工业的发展，才能保证现代化农业和现代化交通运输业的发展，才能保证现代化国防力量的发展，并且归根结底，也只有依靠重工业，才能保证人民的物质生活和文化生活的不断提高"④。另外，报告中也提出了"技术现代化"的命题以及"技术现代化"与"工业现代化"的关系问题，指出，"没有现代化的技术，就没有现代化的工业"⑤。不过，"技术现代化"还没有正式列入"四化"的命题之中，也没有完整地提出"科学技术现代化"，"技术现代化"还是从属于"工业现代化"的范畴之内。此时，"科学技术现代化"在"四化"中的地位被"交通运输业现代化"所取代。

　　这一时期，虽然强调工业化主要由国家按计划实施，但还没有绝对排斥有限地利用私人资本主义发展的积极性。不过，此时对现代化、对工业化，对工业与农业、工业与商业、对重工业与轻工业的关系的理解还是简单的。把现代化简单地理解为工业化，而把工业化则简单理解为发展工业，特别是重工业，要求一切城市都要以发展工业为重心，对于农业、轻工业、服务业（商业）的发展没有给予充分的理解与足够的重视，甚至要求即使商业占多数的城市也不应该以商业为主，"也要以发展工业为主"⑥。

①　毛泽东：《毛泽东选集》（第五卷），北京：人民出版社，1977 年，第 130 页。
②　毛泽东：《建国以来毛泽东文稿》（第五册），北京：中央文献出版社，1991 年，第 60 页。
③　周恩来：《周恩来选集》（下卷），北京：人民出版社，1984 年，第 132 页。
④　周恩来：《周恩来选集》（下卷），北京：人民出版社，1984 年，第 133 页。
⑤　周恩来：《周恩来选集》（下卷），北京：人民出版社，1984 年，第 136 页。
⑥　周恩来：《周恩来选集》（下卷），北京：人民出版社，1984 年，第 11 页。

二、"四化"提法的定型:"四化"理论的形成 (1955~1963)

1955~1963 年,工业化、两个现代化、三个现代化、四个现代化的提法并存,"四化"的正式提法完全形成。

在 1956 年社会主义改造基本完成之前,还是以提工业化为主。1955 年 3 月,毛泽东在中国共产党全国代表会议上的开幕词中提出"建成一个强大的高度社会主义工业化的国家"①。1956 年 9 月,中共八大政治报告确定的任务是"由落后的农业国变为先进的工业国"②。周恩来在中共八大作关于发展国民经济的第二个五年计划的建议的报告,正式表示,要在大约三个五年计划时期内,基本上建成一个完整的工业体系。对于何谓"基本工业化",报告的解析是,"能够生产各种主要的机器设备和原材料,基本上满足我国扩大再生产和国民经济技术改造的需要。同时,它也能够生产各种消费品,适当地满足人民生活水平不断提高的需要"③。

在社会主义改造基本完成以后,现代化的目标成为我国发展的头等目标。1957~1958 年毛泽东提出了工业现代化、农业现代化、科学文化现代化"三个现代化"并立的构想。1957 年 2 月,毛泽东在《关于正确处理人民内部矛盾的问题》中提出要"将我国建设成为一个具有现代工业、现代农业和现代科学文化的社会主义国家"④。3 月,毛泽东在中国共产党全国宣传工作会议上的讲话中再次表示,"一定会建成一个具有现代工业、现代农业和现代科学文化的社会主义国家"⑤。1958 年 12 月,毛泽东对《关于人民公社若干问题的决议》的修改意见要求,"建成具有高度发展的现代工业、现代农业和现代科学文化的社会主义国家"⑥。此时,还出现了国防现代化的提法。"四化"的构想大体成型。1958 年 6 月,毛泽东在关于向军委会议印发李富春第二个五年计划要点报告的批语中提到了工业现代化与国防现代化的关系,要求国防现代化必须以工业现代化为基础、为前提,不能走依赖外援的道路。指出,"没有现代化工业,哪有现代化国防?自力更生为主,争取外援为辅,破除迷

---

① 毛泽东:《建国以来毛泽东文稿》(第五册),北京:中央文献出版社,1991 年,第 60 页。
② 刘少奇:《刘少奇选集》(下卷),北京:人民出版社,1985 年,第 206 页。
③ 周恩来:《周恩来选集》(下卷),北京:人民出版社,1984 年,第 225 页。
④ 毛泽东:《毛泽东选集》(第五卷),北京:人民出版社,1977 年,第 366 页。
⑤ 毛泽东:《毛泽东选集》(第五卷),北京:人民出版社,1977 年,第 404 页。
⑥ 毛泽东:《建国以来毛泽东文稿》(第七册),北京:中央文献出版社,1992 年,第 570 页。

信，独立自主地干工业、农业、干技术革命和文化革命，打到奴隶思想，埋葬教条主义，认真学习外国的好经验，也一定要研究外国的坏经验——引以为戒，这就是我们的路线"①。

"四化"并立的正式提法是工业现代化、农业现代化、国防现代化和科学技术现代化，在"七千人大会"上的书面报告中已经初步形成。1962年1月，刘少奇在"七千人大会"上的书面报告中表示，要把我国"建设成为一个具有现代工业、现代农业、现代科学文化和现代国防的强大的社会主义国家"②。这时，还不是称"科学技术现代化"，而是沿用"科学文化现代化"的提法。"四个现代化"正式提法的完全形成是1963年1月周恩来在上海市科学技术工作会议上的讲话，指出："我们要实现农业现代化、工业现代化、国防现代化和科学技术现代化，把我们祖国建设成为一个社会主义强国，关键在于实现科学技术现代化。"强调要以科学技术现代化为基础，积极推进四个现代化联动发展："我们的四个现代化，要同时并进，互相促进，不能等工业现代化以后再来进行农业现代化、国防现代化和科学技术现代化。"③ 在这里，"科学技术现代化"不仅列入"四化"的构想中，而且占据"关键"地位，在一定程度上超越了此前以"工业现代化"为中心的局限。

以重工业为中心，优先发展重工业，是这一时期现代化与工业化的重心，不过，这时也认识到"工业和农业同时并举"和"农业的现代化"的重要性，认识到工业现代化"其实也包括了农业的现代化"④，"实现工业化，就要抓农业。农业不发展，国家工业化就没有希望"⑤。强调，"工业发展的规模，绝不能超过农业提供商品粮食、工业原料和其他农副产品的可能性，也绝不能挤掉农业所需要的劳动力。只有当农业生产提高以后，我国工业的发展才能得到更有利的条件"⑥。虽然如此，第一个五年计划和"大跃进"运动中都是以发展重工业为中心，大量挤占了投资、人力与劳动时间，农业生产与农业发展实际上受到了损害。

① 毛泽东：《建国以来毛泽东文稿》（第七册），北京：中央文献出版社，1992年，第273页。
② 刘少奇：《刘少奇选集》（下卷），北京：人民出版社，1985年，第416页。
③ 周恩来：《周恩来选集》（下卷），北京：人民出版社，1984年，第412页。
④ 毛泽东：《毛泽东选集》（第五卷），北京：人民出版社，1977年，第472页。
⑤ 刘少奇：《刘少奇选集》（下卷），北京：人民出版社，1985年，第464页。
⑥ 周恩来：《周恩来选集》（下卷），北京：人民出版社，1984年，第371页。

三、"两步走"战略的形成:"四化"理论的完善
（1964～1978）

此后一直到 20 世纪 80 年代后期,"四化"的提法一直在沿用,"四化"理论得到了深入发展。从 1964 年到改革开放以前,"四化"及其"两步走"发展道路构想已经形成,并得到反复强调,但是,由于"文化大革命"的干扰,"四化"战略的实施受到严重影响。

1964 年 12 月,周恩来在三届人大一次会议工作报告中,第一次以政府工作报告的形式,系统地阐明了"四化"及其"两步走"战略。报告指出:"今后发展国民经济的主要任务,总的说来,就是要在不太长的历史时期内,把我国建设成为一个具有现代农业、现代工业、现代国防和现代科学技术的社会主义强国,赶上和超过世界先进水平。为了实现这个伟大的任务,从第三个五年计划开始,我国的国民经济发展,可以按两步来考虑:第一步,建立一个独立的比较完整的工业体系和国民经济体系;第二步,全面实现农业、工业、国防和科学技术的现代化,使我国经济走在世界的前列。"[①] 1975 年 1 月,四届人大一次会议政府工作报告,再次强调"四化"及其"两步走"发展道路构想,进一步明确了"两步走"战略的具体达标时间,即"第一步,用十五年时间,即在一九八〇年以前,建成一个独立的比较完整的工业体系和国民经济体系;第二步,在本世纪内,全面实现农业、工业、国防和科学技术的现代化,使我国国民经济走在世界前列[②]。邓小平也在中共省、直辖市、自治区委员会主管工业的书记会议上强调了"两步走"战略的进度时间表,表达了一种深刻的危机意识与大局观念。邓小平指出:"从现在算起还有二十五年时间,把我国建设成为具有现代农业、现代工业、现代国防和现代科学技术的社会主义强国。全党全国都要为实现这个伟大目标而奋斗。这就是大局。"[③]

1978 年,邓小平在全国科学大会开幕式上的讲话中,把实现"四化"的意义提到一个空前的高度。一是作为伟大历史使命;二是关系到提高科学技术水平、发达社会生产力、加强国家实力、改善人民物质文化生活、巩固社会主义制度、保障国家安全。邓小平指出:"不搞现代化,科学技术水平不提

---

① 周恩来:《周恩来选集》(下卷),北京:人民出版社,1984 年,第 439 页。
② 周恩来:《周恩来选集》(下卷),北京:人民出版社,1984 年,第 479 页。
③ 邓小平:《邓小平文选》(第二卷),第 2 版,北京:人民出版社,1994 年,第 4 页。

高，社会生产力不发达，国家的实力得不到加强，人民的物质文化生活得不到改善，那么，我们的社会主义政治制度和经济制度就不能充分巩固，我们国家的安全就得不到可靠的保障。"与周恩来总理一样，邓小平也极其重视科学技术现代化在"四化"建设中的地位与作用，邓小平认为，"四个现代化，关键是科学技术的现代化。没有现代科学技术，就不可能建设现代农业、现代工业、现代国防。没有科学技术的高速度发展，也就不可能有国民经济的高速度发展"①。在会见马达加斯加民主共和国政府经济贸易代表团时，邓小平进一步详细分析了实现四个现代化的可能性与艰巨性，就可能性而言，邓小平分析了如下四点："首先是我们有全党的团结，全国人民的团结。我们的人民是勤劳的人民，有着艰苦奋斗的传统。其次是我们已经建立了相当的物质基础。还有就是我们制定了明确的方针，要利用世界上一切先进技术、先进成果。……再加上一条，那就是我们有丰富的自然资源。总起来说，人民的积极性调动起来了，又有一定的物质基础，有丰富的资源，加上利用世界的先进技术，我们实现四个现代化是有可能的。"就艰巨性而言，邓小平指出："世界上先进技术发展很快，发展速度不是用年计算，而是用月用日来计算的，叫做'日新月异'。我们就是实现了四个现代化，工农业产品的产量和国民收入按人口平均来算，还是比较低的。"② 在中国工会第九次代表大会致词中，邓小平把实现"四个现代化"提到"一场伟大革命"的意义高度，指出，"这是一场根本改变我们经济和技术落后面貌，进一步巩固无产阶级专政的伟大革命。这场革命既要大幅度地改变目前落后的生产力，就必须要多方面地改变生产关系，改变上层建筑，改变工农业企业的管理方式和国家对工农业企业的管理方式，使之适应于现代化大经济的需要"③。

此时的"四个现代化"及其"两步走"构想属于赶超型现代化战略。要求通过采用先进技术，"在一个不太长的历史时期内，把我国建设成为一个社会主义的现代化的强国"④。这一时期也认识到现代化应该遵从"农、轻、重的次序"⑤。但在政策实践中并没有受到应有重视。而且，由于"左倾"错误与"文化大革命"的干扰，"四化"构想"实际上没有真正地做起来"⑥。

---

① 邓小平：《邓小平文选》（第二卷），第2版，北京：人民出版社，1994年，第85、86页。
② 邓小平：《邓小平文选》（第二卷），第2版，北京：人民出版社，1994年，第111、112页。
③ 邓小平：《邓小平文选》（第二卷），第2版，北京：人民出版社，1994年，第135、136页。
④ 周恩来：《周恩来选集》（下卷），北京：人民出版社，1984年，第441页。
⑤ 周恩来：《周恩来选集》（下卷），北京：人民出版社，1984年，第439页。
⑥ 邓小平：《邓小平文选》（第二卷），第2版，北京：人民出版社，1994年，第234页。

四、从"四化"到"小康":"四化"理论的蜕变
(1979～1990)

1979～1990 年,以邓小平为核心的中央集体对"四化"理论进行了多方面的论证与阐释,使得"四化"理论日臻完善,从而走向成熟。但是,邓小平也实现了"四化"从"赶超型现代化"到"中国式现代化"(即"小康")的软着陆,从而使"四化"理论发生蜕变,"小康"理论取而代之。

邓小平从"四化"的地位、意义、前提、内涵、中心、阶段、路径等多方面进行了阐述,大大丰富和发展了"四化"理论。

第一,从地位看,邓小平把实现"四化"视为"党的基本政治路线"、是长时间面临的"历史任务"或"中心任务"。1979 年,邓小平在党的理论工作务虚会上确定,"当前及今后相当长一个历史时期的主要任务"是搞好四个现代化建设。"四化"建设是"当前最大的政治"①。在中国人民政治协商会议第五届全国委员会第二次会议开幕词中,确认"进入了以实现四个现代化为中心任务的新的历史时期"②。在会见美国不列颠百科全书出版有限公司编委会副主席吉布尼等人时再次强调,"四个现代化就是中国最大的政治"③。1980 年,中共十一届五中全会第三次会议把"一心一意地搞四个现代化"确定为"党在现阶段的政治路线"④。

第二,从意义看,邓小平把实现"四化"看做事关国家民族命运的大事,指出,"能否实现四个现代化,决定着我们国家的命运、民族的命运。在中国的现实条件下,搞好社会主义的四个现代化,就是坚持马克思主义,就是高举毛泽东思想伟大旗帜。不抓住四个现代化,不从这个实际出发,就是脱离马克思主义,就是空谈马克思主义"⑤。搞好"四化",对中国意义重大,"许多问题,不搞四个现代化解决不了。国民经济的发展,国民收入的增加,人民生活的逐步提高,国防相应地得到巩固和加强,都要靠四个现代化"⑥。

第三,从前提看,邓小平把"四项基本原则"视为实现"四化"的基本前提。邓小平在党的理论工作务虚会上指出,"要在中国实现四个现代化,必

---

① 邓小平:《邓小平文选》(第二卷),第 2 版,北京:人民出版社,1994 年,第 162、163 页。
② 邓小平:《邓小平文选》(第二卷),第 2 版,北京:人民出版社,1994 年,第 185 页。
③ 邓小平:《邓小平文选》(第二卷),第 2 版,北京:人民出版社,1994 年,第 234 页。
④ 邓小平:《邓小平文选》(第二卷),第 2 版,北京:人民出版社,1994 年,第 276 页。
⑤ 邓小平:《邓小平文选》(第二卷),第 2 版,北京:人民出版社,1994 年,第 162、163 页。
⑥ 邓小平:《邓小平文选》(第二卷),第 2 版,北京:人民出版社,1994 年,第 276 页。

须在思想政治上坚持四项基本原则。这是实现四个现代化的根本前提"①。

第四,从内涵看,邓小平非常强调"四化"的中国特色,反对不顾中国国情与实际地一味赶英超美。这也是为什么"四化"理论在走向成熟之际会发生蜕变的根本原因。邓小平在党的理论工作务虚会上,详细分析了中国的国情与特点,要求适合这种中国特点,走中国式四个现代化之路。邓小平分析了中国国情的两个基本特点,那就是:其一,底子薄,其二,耕地少,人口多,特别是农民多,因此,邓小平认为,"中国式的现代化,必须从中国的特点出发"②。1979年,在中共省、市、自治区委员会第一书记座谈会上,邓小平客观地分析了实现"四化"的难度,降低了"四化"的标准,指出:"我们开了大口,本世纪末实现四个现代化。后来改了口,叫中国式的现代化,就是把标准放低一点。特别是国民生产总值,按人口平均来说,不会很高。"③ 在会见日本首相大平正芳时正式对"四个现代化"的内涵作了解析,并落实到"小康"建设上。邓小平认为,"所谓四个现代化,就是要改变中国贫穷落后的面貌,不但使人民生活水平逐步有所提高,也要使中国在国际事务中能够恢复符合自己情况的地位,对人类作出多一点的贡献。落后是受人欺负的",进而强调"四个现代化"的中国特色,即"小康"。邓小平表示:"我们要实现的四个现代化,是中国式的四个现代化。我们的四个现代化概念,不是像你们那样的现代化概念,而是'小康之家'。到本世纪末,中国的四个现代化即使达到了某种目标,我们的国民生产总值人均水平也还是很低的。要达到第三世界中比较富裕一点的国家的水平,比如人均国民生产总值人均一千美元,也还得付出很大的努力。就算达到那样的水平,同西方来比,也还是落后的。所以,我只能说,中国到那时也还只是一个小康的状态。"④

第五,从中心看,邓小平反复强调"四化"建设要以经济建设(农业与工业现代化)为中心。因为国防现代化以经济建设为基础,科学技术现代化则直接为经济建设服务⑤。1980年,邓小平在中共中央干部会议上阐述了四个现代化之间的关系,强调经济建设的中心地位,邓小平认为,"现代化建设的任务是多方面的,各个方面需要综合平衡,不能单打一。但是说到最后,还是要把经济建设当作中心。离开了经济建设这个中心,就有丧失物质基础的危险。其他一切任务都要服从这个中心,围绕这个中心,决不能干扰它,

① 邓小平:《邓小平文选》(第二卷),第2版,北京:人民出版社,1994年,第164页。
② 邓小平:《邓小平文选》(第二卷),第2版,北京:人民出版社,1994年,第163、64页。
③ 邓小平:《邓小平文选》(第一卷),第2版,北京:人民出版社,1994年,第194、195页。
④ 邓小平:《邓小平文选》(第二卷),第2版,北京:人民出版社,1994年,第237页。
⑤ 邓小平:《邓小平文选》(第二卷),第2版,北京:人民出版社,1994年,第240页。

冲击它"①。

第六，从阶段看，20 年内实现中国式的四个现代化，在 20 世纪 80 年代与 90 年代分两步走，特别要求在 80 年代作出决定性的成绩。邓小平指出："如果四个现代化不在八十年代做出决定性的成绩，那它就等于遭到了挫折。所以，对于我们的建设事业说来，八十年代是很重要的，是决定性的。这个十年把基础搞好了，加上下一个十年，在今后二十年内实现中国式的四个现代化，就可靠，就真正有希望。"②

第七，从路径看，为了实现四个现代化，必须要解放思想，实行改革开放，以经济建设为中心，发挥民主，加强法制，维护安定。1980 年，邓小平在中共十一届五中全会第三次会议上，分析了解放思想与安定团结对实现四个现代化的重要性，邓小平指出，"我们搞四个现代化，不开动脑筋，不解放思想不行。什么叫解放思想？我们讲解放思想，是指在马克思主义指导下打破习惯势力和主观偏见的束缚，研究新情况、解决新问题"③。另外，"一心一意地搞四个现代化建设，必须一心一意地维护和发展安定团结、生动活泼的政治局面"④。实现四个现代化，除了主要依靠自己的基础与努力外，也要充分利用世界先进成果与一切外来资源，因此，"必须有一个正确的开放的对外政策"，"离开了国际的合作是不可能的"⑤。民主与法制建设也是实现四个现代化的良好保证。1979 年，邓小平在中国人民政治协商会议第五届全国委员会第二次会议开幕词中指出："为了实现四个现代化，必须发挥社会主义民主和加强社会主义法制。"⑥

这一时期，实现"四化"的构想不仅得到大大的发展，而且"真正地把重点转到四个现代化建设上来"⑦。20 世纪的"四化"标准实现了从"赶超"（"四个现代化"）到"小康"（"中国式四个现代化"）的软着陆，21 世纪中期的"现代化"目标也仅仅是"接近"，而非"赶超"⑧。因此，以"赶超"为目标与特征的"四化"理论在 20 世纪 80 年代发生蜕变，到了 90 年代，"四个现代化"的提法基本上消失了。

---

① 邓小平：《邓小平文选》（第二卷），第 2 版，北京：人民出版社，1994 年，第 250 页。
② 邓小平：《邓小平文选》（第二卷），第 2 版，北京：人民出版社，1994 年，第 241 页。
③ 邓小平：《邓小平文选》（第二卷），第 2 版，北京：人民出版社，1994 年，第 279 页。
④ 邓小平：《邓小平文选》（第二卷），第 2 版，北京：人民出版社，1994 年，第 276 页。
⑤ 邓小平：《邓小平文选》（第二卷），第 2 版，北京：人民出版社，1994 年，第 233、234 页。
⑥ 邓小平：《邓小平文选》（第二卷），第 2 版，北京：人民出版社，1994 年，第 187 页。
⑦ 邓小平：《邓小平文选》（第二卷），第 2 版，北京：人民出版社，1994 年，第 234 页。
⑧ 邓小平：《邓小平文选》（第二卷），第 2 版，北京：人民出版社，1994 年，第 416、417 页。

五、对"四化"理论蜕变的解析

"四化"理论的形成与发展，顺应了我国从农业国向工业国、从古代经济向现代经济发展的需求，满足了我国迫切要求富国强兵，摆脱落后挨打的心愿，其政策实践，使得我国社会主义现代化建设取得了重要成就。但是，"四化"理论的蜕变也不是偶然的。为什么会发生蜕变？这与理论本身的成长环境和内在缺陷是密切相关的。

就成长环境而言，"四化"理论的形成与发展时期主要是在改革开放以前，那时，我国底子薄弱，小农经济还占优势，科技与工业落后，外部环境也相对封闭，此时，从中央到地方，人们普遍急切地期待国家能够通过四个现代化迅速富强起来，能够跻身于世界强国与经济发达国家之列，因此，"四化"理论不可避免地带有浓厚的"赶超"的特性。但是，改革开放以后，我们对本国国情与国际实际发展情况有了更广泛、更充分的理解，更清醒地认识到我们与发达国家的差距，也更清楚现代化模式的多样性，因此，"四个现代化"理论的蜕变是必然的。

就内在缺陷而言，发展模式、发展速度、发展手段与发展理论都在不同程度上脱离了中国的发展实际。

第一，发展模式脱离中国实际。这一时期，我们的发展模式基本框架来自苏联模式，虽然强调，"以我为主，不是盲从。还一定要学日本和美国"[①]，但由于我国所处的特殊的国际冷战环境与国内的急迫赶超环境，特别是苏联的强大影响，制约了我们向西方学习，也制约了我们探索自己的发展模式。在这种苏联模式作用下，我们以重工业为发展中心，以国家密集投入财力、人力、物力为动力（即高投资与高消耗），以国家集中计划与经营管理为基本特点（国有国营与计划经济），以"赶英超美"为目标（突出"多"与"快"，即总量与速度），这种经济增长模式在经济学中被称为"投资驱动增长"，属于先行工业化国家早期经济增长阶段（1770～1870）的经济增长模式，而现代经济增长主要依靠技术进步与效率提高，先行工业化国家这个经济增长阶段是1870～1970年。只有现代经济增长才属于可持续型经济增长[②]。而我国的实际国情是底子薄弱、人口众多、资金缺乏、资源有限、技术落后、管理

---

① 毛泽东：《建国以来毛泽东文稿》（第七册），北京：中央文献出版社，1992年，第197页。

② 关于对先行工业化国家经济增长的四个阶段的分析，参阅吴敬琏：《中国增长模式抉择》，上海：上海远东出版社，2005年，第44页。

低效，因此，这种增长模式并不适合我国国情。

第二，发展速度脱离中国实际。我们不仅以"赶英超美"为四个现代化目标，而且在赶超进度的安排方面也是极快的，并且越来越快。1958 年 1 月 3 日，王佩琨在《光明日报》发表《十五年后赶上或超过英国》一文，在比较了中英两国在钢铁、水泥、机床、化肥生产等方面的差距后，认为我国在这些行业的产量方面，15 年后赶上或超过英国是可能的。毛泽东在阅后批语中表示认同，但认为还应该比比电力。① 3 月 26 日，毛泽东在对刘少奇在中共八大二次会议上的报告草案的修改意见中确认了 15 年赶超英国、25 年赶超美国的计划，毛泽东指出，"用平衡论的观点去看待事务，就不可能设想用十五年的时间赶上英国，用二十五年或者更多一点的时间赶上美国"②。4 月 15 日，毛泽东把赶超英美的时间各缩短了 5 年。毛泽东确信，我国"十年可以赶上英国，再有十年可以赶上美国"③。4 月 27 日，毛泽东在广州召集的中央各部委负责人会议上的讲话中，则要求 15 年赶超英国的目标不变，对何时赶超美国则表示存疑，要求"看几年再说"④。5 月 8 日，毛泽东在中共八大二次会议上的讲话中又把赶超美国的时间缩短了 5 年，认为"十五年赶上美国是可能的"⑤。5 月 18 日，毛泽东把赶超英国的时间从 10 年缩短到 7 年，赶超美国的时间为 15～17 年，即"七年赶上英国，再加八年或者十年赶上美国"⑥。6 月 22 日，毛泽东关于向军委会议印发《两年超过英国》报告的批语中则把赶超英国的时间从 7 年缩短到 2 年，毛泽东指出，"超过英国，不是十五年，也不是七年，只需要两年到三年，两年是可能的。这里主要是钢。只要 1959 年达到 2500 万吨，我们就钢的产量上就超过英国了"⑦。9 月 5 日，毛泽东在第一次最高国务会议上提出了"明年基本上赶上英国"的任务，指出，"除了造船、汽车、电力这几项之外，明年都要超过英国"⑧。

第三，发展手段脱离中国实际。实现四个现代化，本该在和谐稳定的制度环境下，以经济建设为中心，大力发展科学技术，对外开放，充分利用全球市场各种资源，吸收国外一切优秀成果。但当时主要是"政治挂帅"、"抓革命"，"抓阶级斗争"，进行所谓"文化革命"与"教育革命"，强调破坏、

---

① 毛泽东：《建国以来毛泽东文稿》（第七册），北京，中央文献出版社，1992 年，第 8 页。
② 毛泽东：《建国以来毛泽东文稿》（第十二册），北京：中央文献出版社，1998 年，第 158 页。
③ 毛泽东：《建国以来毛泽东文稿》（第七册），北京：中央文献出版社，1992 年，第 179 页。
④ 毛泽东：《建国以来毛泽东文稿》（第七册），北京：中央文献出版社，1992 年，第 188 页。
⑤ 毛泽东：《建国以来毛泽东文稿》（第七册），北京：中央文献出版社，1992 年，第 194 页。
⑥ 毛泽东：《建国以来毛泽东文稿》（第七册），北京：中央文献出版社，1992 年，第 236 页。
⑦ 毛泽东：《建国以来毛泽东文稿》（第七册），北京：中央文献出版社，1992 年，第 278 页。
⑧ 毛泽东：《建国以来毛泽东文稿》（第七册），北京：中央文献出版社，1992 年，第 381 页。

大乱、突变、不平衡、质变、分裂，认为"突变优于量变，平衡的破坏优于平衡，平衡、量变、团结是暂时的，相对的；不平衡、质变、分裂是永远的绝对的"。[①] 所谓"教育革命"，"就是学校的革命师生和贫下中农结合，紧紧依靠贫下中农，开展一场教育革命的群众运动，实行以贫下中农为主，结合学校师生管理学校"[②]，认为只要很多小知识分子、很多工人和农民，很多新老干部振奋"敢想、敢说、敢做的大无畏创造精神"[③]，我们就一定能够实现赶英超美。

---

① 毛泽东：《建国以来毛泽东文稿》（第七册），北京：中央文献出版社，1992 年，第 201 页。
② 毛泽东：《建国以来毛泽东文稿》（第十二册），北京：中央文献出版社，1998 年，第 546 页。
③ 毛泽东：《建国以来毛泽东文稿》（第七册），北京：中央文献出版社，1992 年，第 236 页。

第七章

邓小平与中国现代性重构

为了解决长期困扰中国的贫困与发展问题，应对现代化与全球化的双重挑战，"改革开放总设计师"邓小平在总结新中国 30 多年发展经验教训的基础上，借鉴发达国家先进的发展理念与发展实践，根据中国现实的基本国情，在接续中国现代性方案合理性的前提下，实事求是地作了新的构想与规划。其中，现代性目标方面，由"大同"到"小康"；现代性主题方面，由"革命"到"发展"；现代性模式方面，由"模仿"到"创新"；经济现代性方面，由"计划"到"市场"；政治现代性方面，由"专政"到"民主"；国际现代化（现代化与全球化关系）方面，由"封闭"到"开放"。这"引起了经济生活、社会生活、工作方式和精神状态的一系列深刻变化"。邓小平称之为"某种程度的革命性变革"[①]。

一、现代性目标重构：从"大同"到"小康"

自《礼记·礼运》明确宣示以来，"大同"理想就始终是中国人民的美好

---

① 邓小平：《邓小平文选》（第三卷），北京：人民出版社，1993 年，第 142 页。

追求，近代以来又成为无数"革命"志士发动"革命"或参加"革命"的强大精神动力，新中国成立以来，更进一步成为中国社会主义革命与建设的伟大目标与精神支柱。但是，由于片面地追求"大公"与"速度"，而没有做到实事求是，"大同"理想不仅没有获得坚实的物质基础，而且出现了愚昧贫困的普遍化与长期化现象。因此，邓小平在深刻反思历史的经验教训基础上，采纳了切近中国当下现实生活又有着深厚历史文化传统支持的"小康"概念，经过现代性阐释后，作为中国现代化新的内涵、目标与动力，从而创建了中国特色社会主义现代化理论——"小康社会"理论。小康社会的基本内涵包括以下五个要点。

其一，"中国式现代化"。当前中国最根本的发展实际，就是还处于社会主义初级阶段。邓小平把建设小康社会与建设中国特色社会主义现代化结合在一起，从 1979 年开始，一直把"小康"视为"中国式的现代化"，确认小康社会与"中国式现代化"为同一概念。1979 年 12 月，邓小平在会见日本首相大平正芳时首次提出"小康"概念，指出："我们要实现的四个现代化，是中国式的四个现代化"，是"小康之家"[①]。1984 年 3 月，在会见日本首相中曾根康弘时，提出"小康社会"论，初步界定了小康社会内涵，指出："翻两番，国民生产总值人均达到八百美元，就是到本世纪末在中国建立一个小康社会，也叫做中国式的现代化。"[②]

其二，"不穷不富，日子好过"。小康社会属于社会主义初级阶段中的一个阶段，是中国特色社会主义现代化的具体表现与阶段形态。上承温饱社会，下启实现现代化，是社会主义初级阶段中一个人民丰衣足食、生活较为宽裕的历史时期。

其三，从"经济小康"到"社会小康"。小康社会不仅是"经济小康"，也是"社会小康"，因此是"全面小康"。1983 年春，邓小平到江苏、浙江、上海视察，把"经济小康"概念扩大到"社会小康"概念，关注人民衣食住行等基本生活保障、城镇建设、就业、劳动力转移、教育、文化、体育和其他公共福利事业、精神面貌变化等一系列社会问题。[③]

其四，从"先富"到"共富"。小康社会的本质是共同富裕。小康社会建立在以公有制为主体、多种所有制经济共同发展的基本经济制度之上，以人民共同富裕为目标。但邓小平认识到：同步富裕是不可能的，必须允许和鼓

---

① 邓小平：《邓小平文选》（第二卷），第 2 版，北京：人民出版社，1994 年，第 237 页。
② 邓小平：《邓小平文选》（第三卷），北京：人民出版社，1993 年，第 54 页。
③ 邓小平：《邓小平文选》（第三卷），北京：人民出版社，1993 年，第 24、25 页。

励一部分地区一部分人先富起来，以带动和帮助越来越多的地区和人们逐步达到共同富裕。从"先富"到"共富"的非均衡发展思想，"以非均衡发展为突破口，在不平衡中求相对均衡，从而实现非均衡状态下的相对均衡的稳定协调发展"①。

其五，"三步走"战略。小康社会不是一步就能实现的，从小康社会的酝酿、实现、成熟到过渡到基本现代化社会、进一步成为完全现代化社会，是一个长期的历史过程。1987年4月，邓小平明确提出"三步走"战略部署：第一步在20世纪80年代翻一番，人均国民生产总值达到500美元；第二步是到20世纪末，再翻一番，人均国民生产总值达到1000美元，进入小康社会。第三步在21世纪用30～50年再翻两番，国民生产总值大体上达到人均4000美元，达到中等发达的水平。②1987年11月中共十三大召开，系统阐述了社会主义初级阶段理论，正式接受了邓小平的"三步走"战略部署。

与近代以来洪秀全、康有为、孙中山、毛泽东等的"大同论"诉诸"国有"、"计划"、"平均"、个人利益的抑制与消解不同，邓小平"小康论"显示出对个人利益的认可、宽容与疏导，强调"法治"、"市场"、"民营"、"效率"、"共富"与"民主"。强调发展，反对停滞。注重循序渐进而不急于求成。"小康论"在对新中国成立以来长期"左倾"错误深刻反思的基础上，接续了中国传统文化中的"小康"理念，使马克思主义现代化理论取得了中国化的表现形式，顺应了中国人民过上稳定的富裕生活的期待。当然，在20世纪后20年的中国现代化实际进程中，解决的发展问题主要是"温饱"与"基本小康"问题，"全面小康"还没有落实，因此，导致中国经济改革中呈现"社会缺位现象"③。21世纪的发展要立足于"由利益失衡转向利益均衡"的基础上。④

二、现代性主题重构：从"革命"到"发展"

1978年中共十一届三中全会，邓小平果断地停止了以"阶级斗争"为纲的工作路线，把党和国家的工作重心从"革命"转移到"社会主义现代化建

① 邓磊：《邓小平非均衡发展思想与和谐社会建设》，《江汉论坛》，2007年第1期。
② 邓小平：《邓小平文选》（第三卷），北京：人民出版社，1993年，第226页。
③ 胡晓鹏：《社会缺位下的中国经济改革》，《社会科学》，2007年第11期。
④ 赵磊：《改革30年：面临的问题与出路》，《江汉论坛》，2008年第4期。

设"上来。"发展"与"现代化"成为新时期的主题词。此后，邓小平反复强调，"要把进行社会主义现代化建设放在一切工作的首位"①。"压倒一切的任务就是一心一意地搞四个现代化建设"②。"中国一定要发展，改革开放一定要继续，生产力一定要以适当的速度持续增长，人民生活要在生产发展基础上一步步改善。"③

为什么邓小平要把现代性主题从"革命"转移到"发展"上来？

第一，解决迫在眉睫的贫困问题。邓小平坚决反对"贫穷的社会主义"，认为社会主义首先要消灭贫穷，然后通过从"先富"到"共富"的发展路径，逐步实现"小康"与"现代化"。邓小平批评我们长时期忽视发展社会生产力，以致生产力发展非常缓慢。截至1978年，人均国民生产总值不到250美元，工人的月工资只有40～50元，农村的大多数地区仍处于贫困状态。④ 消除贫困，解决温饱问题，成为邓小平"三步走"发展战略的第一步。

第二，马克思主义发展观的核心要求。邓小平从"马克思主义基本原则"与"社会主义根本任务"两方面，反复申论"发展生产力"的重要性。邓小平指出，马克思主义最注重发展生产力。马克思主义基本原则是发展生产力。社会主义"最根本的任务"与"首要任务"是发展生产力。贫穷不是社会主义，发展太慢也不是社会主义。一个真正的马克思主义政党在执政以后，一定要致力于发展生产力。社会主义的优越性归根到底要体现在它的生产力比资本主义发展得更快一些、更高一些，并且在发展生产力的基础上不断改善人民的物质文化生活。⑤ 总之，"整个社会主义历史阶段的中心任务是发展生产力，这才是真正的马克思主义"⑥。

第三，吸取历史的经验教训。邓小平本人历经新中国经济最困难而"左倾"错误却日益严重的一段历史时期。因此，邓小平不断反思这段历史，认为根本的教训是，在社会主义改造基本完成以后，不应该"以阶级斗争为纲"，忽视发展生产力。邓小平指出，1957～1978年整整20年，农民和工人的收入增加很少，生活水平很低，生产力没有多大发展。深刻的历史教训促使邓小平得出这样的结论："贫穷不是社会主义，社会主义要消灭贫穷。不发展生产力，不提高人民的生活水平，不能说是符合社会主义

---

① 邓小平：《邓小平文选》（第三卷），北京：人民出版社，1993年，第69页。
② 邓小平：《邓小平文选》（第三卷），北京：人民出版社，1993年，第149页。
③ 邓小平：《邓小平文选》（第三卷），北京：人民出版社，1993年，第327页。
④ 邓小平：《邓小平文选》（第三卷），北京：人民出版社，1993年，第10、11页。
⑤ 邓小平：《邓小平文选》（第三卷），北京：人民出版社，1993年，第63、64页。
⑥ 邓小平：《邓小平文选》（第三卷），北京：人民出版社，1993年，第255页。

要求的。"①

如何才能使中国消除贫困，走向经济起飞与持续发展之路？邓小平指出，我们的现代化建设要取得成功，决定于两个条件。一个是国内条件，就是坚持现行的改革开放政策，为中国今后的持续稳定发展奠定基础。还有一个是国际条件，就是持久的和平环境。② 就国内条件而言，具体来说，包括以下五个方面。

其一，破除"穷则革命富则修"的错误观念，提倡共同致富。邓小平认为，社会主义的原则，第一是发展生产力，第二是共同致富。致富不是罪过，而是光荣。社会主义的根本任务是发展生产力，逐步摆脱贫穷，使国家富强起来，使人民生活得到改善。没有贫穷的社会主义。社会主义的特点不是穷，而是富，这种富是共同富裕。③

其二，解决农村温饱与发展问题。中国改革从农村开始，邓小平把解决全国温饱问题寄于农村发展上。邓小平认为，中国社会是不是安定，中国经济能不能发展，首先要看农村能不能发展，农民生活是不是好起来。不过，邓小平认为农村问题不难解决，关键是实现"两个飞跃"：一是废除人民公社，实行家庭联产承包为主的责任制，要长期坚持不变；二是适应科学种田和生产社会化的需要，发展适度规模经营，发展集体经济，发展和提高乡镇企业，这是很长的过程。④

其三，最艰巨任务是进行整个经济体制改革。改革开放最大的试验是经济体制改革。改革先农村后城市。农村改革很大程度上属于农民的创造，党和政府因势利导，而城市改革则复杂得多。邓小平意识到，城市改革实际上是整个经济体制的改革，是党和国家当前压倒一切的最艰巨的任务。在1992年以后，邓小平启动了社会主义市场经济导向的改革，使整个经济体制改革加速，由此也带动了整个社会全方位改革的推进。邓小平指出，只有深化改革，而且是综合性的改革，才能保证达到20世纪末达到小康水平，21世纪更好地前进。

其四，保持社会稳定，逐步扩大民主，抓好法制建设。中国是一个发展中的大国，要实现经济的起飞与持续发展，需要超强的"动力装置"与较平稳的"起跑线"。这就要求有一个强有力的具有现代化导向的国家及稳

① 邓小平：《邓小平文选》（第三卷），北京：人民出版社，1993年，第116页。
② 邓小平：《邓小平文选》（第三卷），北京：人民出版社，1993年，第156页。
③ 邓小平：《邓小平文选》（第三卷），北京：人民出版社，1993年，第265页。
④ 邓小平：《邓小平文选》（第三卷），北京：人民出版社，1993年，第355页。

定的政局。因此，如邓小平所言，中国发展的条件，关键是政局稳定，政策不变，有纪律、有秩序地建设。要是政治局面不稳定，无纪律，无秩序，什么都搞不成功。只有稳定，才有发展。只要坚持改革开放，即使是平平稳稳地发展，中国也会发生根本变化。但是，"政府要同人民商量着办事，要及时总结经验，改正不妥当的方案和步骤，不使小的错误发展成为大的错误"①。

其五，抓住时机，注重效益，加快发展。和平与发展是当代世界的主题。机会难得，邓小平痛惜中国错失了20多年的发展良机，因此，在新的历史时期要求中国紧紧抓住时机，发展经济。能发展就不要阻挡，有条件的地方要尽可能搞快点，但要讲效益、讲质量，搞外向型经济。低速度等于停步，甚至等于后退。要注意经济稳定、协调地发展，但稳定和协调也是相对的。发展才是硬道理。经济发展必须依靠科技与教育。"科学技术是第一生产力"。鉴于"大跃进"的深刻教训，邓小平告诫：不要勉强追求太高的速度，当然太低了也不行。一定要首先找好管理和质量，讲求经济效益和总的社会效益，这样的速度才过得硬。②

三、现代性模式重构：从"模仿"到"创新"

改革开放以前，我们的现代化建设主要是学习苏联模式，也作了艰辛的自我探索，但总体上并没有摆脱苏联模式，在探索中又在很大程度上脱离实际，犯了严重的"左倾"错误。改革开放以后，邓小平反对照抄照搬别国经验模式，在实事求是原则的指导下，把马克思主义普遍真理同我国具体实际结合，开创了一条中国特色的社会主义现代化道路。邓小平指出，"现代化建设，必须从实际出发。照抄照搬别国经验模式，从来不能得到成功"③。

其一，马克思主义必须与中国实际相结合。邓小平的现代性模式创新构想是历史的、具体的。在认真反思中国现代化建设历史后，邓小平把"吃了苦头总结出来的经验"归结为"把马克思列宁主义同中国的实际相结合，走自己的路"④。邓小平强调，"马克思主义必须是同中国实际相结合的马克思

---

① 邓小平：《邓小平文选》（第三卷），北京：人民出版社，1993年，第268页。
② 邓小平：《邓小平文选》（第三卷），北京：人民出版社，1993年，第143页。
③ 邓小平：《邓小平文选》（第三卷），北京：人民出版社，1993年，第2、3页。
④ 邓小平：《邓小平文选》（第三卷），北京：人民出版社，1993年，第95页。

主义，社会主义必须是切合中国实际的有中国特色的社会主义"①。只有"建设有中国特色的社会主义，才是真正地坚持了马克思主义。离开自己国家的实际去谈马克思主义，没有意义"②。

其二，中国发展必须从本国实际出发。过去搬用别国模式，结果阻碍生产力发展，在思想上导致僵化，妨碍人民群众和基层积极性的发挥。不改革没有出路，"旧的那一套经过几十年的实践证明是不成功的"③。我们搞的现代化，必须是"中国式的现代化"。我们建设的社会主义，必须是"中国特色的社会主义"④。

其三，解放思想，大胆创新。改革开放的一大"法宝"就是"解放思想"。邓小平指出："改革开放胆子要大一些，敢于试验，不能像小脚女人一样。看准了的，就大胆地试，大胆地闯。"⑤ 为了摆脱姓"资"姓"社"的抽象争论，邓小平提出了判断改革开放功过是非的"三个有利于"标准：是否有利于发展社会主义社会的生产力，是否有利于增强社会主义国家的综合国力，是否有利于提高人民的生活水平。邓小平强调，只要符合"三个有利于"标准，就应该大胆地试验。

其四，建构中国自己的现代性。过去照搬苏联社会主义模式，带来了很多问题。邓小平在深入理解马克思主义基本原理，把握本国国情基础上，提出"建设有中国自己特色的社会主义"，强调："世界上的问题不可能都用一个模式解决。中国有中国自己的模式"⑥，应该"寻找自己应该走的道路"⑦。中国特色的社会主义的确是对苏联式社会主义的根本突破，但不是彻底否定⑧。因为毕竟苏联式社会主义具有在落后国家基础上发展起来的"东方社会主义"的若干共同的文化基因。

四、经济现代性重构：从"计划"到"市场"

为了更有效地发展生产力，从计划经济转到市场经济是邓小平经济现代

---

① 邓小平：《邓小平文选》（第三卷），北京：人民出版社，1993年，第63页。
② 邓小平：《邓小平文选》（第三卷），北京：人民出版社，1993年，第191页。
③ 邓小平：《邓小平文选》（第三卷），北京：人民出版社，1993年，第237页。
④ 邓小平：《邓小平文选》（第三卷），北京：人民出版社，1993年，第29页。
⑤ 邓小平：《邓小平文选》（第三卷），北京：人民出版社，1993年，第372页。
⑥ 邓小平：《邓小平文选》（第三卷），北京：人民出版社，1993年，第261页。
⑦ 邓小平：《邓小平文选》（第三卷），北京：人民出版社，1993年，第255页。
⑧ 冯颜利：《中国特色社会主义与苏联模式社会主义比较》，《江汉论坛》，2007年第11期。

性重构的核心内容。但由于利益、观念与制度的复杂纠结，在全国实现这种转变并不能一步到位，而是有一个循序渐进、不断突破、不断创新的过程。

邓小平在 1987 年以前，考虑的重点是社会主义条件下计划与市场的关系问题。消解社会主义与市场之间的严重隔阂与对立成为首要课题，邓小平认为社会主义计划经济的优越性在于能做到全国一盘棋，集中力量，保证重点。缺点在于市场运用得不好，经济搞得不活①。从发展社会生产力的角度看，"社会主义和市场经济之间不存在根本矛盾"。多年的计划经济实践证明，"只搞计划经济会束缚生产力的发展"②。因此，邓小平提倡计划经济与市场结合发展，计划暂时仍然起主导作用，市场承担"重要补充"作用，当然在国有企业外，市场逐步发挥主导作用。从 1987 年以后，邓小平进一步破除了市场与资本主义之间的关联，不再提计划经济为主。把计划和市场都看做是"发展生产力的方法"③。

邓小平经济现代性理论的根本标准是"生产力"标准，核心指向是，割断计划与社会主义、市场与资本主义的勾连，破除发展市场经济的意识形态疑虑。邓小平要求从理论上搞清楚，"资本主义与社会主义的区分不在于是计划还是市场这样的问题"。从经济发展的事实看，"社会主义也有市场经济，资本主义也有计划控制"④。两者都不过是"经济发展的手段"⑤。计划多一点，还是市场多一点，不是社会主义与资本主义的"本质"区别。社会主义的"本质"是解放生产力，发展生产力，消灭剥削，消除两极分化，最终达到共同富裕。社会主义要赢得与资本主义相比较的优势，就必须大胆吸收和借鉴人类社会创造的一切文明成果，吸收和借鉴当今世界各国包括资本主义发达国家的一切反映现代社会化生产规律的先进经营方式、管理方法。

不可否认，新中国成立初期实行计划经济，是面对国内经济落后、国际有"冷战"和经济封锁的实际，为了集中力量，加快工业化速度，以尽快增强国力并提高人民生活水平而作出的正确选择。在实际运作过程中，则犯了夸大主观能动性、急于求成、过分追求公有化程度的错误⑥。邓小平的调整则是在反思长期"左倾"错误的基础上，在人民迫切要求扩大生产自主权与

① 邓小平：《邓小平文选》（第三卷），北京：人民出版社，1993 年，第 17 页。
② 邓小平：《邓小平文选》（第三卷），北京：人民出版社，1993 年，第 148、149 页。
③ 邓小平：《邓小平文选》（第三卷），北京：人民出版社，1993 年，第 203 页。
④ 邓小平：《邓小平文选》（第三卷），北京：人民出版社，1993 年，第 364 页。
⑤ 邓小平：《邓小平文选》（第三卷），北京：人民出版社，1993 年，第 367 页。
⑥ 朱佳木：《毛泽东对计划经济的探索成果及其历史意义和现实意义》，《毛泽东邓小平理论研究》，2006 年第 11 期。

提高生活水平的形势下，出于应对现代化与全球化的严峻挑战的考虑，作出的正确抉择。

五、政治现代性重构：从"专政"到"民主"

政治现代性的起点是维护人权；中心内容是政治平等；基本制度形态是民主；核心价值是自由。[①] 新中国成立以来，我们逐步确定了"人民民主专政"的国体与"民主集中制"的政体，"人民民主专政"与"民主集中制"的理论也获得了长足进步，但随着政治环境的变迁，也由于相应的制度缺失与普遍的观念滞后，在实际政治生活中，与"计划经济"和"继续革命"配合，"无产阶级专政"、"高度集中"、"统一意志"往往提到无比重要的地位，而"人民民主"、"高度民主"、"个人自由"却被虚化或淡化。虽然"七千人大会"再次要求把"高度集中"建立在"高度民主"基础上，造成一种"又有集中又有民主，又有纪律又有自由，又有统一意志又有个人心情舒畅、生动活泼，那样一种政治局面"[②]，但此后的政治实践在很大程度上并没有深刻反映这一点，反而由于更加高度的集权与"专政"，而造成了空前的"左倾"错误。

出于对"左倾"错误根源的沉重反思，邓小平决定启动全面的政治制度改革，建立能够配合经济体制改革的新政治体制。其主要目标锁定"民主"与"效率"，是为"社会主义民主政治"。要求处理好两对关系：一是"法治"与"人治"的关系，二是"党"和"政府"的关系。其总体目标有三点：巩固社会主义制度；发展社会主义社会的生产力；发扬社会主义民主，调动广大人民的积极性。调动积极性是"最大的民主"。而保证"四化"实现的具体目标是：始终保持党和国家的活力，主要是领导层干部的年轻化；克服官僚主义，提高工作效率；调动基层和工人、农民、知识分子的积极性。其内容包括：党政分开；权力下放；精简机构。

中国的改革是经济体制改革先行，政治体制改革滞后。但是，"政治体制改革同经济体制改革应该相互依赖，相互配合。只搞经济体制改革，不搞政治体制改革，经济体制改革也搞不通，因为首先遇到人的障碍"。邓小平强调，"我们所有的改革最终能不能成功，还是决定于政治体制的改革"[③]。但

---

① 任平、李必铭：《论政治文明的现代性进路》，《天津社会科学》，2006年第4期。

② 邓小平：《邓小平文选》（第一卷），北京：人民出版社，1989年，第306页。

③ 邓小平：《邓小平文选》（第三卷），北京：人民出版社，1993年，第164页。

他也看到，由于政治体制改革"涉及的人和事都很广泛，很深刻，触及许多人的利益，会遇到很多的障碍，需要审慎从事"①。

1980年8月邓小平在中央政治局扩大会议上作了《党和国家领导制度的改革》的重要讲话，尖锐地批评党和国家的领导制度中存在的官僚主义、权力过分集中、家长制、干部领导职务终身制和形形色色的特权现象，要求从制度上予以坚决矫正。此后，政治体制改革逐步展开。党中央不设主席，而设总书记和书记处；改革领导干部职务终身制问题，规定了任期制、现任制与退休离休制；进行机构改革，实行党政职能分工，取消对口设部，加强政府与人大的工作，建立基层自治组织，进行基层民主选举及法制建设等。随着经济体制改革的深入，政治体制改革需要不断深化。1987年中共十三大对政治体制改革进行了全面部署。十三大报告指出，原有政治体制的根本弊病在于权力过分集中，官僚主义严重，封建主义远未肃清，因此要清除官僚主义，发展社会主义民主，调动人民的积极性，建设有中国特色的社会主义民主政治。其近期目标为"建立有利于提高效率、增强活力和调动各方面积极性的领导体制"。依据这一思路，提出近期政治体制改革的主要内容是：实行党政分开；进一步下放权力；改革政府工作机构；改革干部人事制度；建立社会协商对话制度；完善社会主义民主政治的若干制度；加强社会主义法制建设。长远目标是，建立高度民主、法制完备、富有效率、充满活力的社会主义政治体制。随着20世纪90年代社会主义市场经济体制目标的确立与实践，社会主义民主政治与法治国家的建设在实践上得到推进，中共十五大以来，在理论上也获得进一步的阐释与发展。特别是十七大以来，公民培育与公民参与受到重视，在实践上也得到学界与社会的认同与响应。

邓小平指出："评价一个国家的政治体制、政治结构和政策是否正确，关键看三条：第一是看国家的政局是否稳定；第二是看能否增进人民的团结，改善人民的生活；第三是看生产力能否得到持续的发展。"② 从改革开放以来的政治民主化实践效果看，中国的政治体制能够支持改革开放的有序进行、经济的起飞与持续发展以及人民生活水平的普遍改善。但是，中国特色社会主义民主政治仍然在开展之中，还没有完全成熟。今后除借鉴国外先进的政治民主资源外，还要充分开发中国现有的政治资源，如协商资源，体现为"民众的有序参与、利益的多元沟通、党派的团结合作、政协的民主协商以及

---

① 邓小平：《邓小平文选》（第三卷），北京：人民出版社，1993年，第176页。
② 邓小平：《邓小平文选》（第三卷），北京：人民出版社，1993年，第213页。

政党的群众工作"①。

六、国际现代性重构：从"封闭"到"开放"

国际现代化是国家现代化与国际环境的一种互相作用，是现代化过程的国际互动。② 国际现代性重构是指国际现代化战略，或者说，现代化与全球化关系的一种重新定位。1949 年以后，西方封锁我们，但在某种程度上我们也还是闭关自守。长期闭关自守，把中国变得贫穷落后，愚昧无知。世界现代化进程表明，经济全球化与现代化是同步发展、互相促进、交互作用、互相推动的过程。③ 深刻的历史经验教训告诉我们，关起门来搞建设发展不起来，中国的发展离不开世界。1978 年以来，中国对外政策从封闭走向开放，经历了从沿海开放、全国开放到融入全球化的过程。1978～1991 年，"开放"政策被确定为"基本路线"与"基本国策"，首先推行的是沿海开放政策。1992～2001 年，在总结 20 世纪 80 年代开放经验的基础上，与加快经济发展进程、建设社会主义市场经济体制相适配，确定了全国开放政策。其次，进入 21 世纪以来，顺应经济全球化的潮流，与深化社会主义市场经济体制建设相契合，确定全面、互动开放的政策，从而由单边自主开放走向融入全球化，由本国政府制定开放规则转向按照国际社会开放规则行事，今后还要"从参与国际事务调整为影响国际事务"④。

邓小平要求从"大市场"战略高度与长远利益来理解开放政策作为"基本路线"与"基本国策"的必要性。开放不是一般的对外交往，而是一种与"大改革"相配套的"大开放"。"大开放"政策不仅是对外开放，而且是对内开放，二者互相促动；不仅是经济开放，而且是全面开放，在各个领域加强国际交流；不仅是对外交往，吸取外国资源、资本与智力，而且是学习国外先进的科学技术、管理经验与一切反映社会化大生产规律与现代工业市场文明的先进成果。"开放"政策不是单边自主降低国际交往门槛，而是双向多边平等互动互利开放；不是片面地、消极地适应发达国家主导的国际社会游戏

① 林尚立：《协商政治：中国特色民主政治的基本形态》，《毛泽东邓小平理论研究》，2007 年第 9 期。

② 中国科学院中国现代化研究中心：《中国现代化报告 2008——国际现代化研究》，北京：北京大学出版社，2008 年，综述第 1 页。

③ 姜桂石、姚大学、王泰：《全球化与亚洲现代化》，北京：社会科学文献出版社，2005 年，序言第 4 页。

④ 杨雪冬：《改革是最可宝贵的执政资源》，《社会科学》，2007 年第 12 期。

规则，而且要积极地参与国际规则的酝酿、策划、讨论、修订与设计。邓小平早在 20 世纪 80 年代末就鲜明地提出了"大开放"的思路。1989 年 5 月邓小平指出，"改革开放要更大胆一些。凡是遇到机会就不能丢，就是要坚持，要干起来，要体现改革开放，大开放"①。

邓小平的现代性重构承续了新中国成立以来提出的"社会主义工业国"与"社会主义四个现代化"的伟大构想，摒弃了其中的过快过高而不切实际的要求，超越了苏联式社会主义模式的思想窠臼，根据中国自身的国情与发展实际，以"小康社会"与"全面现代化"为目标，以"市场"、"民主"、"开放"、"创新"为手段，构建了中国特色社会主义现代化理论，开创了中国特色社会主义现代化道路。邓小平的现代性重构不仅仅是邓小平个人的伟大创造，也不仅仅是以邓小平为核心的领导集体智慧的结晶，而且是中国现代历史曲折发展的必然结果，也是中国人民渴求解决温饱和过上富裕生活的必然要求；既是应对现代化与全球化双重挑战的合理选择，也是马克思主义现代化理论中国化的科学成果。受客观条件及认识水平的制约，邓小平现代性重构的不足之处在于，对社会、文化、生态与公民的现代性尚未予以充分的关注。

---

① 邓小平：《邓小平文选》（第三卷），北京：人民出版社，1993 年，第 297 页。

第八章

现代化与全球化的互动：中国"开放"政策的形成与发展

1949~1978 年近 30 年里，由于国际冷战环境于我们不利，而我们自己也对资本主义国家怀有深刻的疑虑，因此，我们的对外交往是极其有限的、相对封闭的。1978 年以来，出于对严重"左倾"错误与长期贫困落后的历史反思，也出于应对全球化的挑战的需要，我们开始实施开放政策，踏上了经济市场化与全球化的进程。中国对外政策经历了从沿海开放、全国开放到融入全球化的过程。开放的含义是全方位的、多层次的、国际双向的、多边互动的。从现代化与全球化的联动关系看，改革与开放是一体两面、相互包容、相辅相成、互相促进的。

一、"开放"政策的形成与发展

1978~1991 年，"开放"政策被确定为"基本路线"、"基本国策"与"战略方针"，首先推行的是沿海开放政策。1978 年中共十一届三中全会作出了"改革开放"的伟大决策。1979 年 7 月国务院批准广东与福建在对外经济活动中实行特殊政策与灵活管理。1980 年 8 月决定开放深圳、珠海、汕头、厦门为四大经济特区。1982 年 9 月中共十二大报告，确立"一个中心、两个基本点"的基本路线，把"实行对外开放，按照平等互利的原则扩大对外经济技术交流"，作为"我国坚定不移的战略方针"。1983 年 7 月邓小平提出"要利用外国智力"、"扩大对外开放"的任务①。1984 年 10 月中共十二届三中全会通过《中共中央关于经济体制改革的决定》，确定"对外开放"为"长期的基本国策"。1984 年 2 月邓小平在视察深圳、珠海、厦门、上海后，提议进一步放开特区管理，开放更多的港口城市，开发海南岛，提出"特区是个窗口"的观点，指出特区是"技术的窗口、管理的窗口、知识的窗口，也是对外政策的窗口"②。1984 年 4 月决定开放大连、秦皇岛、天津、烟台、青岛、连云港、南通、上海、宁波、温州、福州、广州、湛江、北海东部沿海14 个港口城市。1985 年 2 月决定将珠江三角洲、长江三角洲、闽南厦门、漳州、泉州三角地区划为"沿海经济开放区"。1985 年 8 月，邓小平提出"特区经济要从内向转到外向"的任务。③ 1987 年 10 月中共十三大报告，确定"进一步扩大对外开放的广度与深度，不断发展对外经济技术交流与合作"的任务，强调必须继续巩固和发展已初步形成的"经济特区—沿海开放城市—沿海经济开发区—内地"这样一个逐步推进的开放格局，要求经济特区、开放城市和地区着重发展外向型经济，积极开展同内地的横向经济联合，以充分发挥它们在对外开放中的基地和窗口作用。1988 年 3 月决定辽东半岛、山东半岛以及沿海其他市县也成为"沿海经济开放区"。1988 年 4 月决定设立"海南经济特区"。1988 年 5 月邓小平在会见捷克斯洛伐克共产党中央总书记雅克什时指出，"改革开放要贯穿中国整个发展过程"④。1988 年 6 月邓小平提出"改革与开放是手段，目标是分三步走发展我们的经济"的观点⑤。1990 年 4 月决定开放和开发上海浦东新区。

　　1992～2001 年，在总结 20 世纪 80 年代开放经验的基础上，与加快经济发展进程、建设社会主义市场经济体制相适配，确定了全国开放政策。1992年初邓小平视察南方发表谈话，发出"改革开放胆子要大一些，敢于试验，不能像小脚女人一样"的呼吁。⑥ 在邓小平理论的指导下，1992 年 10 月中共十四大报告，提出"进一步扩大对外开放，更多更好地利用国外资金、资源、技术和管理经验"的任务。具体内容有三点：扩大对外开放的地域，形成多

---

① 邓小平：《邓小平文选》（第三卷），北京：人民出版社，1993 年，第 32 页。
② 邓小平：《邓小平文选》（第三卷），北京：人民出版社，1993 年，第 51、52 页。
③ 邓小平：《邓小平文选》（第三卷），北京：人民出版社，1993 年，第 133 页。
④ 邓小平：《邓小平文选》（第三卷），北京：人民出版社，1993 年，第 265 页。
⑤ 邓小平：《邓小平文选》（第三卷），北京：人民出版社，1993 年，第 266 页。
⑥ 邓小平：《邓小平文选》（第三卷），北京：人民出版社，1993 年，第 372 页。

层次、多渠道、全方位开放的格局；拓宽利用外资的领域，采取更加灵活的方式；积极开拓国际市场，发展外向型经济。国务院批准开放长江流域的芜湖、九江、黄石、武汉、岳阳、重庆6个沿江城市；珲春、绥芬河、黑河、满洲里、二连浩特、伊宁、塔城、博乐、瑞丽、畹町、河口、凭祥、东兴13个沿边城市；大连、广州、青岛、张家港、宁波、福州、厦门、汕头、海口，举办"保税区"，增设一批"经济技术开发区"，扩大外商投资领域。1993年11月中共十四届三中全会通过《中共中央关于建立社会主义市场经济体制若干问题的决定》，确定要"加快对外开放步伐"，"发展开放型经济"，"进一步放开国内市场"，"创造条件对外商投资企业实行国民待遇"。1997年9月中共十五大报告提出，"努力提高对外开放水平"，"完善全方位、多层次、宽领域的对外开放格局，发展开放型经济"，"维护国家经济安全"的任务。

2001年以来，顺应经济全球化的潮流，与深化社会主义市场经济体制建设相契合，我国确定全面、互动开放的政策，从而由单边自主开放走向融入全球化，由本国政府制定开放规则转向按照国际社会开放规则行事。2001年12月11日，中国正式成为世界贸易组织（WTO）成员国。2002年11月中共十六大报告提出，"坚持'引进来'和'走出去'相结合，全面提高对外开放水平"、"以开放促改革、促发展"的任务，要求适应经济全球化和加入世贸组织的新形势，在更大范围、更广领域和更高层次上参与国际经济技术合作和竞争，充分利用国际国内两个市场，优化资源配置，拓宽发展空间。2005年10月中共十六届五中全会通过《中共中央关于制定国民经济和社会发展第十一个五年规划的建议》，确定要"实施互利共赢的开放战略"。2007年10月中共十七大报告总结了中国30年来的历史发展过程，认为"最鲜明的特点是改革开放"，是"历史上从未有过的大改革大开放"，提出"拓展对外开放广度和深度，提高开放型经济水平"的新任务，要求深化沿海开放，加快内地开放，提升沿边开放，实现对内对外开放相互促进，完善内外联动、互利共赢、安全高效的开放型经济体系，形成经济全球化条件下参与国际经济合作和竞争的新优势。

二、"开放"政策的基本内涵与战略地位

"开放"政策的内涵要从战略高度与长远利益来认识，不仅是对外开放，而且是对内开放，二者互相促进；不仅是经济开放，而且是全面开放，在各个领域加强国际交流；不仅是对外交往，吸取外国资源、资本与智力，而且

是学习国外先进的科学技术、管理经验与一切反映社会化大生产规律与现代工业市场文明的先进成果。"开放"政策不是单边自主降低国际交往门槛，而是双向多边、平等互动、互利开放；不是片面地、消极地适应发达国家主导的国际社会游戏规则，而且要积极地参与国际规则的酝酿、策划、讨论、修订与设计。

第一，邓小平一直强调要从战略高度与长远利益来理解开放政策作为"基本路线"与"基本国策"的必要性。从战略高度看，"中国是一个大的市场，许多国家都想同我们搞点合作，做点买卖，我们要很好利用"①。从长远利益看，"要允许吃亏，不怕吃亏，只要对长远有益就可以干。外资合作经营要搞，各地的开发区可以搞。多吸引外资，外方固然得益，最后必然还是我们自己得益"②。

第二，开放不是一般的对外交往，而是一种与"大改革"相配套的"大开放"。不论是在国家内部，还是在对外交往；不论是在经济领域，还是在文化教育领域；不论是对社会主义国家，还是对资本主义国家；不论是对发达国家，还是对第三世界，都实施开放。"开放不仅是发展国际间的交往，而且要吸收国际的经验"③。

邓小平早在20世纪80年代末就鲜明地提出了"大开放"的思路。1989年5月邓小平指出："改革开放要更大胆一些。凡是遇到机会就不能丢，就是要坚持，要干起来，要体现改革开放，大开放"④。1992年初邓小平南方谈话再次指出，"改革开放胆子要大一些，敢于试验，不能像小脚女人"，强调，"社会主义要赢得与资本主义相比较的优势，就必须大胆吸收和借鉴人类社会创造的一切文明成果，吸收和借鉴当今世界各国包括资本主义发达国家的一切反映现代社会化生产规律的先进经营方式、管理方法"⑤。

邓小平以"改革"来包容"开放"，也以"开放"来包容"改革"，把"改革""开放"视作互相制约、互相推动的共同体。其一，邓小平以"改革"来统揽"开放"，指出"改革"就是"对内搞活，对外开放"。"对内搞活"，也是"对内开放"。"对外开放也是改革的内容之一，总的来说，都叫改革"⑥。其二，邓小平以"开放"来统揽"改革"，把"改革"与"开放"统

①　邓小平：《邓小平文选》(第三卷)，北京：人民出版社，1993年，第32页。
②　邓小平：《邓小平文选》(第三卷)，北京：人民出版社，1993年，第313页。
③　邓小平：《邓小平文选》(第三卷)，北京：人民出版社，1993年，第266页。
④　邓小平：《邓小平文选》(第三卷)，北京：人民出版社，1993年，第297页。
⑤　邓小平：《邓小平文选》(第三卷)，北京：人民出版社，1993年，第372、373页。
⑥　邓小平：《邓小平文选》(第三卷)，北京：人民出版社，1993年，第256页。

称为"开放政策",指出,"对内也要开放搞活,不要固守一成不变的框框。过去我们满脑袋框框,现在就突破了"①。1984 年 11 月邓小平在中央军委座谈会上正式把"改革"纳入"开放政策"之中,指出,"一个对外经济开放,一个对内经济搞活。改革就是搞活,对内搞活也就是对内开放,实际上都叫开放政策"②。此后,邓小平多次强调"两个开放的政策"。1985 年 3 月邓小平在会见日本自由民主党副总裁二阶堂进时指出,"两个开放,即对外开放和对内开放,这个政策不会变,我们现在进行的改革是两个开放政策的继续和发展。改革需要继续开放"③。1987 年 3 月邓小平在会见坦桑尼亚总统姆维尼时指出,"根据这一方针(指'搞社会主义四个现代化建设'),我们制定了两个开放的政策,即对外开放和对内开放。搞社会主义现代化建设,没有这两个开放不行"④。1987 年邓小平在会见荷兰首相吕贝尔斯时指出,"为了搞建设,需要两个开放,一个是对内开放,一个是对外开放"⑤。

对外开放不仅是经济开放,也包括文化开放。邓小平指出:"经济上实行对外开放的方针,要长期坚持。对外文化交流也要长期发展","我们要向资本主义发达国家学习先进的科学、技术、经营管理方法以及其他一切对我们有益的知识和文化,闭关自守、故步自封是愚蠢的。但是,属于文化领域的东西,一定要用马克思主义对它们的思想内容和表现方法进行分析、鉴别和批判"⑥。

对外开放是面向全球开放,不是具体针对某一阵营或某些国家。邓小平批评说:"我们还有一些人没有弄清楚,以为只是对西方开放,其实是对西方发达国家、苏联东欧国家与第三世界国家的三个方面的开放。"⑦

第三,对外开放政策是坚定不移的,但由于开放政策是一个大试验,因此"在开放过程中要小心谨慎"⑧,"在打交道的过程中趋利避害"⑨。不过,风险并不可怕,"从政治上讲,我们的国家机器是社会主义性质的,它有能力保障社会主义制度。从经济上讲,我们的社会主义经济在工业、农业、商业和其他方面已经建立了相当坚实的基础"⑩。更何况,"改革开放越前进,承

---

① 邓小平:《邓小平文选》(第三卷),北京:人民出版社,1993 年,第 260、261 页。
② 邓小平:《邓小平文选》(第三卷),北京:人民出版社,1993 年,第 98 页
③ 邓小平:《邓小平文选》(第三卷),北京:人民出版社,1993 年,第 113、114 页。
④ 邓小平:《邓小平文选》(第三卷),北京:人民出版社,1993 年,第 210 页。
⑤ 邓小平:《邓小平文选》(第三卷),北京:人民出版社,1993 年,第 232 页。
⑥ 邓小平:《邓小平文选》(第三卷),北京:人民出版社,1993 年,第 43、44 页。
⑦ 邓小平:《邓小平文选》(第三卷),北京:人民出版社,1993 年,第 98、99 页。
⑧ 邓小平:《邓小平文选》(第三卷),北京:人民出版社,1993 年,第 133 页。
⑨ 邓小平:《邓小平文选》(第三卷),北京:人民出版社,1993 年,第 260 页。
⑩ 邓小平:《邓小平文选》(第三卷),北京:人民出版社,1993 年,第 135 页。

担和抵抗风险的能力就越强"。邓小平指出，"要完全没有风险不可能，冒点风险不怕"①。

第四，对外开放是否会引来资本主义或导向资本主义？邓小平对此种疑虑进行了理性的回应。1984年10月，邓小平在中央顾问委员会第三次全体会议上指出，"我们的同志就是怕引来坏的东西，最担心的是会不会变成资本主义"。邓小平的回答是，"影响不了的"，"保持公有制的主体地位，无论怎么开放，也不会产生新资产阶级。同外国人合资经营，也有一半是社会主义。合资经营的实际收益，大半是我们拿过来。不要怕，得益处的大头是国家与人民，不会是资本主义"②。1986年9月，邓小平在中共十二届六中全会讨论《中共中央关于社会主义精神文明建设指导方针的决议》（草案）时指出："我们实行开放政策，吸收资本主义社会的一些有益的东西，是作为发展社会主义社会生产力的一个补充。"③ 1992年初邓小平在南方谈话中提到这样一种看法，"有的人认为，多一分外资，就多一分资本主义，'三资'企业多了，就是资本主义多了，就是发展了资本主义"。邓小平不赞同这种观点，认为，"我国现阶段的'三资'企业，按照现行的法规政策，外商总是要赚一些钱。但是，国家还要拿回税收，工人还要拿回工资，我们还可以学习技术和管理，还可以得到信息、打开市场。因此，'三资'企业受到我们整个政治、经济条件的制约，是社会主义经济的有益补充，归根结底是有利于社会主义的"。④

改革、开放与发展三者是高度关联的。改革开放事关中国命运，没有改革开放，就没有中国现代化，中国的发展有赖于坚定不移地实施改革开放政策。邓小平指出，"坚持改革开放是决定中国命运的一招"。只有"坚持改革开放，才能抓住时机上台阶"⑤。而"不开放不改革没有出路，国家现代化建设没有希望"⑥。中国要谋求发展，摆脱贫穷和落后，就必须开放。闭关自守不行，开放不坚决不行。害怕"三资"企业发展不好。发展经济，不开放是很难搞起来的。世界各国的经济发展都要搞开放，西方国家在资金和技术上就是互相融合交流的⑦。反省历史，邓小平语重心长地感叹说，"我们从1957年以后，耽误了20年，而这20年又是世界蓬勃发展的时期，这是非常可惜

①　邓小平：《邓小平文选》（第三卷），北京：人民出版社，1993年，第365页。
②　邓小平：《邓小平文选》（第三卷），北京：人民出版社，1993年，第90、91页。
③　邓小平：《邓小平文选》（第三卷），北京：人民出版社，1993年，第181页。
④　邓小平：《邓小平文选》（第三卷），北京：人民出版社，1993年，第373页。
⑤　邓小平：《邓小平文选》（第三卷），北京：人民出版社，1993年，第368页。
⑥　邓小平：《邓小平文选》（第三卷），北京：人民出版社，1993年，第219页。
⑦　邓小平：《邓小平文选》（第三卷），北京：人民出版社，1993年，第367页。

的"①。因此，"中国一定要坚持改革开放，这是解决中国问题的希望"②。

三、从"封闭"走向"开放"的根源

从"封闭"走向"开放"，既是一种全球化背景下迎接国际发展挑战的战略选择，也是中国由传统走向现代的历史必然；既是对既往封闭造成落后的深刻教训的幡然警醒，也是中国走出长期贫困陷阱的内在发展要求。

第一，全球化根源是：当今世界是一个开放的、全球化的世界。开放政策，本质上是一种积极参与全球化、利用全球化的资源及其积极成果来不断发展自己的政策。全球化是世界各国经济紧密的一体化。③现代化与全球化是一体互动的。从15世纪末16世纪初以来的世界历史进程看，经济全球化与现代化是同步发展、互相促进、交互作用、互相推动的过程。④中国在坚持自力更生的基础上，需要对外开放，吸收外国的资金和技术来帮助发展。中国取得了国际的特别是发达国家的资金和技术，中国对国际的经济也会作出较多的贡献。帮助是相互的，贡献也是相互的。帮助中国的发展，对世界有利。从世界的角度来看，中国的发展对世界和平和世界经济的发展有利。如果不帮助发展中国家，西方面临的市场问题、经济问题也难以解决。因此，经济上的开放，不只是发展中国家的问题，也是发达国家的问题。现在世界上占总人口3/4的地区是发展中国家，还谈不上是重要市场。世界市场的扩大，如果只在发达国家中间兜圈子，那是很有限度的。⑤邓小平向发达国家发出警告：南方得不到适当的发展，北方的资本和商品出路就有限的很，如果南方继续贫困下去，北方就可能没有出路。⑥中国将毫不动摇地推进开放政策，到21世纪后50年，我们同国际上的经济交往将更加频繁，更加互相依赖，更加不可分。

第二，理论根源是：实事求是是马克思主义的精髓。1978年中共十一届三中全会重新确立了实事求是的思想路线，确定了以发展生产力为全党全国

---

① 邓小平：《邓小平文选》（第三卷），北京：人民出版社，1993年，第266页。
② 邓小平：《邓小平文选》（第三卷），北京：人民出版社，1993年，第284页。
③ 〔美〕约瑟夫·E. 斯蒂格里茨：《全球化及其不满》，夏业良译，北京：机械工业出版社，2004年，作者中文版序第1页。
④ 姜桂石、姚大学、王泰：《全球化与亚洲现代化》，北京：社会科学文献出版社，2005年，序言第4页。
⑤ 邓小平：《邓小平文选》（第三卷），北京：人民出版社，1993年，第78、79页。
⑥ 邓小平：《邓小平文选》（第三卷），北京：人民出版社，1993年，第106页。

的工作中心，具体政策就是改革开放。1987年1月邓小平在会见津巴布韦总理穆加贝时指出，"一个国家要取得真正的政治独立，必须努力摆脱贫困，而要摆脱贫困，在经济政策和对外政策上都要立足于自己的实际，不要给自己设置障碍，不要孤立于世界之外"①。中国耽误了大约20年的建设时间。在确立了实事求是的思想路线后，工作重心从以阶级斗争为纲转到以四化建设为中心，从停滞封闭转到改革开放。中国要发展，就要一切从实际出发，从群众的实际需求出发。有"改革开放总设计师"之称的邓小平一直把自己看成"实事求是派"，"不唯上，不唯书，务真求实，崇尚实际"②，邓小平强调，"我们改革开放的成功，不是靠本本，而是靠实践，靠实事求是"③。

第三，历史根源是：吸取闭关锁国的深刻教训。总结历史经验，中国长期处于停滞和落后状态的一个重要原因是闭关自守。西方国家产业革命以后走上了现代化与全球化之路，而中国却走向闭关锁国。新中国成立初期，西方封锁我们，但在某种程度上我们也还是闭关自守。长期闭关自守，把中国搞得贫穷落后，愚昧无知。深刻的历史经验教训告诉我们，关起门来搞建设发展不起来，中国的发展离不开世界。现在任何国家要发达起来，闭关自守都不可能。④ 1978年十一届三中全会对过去作了系统的总结，从阶级斗争转到以发展生产力为中心，从封闭转到开放，从固守成规转到各方面的改革。

第四，现实根源是：开放有利于发展社会生产力，有利于加速发展。中国发展的立足点是自力更生，但要谋求发展，摆脱贫穷和落后，实现富强与赶超，必须开放。"开放不仅是发展国际间的交往，而且要吸收国际的经验"⑤。仅凭我们自己的经验教训还不足以完全解决发展问题，要利用国际和平环境，更多地吸收对我们有用的东西，这对加速我们的发展比较有利。⑥只有开放，我们才能知道国际上经济发达的参照系是什么，才能获得我们发展经济所需要的产品、技术、资本、管理和市场。⑦ 搞社会主义，中心任务是发展社会主义生产力。一切有利于发展社会生产力的方法，包括利用外资、利用国际资源、吸收发达国家先进发展理念与经验、引进先进技术与管理，都应该采用。

---

① 邓小平：《邓小平文选》（第三卷），北京：人民出版社，1993年，第202页。
② 中共中央文献研究室：《回忆邓小平》（上），北京：中央文献出版社，1998年，第21页。
③ 邓小平：《邓小平文选》（第三卷），北京：人民出版社，1993年，第382页。
④ 邓小平：《邓小平文选》（第三卷），北京：人民出版社，1993年，第269页。
⑤ 邓小平：《邓小平文选》（第三卷），北京：人民出版社，1993年，第266页。
⑥ 邓小平：《邓小平文选》（第三卷），北京：人民出版社，1993年，第128页。
⑦ 樊纲：《发展的道路》，北京：生活·读书·新知三联书店，2004年，第76页。

第九章

改革开放以来小康理论的形成与发展

《礼记·礼运》的"大同小康"论以及后世对它的不断诠释与演绎，反映了中华民族对理想社会的不懈追求。近代以来，"大同"论作为中国革命的最高理想与精神动力，激励了无数革命志士为之奋斗。从洪秀全、康有为、孙中山到毛泽东，"大同"论一直是中国革命引人注目的主题。但是，在西方已处于现代工业市场社会，而我国还处于普遍的传统劳动与小生产阶段的基础上，就急于向"大同社会"过渡，反而造成了中国社会发展的缓慢、停滞，甚至严重挫折与倒退。因此，改革开放以来，邓小平立足于中国发展实际，开始了"大同"论向"小康"论的转型。

一、小康理论的发展行程

改革开放以来，小康社会理论的形成与发展，从 1979 年邓小平提出"小康"即"中国式现代化"伊始，到 2007 年中共十七大提出"全面建设小康社会新要求"，历经六个发展阶段。

第一阶段（1979～1983），战略目标方面，从改革开放以前的"高度现代化"降为"基本现代化"，提出"小康"即"中国式现代化"的思想，把"四个现代化"落实到"小康水平"上，提出"两步走"战略。

1979 年以来，邓小平一直强调：搞建设要适合中国情况，走出一条中国式的现代化道路。1979 年 10 月 4 日在中共省、市、自治区委员会第一书记座谈会上，邓小平把 20 世纪末"实现四个现代化"的标准降低为"中国式的现代化"。[①] 1979 年 12 月 6 日，邓小平在会见日本首相大平正芳时首次提出"小康"概念，指出：我们要实现的四个现代化，是中国式的四个现代化。不是像你们那样的现代化的概念，而是"小康之家"。[②] 1980 年 1 月 16 日邓小平提出 20 世纪 80 年代与 90 年代"两步走"战略部署，即 80 年代是决定性的，把基础搞好，加上下一个 10 年，在今后 20 年内实现中国式的四个现代化。[③] 1982 年 8 月 21 日，邓小平在会见联合国秘书长德奎利亚尔时提出"小康水平"属于"现代化的初步目标"的观点[④]。1982 年中共十二大提出"把马克思主义的普遍真理同我国的具体实际结合起来，走自己的道路，建设有中国特色的社会主义"的思想[⑤]，确定分两步走，前 10 年打好基础，后 10 年进入新的经济振兴时期，在本世纪末实现国民生产总值翻两番"达到小康水平"的目标。[⑥]

第二阶段（1983～1987），"小康"内涵方面，从"经济小康"发展到"社会小康"，系统提出"小康社会"理论，强调坚持走社会主义共同富裕的小康之路。

1983 年春，邓小平到江苏、浙江、上海视察，把原来的经济小康概念扩大到更为宽泛的社会小康概念，关注人民吃穿用及住房等生活问题、小城镇建设问题、就业问题、人口流动和劳动力转移问题，以及教育、文化、体育和其他公共福利事业问题，精神面貌的变化等社会问题。[⑦] 1984 年 3 月 25 日，邓小平会见日本首相中曾根康弘时提出"小康社会"论，初步界定了"小康社会"内涵。邓小平指出：翻两番，国民生产总值人均达到 800 美元，就是到本世纪末在中国建立一个小康社会，也叫做中国式的现代化。[⑧] 1984 年 6 月 30 日，邓小平强调小康建设是以社会主义为前提的。人均达 800 美

---

①　邓小平：《邓小平文选》（第二卷），第 2 版，北京：人民出版社，1994 年，第 194 页。
②　邓小平：《邓小平文选》（第二卷），第 2 版，北京：人民出版社，1994 年，第 237 页。
③　邓小平：《邓小平文选》（第二卷），第 2 版，北京：人民出版社，1994 年，第 241 页。
④　邓小平：《邓小平文选》（第二卷），第 2 版，北京：人民出版社，1994 年，第 416、417 页。
⑤　邓小平：《邓小平文选》（第三卷），北京：人民出版社，1993 年，第 3 页。
⑥　胡耀邦：《全面开创社会主义现代化建设的新局面》，中国共产党历次全国代表大会数据库，http：//cpc. people. com. cn/GB/64162/64168/64565/65448/4526430. html，2010 年 7 月 20 日。
⑦　邓小平：《邓小平文选》（第三卷），北京：人民出版社，1993 年，第 24、25 页。
⑧　邓小平：《邓小平文选》（第三卷），北京：人民出版社，1993 年，第 54 页。

元，按社会主义的分配原则，就可以使全国人民普遍过上小康生活。不坚持社会主义，中国的小康社会形成不了。[①] 1984 年 10 月 22 日邓小平揭示了实现小康在国力、人民生活、科学教育、精神面貌等方面的伟大意义。[②] 1985 年 9 月，邓小平提出小康水平属于"中变化"，而接近世界发达国家的水平，才是"大变化"的观点。[③] 1987 年 4 月 16 日，邓小平在会见香港特别行政区基本法起草委员会委员时，提出小康社会是以公有制为基础的，是共同富裕、是人民生活普遍提高的观点。[④]

第三阶段（1987～1992），战略部署上从"两步走"发展到"三步走"。小康社会建设被确立为 20 世纪 90 年代的建设主题。

1987 年 4 月 30 日，邓小平在会见西班牙工人社会党副总书记、政府副首相格拉时的谈话中，明确提出"三步走"战略部署。第一步在 20 世纪 80 年代翻一番，人均国民生产总值达到 500 美元。第二步是到本世纪末，再翻一番，人均达到 1000 美元，进入小康社会。第三步在 21 世纪用 30～50 年再翻两番，大体上达到人均 4000 美元，达到中等发达国家水平。[⑤] 1987 年 11 月中共十三大，系统阐述了社会主义初级阶段理论，正式接受了邓小平的经济建设"三步走"战略部署。1990 年 12 月，中共十三届七中全会上，"小康水平"内涵被界定为在温饱的基础上，生活质量进一步提高，达到丰衣足食，确定小康建设为 90 年代经济建设的主题。在通过的《中共中央关于制定国民经济和社会发展十年规划和"八五"计划的建议》中，把人民生活从温饱达到小康，生活资料更加丰裕，消费结构趋于合理，居住条件明显改善，文化生活进一步丰富，健康水平继续提高，社会服务设施不断完善，作为从 1991 年到 2007 年实现第二步战略目标的基本要求。[⑥]

第四阶段（1992～1997），确立小康社会与社会主义市场经济体制的有机结合，提出温饱水平上的"新三步走"战略与从"先富"到"共富"的"小康"路径。

1992 年中共十四大报告确认，11 亿人民的温饱问题基本解决，正在向"小康"迈进。在战略步骤问题上，提出温饱水平上的"新三步走"战略：20

---

① 邓小平：《邓小平文选》（第三卷），北京：人民出版社，1993 年，第 64 页。
② 邓小平：《邓小平文选》（第三卷），北京：人民出版社，1993 年，第 88、89 页。
③ 邓小平：《邓小平文选》（第三卷），北京：人民出版社，1993 年，第 143 页。
④ 邓小平：《邓小平文选》（第三卷），北京：人民出版社，1993 年，第 216 页。
⑤ 邓小平：《邓小平文选》（第三卷），北京：人民出版社，1993 年，第 226 页。
⑥ 《中共中央关于制定国民经济和社会发展十年规划和"八五"计划的建议》，新华网，http://news.xinhuanet.com/ziliao/2005－02/18/content_2590430.htm，2005 年 2 月 18 日。

世纪 90 年代初步建立起市场经济体制，实现达到"小康"水平的第二步发展目标。到 2020 年在各方面形成一整套更加成熟更加定型的制度。到 2050 年达到第三步发展目标，基本实现社会主义现代化。会议提出从先富到共富的"小康"路径，明确经济体制改革的目标是建立社会主义市场经济体制，确立邓小平建设有中国特色社会主义理论在全党的指导地位。[①] 1995 年，十四届五中全会《关于制定"九五"计划和 2010 年远景目标的建议》把基本消除贫困现象，人民生活达到小康作为"九五"计划和 2010 年国民经济和社会发展的主要奋斗目标，争取使人民的小康生活更加富裕，形成比较完善的社会主义市场经济体制。

第五阶段（1997~2001），提出总体小康水平基础上的"新三步走"战略，确认 20 世纪末达小康的目标如期实现，阐发进入和建设小康社会的伟大意义。

1997 年中共"十五大"报告，提出社会主义初级阶段基本纲领，又根据邓小平提出的第三步战略目标，提出总体小康水平基础上的"新三步走"战略部署。确认在改革开放初期提出的 20 世纪末达到小康的目标能如期实现，并强调，在中国这样的人口大国进入和建设小康社会，是一件有伟大意义的事情。将为国家长治久安打下新的基础，为更加有力地推进社会主义现代化创造新的起点。[②]

第六阶段（2001~），提出并发展"全面建设小康社会"理论，把小康社会建设内容从"四大建设"发展到"五大建设"，把建设小康社会目标从"六个更加"发展到"五个成为"。

2002 年 11 月中共十六大报告确认，人民生活总体上达到小康水平，进入全面建设小康社会、加快推进社会主义现代化的新发展阶段。但认为我国的小康国情还是低水平的、不全面的、发展很不平衡的小康。根据十五大报告提出的"新三步走"战略部署，提出：在 2000~2020 年，集中力量，全面建设惠及十几亿人口的更高水平的小康社会，使经济更加发展、民主更加健全、科教更加进步、文化更加繁荣、社会更加和谐、人民生活更加殷实。党的十六大报告提出了建设小康社会在经济、政治、社会、文化方面的四大要

---

① 江泽民:《加快改革开放和现代化建设步伐 夺取有中国特色社会主义事业的更大胜利》，中国共产党历次全国代表大会数据库，http://cpc.people.com.cn/GB/64162/64168/64567/65446/4526308.html，2010 年 7 月 20 日。

② 江泽民:《高举邓小平理论伟大旗帜，把建设有中国特色社会主义事业全面推向二十一世纪》，中国共产党历次全国代表大会数据库，http://cpc.people.com.cn/GB/64162/64168/64568/65445/4526285.html，2010 年 7 月 20 日。

求，强调落实建设小康社会要有新方法，即发展要有新思路，改革要有新突破，开放要有新局面，各项工作要有新举措。有条件的地方可以发展得更快一些，在全面建设小康社会的基础上，率先基本实现现代化。[①] 2007 年 10 月中共十七大报告肯定新时期最显著的成就是快速发展，人民生活从温饱不足发展到总体小康，阐述了全面建设小康社会的新要求："五大建设"与"五个成为"。

改革开放以来建设小康社会思想的演变，在战略目标方面，经历了从以"高度现代化"与"实现四化"为特征的"赶超"，到以"中国式现代化"、"发展生产力"与"鼓励先富"为特征的"小康"，再到以"协调发展"、"共同富裕"、"和谐社会"为特征的"全面小康"的演进历程；在建设内容方面，经历了从政治、经济、文化三大建设、到政治、经济、文化、社会四大建设，到再到政治、经济、文化、社会、生态五大建设，从工业、农业、国防和科学技术的"四个现代化"到政治、经济、文化、社会、生态与人"全面现代化"，从发展单一的公有制经济到公有制经济与非公有制经济都毫不动摇地鼓励发展的演进历程；在阶段论方面，经历了从温饱—小康"两步走"向温饱—小康—基本现代化"三步走"、从"老三步走"向小康—全面小康—基本现代化"新三步走"、从温饱水平上的"新三步走"到总体小康水平上的"新三步走"的演进历程；在实现方法方面，经历了从"革命"到"建设"、从"斗争"到"和谐"、从"计划"到"市场"的演进历程；在目标与建设实践的可行性与可操作性方面，经历了从抽象到具体、从模糊到清晰、从零星到详细、从无数据到数据全面、从不科学不规范到科学规范的演进历程；在指标体系设计理念方面，经历了从过分注重经济指标走向社会指标凸显、经济指标与社会指标相互作用、各方面指标综合平衡发展的演进历程。

二、小康理论的基本构造

中国小康社会建设理论的基本构造包括战略步骤、战略任务和战略目标三大方面。每个方面都是动态发展的。其系统性、具体性、明晰性不断增强。

其一，在战略步骤方面，从"老三步走"到"新三步走"，道路越走越清晰。

---

① 江泽民：《全面建设小康社会，开创中国特色社会主义事业新局面》，中国共产党历次全国代表大会数据库，http://cpc.people.com.cn/GB/64162/64168/64569/65444/4429125.html，2010 年 7 月 20 日。

1987 年 11 月中共"十三大"报告确定"温饱—小康—基本现代化"的"三步走"发展战略，即第一步，实现国民生产总值比 1980 年翻一番，解决人民的温饱问题；第二步，到 20 世纪末，使国民生产总值再增长一倍，人民生活达到小康水平；第三步，到 21 世纪中叶，人均国民生产总值达到中等发达国家水平，人民生活比较富裕，基本实现现代化。1997 年十五大报告提出了 21 世纪中国"新三步走"发展战略部署。到 2010 年，国民生产总值比 1997 年翻一番，使人民的小康生活更加宽裕，形成比较完善的社会主义市场经济体制；到 2020 年，国民经济更加发展，各项制度更加完善；到 2050 年，基本实现现代化，建成富强、民主、文明的社会主义国家。

其二，在战略任务方面，从"三大建设"、"四大建设"到"五大建设"，任务越来越具体。

中共十五大报告提出了中国特色社会主义"三大建设"的战略任务。在经济建设方面，就是在社会主义条件下发展市场经济，不断解放和发展生产力。坚持和完善社会主义公有制为主体、多种所有制经济共同发展的基本经济制度；坚持和完善社会主义市场经济体制；坚持和完善按劳分配为主体的多种分配方式，允许一部分地区一部分人先富起来，带动和帮助后富，逐步走向共同富裕；坚持和完善对外开放，积极参与国际经济合作和竞争，保证国民经济持续快速健康发展，人民共享经济繁荣成果。在政治建设方面，就是在中国共产党领导下，在人民当家做主的基础上，依法治国，发展社会主义民主政治。坚持和完善工人阶级领导的、以工农联盟为基础的人民民主专政；坚持和完善人民代表大会制度和共产党领导的多党合作、政治协商制度以及民族区域自治制度；发展民主，健全法制，建设社会主义法治国家。实现社会安定，政府廉洁高效，全国各族人民团结和睦，生动活泼的政治局面。在文化建设方面，就是以马克思主义为指导，以培育有理想、有道德、有文化、有纪律的公民为目标，发展面向现代化、面向世界、面向未来的、民族的、科学的、大众的社会主义文化。坚持用邓小平理论武装全党，教育人民；努力提高全民族的思想道德素质和教育科学文化水平；坚持为人民服务、为社会主义服务的方向和"百花齐放、百家争鸣"的方针，重在建设，繁荣学术和文艺。建设立足中国现实、继承历史文化优秀传统、吸取外国文化有益成果的社会主义精神文明。

中共十六大报告在十五大报告基础上增加了"社会建设"，从而形成实现全面小康的"四大建设"。在经济建设方面，在优化结构和提高效益的基础上，国内生产总值到 2020 年力争比 2000 年翻两番，综合国力和国际竞争力明显增强。基本实现工业化，建成完善的社会主义市场经济体制和更具活力、更加开放的经济体系。城镇人口的比重较大幅度提高,工农差别、城乡差别和地区差别扩大的趋势逐步扭转。社会保障体系比较健全,社会就业比较充分,家庭财产普遍增加,人民过上更加富足的生活。在政治建设方面,社会主义民主更加完善,社会主义法制更加完备,依法治国基本方略得到全面落实,人民的政治、经济和文化权益得到切实尊重和保障。基层民主更加健全,社会秩序良好,人民安居乐业。在文化建设方面,全民族的思想道德素质、科学文化素质和健康素质明显提高,形成比较完善的现代国民教育体系、科技和文化创新体系、全民健身和医疗卫生体系。人民享有接受良好教育的机会,基本普及高中阶段教育,消除文盲。形成全民学习、终身学习的学习型社会,促进人的全面发展。在社会建设方面,可持续发展能力不断增强,生态环境得到改善,资源利用效率显著提高,促进人与自然的和谐,推动整个社会走上生产发展、生活富裕、生态良好的文明发展道路。

中共十七大报告又在十六大报告基础上增加了"生态建设",最终形成"五大建设"。在经济建设方面,增强发展协调性,努力实现经济又好又快发展。转变发展方式取得重大进展,在优化结构、提高效益、降低消耗、保护环境的基础上,实现人均国内生产总值到2020年比2000年翻两番。社会主义市场经济体制更加完善。自主创新能力显著提高,科技进步对经济增长的贡献率大幅上升,进入创新型国家行列。居民消费率稳步提高,形成消费、投资、出口协调拉动的增长格局。城乡、区域协调互动发展机制和主体功能区布局基本形成。社会主义新农村建设取得重大进展。城镇人口比重明显增加。在政治建设方面,扩大社会主义民主,更好地保障人民权益和社会公平正义。公民政治参与有序扩大。依法治国基本方略深入落实,全社会法制观念进一步增强,法治政府建设取得新成效。基层民主制度更加完善。政府提供基本公共服务能力显著增强。在文化建设方面,加强文化建设,明显提高全民族文明素质。社会主义核心价值体系深入人心,良好思想道德风尚进一步弘扬。覆盖全社会的公共文化服务体系基本建立,文化产业占国民经济比重明显提高、国际竞争力显著增强,适应人民需要的文化产品更加丰富。在社会建设方面,加快发展社会事业,全面改善人民生活。现代国民教育体系更加完善,终身教育体系基本形成,全民受教育程度和创新人才培养水平明显提高。社会就业更加充分。覆盖城乡居民的社会保障体系基本建立,人人享有基本生活保障。合理有序的收入分配格局基本形成,中等收入者占多数,绝对贫困现象基本消除。人人享有基本医疗卫生服务。社会管理体系更加健全。在生态建设方面,建设生态文明,基本形成节约能源资源和保护生态环境的产业结构、增长方式、消费模式。循环经济形成较大规模,可再生能源比重显著上升。主要污染物排放得到有效控制，生态环境质量明显改善。生态文明观念在全社会牢固树立。

其三，在战略目标方面，从"六个更加"到"五个成为"，目标越来越明确。

中共十六大报告提出全面建设小康社会的战略目标是：在 21 世纪头 20年，集中力量，全面建设惠及十几亿人口的更高水平的小康社会，使经济更加发展、民主更加健全、科教更加进步、文化更加繁荣、社会更加和谐、人民生活更加殷实。21 世纪中叶基本实现现代化，把我国建成富强、民主、文明的社会主义国家。中共十七大报告则预期：到 2020 年全面建设小康社会目标实现之时，中国将成为工业化基本实现、综合国力显著增强、国内市场总体规模位居世界前列的国家，成为人民富裕程度普遍提高、生活质量明显改善、生态环境良好的国家，成为人民享有更加充分民主权利、具有更高文明素质和精神追求的国家，成为各方面制度更加完善、社会更加充满活力而又安定团结的国家，成为对外更加开放、更加具有亲和力、为人类文明作出更大贡献的国家。

三、小康理论的基本特点及"大同小康"之变的深刻根源

从理论指导、理论前提及其基本内涵、历史反思、社会基础、社会本质、社会阶段六个方面看，中国小康社会建设理论的基本特点如下。

其一，坚持以中国特色社会主义理论为指导。中国特色社会主义理论的最大特点就是从中国发展实际出发，实事求是。"过去我们满脑袋框框"[1]，因此，必须立足国情，面向实际，解放思想。当前最根本的发展实际，就是中国还处于社会主义初级阶段。邓小平一直告诫我们：中国现代化建设，雄心壮志太大了不行，要实事求是。中共十六大报告指出，我国正处于并将长期处于社会主义初级阶段，现在达到的小康还是低水平的、不全面的、发展很不平衡的小康。巩固和提高目前达到的小康水平，还需要进行长时期的艰苦奋斗。

其二，中国近代"大同论"在根本前提上往往偏离社会化大生产，而立足于"性善论"与"德治"基础上。现代"小康论"却是立足社会主义初级阶段的基本国情，以社会化大生产与工业市场文明为目标诉求。因此，与近

---

① 邓小平：《邓小平文选》（第三卷），北京：人民出版社，1993 年，第 261 页。

代"大同论"诉诸"国有"、"计划"、"平均"、抑制与消除个人利益不同，"小康论"显示出对个人利益的认可、宽容与疏导，强调"法治"、"市场"、"民营"、"效率"、"共富"与"民主"；强调发展，反对停滞；注重循序渐进而不急于求成。

其三，建设小康社会与发展中国特色社会主义结合在一起，不可分割。从1979年起邓小平一直把"小康"视为"中国式的现代化"，确认"小康社会建设"与"中国式现代化"为同一概念。"照搬照抄别国经验、别国模式，从来不能得到成功。"① 建设社会主义，只能一切从社会主义初级阶段的实际出发，而不能从主观愿望出发，不能从这样那样的外国模式出发，不能从对马克思主义著作中个别论断的教条式理解和附加到马克思主义名下的某些错误论点出发。"把马克思主义的普遍真理同我国的具体实际结合起来，走自己的道路，建设有中国特色的社会主义，这就是我们总结长期历史经验得出的基本结论。"②

其四，中国小康社会建设理论极其注重发展生产力与物质文明建设。邓小平指出，在社会主义国家，一个真正的马克思主义政党在执政以后，一定要致力于发展生产力，并在这个基础上逐步提高人民的生活水平，建设物质文明。③ 邓小平一贯强调"发展是硬道理"。中共十七大报告强调，发展，对于全面建设小康社会、加快推进社会主义现代化具有决定性意义。全面建设小康社会，最根本的是坚持以经济建设为中心，不断解放和发展社会生产力。但小康社会并非仅仅注重经济发展的社会，应是全面发展与科学发展的社会。中共十五大、十六大、十七大不断丰富小康社会建设的内容，把政治、经济、文化三大建设有机统一，最终发展到政治、经济、社会、文化、生态五大建设协调并进。

其五，小康社会的本质是共同富裕。社会主义的本质是发展生产力与实现共同富裕。"走社会主义道路，就是要逐步实现共同富裕。"④ 小康社会建立在以公有制为主体、多种所有制经济共同发展的基本经济制度之上，以人民共同富裕为目标。但邓小平认识到，同步富裕是不可能的，必须允许和鼓励一部分地区一部分人先富起来，以带动和帮助越来越多的地区和人们逐步达到共同富裕。

---

① 邓小平：《邓小平文选》（第三卷），北京：人民出版社，1993年，第2页。
② 邓小平：《邓小平文选》（第三卷），北京：人民出版社，1993年，第3页。
③ 邓小平：《邓小平文选》（第三卷），北京：人民出版社，1993年，第28页。
④ 邓小平：《邓小平文选》（第三卷），北京：人民出版社，1993年，第373页。

其六，小康社会属于社会主义初级阶段中的一个阶段，是中国特色社会主义现代化的具体表现与阶段形态，上承温饱社会，下启实现现代化，是社会主义初级阶段中一个人民丰衣足食、生活较为宽裕的历史时期。不过，它仍然属于中国特色社会主义现代化过程中一个较低的阶段。

改革开放以来，我国社会主义建设理论，从"大同社会"论向"小康社会"论转变，有其深刻的现实、历史、理论与文化根源。

其一，其现实根源是顺应人民过上富裕生活的期待。邓小平指出，"从1958年到1978年整整20年里，农民和工人的收入增加很少，生活水平很低，生产力没有多大发展。1978年人均国民生产总值不到250美元"[①]。虽然在20世纪60年代提出到20世纪末实现"四个现代化"，但对人民生活水平提高并没有确切目标与具体部署。小康社会理论的核心内容就是通过让一部分地区与一部分人先富起来，然后，通过先富者的示范带动作用与国家税收调节政策，最终达到人民共同富裕。

其二，其历史根源是对长期"左倾"错误的深刻反思。自从20世纪50年代后期以来发生了长达20多年的严重的"左倾"错误，特别是出现了"文化大革命"这样的长期的全局性错误，整个国民经济几乎到了崩溃的边缘。"总路线"与"五七指示"规划的"大同世界"并没有到来。问题的根源在于，没有真正搞清什么是社会主义，如何建设社会主义，也错误地估计了中国所处的历史阶段与基本国情。邓小平提出小康社会理论就是基于对社会主义的重新思考。

其三，其理论根源是对马克思主义现代化理论的重新认识。中国30多年社会主义实践正反两方面的经验教训，使得邓小平反复思考什么是社会主义、如何建设社会主义这个事关社会主义现代化成败与中华民族命运的根本问题。苏联式社会主义计划经济体制，是否真正符合马克思主义关于科学社会主义的认识，要经历实践的严格检验。然而实践证明，其蕴涵的"瞎指挥"与"大锅饭"造成了资源的严重浪费与企业效率的缺乏。摆脱苏联模式，摆脱教条主义，重新认识马克思主义，建设中国特色的社会主义，是马克思主义中国化的当代要求。

其四，其文化根源是对传统"小康"观念的接续传存。"大同"、"小康"之论是我国传统社会理想的基本话题，"大同"理想被认为高远缥缈，而"小康"理想则现实可及，因此，"小康"是一个有广泛民族文化认同的概念，能够起到凝聚动员人民群众建设社会主义的巨大作用。

---

① 邓小平：《邓小平文选》（第三卷），北京：人民出版社，1993年，第115页。

　　小康社会构想，包括中国特色社会主义经济、政治、社会、生态、文化和人的全面发展，构成了中国特色社会主义社会的完整形态，是中国特色社会主义理论的具体化，与解放思想、改革开放、科学发展、社会和谐并列为中国特色社会主义的基本内涵。小康社会理论，丰富和发展了马克思主义现代化理论以及中国特色社会主义现代化过程的认识和理解。20世纪60年代提出"四化"构想，把现代化仅仅归结为经济现代化问题，小康社会理论则突破了仅仅从经济上看问题的狭隘观点，把现代化过程看做一个社会全面发展、协调互动与文明提升的过程。小康社会理论的形成与发展，是对中国社会主义现代化理论的创新。

第十章

现代性与本土性交融：中国小康指标体系的演进

一、中国小康指标体系的形成（1979～2002）

1979 年 12 月 6 日，邓小平在会见日本首相大平正芳时，提出了到 20 世纪末在中国实现"中国式四个现代化"，即"小康"的构想。① 此后，小康理论得到深入发展。抽象型、理论型小康指标体系逐渐形成，到 20 世纪 90 年代初，具有实用型、可操作性的小康指标体系正式形成。正式形成的标志是，国家统计局联合计划、财政、教育、卫生等 12 部委参照国际标准与本国国情确定了小康生活水平指标体系，在此基础上，1992 年，国家统计局制定了《全国人民小康生活水平的基本标准》、《全国城镇小康生活水平的基本标准》、《全国农村小康生活水平的基本标准》，分为宏观经济条件、生活质量和生活效果三大类型，共 12 项指标，按全国综合、城镇、农村三个对象设计了三套量值有异的统计监测指标体系。1995 年初，国家统计局与国家计划委员会对小康生活水平统计监测指标体系进行了重新修订，由三大类型修订为五大类

① 邓小平：《邓小平文选》（第二卷），第 2 版，北京：人民出版社，1994 年，第 237 页。

121

型，12 项指标修订为 16 项指标。

全国人民小康生活水平指标体系[①]，包括经济水平、物质生活、人口素质、精神生活、生活环境五大类型和为 16 个具体指标，每个指标都规定了临界值。经济水平指标 1 个，即人均 GDP 为 2500 元（按 1980 年价格与汇率，约等于 900 美元）。物质生活指标 8 个，其中，城镇可支配收入 2400 元，农民人均纯收入 1200 元，城镇人均住房使用面积 12 平方米，农村人均钢砖木结构住房面积 15 平方米，人均日蛋白质摄入量 75 克，城市人均拥有铺装道路 8 平方米，通公路的行政村比重为 85%，恩格尔系数为 50%。人口素质指标 3 个，其中，成人识字率为 85%，人均预期寿命 70 岁，婴儿死亡率 3.1%。精神生活指标 2 个，其中，教育文化娱乐支出比重为 11%，电视普及率 100%。生活环境指标 2 个，其中，森林覆盖率 15%，农村初级卫生保健基本合格以上县百分比为 100%（价值量指标均按 1990 年价格计算）。

全国城镇小康生活水平指标体系[②]，指标类型与全国人民小康生活水平指标体系相同，具体指标 12 个，每个指标都有临界值。经济水平指标 2 个，其中，人均 GDP 为 5000 元、第三产业增加值比重为 40%。物质生活指标 4 个，其中，人均可支配收入 2400 元，人均住房使用面积 12 平方米，人均日蛋白质摄入量 75 克，恩格尔系数 50%。人口素质指标 2 个，其中，人口平均预期寿命 70 岁，中学入学率 90%。精神生活指标 2 个，其中，电视普及率 100%，文教娱乐支出比重 76.5%。生活环境指标 2 个，其中，人均绿地面积 9 平方米，万人刑事案件立案数 14.41 件。

全国农村小康生活水平指标体系[③]，指标类型有 6 个，其中，第一种类型"收入分配"与第六种类型"社会保障与社会安全"和前两类指标体系有所不同。具体指标 16 个，每个指标都有临界值。收入分配指标 2 个，其中，人均纯收入 1200 元，基尼系数 0.3～0.4。物质生活指标 4 个，其中，恩格尔系数 50%，人均日蛋白质摄入量 75 克，衣着消费支出 70 元，钢木结构住房比重 80%。精神生活指标 2 个，其中，电视普及率 70 台/百户，文化服务支出比重 10%。人口素质指标 2 个，其中，人口平均预期寿命 70 岁，劳动力平均受教育程度 8 年。生活环境指标 4 个，其中，已通公路行政村比重

---

① 曹学勤、赵春鹏：《全面建设小康社会的指标体系》，《财经科学》，2003 年增刊；周长城、陈红：《中国小康社会指标体系研究综述》，《湖南社会科学》，2004 年第 5 期。

② 省情研究小组：《全面建设小康社会参考标准与我省面临的难点探析》，甘肃统计信息网，http：//www.gstj.gov.cn/doc/ShowArticle.asp? ArticleID=72，2003 年 2 月 25 日。

③ 省情研究小组：《全面建设小康社会参考标准与我省面临的难点探析》，甘肃统计信息网，http：//www.gstj.gov.cn/doc/ShowArticle.asp? ArticleID=72，2003 年 2 月 25 日。

85%，安全卫生用水普及率90%，用电户比重95%，已通电话的行政村比重70%。社会保障与社会安全指标2个，其中，享受社会五保人口比重90%，万人刑事案件立案数20件。

中国小康指标体系的形成，是在小康理论形成与发展的基础上，适应小康建设的进度监测与评价的要求而出现的。这一时期，小康指标体系具有如下特点：

第一，偏重监测与评价经济水平与物质生活水平，具体包括十大指标，"经济水平"与"物质生活"指标排序分别为第一、第二。除"全国人民小康生活水平指标体系"中的"农村初级卫生保健基本合格以上县百分比"；"全国农村小康生活水平指标体系"中的"基尼系数"等少数指标外，基本缺乏社会发展指标与社会公平指标。

第二，具有国际化与本土性结合色彩。指标体系参考了国际学术界的有关现代化指标、联合国计划开发署1990年提出的人文发展指数（包括人均预期寿命、成人识字率、人均GDP）等国际性指标体系，同时在本国发展实际的基础上，也选择了一些切合本国发展国情的指标，如"全国人民小康生活水平指标体系"中的"通公路的行政村比重"与"电视普及率"；"全国城镇小康生活水平指标体系"中的"中学入学率"与"电视普及率"；"全国农村小康生活水平指标体系"中的"通公路的行政村比重"、"用电户比重"、"享受社会五保人口比重"。

第三，具有实用性与可操作性。小康生活水平三套指标体系，指标简明扼要、通俗易懂，统计监测与评价的可操作性强。

第四，合乎当时的历史条件与发展实际。20世纪90年代初，我国正处于温饱水平基本解决、初步向小康过渡的时期，因此，指标体系的设计必须考虑这种发展实际。

二、中国小康指标体系的发展（2002～2007）

自2002年11月召开的中共十六大提出到2020年全面建设小康社会的奋斗目标以来，中国小康指标体系得到了长足发展，从小康生活水平指标体系发展到全面建设小康社会指标体系。

中共十六大从理论层面与抽象意义上提出了到2020年全面建设小康社会的总体目标（全面建设惠及十几亿人口的更高要求的小康社会，使经济更加发展，民主更加健全，科教更加进步，文化更加繁荣，社会更加和谐，

123

人民生活更加殷实）及具体指标（包括综合国力指标、民主法制建设指标、教科文卫指标、可持续发展指标），部分指标还进行了量化，如 GDP 翻两番。2003 年 10 月中共十六届三中全会《关于进一步深化经济体制改革的若干问题的决定》提出"科学发展观"，2004 年 9 月中共十六届四中全会《关于加强党的执政能力建设的决定》提出"构建社会主义和谐社会"，2006 年 10 月中共十六届六中全会通过了《中共中央关于构建社会主义和谐社会若干重大问题的决定》，科学发展观与和谐社会论成为指导指标体系研制的基本理论。

在中共十六大提出的全面建设小康社会的奋斗目标的导向下，从政府到民间，从中央到地方，从政府与科研单位到学者个人，兴起了小康社会指标体系设计与小康社会进度评价的热潮。

2003 年初，国家统计局组成课题组，开始研制全面建设小康社会统计监测指标体系，到 2004 年初步完成，2005 年，国家统计局征求多部委意见，同时印发各地试行，根据各部门各地区反馈意见，对指标体系进行完善。在 2005 年举办的首届中国全面小康论坛上，国家统计局的徐一帆与文兼武对全面建设小康社会统计监测指标体系进行了具体解释。该指标体系包括 6 大类型 25 个指标[①]。具体而言，经济发展指标 4 个：人均 GDP 为 25 000 元，第三产业增加值比重≥50%，城镇人口比重≥60%，城镇调查失业率 3%～6%。社会和谐指标 5 个：基尼系数 0.3～0.4，城乡居民收入比≤2.85，地区经济发展差异系数（无数据），基本社会保障覆盖率≥80%，高中阶段毕业生性别比 100%。生活质量指标 5 个：居民人均可支配收入 13 000 元（农村 6000 元，城市 18 000 元），恩格尔系数<40%，人均住房使用面积 27 平方米，千人拥有民用载客汽车数量>70 辆，人均生活用电量>500 度（千瓦时）。民主法制指标 2 个：公民自身民主权利满意度>80%，社会安全指数 100%。文化教育指标 5 个：R&D 经费比例>2%，平均受教育年限 10.5 年，家庭电脑拥有量>60%，5 岁以下儿童死亡率<20‰，平均预期寿命>75 岁。资源环境指标 4 个：万元 GDP 综合能耗<0.84，常用耕地面积指数 0，森林覆盖率 23.4%，环境质量指数（无量值）。

与小康生活水平指标体系比较，国家统计局研制的全面建设小康社会统计监测指标体系，新增了社会和谐指标与民主法制指标。物质生活指标与人口素质指标被合并为生活质量指标。精神生活指标与生活环境指标分别为文

---

① 文兼武：《中国全面小康的指标与实践思考》，《中国全面小康发展报告（2006）》，北京：社会科学文献出版社，2006 年，第 11～18 页。

化教育指标与资源环境指标所替代。经济发展指标中新增了第三产业增加值占GDP比重、城镇人口比重、失业率（城镇）3个新指标。25个具体指标中，人均GDP、人均可支配收入、恩格尔系数、人均住房使用面积、5岁以下儿童死亡率（婴儿死亡率）、人均预期寿命、第三产业增加值比重、基尼系数、平均受教育年限9个指标为小康生活水平指标体系所有，为全面建设小康社会统计监测指标体系沿用，其余16个指标是根据新的理论与实践发展形势添加的。人均日蛋白质摄入量、城市人均拥有铺装道路、通公路的行政村比重、成人识字率、电视普及率、农村初级卫生保健基本合格以上县百分比等指标在新的指标体系中被删除。

在这一阶段，不仅国家统计局统计科学研究所，国务院发展研究中心发展战略和区域经济研究部"十一五"规划基本思路研究课题组、国家发展和改革委员会宏观经济研究课题组等中央政府部门也先后提出全面建设小康社会指标体系。

其中，国务院发展研究中心的指标体系[①]，包括四大主题16个指标。经济指标4个，其中，人均GDP为25 000元（3000美元）；变动值预期将为4000~5000美元；非农就业比重＞60%；城市居民、农村居民与最低收入1/5人口的恩格尔系数分别为＜30%、＜40%、＜50%，城镇居民人均可支配收入、农村居民人均纯收入、城乡居民收入比分别为20 000元、8000元、2.5∶1。社会指标7个，其中基尼系数＜0.4，社会基本保险覆盖率100%，平均受教育年限（6岁以上）≥10年，出生时预期寿命≥75岁，文教体卫增加值比重≥10%，犯罪率（万人刑事案件立案数）＜15起，日均消费支出小于5元（当前价）的人口比重0。环境指标3个，其中，能源利用效率（千克煤当量产出）20美元（2.4美元），使用经改善水源人口比重（安全卫生水普及率）100%，预期实际值90%左右，环境污染综合指数（无数据）。制度指标2个，其中，廉政指数（万名国家机关政党机关和社会团体就业人员中检察机关立案件数）≤10起、政府管理能力（代行指标是非正常死亡率＝交通与火灾死亡人数比重）≤5‰。

与国家统计局的指标体系比较，六大类型缩减为四大类型，经济发展与生活质量两个类型被合并为经济指标一个类型，社会和谐与科教文卫两个类型被合并为社会指标一个类型。民主法制指标易名为制度指标，资源环境指

---

① 李善同、侯永志、孙志燕等：《详细解读全面建设小康社会指标体系的16项指标》，《经济参考报》，中国网，http://www.china.com.cn/zhuanti2005/txt/2004-03/12/content_5515664.htm，2004年3月12日。

标易名为环境指标。

国务院发展研究中心的经济指标 4 个，与国家统计局的经济发展与生活质量指标 9 个指标比较，人均 GDP、恩格尔系数、城乡居民收入 3 个指标是共有的，国家统计局指标体系中经济发展指标的第三产业比重、城镇人口比重、城镇调查失业率 3 个指标与生活质量指标中的人均住房使用面积、千人拥有民用载客汽车数量、人均生活用电量 3 个指标被删除。非农产业就业比重是国务院发展研究中心指标体系所独有的。国务院发展研究中心的社会指标 7 个，与国家统计局的社会和谐与科教文卫 10 个指标相比，基尼系数、社会基本保险覆盖率、平均受教育年限、预期寿命 4 个指标为二者共有，国务院发展研究中心独有的指标有文教体卫增加值比重、犯罪率、日均消费支出小于 5 元的人口比重 3 个指标，国家统计局独有城乡居民收入比、地区经济发展差异系数、高中阶段毕业生性别比（属社会和谐指标）、R&D 经费比例、家庭电脑拥有量、5 岁以下儿童死亡率（属科教文卫指标）6 个指标。国务院发展研究中心的环境指标 3 个，与国家统计局的资源环境 4 个指标比较，前者的能源利用效率与环境污染综合指数相当于后者的万元 GDP 综合能耗与环境质量指数，前者独有安全卫生水普及率，后者独有森林覆盖率、常用耕地面积指数 2 个指标。国务院发展研究中心的制度指标与国家统计局的民主法制指标均为 2 个，前者的政府管理能力（非正常死亡率，不含犯罪率，犯罪率归入社会指标）约相当于后者的社会安全指数（犯罪率、交通事故死亡率、火灾事故死亡率、工伤事故死亡率），前者独有廉政指数（客观指标），后者独有公民自身民主权利满意度（主观指标）。

国家发展和改革委员会的全面建设小康社会指标体系[1]，不分类型，共 15 个指标。人均 GDP 为 3000 美元，农业增加值比重 10%，服务业增加值比重 50%，非农就业比重 70%，城市化率 60%，成人识字率 95%，大学普及率 30%，每千人拥有医生数 3 人，平均预期寿命 74.5 岁，人口自然增长率 5‰，社会就业年增加数 70 万人，基尼系数 0.35，社会保险覆盖率 80%，国家信息化指数 400，国家资源环境安全系数 1.35.

与国务院发展研究中心指标体系的 16 个指标比较，人均 GDP、非农就业比重、预期寿命、基尼系数、社会保险覆盖率 5 个指标为二者共有，前者独有农业增加值比重、服务业增加值比重、城市化率、成人识字率、大学普及率、千人拥有医生数、人口自然增长率、社会就业年增加数、国家信息化

---

① 国家发展改革委宏观经济研究院课题组：《全面建设小康社会指标体系的主要观点》，《红旗文稿》，2006 年第 6 期。

指数、国家资源环境安全系数 10 个指标。

另外，国家发展计划委员会政策法规司司长曹玉书[①]、国家统计局副局长贺铿[②]也分别以个人名义在 2002 年、2003 年提出了全面建设小康社会指标体系。国家科研部门也纷纷提出指标体系。中国科学院可持续发展战略研究组[③]、中国社会科学院全面建设小康社会指标体系课题组[④]、《小康》杂志社研究部[⑤]等科研部门也纷纷构建指标体系。

在中共十六大精神引领以及国家统计局与其他中央政府部门、中央科研部门指标体系的督导、示范与启发下，地方政府部门纷纷灵活运用中央部门设计的指标体系或设计适合当地实际的监测或评价指标体系。江苏省信息中心发布了江苏省全面小康十大基本标准。[⑥] 江苏省计委、省委研究室、省统计局、省社会科学院联合研究工作小组研制了江苏省全面建设小康社会指标体系。[⑦] 甘肃省统计局设计了甘肃省全面小康社会参考标准。[⑧] 湖南省统计局设计了湖南省全面小康建设标准。[⑨] 福建省人民政府发展研究中心[⑩]与福建省社科联课题组[⑪]分别研制了福建省全面建设小康社会指标体系。大批的省市政府与科研部门加入到研制指标体系的浪潮之中。此时，小康指标体系的构

① 国家发展改革委宏观经济研究院课题组：《全面建设小康社会指标体系的主要观点》，《红旗文稿》，2006 年第 6 期。

② 贺铿：《关于小康社会的统计评价标准和监测方法探讨》，《统计研究》，2003 年第 4 期。

③ 中国科学院可持续发展战略研究组：《2004 年中国可持续发展战略报告》，北京：科学出版社，2004 年。

④ 朱庆芳：《全面建设小康社会：2001 年目标实现程度的综合评价和分析》，《中国党政干部论坛》，2002 年第 12 期；李培林、朱庆芳：《全面建设小康社会的主要指标和发展目标》，《北京统计》，2003 年第 10 期。

⑤ 《小康》杂志社研究部：《中国小康指数体系》，《中国全面小康发展报告（2006）》，北京：社会科学文献出版社，2006 年，第 20～39 页。

⑥ 江苏省信息中心：《加快江苏全面建设小康社会步伐》，转引自曹学勤、赵春鹏：《全面建设小康社会的指标体系》，《财经科学》，2003 年增刊。

⑦ 《小康》杂志社研究部：《中国全面小康发展报告（2006）》，北京：社会科学文献出版社，2006 年，第 42、43 页；史安娜、夏建伟：《以科学发展观完善江苏全面建设小康社会指标体系》，《河海大学学报》（哲学社会科学版），2006 年第 1 期。

⑧ 省情研究小组：《全面建设小康社会参考标准与我省面临的难点探析》，甘肃统计信息网，http：//www. gstj. gov. cn/doc/ShowArticle. asp？ArticleID=72，2003 年 2 月 25 日。

⑨ 何为灯：《汝城全面建设小康社会指标体系探讨》，郴州统计信息网，http：//www. cztj. gov. cn/Article/ShowArticle. asp？ArticleID=824，2004 年 11 月 28 日。

⑩ 福建省人民政府发展研究中心课题组：《全面建设小康社会指标体系研究》，《福建论坛·人文社会科学版》，2004 年第 1 期。

⑪ 福建省社科联全面建设小康社会研究中心课题组：《福建省全面建设小康社会评估指标体系研究》，《东南学术》，2004 年第 3 期。

建主体中还涌现了大批的专家学者，如胡鞍钢[1]、宋林飞[2]、陈友华[3]、高兴波[4]等。

促进中国小康社会指标体系在这一阶段的全面兴起与深入发展，首先是中共十六大提出了全面建设小康社会的新奋斗目标，其中提出了一系列具有理论性与抽象性的指标，需要通过更具体，更易于操作的可量化、可测评的指标体系去体现与落实，这激发了政府部门与学术界的研究热情。其次，自邓小平提出改革开放与"小康"目标以来，"小康"建设一直处于现代化建设的中心地位，"小康"建设的实践进程取得了长足进步，需要通过具体的监测与评价指标体系去度量与分析，以便为政府提供新的决策方向。再次，20世纪90年代初期设计的小康生活水平指标体系监测时间止于20世纪末，监测范围则止于小康水平方面，在我国已经实现总体"小康"以后，这套指标体系已经不适合新的发展实践与发展取向，迫切需要一个新的指标体系。

这一时期，小康指标体系具有如下特点：

第一，以中共十六大全面建设小康社会的奋斗目标为指导，吸收了国际上现行的各种指标体系理论及其具体指标的部分成果，体现了中国的发展国情与发展程度，监测时间一般为2000～2020年，有的还设计了到2010年、2015年的阶段性目标值。

第二，保存了原有小康水平指标体系仍然可以发挥作用的指标（由于监测时间与监测范围的变化，指标目标值重新调整），又根据新的发展形势增加了新的监测与评价指标，强化了和谐社会建设指标与生态现代化建设指标，和谐社会指标与生态现代化指标甚至独立成为新的指标体系，政府、科研单位与学者个人竞相构建和谐社会指标体系，如北京、上海、江苏、江西、黑龙江、甘肃、深圳、广州、长沙、天津、南京、洛阳、青岛、大连等地纷纷推出各自的指标体系研制方案或实施方案（或框架）。中国科学院中国现代化研究中心构建了生态现代化指标体系[5]。

第三，设计主体与指标体系内容本身均具有多样性。从设计主体看，既

① 胡鞍钢：《全面建设小康社会：指标体系和全球意义》，《前线》，2003年第6期。
② 宋林飞：《小康社会理论的提出与创新》，《江海学刊》，2003年第5期。
③ 陈友华：《全面小康社会建设评价指标体系研究》，《社会学研究》，2004年第1期。
④ 高兴波：《符合科学发展观的"全面小康社会"统计指标体系探讨》，《中央财经大学学报》，2005年第9期。
⑤ 中国科学院中国现代化研究中心：《中国现代化报告2007——生态现代化研究》，北京：北京大学出版社，2007年。

保留了国家统计局主导统计监测（含评价）指标体系的传统，又打破了国家统计局一统研制发布指标体系的局面，出现了评价型指标体系百家争鸣的局面，其他中央部委、地方政府、科研单位与学者个人也纷纷涉足指标体系的研制设计。同时，由于各家单位与个人的介入，指标体系的内容也变得丰富多彩。

第四，指标体系既有理论型的，也有可操作型的。理论型指标体系只有指标类型与指标名称。[①] 可操作型指标体系则包括了权重（均权或非均权）与目标值（或临界值）。

第五，主观指标进入指标体系，如国家统计局指标体系民主法治指标中的公民自身民主权利满意度指标，另外，还出现了完全属于主观指标体系的中国小康指数体系。[②]

三、中国小康指标体系的完善（2007 年至今）

2007 年 10 月召开的中共十七大要求确保到 2020 年实现全面建成小康社会的奋斗目标，从理论层面提出了"实现全面建设小康社会的新要求"。其总体目标可归结为"五个成为"，十六大则为"六个更加"。十七大的具体指标包括经济建设指标、政治建设指标、文化建设指标、社会建设指标、生态文明建设指标五大方面。十六大的具体提法是综合国力、民主法制、教科文卫、可持续发展四大指标。十七大部分指标也进行了量化，如人均 GDP 翻两番，此前，十六大的提法是 GDP 翻两番。

十七大之后，各个科研机构与各地政府纷纷根据十七大精神对全面建设小康社会指标体系进行修订。修订后的指标体系中进一步加强了社会建设与生态文明建设的指标，和谐社会建设指标体系与生态文明建设指标体系得到了进一步的发展。

国家统计局根据十七大关于"实现全面建设小康社会奋斗目标的新要

---

① 孙蕾：《全面小康社会的评价指标体系研究》，《统计与预测》，2003 年第 3 期；曾远鹰：《全面建设小康社会的统计指标体系设计》，《财经理论与实践》，2003 年第 4 期；王庆石、肖俊喜：《全面建设小康社会评估指标体系的探讨》，《统计与信息论坛》，2003 年第 5 期；黄应绘：《对全面小康社会指标体系的思考》，《统计与决策》，2004 年第 2 期；戴文涛：《全面小康社会评价指标体系初探》，《统计与信息论坛》，2005 年第 1 期；叶宗裕：《对全面小康社会评价指标体系设计的思考》，《统计与决策》，2006 年第 8 期；杜心灵、赵彦云：《小康社会的指标体系与综合评价》，《统计与决策》，2007 年6 月等。

② 《小康》杂志社研究部：《中国小康指数体系》，《中国全面小康发展报告（2006）》，北京：社会科学文献出版社，2006 年，第 20～39 页。

求"，对全面建设小康社会统计监测指标体系进行了重要修订。修订后的指标体系，由六大类型 23 个指标组成。

与修订前的指标体系比较，经济发展指标由 4 个增加到 5 个，保留了人均 GDP、第三产业增加值比重、城镇人口比重 3 个指标，城镇失业率调整为城镇调查失业率，新增了 R&D 经费支出比重（从修订前指标体系中的科教文卫指标中移入）。社会和谐指标基本不变，具体指标仍然是 5 个，除高中阶段毕业生性别比调整为高中阶段毕业生性别差异系数外，其余一律不变。生活质量指标仍然是 5 个，居民人均可支配收入、恩格尔系数、人均住房使用面积 3 个指标不变，新增了 5 岁以下儿童死亡率、平均预期寿命 2 个指标（新增 2 个指标从修订前指标体系中的科教文卫指标中移入），删除了千人拥有民用载客汽车的数量、人均生活用电量 2 个指标。民主法制指标不变。文化教育指标变化最大，5 个指标缩减为 3 个。平均受教育年限指标保持不变，新增了文化产业增加值比重、居民文教娱乐服务支出占家庭消费支出比重 2 个指标，有 3 个指标分别被移入经济发展指标与生活质量指标中。资源环境指标由 4 个缩减为 3 个，其中，单位 GDP 能耗被调整为万元 GDP 能耗，常用耕地面积指数与环境质量指数不变，森林覆盖率被删除。

修订后的指标体系，其简洁性、逻辑性、科学性均有了提高，以人为本、科学发展的内涵得到进一步的凸显。

不过，从指标类型的逻辑性来看，生活质量指标完全可以融入社会和谐指标，因为生活质量指标中的居民人均可支配收入、恩格尔系数、人均住房使用面积 3 个指标可以视为社会和谐的物质基础指标，5 岁以下儿童死亡率与平均预期寿命 2 个指标，可以视为社会和谐的客观反应指标。社会和谐不仅是个人心灵的和谐，更是家庭关系与社会关系的和谐，一定的生活质量是社会和谐的根本保证。社会和谐、民主法制与文化教育三大指标，从根本上体现了以人为本的科学发展要求。

四、中国小康指标体系演进的反思

总体看来，中国小康指标体系具有如下特点：

第一，从体系功能看，主要具有统计监测功能与评价功能。其余功能还包括进度预测、警示与政策咨询。就国家统计系统的统计监测指标体系来说，国家统计系统运用该体系在全国范围内调查各个具体指标的执行与进度，并综合评价体系总体监测情况与小康实际进度，提出小康建设的政策应对，同时，根据指标进度变化不断调整修订具体指标与指标体系，为新的监测评价提供统计调查与决策分析的工具。就国家统计系统之外的指标体系而言，则主要体现其评价、预测、警示与决策功能，即以现行的国际或国家统计指标与调查指标为基础，根据一定的理论基础与评估视角，组合成指标体系，以便对全国或某一区域的小康进度进行评价，找出这些指标反应的利弊得失，为预警与决策提供咨询服务。

第二，与小康生活水平指标体系的研制设计主体的相对单一性不同，全面建设小康社会指标体系的研制设计主体，不仅有国家统计局、国家发展和改革委员会、国务院发展研究中心、地方政府系统等政府部门，还包括中国科学院、中国社会科学院、地方科研系统以及众多的学者个人等。多元主体的兴起必然带来多元化的测评与分析结果，更能强化测评的科学性与决策的民主性。在一定程度上减少"官出数字"、"数字出官"的数字欺诈与浮夸弊病。

第三，从统计监测与评价对象看，包括全国与地方层面（省级行政区、地州市、县、乡镇街道、村）、城镇与农村层面，甚至不少涉及家庭与个人层面。在目前市场经济还有待完善，城乡还没有一体发展之际，城乡确定各自不同的指标体系，或者同一套指标体系中的城乡指标不同，符合城乡不同的发展实际。同时，东部、中部与西部、各省市之间的发展差异，也决定了全国不能用一套指标体系去度量，而必须适宜各区域或各地实际，允许多样化的指标体系并存。

第四，从指标类型看，囊括了经济发展、生活质量、精神生活、社会发展、人口素质、文化教育、资源环境等各个方面。与小康生活水平指标体系更关注经济发展与生活水平不同，全面建设小康社会指标体系涉及的指标类型与具体指标更多，特别是政治建设、社会建设与生态文明建设方面的指标得到了充实。

第五，从指标属性看，小康指标体系以客观指标为主。小康生活指标体系纯是客观指标，全面建设小康社会指标体系则以客观指标为主，也加入了少部分主观指标，如关于政治民主、社会和谐、民生幸福方面的指标。当然也出现了完全反映公众个人主观体念的中国小康指数、幸福指数等。

第六，从适用时间看，小康指标体系适用于 1990～2020 年。其中，小康生活水平指标体系适用于 1991～2000 年，而全面建设小康社会指标体系一般适用到 2020 年。

第七，从演化走势看，小康指标体系循"小康水平" "全面建设小康社会"的路径演化。具体而言，其体系内涵、指标内容、量值，循着"小康

水平"向"小康社会"、"基本小康"向"全面小康"、"建设小康社会"向
"建成小康社会"的路径发展。

第八，从体系属性看，小康指标体系是本土性与现代性的融合，属于现
代化指标体系范畴，是现代化的阶段性发展指标体系。从 2007 年国家统计局
修订后的全面建设小康社会统计监测指标体系看，经济发展指标中的 R&D
经费支出占 GDP 比重、第三产业增加值占 GDP 比重、城镇人口比重指标，
反映了现代化进程中的科技化、工业化（服务业化）、城镇化。社会和谐指标
中的基本社会保险覆盖率、高中阶段毕业生性别差异系数指标，反映了现代
化进程中的社会保障化、性别平等化。民主法制指标中的公民自身民主权利
满意度、社会安全指数，反映了现代化进程中的民主化、法治化。文化教育
指标中的文化产业增加值占 GDP 比重、平均受教育年限指标，反映了现代化
进程中的工业化（服务业化）、教育普及化（包含初等教育普及化与高等教育
普及化两个阶段）。资源环境指标则反映了现代化进程中的生态与人的协调发
展（生态现代化）。其余指标及其量值，则不同程度地反映了中国的发展进度
实际。其他指标体系，同样也是现代性主导下本土性与现代性的结合。

中国的小康社会建设，起于汪洋大海式的小农经济基础上，人口众多、
资源有限，技术落后，产业化程度低，又处于计划经济体制走向市场经济的
转轨过程中，建设进程异常艰难。邓小平脚踏实地、实事求是，适应中国贫
穷落后的发展国情，摆脱了赶英超美的急就式高度现代化思维，提出了温饱、
小康、现代化三步走战略，一心一意致力于发展生产力，致力于经济建设。
20 世纪 80 年代初步解决了温饱问题，90 年代全力进行小康社会建设，到
2000 年前后，达到基本小康水平，但还没有建成小康社会。2002 年中央决定
2000～2020 年为全面建设小康社会时期，2007 年更是下定决心要在 2020 年
建成小康社会。中国小康生活水平指标体系的形成、发展与完善，正是顺应
了小康社会发展与小康社会建设对进度监控、评价、预警，以及制定对策的
现实需要。

小康生活水平指标体系的基本指标，主要模仿国际标准，全面建设小康
社会指标体系，则更多地把国际标准与中国特色更具体更紧密地结合起来。
其多元化的设计主体中，有不少设计主体主要以中共十六大阐述的理论指标
体系为基础，进行量化处理，因此，本土性很强。只有本土性与现代性有机
融合的小康指标体系，才能引导中国走小康之路，走中国式现代化之路，而
不再一味地重复或模仿国外的现代化模式与路径。从小康生活水平指标体系
发展到全面建设小康社会指标体系，体系更加多样，类型更加全面，内容更
加丰富，逻辑自洽性更强，属性定位更加清晰。全面建设小康社会指标体系

的目标值或临界值，也不再一味以发达国家为标准，更注重从中国自身的发展实际出发，去推演指标权重与预期量值。指标体系的多元化设计主体与多元化内涵，更有利于从多个理论视野与多种监测评估角度去分析小康社会各个具体指标与综合指标的进度与得失，从而有利于更民主、更科学地提出决策对策，为全面建设小康社会提供更好的服务。虽然在中共十七大之后全面建设小康社会指标体系得到进一步的发展完善，特别是和谐社会指标得到比较充分的发展，统计部门、其他政府部分以及科研部门与学者都积极构建和谐社会指标体系，推出和谐指数与幸福指数，但相对而言，政治建设、文化建设与生态文明建设指标方面，无论是客观指标还是主观指标，无论是指标数量，还是指标质量，都需要作较大幅度的改进与调整，通过调查或采访获得的主观指标需要增加。随着我国小康社会理论的不断发展与小康社会实际进程的变迁，全面建设小康社会指标体系，仍然需要多元化发展，需要根据我国小康社会建设进度作出动态调整。

第十一章

大城市化：中国现代化的新选择

　　并非所有的城市化都是现代化，现代化意义的城市化其实是大城市化，而非小城镇化。小城镇化，只是城市化初期的一种现象，向大城市化发展是城市化的必然。当然，在大城市化时代，小城镇并不会消亡，小城镇与大城市完全可以并行不悖，但是，小城镇将被纳入以大城市为核心的城市圈，受大城市的吸引与辐射，而不再是一个孤立的存在，也不是一个带着隐性围墙的乡村，大城市之间相互联系相互影响则形成城市带与城市群，小城镇既受核心城市的影响，也会受到城市群与城市带的综合影响。外源性现代化国家，未必要完全遵循由小城镇化到大城市化的城市化路径，完全可以利用发达的科技与先进的城市规划、城市治理理念，去积极推进大城市化的发展进程，特别是在人口密集或人口众多的国家里更应如此，这样既能够节约土地资源，集约使用各种资源，又能够更可控地保护环境。

一、现代化意义的城市化是大城市化

　　城市化是现代化的核心指标之一。但现代化意义的城市化究竟是什么样的城市化，与古代城市的区别在哪里？应该说，现代城市，更多的是经济密集型的城市，或者说，是以经济密集为主融合了其他功能的城市，如政治、文化、旅游等，而不再是传统意义的政治中心型的城市。现代城市之间的联系主要是紧密的经济联系，通过经济互补、经济辐射、经济渗透、经济交流、经济密集，形成了若干城市圈、城市群、城市带。其中发挥主轴功能的是经济密集度很强、经济影响力较大的大城市。大城市具备规模经济效应与中心辐射效应，城市规模越大，经济就越发展，研发能力就越强，辐射与带动周边地区发展的力度就越强。大城市不仅仅是企业、市场、商品密集的地方，也是土地、人口、资本、科技、交通、教育等经济发展要素聚集的地方，更是制度创新与研发、管理、服务水平不断提升的策源地，是城乡交流、城市交流与国际交流的枢纽所在。因此，大城市不是城乡隔离、城市与城市之间孤立发展、城市内部二元发展这样一个处处封闭的世界，而是一个充满生机的、开放的、交流的市场化国际化体系中的一个链接。所谓大城市化不仅是指人口规模需要达到一定的标准，更重要的是城市的开放度、与外界的交流度、市民对城市的归属与认同度以及城市政府与社会团体的公共服务能力需要达到一定的标准。大城市化既是先行现代化国家在市场化环境下自然发展的结果，也是后起现代化国家城市化道路的一种选择。

　　现代经济社会的形成是市场化深入发展的结果。自从全球性的市场化，即大市场化，启动了工业革命与科技革命并推动其不断升级以来，现代性工业，或者说大工业，就获得了突飞猛进的发展。与大工业、大市场相联系，人力、资源、资金、财富、企业、信息、知识、教育与医疗机构等均聚集城市，城市的经济密集度越来越高，人口也越来越多，进而导致公共管理与公共服务的水平不断提高，大城市应运而生，且越来越多，使得大城市化成为现代化先行国家城市化的一种必然结果。目前，发达国家的人口普遍居住在城市里，特别是密集在大城市里，一些人口并不很多的现代化小国，也出现了人口规模超千万人以上的巨型城市，就是大城市化的表现。据联合国人口与发展委员会 2005 年 2 月 16 日公布的报告，千万人口以上的巨型城市，1950 年只有 2 个，1975 年为 4 个，2005 年达到 20 个，其中，东京达到 3530 万人。[①] 据波士顿《环球邮报》2010 年的调查，2000 万以上人口的巨型城市，2005 年只有 1 个，2010 年已达 4 个，预计 2025 年将达 9 个。[②]

---

　　① 孙晓胜：《世界城市人口排名》，中国市长协会，http：//www.citieschina.org/ArticleShow.Asp? ID＝2682&CatId＝803，2010 年 9 月 29 日。

　　② 美国《赫芬顿邮报》：《世界上十大人口最多的超大型城市：东京第一，上海第七》，天津网，http：//www.tianjinwe.com/rollnews/sh/201009/t20100913_1763888.html，2010 年 9 月 13 日。

从城市本身的发展看，由于城市功能不断侵入乡村地区，发达国家城乡之间的界限渐趋模糊，过去那种城乡隔离、城乡明显分界的城市，已经不适应城市化的发展趋势，以大城市为核心的新型城乡关系逐渐成为城市化的主流。学者用"大都市区"（megalopolis）的概念来称呼这一新的城市化现象。①

大城市化也是人们摆脱了各种传统的政治束缚、思想束缚与精神束缚，能够自主进行理性化选择的结果。由于大城市具有成本更低、技术更高、资金更足、人力更多、服务更好、设施更配套、交通更方便、社会更规范、法制更健全的优点，因此，企业家更多的是选择把企业建在大城市，或者把总部建在大城市，而不是小城镇与中小城市，这样企业就可以赢得更多的发展机会与利润。同时，由于个人选择机会更多，工资更高、待遇更好、享受更多，服务更到位、生活更美好等诸多原因，个人的就业与生活更多也是选择大城市。因此，基于人们的理性化选择，大城市化就不得不成为城市化的趋向与主流。

大城市的结构与功能也使得大城市必然成为城市化的主流。就大城市的结构而言，大城市是现代化的产物，同时也是现代性的主要载体。大城市聚集了现代化的企业、交通、银行、媒体、教育机构、医疗机构、科研机构、各种公共服务机构、各种现代化设施等，同时也具备了大量的现代性团体与具有现代化意识的市民阶层。大城市的产业门类齐全，从产业属性看，第一、第二、第三产业并存，以第二、第三产业为主；从产业层次看，低端、中端、高端并存，以中端、高端为主；从产业部门看，农业、工业、建筑业、信息产业、金融产业、房地产业、教育产业、文化产业、科技产业、环保产业、旅游产业、交通运输业、批发零售业、住宿餐饮业、租赁与商业服务业、居民服务、公共管理、医疗卫生、社会保障等几乎无所不包，有的大城市还有自己的支柱产业与品牌产业。由此，大城市成为现代工业、服务业的中心，也成为城乡一体化的、国内一体化的、国际化的市场体系的中心一环。大城市的这一结构，使得大城市成为现代化程度最高、现代性特征最完备的地方，是现代性向乡村、小城镇、中小城市辐射与传播的核心基地。大城市产业生态的多样性与系统性、产业链条的复杂性与完备性，使得大城市能够大量吸纳低端、中端、高端的各种人力资源，成为吸收农村剩余劳动力与城市新增劳动力的主要基地。要实现现代化，就必须推进大城市化。小城镇与中小城

---

① 迈克尔·卡茨：《美国城市发展的理论与研究》，原载美国《异议》杂志 2009 年夏季号，《国外社会科学文摘》（上海）2010 年 4 月号转载。

市，要么接受大城市的辐射而纳入以大城市为轴心的大城市化的城市圈与城市群之中，要么接受乡村的辐射，成为与乡村一体的更大规模的"城中村"，或者与乡村隔离而成为封闭型的单项抽取乡村资源的"围城"。后两种城市，与现代化意义的城市化本质上是背道而驰的。

虽然现代化先行国家，出现所谓逆城市化现象，但这种现象其实是大城市化的结果，不是不能选择大城市化的原因。逆城市化所需要具备的条件，恰恰是大城市的普遍发展，是以大城市为枢纽的交通、信息、知识与服务系统的密集发展，这些使得乡村与城市郊区仍然能够处于大城市的辐射与影响范围内，仍然能够接受大城市先进的知识与信息、享受大城市便捷而高质量的服务，并且能以最快捷的交通与网络与大城市紧密联系。逆城市化，不是否认大城市化，而是大城市化的延伸与提升。

为了适应大城市化的需要，城市治理理念与机制必须及时更新，否则大城市化的副作用也不可避免。国内外大城市的确出现了许多问题，如拉美与印度的大城市贫民窟问题，伦敦、东京等大城市曾经有过的严重污染问题，北京、上海等大城市的交通拥堵问题，一些大城市因为地下建筑不当引起的地面塌陷问题，还有我国大城市目前普遍存在的"两栖人口"问题等。因此，不可否认，大城市人口云集，流动频繁，企业与社团聚集、资源集中耗费，污物密集排放，如果没有良好的城市治理理念与机制，的确会产生诸如治安、稳定、交通、食品、供水、供电、供气、住房、养老、失业、教育、医疗、污染等一系列公共问题。但是，这些问题并非不能解决，这需要我们在进行市场管理、法律规范、制度改革、公共服务、城市规划与发展规划时，全盘考虑，征询社会意见，科学论证，从长远出发，精心设计，逐步实施，不断提高制度供给、城市管理与公共服务水平。

总之，没有大城市化，就没有现代化。

二、中国城市化的路径及其问题

中国的现代化在一穷二白的起点上起步，普遍发展大城市确实有一个较长过程，首先需要市场化的不断深入，其次需要工业化的大规模开展，还需要重视服务业的发展并不断提升政府与社会团体的公共服务水平。但是，中国现代化的取向应该是积极引导和鼓励大城市化。反观中国的现代化实践，中国现代化的路径长期不仅与大城市化背道而驰，甚至也与城市化不合拍。改革开放以前，我国经济现代化的突出特征是：工业化单兵突进，重工业化一马当先,与城市化脱节、与市场化背离,严重影响工业化的品位与效益,也制约着工业化的可持续性,导致我国工业化进程大起大落。《2009年国家统计年鉴》显示,到1978年,我国非农化率(第二、第三产业产值占GDP比重)已经达到71.8%,其中,工业化率(工业产值占GDP比重)达44.1%,但非农就业率(第二、第三产业就业人数占总就业人数比例)只有29.5%,其中,工业就业率为17.3%,城市化率(城市人口占总人口比重)只有17.92%。到人民公社最终结束的1985年,我国非农化率为71.6%,工业化率为38.3%,城市化率仍然只有23.71%。[①] 城市化远落后于工业化与非农化。改革开放以来,市场化重新启动,工业化与市场化逐渐融合,但市场化明显与城市化不相适应,城市化不能适应市场化的发展需求,积极发展小城镇与中小城市的城市化路径导致市场化的深度不足,广度上也受到一个个独立自主的小城镇与中小城市的屏蔽,市场经济机制难以健全。据2009年国家统计年鉴,到2008年,我国非农化率达到88.7%,工业化率达到42.9%,非农就业率达到60.4%,但城市化率还只有45.68%。当世界上人均GDP达到3000美元时,城市化率均在55%以上,部分国家高达75%以上,而我国只有45%左右,实际城市化率(列入城市户籍者)更低,可能在30%左右,与世界平均水平有较大差距。这两个时期的共同点是大城市化受到人为抑制,工业化或市场化的潜力与效度明显不足。

为什么我们会长期抑制城市化,且推行小城镇化战略?这是计划经济体制的必然产物,因为异常庞大的人口不能适应计划经济体制下无微不至的管理方式,特别是不适应农产品及其他消费品的统购统销制度与劳动就业的统包统配制度。发展小城镇与中小城市易于计划管理。再则,我们长期推行重工业优先的工业化战略,轻工业与第三产业并没有得到广泛发展,且重工业集中到少数几十个大城市,这就使得城市化不可能普遍发展。由于计划经济体制与重工业优先的工业化战略的深刻影响,在改革开放以来向市场经济体制转型的过程中,我们有很长一段时间还是继续推行小城镇化战略。但是,随着市场经济的发展及其体制的日益完善,大城市化的时机基本成熟。但我们的城市化战略还没有及时调整,反对大城市化的声音接连不断。

长期以来,人们反对大城市化的理由不外乎如下几种:第一,难以有效管理,有碍社会治安。其实,无论是乡村,还是城市,无论是小城镇、小城市、中等城市,还是大城市、特大城市、超大城市、巨型城市,都存在管理

---

① 国家统计局:《2009年中国统计年鉴》,国家统计局中国统计年鉴数据库,http://www.stats.gov.cn/tjsj/ndsj/2009/indexch.htm,2010年10月17日。

的绩效性问题，传统的中国政府也曾经长期面临这一问题。因此，并不是城市越大，人口越多，就一定越难管理。关键是管理理念的合宜问题、管理机制的健全问题、管理技术的效率问题与管理人员的配置及其服务质量问题，这些都不是不可以解决或者疏导的，可借鉴国外大城市的管理经验，也可进行管理创新。更重要的应该是更新管理理念，提升政府与社会团体公共服务的质量。长期把农民工看做"盲流"，看做扰乱城市秩序的"罪魁祸首"、看做影响城市市容的"乡下人"、看做与市民抢饭碗的"对手"，要把暂时找不到职业的农民工进行收容并遣送返乡，这就是大城市简单而粗暴的"排斥与隔离式"管理方式与管理思维的产物。只有更新管理理念，改善管理方式，提高管理质量，以人为本，保障人人均能够享受平等的国民待遇，才是大城市实施有效管理的合宜措施。第二，国家财力有限，社会保障难以维持。大城市原有的社会保障标准的确较高，这是长期以来计划经济体制下的一种社会安排，但这也不成为反对大城市化的理由，因为社会保障完全可以在维持均等的最低保障的基础上实现多样化。多样化的社保形式，才是多元性、多样化、差异化的现代性社会的常态。现代人的社会需求具有个性化的特点，只有多样化的社保形式才能满足这一需求。国家需要统一的只是最低程度的社保标准，而绝对不是包办一切人的社保，并且采取同一个标准。第三，产生两极分化，出现城市贫民窟。社会分化是社会现代化的结果，是现代社会的常态。两极分化并不是大城市化必然伴随的社会现象，现代政府完全可以通过各种税收与分配手段加以调节。城市贫民窟问题本质上是城市居民的就业问题与住房问题。实践证明：越是大城市，第二、第三产业越发达，越能够解决就业问题。至于住房问题，更是可以通过大量增加廉租房与公租房来加以解决，这是当地政府与就业单位必须提供的公共服务之一，也应该成为其吸纳人力资源、吸引人才的有效手段。第四，越是大城市，"城市病"越严重，诸如环境污染、交通堵塞等。但这并不一定符合事实。2005 年东京、纽约人口分别高达 3530 万、1850 万人，二氧化碳排放强度（吨/万元 GDP）分别为 0.0899、0.1323 (2007)。同期，北京、上海、广州的人口分别为 1536 万、1778 万、750 万（还有 367 万暂住人口，实际人口 1017 万），二氧化碳排放强度为 2.0476、1.8814、2.1358（二氧化碳排放强度的数据来源于 2009 年 10 月 30 日上海社会科学院左学金副院长在"生态文明与长三角城市发展论坛"上的报告；人口数据来源于 2006 年《中国统计年鉴》与《广州市统计年鉴》）。东京人口最多，二氧化碳排放强度却最低。广州人口最少，二氧化碳排放强度却最高。虽然"城市病"是城市化过程中常见的现象，但并非不可避免。这种现象完全应该通过城市化理念的更新与新一轮的城市化来加以解决,如绿色城市化、生态城市化、大力发展轨道交通系统等。

由于我国长期抑制大城市化,其带来的后果不是可有可无的,而是较为严重的。第一,大量的剩余劳动力长期挤压在农村,使得小农经济长期延续,进入了低水平发展的陷阱,"三农"现代化无从推进,反而使农村成为阻碍现代化的主要力量,还浪费了宝贵的劳动力资源与发展机会,延误了工业化与现代化的进程,也不利于降低城市发展的成本、提高城市发展的质量、拓展城市的发展空间。第二,城乡二元化长期延续,有碍于国民经济一体化,并导致生活水平两极化,农村成为城市之外的"巨型贫民窟",农村经济发展与社会生活长期处于较低水平。第三,城市内部二元化发展,农民工问题长期得不到解决,由此衍生出一系列的问题:农民工与市民的冲突、与城市的隔膜、与政府的疏离、与企业的冷淡、与乡村的纠葛、与家庭的不睦、自身的认同危机等。第四,工业化缺乏持续的强有力的经济密集型的大城市依托,城市工业化演变成了城市与乡村二元工业化,城乡之间、城市之间、乡村之间的各自为政的工业化影响了工业化的分工合作与协调发展。由于缺乏大城市的枢纽功能,以人与物的普遍联系为内在逻辑的市场化也难以深入,导致无论发展还是改革均是困难重重。第五,小城镇与中小城市尽管得到不同程度的发展,但由于缺乏大城市的引领、辐射、整合与提升,小城镇的发展缺乏后劲,犹如巨大乡村包围下的孤岛,实际上不过是乡村的延伸,或者说,更多的是接受乡村的辐射,而不是大城市的辐射,因而不是现代化意义的城市。

破解城乡二元发展与城市内部二元发展的唯一出路是大城市化,解决"三农"问题的唯一出路也是大城市化。

三、中国大城市化的时机业已成熟

由于长期抑制大城市化,我国实际的城市化进程较为缓慢。到 2008 年,虽然城市化率达到 45.68%,但除去农民工与郊区农民,城市化率只有 30% 左右。基于目前的国内外经济社会发展环境和我国的改革开放、制度创新环境,大城市化的时机业已到来。

中国大城市化的产业与市场环境已经具备。产业发展已进入第二、第三产业获得突破进展、沿海产业逐渐升级的结构转型期,工业化已经步入发展中期,大城市化能够有效提升整个第三产业发展的速度、广度与深度,有力提升先进制造业的生产性服务业发展空间。发展实践证明,城市人口越多,第三产业就越发达；第三产业越发达，就业岗位就越多；就业岗位越多，容纳农村剩余劳动力与解决城市新增劳动力的机会就越多。这样一来，人口规模增大、第三产业发展、劳动力容量扩大三者之间就存在一个良性促动关系。据《2009 年中国统计年鉴》关于 2008 年我国省会城市与计划单列市的统计数字分析，人口规模在 1000 万人以上的城市，第三产业产值占 GDP 的比重平均达 54％以上，人口在 150 万～1000 万人的城市第三产业比重平均在48％以上。另据调查，100 万～200 万人的城市第三产业比重为 46％，50 万～100 万人的城市平均为 42％，20 万～50 万人的城市平均为 38％以下。北京市（2008 年城市人口 1300 万人）第三产业比重达 73％，纽约（2005 年1850 万人；2010 年 1940 万人）高达 80％以上。（据国务院参事任玉岭研究员在 2010 年第八期中国现代化研究论坛上的报告）现代市场发育渐趋成熟，已经进入市场化的完善期。市场规模不断扩大，市场结构不断升级，国内市场与国际市场的联系日益密切，企业的国际交往日趋频繁，市场化的深度发展需要大城市化与之适配。

中国大城市化的定居人口基础已经具备。农民流动已达相当规模，据国家统计局监测，2009 年全国农民工总量为 2.3 亿人，其中外出务工 1.45 亿人。[1] 目前从业并定居于城市的农民工至少高达 1.4 亿～1.6 亿人。很多沿海城市的农民工人数是其户籍城市人口的几倍，甚至 10 几倍，如广东东莞，农民工高达 1000 万人以上。据《2009 年国家统计年鉴》，到 2008 年，我国人口在 1000 万人以上的巨型城市有北京、上海、重庆、成都，接近千万的有天津、石家庄、哈尔滨。有望发展为巨型城市的还有沈阳、大连、长春、南京、杭州、宁波、福州、济南、青岛、郑州、武汉、长沙、广州、南宁、昆明等，加在一起有 20 多个，东部沿海占一半以上。城市化率达到 70％以上的省区有上海、北京、天津，约 50％以上的还有广东、辽宁、吉林、黑龙江、内蒙古、重庆。中国大城市化的地域布局实际上已经形成。从实现城市化的标准看，中国应该有大约 10 亿人成为城市居民，其中大城市应该聚集 60％～70％的人口，而其中的人口千万以上的巨型城市应该聚集大城市人口的 50％以上，即巨型城市的数量应该在 30 个左右，这与目前我国巨型城市与有望成为巨型城市的城市数量基本吻合。根据农业规模经营标准（劳动力人均 20～30 亩），还有 70％～80％的农村剩余劳动力需要转移到城市中来。让在城市从业与居住的农民工放弃农村户籍成为市民，是大城市化的必然要求，也是

---

① 韩长赋：《农业部部长韩长赋谈解决农民工问题的基本思路》，人民网，http：//politics.people. com. cn/GB/1027/12931422. html，2010 年 10 月 12 日。

中国发展现实的选择。

大城市化能为中国经济增长与社会发展提供较长时期的发展动力。大城市的人口密集，能够大大拓展经济密集与公共服务密集的空间，有效降低交易费用与社会服务的成本。大城市的普遍发展，是中国经济增长巨大的内需所在，也为中国社会结构转型与社会建设的发展提供了良好的契机。

大城市化导致的"公共服务革命"有助于改革开放的深化。大城市既具有地域的枢纽性特征，更具有市场的国际化品位，无疑需要提供普遍的、开放的、密集的、标准化的、高质量的公共服务，这就必然推动政府由计划经济体制下的行政管理部门向市场经济体制下的公共服务部门转型，由维持有限的地域性联系的地方性部门向沟通全球性联系的国际化部门转型，制度创新势在必行，改革开放由此得到不断深化。

全面建成小康社会与现代化的实现有赖于大城市的发展。小康社会不是城乡孤立发展的社会，不是人们普遍还在乡村就业与居住的社会，也不是农民工与市民在城市二元发展的社会。要想城乡协同发展，人们更多地在城市生活，新老市民融为一体，必须通过大城市化才能得到根本解决。我国全面建成小康社会的目标是 2020 年，10 年时间已经很紧迫了，没有大城市化的启动，很难实现。而现代化的实现则无疑以大城市化为基本特征，没有大城市化，很难谈得上什么是现代化。

我国的大城市化战略已初步提出，有待于大力实施。"十五"计划时期业已认识到城镇化的条件已渐成熟，城镇化战略的实施势在必行，以为中国经济发展提供广阔的市场与持久的动力。但是，此时的城镇化仍然重在发展小城镇，积极发展中小城市，要求防止盲目扩大城市规模，实际上仍然是限制大城市发展。到了"十一五"规划时期，限制大城市发展的政策出现松动，明确提出：要把城市群作为推进城镇化的主体形态，而城市群则以特大城市与大城市为龙头。这些以特大城市与大城市为龙头的城市群主要布局在东部沿海、长江两岸、陇海线、京广线、京哈线等生态条件较好、交通便捷、经济基础较为雄厚的地区。这一规划与目前我国人口流动的现实布局相符，适合中国国情与长期发展的需求，亟宜尽快实施。

第十二章

新工业化路在何方： 21世纪初的新工业化思潮解读

进入21世纪，在国家政策的推动下，学术界与地方政府兴起了一股探索新工业化道路的热潮，由此形成蔚为壮观的新工业化思潮。其流派纷呈，理论形态各异，甚至形成了几次论战高峰，有重大分歧，也有基本的共识。由于走新型工业化道路、加快实现工业化被确定为21世纪头20年经济建设的一项重大战略任务。因此，新工业化思潮方兴未艾。本章就已有的理论形态和演化轨迹对这股仍在高涨的思潮进行一定的考察，以分辨其中的是非得失，观察思潮演进的方向。

一、新工业化思潮缘起

新世纪新工业化思潮的勃兴，有深刻的实践背景，但也有政策方面的触动因素。"九五"计划时期，国家提出要实现经济体制和增长方式的"两个根本转变"：经济体制从计划经济转到市场经济；增长方式从外延的、粗放的转变为内涵的、集约的。中共十四届三中全会做出了《中共中央关于建立社会主义市场经济体制若干问题的决定》，对改变经济增长方式有很大的促进作用。"十五"计划继续强调要优化并提升产业结构。中共十五届五中全会提出要走一条以信息化带动工业化，以工业化来支持信息化的新型工业化道路，指出：继续完成工业化是我国现代化进程中的艰巨的历史性任务，要求加快工业改组改造和结构优化升级，努力提高我国工业的整体素质和国际竞争力；大力发展服务业，明显提高服务业在国民经济中的比重；大力推进国民经济和社会信息化，以信息化带动工业化，发挥后发优势，实现社会生产力的跨越式发展。党的十六大报告明确指出，在新世纪头 20 年经济建设的主要任务之一，是基本实现工业化，并提倡"走新型工业化道路"。十六届三中全会提出"要统筹城乡发展、统筹区域发展、统筹经济社会发展、统筹人与自然和谐发展、统筹国内发展和对外开放"五个统筹重要思想。国民经济和社会发展"十一五"规划纲要更是对如何走新工业化道路作出了基本安排。这些具有连续性的国家政策与规划安排，推动着新工业化思潮的不断高涨。

新工业化思潮的勃兴更重要也更深刻的是，在已经变动的新国际国内环境下我国工业化要探索新的路径，即我国工业化在"知识经济"和"信息革命"的巨大历史机遇面前，在资源环境人口压力种种限制条件下，如何在日趋剧烈的全球性竞争市场中定位自己。20 世纪后期，知识经济迅速崛起，信息产业飞速发展，掀起一场"新工业革命"，知识和技术对经济增长的贡献率，已从 100 年前的 5％～20％，提高到 70％～80％。如何充分利用已有的知识与技术，如何在现有知识和技术的基础上进行自主创新，成为我国继续推进工业化的新机遇、新挑战。特别是经济市场化、区域化和全球化的步伐加快，成为不可逆转的历史潮流，如何在这种日趋激烈的全球性市场竞争环境下，发挥比较优势，开辟出一条新的工业化道路，培养我国经济的核心竞争力，成为亟待解决的课题。再则，经过先行工业化国家对全球资源的大规模、甚至掠夺性的开发和利用，地球资源越来越少，四大生态系统——海洋、草场、森林和耕地，都在经受日益沉重的压力。[①] 我国传统的以大量消耗自然资源、严重污染生态环境为特征的工业化在政府力挺了 50 多年以后也难以为继。

二、新工业化思潮特点

新工业化思潮直接受国家新工业化政策触动并在连续性政策的推动下不断深入，在强烈的实践指向基础上，论题极其广泛，探讨活跃。期间就新工

---

① 国务院发展研究中心课题组：《新型工业化应新在何处》，《宏观经济管理》，2004 年第 4 期。

业化能否绕过重化工业化，人们展开了激烈争论，在整个思潮演进过程中，工业化理论得到不断深化，出现可诸多的理论形态，以前有关工业化问题的一些误解得到消除，达成了基本的共识。但也有不少议论属于为政策做注脚，缺乏理论深度和实践力度。另外，在"重化工业化是否为新工业化之必然与必须"这个最尖锐的问题上，仍然存在相当的分歧。

新工业化思潮议及的论题广泛，涉及新工业化的概念、必要性、紧迫性、时代背景与体制环境、内容、特点、国际国内比较、地方实践、政府角色、市场化与工业化关系、成败预期等。期间，人们就重化工业化系列问题展开了激烈交锋，包括新工业化是否为"新的重化工业化"、重化工业化是否为工业化之必然、中国事实上是否进入新的重化工业化阶段、新的重化工业化阶段是国家推动的还是市场推动的、重化工业化是否会大量消耗资源与严重污染环境、目前改革的重点是政府推动产业升级还是政府进行制度创新等问题。

20 世纪 90 年代后期以来，重化工业出现了高增长，2002 年以来又出现了新一轮高增长，一些学者连续发表研究报告和文章，提出"新的重化工业阶段论"[①]。争论从 2004 年下半年进入高潮。岁末，吴敬琏撰写长篇文章呼吁警惕片面发展重化工业，然后是厉以宁认为中国不可能避开重化工业的发展。其后，《经济日报》的《理论周刊》开辟了"我国工业重型化之路怎么走"专栏，对不同见解展开讨论。2005 年初，在北京大学中国经济研究中心召开的"新世纪中国经济发展战略"研讨会上，吴敬琏以中国"新型工业化"发展为主题发言，提倡多搞研发和品牌，反对过分依赖制造业，尤其是重化工制造业。随后，龙永图提出制造业是中国经济发展的必由之路。其他学者也纷纷发言，形成赞成重化工业发展、不完全赞成重化工业发展以及反对重化工业发展等几派。2005 年《中国发展观察》第 2 期发表赵晓对"新世纪中国经济发展战略"研讨会的观察评论文章《中国能越过重化工业发展阶段

① 具体参阅刘世锦：《中国正进入新的重化工业阶段》，人民网，http://www.people.com.cn/GB/jingji/1045/2151272.html，2003 年 10 月 24 日；刘世锦：《我国正在进入新的重化工业阶段及其对宏观经济的影响》，《新华文摘》，2005 年第 2 期；冯飞：《中国经济正进入"重化工业时期"》，国务院发展研究中心，http://www.drcnet.com.cn/DRCNet.Channel.Web/expert/showdoc.asp?doc_id=198249，2004 年 1 月 7 日；李佐军：《正视重化工业阶段的挑战》，中国网，http://www.china.com.cn/authority/txt/2004-08/24/content_5644056.htm，2004 年 8 月 24 日；李佐军：《"重工业化"是工业化中后期的一般规律》，《经济参考报》，2004 年 10 月 20 日，第 7 版。李佐军：《中国进入重化工业阶段》，《商务周刊》，2005 年 8 月 20 日；《中国进入重化工业阶段——访国务院发展研究中心产业经济研究部李佐军博士》，《商务周刊》，2006 年 3 月 31 日；赵晓：《中国能越过重化工业发展阶段吗——"十一五"的一个重要问题及其争论》，《中国发展观察》，2005 年第 2 期；樊纲：《中国要大力发展重化工业》，《21 世纪经济报道》，2005 年 8 月 28 日；樊纲：《中国要努力发展重化工业》，人民网《人民论坛》，2005 年第 10 期；杜文生：《推进新型工业化》，《群众》，2005 年第 6 期。

吗——"十一五"的一个重要问题及其争论》，认为中国事实上已经进入了重
化工业发展阶段，比较优势决定了中国要经历一段重化工发展的历程，而且
唯有制造业的大发展，服务业才有最好的发展基础。2005 年 8 月 20 日《商
务周刊》开辟了《工业化道路大论争——专访吴敬琏、林毅夫、李佐军》专
栏，吴敬琏发表《新型工业化道路的误解与扭曲》，反对将"新型工业化道
路"等同于重化工业化。他认为目前的重化工业大发展并非市场自主配置资
源的结果；否认重化工业化是工业化的必经阶段，认为工业化中后期不是重
化工业居主导地位，而是服务业占主导地位；强调现代经济增长靠的不是投
入资本，不是重工业的发展，而是依靠效率的提高；主张新工业化主要应该
是服务业-工业化。李佐军发表《中国进入重化工业阶段》，力挺重化工业化。
他认为根据历史分析，重化工业化是先行工业化国家工业化中后期之必然；
根据国情分析，重化工业在中国这样一个发展中大国的特定历史阶段中是必
要的；根据实践分析，中国的工业化已经进入中后期阶段，即进入重化工业
（或资本品工业）比重不断上升的阶段。林毅夫发表《谨慎对待"重化工业
热"》，提出比较优势论，认为目前加速重工业化并非产业升级的自然结果，
而是走进了岔路，不符合中国经济与社会发展的需要，目前中国的资源禀赋
结构决定了中国应该主要选择发展劳动密集型产业而非资本密集型产业，在
资源禀赋升级之后，产业结构方能够随之升级。2005 年 8 月 28 日《21 世纪
经济报道》发表该刊记者对樊纲的专访文章《中国要大力发展重化工业》，樊
纲提出大力发展重化工业是解决中国发展问题的根本出路。2005 年年底，刘
世锦发表《正确理解"新型工业化"》的回应文章，对重工业化与新型工业化
的关系作出澄清。他认为，到目前为止，还找不到一个大的经济体没有经过
重工业加快增长阶段而进入了后工业化社会的先例；我国大量需求的重化产
品，不可能主要通过进口解决；重工业也可能是低消耗、高效率；新一轮重
工业快速增长时期中，投资主体是非国有经济的投资者，属于市场选择；增
长方式问题本质上是体制和机制问题，并不与特定行业相关。因此，所谓
"新""旧"工业化的区别，不在于是否生产和使用重工业产品，是否要经历
重工业增长加快、比重提高的阶段，而在于生产和使用重工业产品的方式和
效率有了较大程度的变化。[1]

这场争论关系重大，牵涉到国家的长期发展战略以及社会主义市场经济
建设的基本走向，而要害则在于如何评估实际上的"重化工业化"以及政府
在其中扮演的角色，根本的目标指向是新工业化与传统工业化的区别究竟应

---

[1] 刘世锦：《正确理解"新型工业化"》，《中国工业经济》，2005 年第 11 期。

该体现在哪里。这场争论也的确成为新工业化道路方针确定以来最大规模和最为重要的理论与实践的结合之争。

三、新工业化思潮形态

新工业化思潮在争论和演化中形成了各种理论形态，主要有六种：科学发展观、新重化工业论、服务化-工业化论、工业文明论、新工业文明论、比较优势论等。其中，科学发展观为理论总纲，其他理论形态都在此主题下展开。这些理论形态各有其基本主张，相互之间也展开批评。特别是新重化工业论与服务化-工业化论之间展开了激烈交锋。

科学发展观为国家发展最新最高理念，是引领新工业化发展道路之灵魂。科学发展观提倡"以人为本"为主旨的"新四化"，即经济、政治、文化和人的全面发展，注重发展的人本性、可持续性、质量与效率，特别关注建设现代农业、现代农村和培育现代农民。十六大提出的"两个全面发展"（经济、政治、文化全面发展和人的全面发展）、十六届三中全会提出"五个统筹"（统筹城乡发展、区域发展、经济社会发展、人与自然和谐发展、国内发展和对外开放）以及"十一五"规划纲要提出的"四个发展"（坚持节约发展、清洁发展、安全发展，实现可持续发展）是科学发展观的主要理论表达。新工业化道路是科学发展观的内在要求和具体体现。在十六大报告以及国民经济和社会发展"十一五"规划纲要中对新工业化道路作了理论阐述和具体安排。

十六大报告规定"新型工业化道路"的主要内容是"以信息化带动工业化，以工业化促进信息化"，主要特征有：科技含量高；经济效益好；资源消耗低；环境污染少；人力资源优势得到充分发挥。如何开拓和走出一条新型工业化道路？十六大报告指出："走新型工业化道路，必须发挥科学技术作为第一生产力的重要作用，注重依靠科技进步和提高劳动者素质，改善经济增长质量和效益。必须把可持续发展放在十分突出的地位，坚持计划生育和保护环境的基本国策。"国民经济和社会发展"十一五"规划纲要对新工业化道路进行了总体设计和全面安排。总体设计是：经济增长由主要依靠增加资源投入带动向主要依靠提高资源利用效率带动转变；推进国民经济和社会信息化；促使经济增长由主要依靠工业带动和数量扩张带动向三次产业协同带动和结构优化升级带动转变；实行工业反哺农业、城市支持农村，推进社会主义新农村建设，促进城镇化健康发展；落实区域发展总体战略，形成东中西优势互补、良性互动的区域协调发展机制。具体安排是：单位 GDP 能源消耗降低 20％左右，单位工业增加值用水量降低 30％，农业灌溉用水有效利用系数提高到 0.5，工业固体废物综合利用率提高到 60％。全国总人口控制在136 000 万人。耕地保有量保持 1.2 亿公顷，淡水、能源和重要矿产资源保障水平提高。主要污染物排放总量减少 10％，森林覆盖率达到 20％，控制温室气体排放取得成效。服务业增加值占 GDP 比重和就业人员占全社会就业人员比重分别提高 3 个和 4 个百分点。自主创新能力增强，研究与试验发展经费支出占国内生产总值比重增加到 2％，形成一批拥有自主知识产权和知名品牌、国际竞争力较强的优势企业。科学发展观引领下的新工业化理论与安排落实的关键有二：一是通过学习与宣传转换企业和政府领导人的发展理念；二是通过政府现代化指标体系的设计与监控去强制推进。但由于科学发展观只是一个理论总纲，具体的新工业化道路究竟新在哪里，仍然有重大分歧。新重化工业化与服务业-工业化之间的理论与实践之争，就显示了这种论争的尖锐性与复杂性。

在科学发展观和新工业化政策的触动下，各种具体形态的新工业化道路理论浮出水面，展开了争鸣。其中新重化工业化理论认为新工业化就是新的重化工业化。该理论从现实、历史经验和经济理论出发，论证重化工业化是中国这样的发展中大国在工业化中后期不可绕过、必须大力发展的阶段。所谓"新"主要新在：推动重化工业化的主体主要不是政府，而是市场需求和民间投资；实现效率效益的最大化和资源能源耗用的最小化。基本理由有以下七个方面。

其一，所谓"旧式"工业化与"新型"工业化的区别，不在于是否生产和使用重工业产品，是否要经历重工业增长加快、比重提高的阶段，而在于生产和使用重工业产品的方式和效率有了较大程度的变化。重工业既可能是高消耗、低效率，也可能是低消耗、高效率。

其二，进入工业化中期后，重工业增长加快是国际范围的规律性的现象。在大国类型中，这一增长阶段特征更为明显。工业化先行国家都是在重工业特别是其中的技术密集型产业加快发展后，迎来了服务业的大发展时期。至少到目前为止，我们还找不到这样的先例：一个大的经济体没有经过重工业加快增长阶段而进入了后工业化社会。

其三，中国事实上已经进入了重化工业发展阶段。在"十一五"期间，不仅不可能越过重化工业的发展，而且应该充分利用重化工业发展的良机。唯有如此，才能抓住"关键发展期"，实现新的经济腾飞。

其四，中国加入 WTO 后相当一段时间，中国的比较优势决定了中国在国际上的产业分工是不可能总做低端，如造鞋制帽，但也不可能即刻进入高端，如研发和品牌，而是要经历一段重化工发展的历程。高消费阶段必然要求重化工业的快速增长，以便提供足够多的金属材料和重化工产品来满足市场对住宅和耐用消费品等日益增长的需求。从我国的特定国情看，大量需求的重化产品，不可能主要通过进口解决。从技术进步发展的角度，中国只有先做好世界工厂，才可能做好世界实验室，服务业才有可能有更好的发展，中国经济发展的基础才可能稳固。

其五，在市场经济条件下，发展什么产业本质上是一个市场选择过程。中国当前重化工业的发展固然有政府拔苗助长的成分，但主要力量是来自于市场的消费需求，并建立在良好效益的基础上。投资主体较以前已经发生了很大变化，大多数投资者已经不是政府，较大比例是非国有经济的投资者，其中中国的民营企业尤其看好重工业的发展。政府不应介入重化工业的发展，尤其是不能陷入重化工业发展重复建设的竞争中去。

其六，中国发展重化工业最大的问题是在当前引起了国内煤、电、油运的紧张，并引发全球原材料和能源价格上升。从长期来看这个矛盾，则是中国14亿人口要加入到目前总量才7亿人口的世界发达工业化国家当中去，这必然引起全球能源和原材料的紧张。但这一发展中的矛盾不太可能通过中国人限制发展来解决，并且不能用现在的静态眼光来看，而是要靠技术革命来解决。中国经济的长期增长一定要靠效率提高而不能只靠投入增加。

其七，重化工业本身也许随着自动化程度的提高而需要的人越来越少，但是为重化工业服务的这些产业创造了大量的就业岗位。而按照中国经济发展和现代化的要求，中国将来还需要转移出2亿～2.5亿的农业劳动力人口，才可能解决现在的收入差距问题。[①]

新重化工业化理论看到了中国作为一个大国保持比较完整的工业体系和培育核心竞争力的重要性，作为具有较强的独立自主性的赶超型战略理论，虽然新重化工业化理论强调重化工业化的市场性、技术与效率性、资源能源的节约性、环境的保护性、充分的就业性，但在目前的人口规模、技术力量和体制弊病制约下，重化工业化的加速无疑会造成各方面的紧张。

服务业-工业化理论在与新重化工业化理论长期论战的基础上形成了自己

---

① 综合参阅刘世锦：《我国正在进入新的重化工业阶段及其对宏观经济的影响》，《新华文摘》，2005年第2期；刘世锦：《正确理解"新型工业化"》，《中国工业经济》，2005年第11期；赵晓：《中国能越过重化工业发展阶段吗——"十一五"的一个重要问题及其争论》，《中国发展观察》，2005年第2期；樊纲：《中国要大力发展重化工业》，《21世纪经济报道》，2005年8月28日；樊纲：《中国必须成为世界工厂，提倡发展重工业》，新浪网，http://finance.sina.com.cn/economist/jingjix-ueren/20060126/02382307524.shtml，2006年1月26日。

的基本看法。该理论不同意重化工业化之必然与必须论，认为服务业一直是20世纪工业化的主体力量，重化工业化既不符合历史实际，也不符合中国国情，应该按照我国资源禀赋特点，充分利用国际市场和分工，大力发展服务业，这就特别要求我国进行制度改革与制度创新，弱化政府权力，加强法律法治，建设有限政府，突出市场功能。基本理由如下。

其一，"服务业－工业化"是后期工业化的基本特征。从先进工业化国家的实际情况看，工业化后期发展最快的产业部门并不是工业，更不是重工业，而是服务业。认为经济发展的顺序应该是轻工业、重工业、服务业、信息产业这个说法没有历史根据，服务业比重的提高不是一个工业化实现以后的事情，而是很早就发生了的事情。服务业在19世纪和20世纪之交异军突起，很快超越工业成为主导产业，尤其是其中的生产性服务业，其他后起工业化国家的情况也大体如此。20世纪早期的英国、美国，服务业比重都占了GDP的50％以上。

其二，重点发展重化工业不符合中国国情。我国国情的特点是"人力资源丰富、自然资源紧缺、资本资源紧俏、生态环境脆弱"。按照比较优势原理，在这种资源禀赋的条件下，中国应当尽量发展低耗能、低资本和资源投入，又能发挥我国人力资源丰富和中国人心灵手巧的优势的产业为主要方向。

其三，历史已经证明重工业化优先增长的赶超型战略的失败。改革开放以前，中国搬用了苏联的工业化理论和增长模式，把人力、物力、财力重点投入重工业建设，希望靠重工业超常增长促成国家工业化的迅速实现。结果事与愿违，造成了极为严重的经济和政治后果。中国经济结构的重型化一直以来不是市场调节的结果，而是各地政府调节的结果。

其四，产业结构"重型化"，将造成一系列消极后果。如不能按照比较优势原则配置资源，造成国民经济整体效率下降；放松了在技术创新、产品升级换代上的努力；抑制了对提高国民经济整体经济效率关系重大的服务业的发展；造成水、土、煤、电、油、运等基本资源的高度紧张；加速生态环境的恶化；增加了解决就业问题的困难；过度投资孕育金融风险。

其五，在经济全球化的时代，除了关系国家安全的战略性产品外，几乎所有的产品都可以通过贸易取得。所以，应该充分发挥自己的比较优势，用尽量少的资源消耗生产最大的价值，然后通过国际贸易换回自己不具备优势、自行生产不符合经济性原则的产品。

其六，根据其他国家和我们自己的经验，解决就业问题主要靠服务业和小企业的发展。重工业部门每亿元投资提供0.5万个就业的机会，只有轻工业的1/3；在轻工业为主的阶段，GDP每增长一个百分点能安置300万人就业，而在"重化工业阶段"则降为70万人。

其七，我国现在的情况是，服务业实际水平不但低于中等收入国家的平均水平，还低于低收入国家的平均水平。服务业发展的制度障碍，关键就在于物质生产对于制度的依赖性不那么强，而服务业对制度的依赖性非常强，正是制度安排有问题，所以服务业发展不起来。

其八，现代制造业是与服务业相融合、具有许多服务含量的制造业。服务业务已经成为制造业企业的重要业务，甚至是主要业务。20世纪制造业的一项革命性变化是它与服务业相互融合（一体化），所以后期工业化又称为"服务业-工业化"（service-industrialization）。

其九，信息化最主要的部分是服务业，信息产业不等于硬件制造，不是重工业。从价值构成也可以看出来。在美国等发达国家的信息产业中，软件和服务一般占70％以上，硬件占20％多，我们则正好相反，基本上是硬件，然后才是软件，服务就更差了。①

服务业-工业化理论与新重化工业化理论尽管在后期工业化道路方向上发生了激烈冲突，但二者也有相互认同之处，主要有两点：一是认为选择发展什么产业主要应该由市场选择，而不能由政府确定，政府只能起鼓励作用；二是均看重生产性服务业的大发展，认为就业问题的根本解决有赖于此。基于我国服务业，特别是生产性服务业严重滞后的实际，服务业-工业化理论提倡发展现代服务业具有极强的现实意义，但我们也的确不应忽视支柱型工业的核心竞争力的培育，国家经济安全应纳入新工业化内涵之考量。

工业文明论认为新工业化即建设工业文明，而过去的所谓工业化只是工业发展，而无"化"。新工业化的重点在"化"，其含义是：现代大工业的发展，使一切非工业生产方式转化为工业生产方式；将国民经济中原来独立于工业之外的经济活动，纳入工业发展的轨道；使一切不适应现代工业发展的外部条件和经济运行机制适应工业发展；将传统自给自足的农业"化"为现

①　综合参阅吴敬琏：《中国应当走什么样的工业化道路——吴敬琏教授在"中国经济展望论坛"上的主题讲演》，文汇报（电子版），http：//whb. news365. com. cn/mzjy/t20050227_410430. htm，2005年2月27日；《"重化工"为主导的经济发展道路不能走下去——访著名经济学家吴敬琏》，《中外企业文化》，2005年第2期；吴敬琏：《质疑重化工业化阶段中国经济之必然》，《财经》，2005年6月15日；吴敬琏：《转变增长模式是避免我国工业化走弯路的关键》，《人民政协报》，人民政协网，http：//www. rmzxb. com. cn/pub/rmzxw/zxtz/t20050714_42883. htm，2005年7月14日，A1版；《新型工业化道路的误解与扭曲——专访著名经济学家吴敬琏》，《商务周刊》，2005年8月20日；吴敬琏：《增长模式和工业化道路：吴敬琏回应七大质疑》，《21世纪经济报道》，2005年8月29日；吴敬琏：《转变经济增长方式的历史进程》，《解放日报》，解放网，http：//old. jfdaily. com/gb/node2/node76367/node76893/node76893/userobjectlai1319557. html. 2006年5月1日，T4版。

代市场农业，将大部分农村居民"化"为市民，将传统农业文明"化"为现代工业文明。工业化只存在于市场经济阶段。工业化和市场化高度融合、互为依托。工业化成败的关键，不在于工业部门的先后发展顺序，而在于工业化借以运行的机制，即政府机制和市场机制的关系问题。推动工业化顺利展开的最佳机制是市场机制。要将政府职能的中心由促进工业发展转向调节各产业各部门的结构变化上。① 工业文明论把我国传统工业化视为工业发展而非真正的工业化，认为真正工业化立足于市场经济基础上，与市场化高度融合，最终形成新的工业-市场文明，而非传统的农业-土地文明，单纯的工业发展则将仍然陷于农业-土地文明的结构之中。工业文明论在中国仍然有积极意义，因为我们过去的确是以发展农业部门的方法去发展工业部门，而置市场化于不顾，工业化在我国显然没有完成，工业化与市场化的真正结合还刚开始，建设工业文明的任务还是很有挑战性的。但作为新工业化道路理论，工业文明理论显然不完全成熟，缺乏对我国工业发展业已产生的负面效应的清醒认识，也没有对当代新工业革命予以积极回应。

新工业文明论把"工业文明"称为"天然化学文明"，认为"新工业化"或"新工业文明"乃是"人工化学文明"。该理论认定，人类文明的演进在本质上是由浅入深地不断推进对自然物质层次的认识与改造，人类文明的演进大体要经历三个大的历史阶段：对生命物质的认识与改造的"生物文明"阶段；对化学物质的认识与改造的"化学文明"阶段；对物理物质的认识与改造的"物理文明"阶段。每个阶段又分为初级的"天然利用"与高级的"人工生产"两个小阶段。对照历史，该理论认为，"采猎时代"实际上就是"天然生物时代"，"农业时代"实际上就是"人工生物时代"，工业文明实际上是"天然化学时代"，工业文明之后的新文明，理所当然就是"人工化学时代"。"新工业化"作为一种"人工创造和利用化学物质的文明"，是一种比工业化更高级更深层次的生产力和生产方式。它具有七个基本特征：劳动对象的元素化；主导能源的物理化；生产手段的智能化；生产和消费方式的循环化；生产和生活环境的生态化；生产和活动空间的太空化；新工业化对工业化的替代化。新工业文明论认为，目前全球范围内正在兴起的新科技革命和新产业革命，是一场突破工业化的新文明革命。中国的现代化事业必须在建设"适度工业化"的同时积极开拓和建设新工业化。中国建设新工业化的目标是，建设一个以智能化微制造科技为关键科技支撑体系、以深层次循环式生产为主导生产方式、以有限消耗自然资源的循环经济为根本经济体制、以崇

---

① 周柯：《论工业发展、工业化与新型工业化道路》，《企业活力》，2005年第1期。

尚创造和以类为本为核心价值观的新工业化社会。新工业化建设主要包括七大发展战略：①科技发展战略，主要包括信息、生物、纳米、新能源、新材料、生态、太空等新科技的发展。②产业发展战略，主要包括信息产业、生物产业、纳米产业、新能源产业、新材料产业、生态产业、太空产业等新工业产业的开拓和发展，这些新工业产业的兴起和发展最终将取代传统的工业部门。③循环经济发展战略，新工业化经济是一种深层循环生产和循环经济。④水资源发展战略，从单纯利用天然淡水向"人工制造淡水"转变。⑤能源发展战略，主要是物理能源的开发和利用，包括太阳能、风能、热核聚变能等，最终是月球能源基地的建立。⑥材料发展战略，其核心是实现材料元素化。⑦太空开发战略，主要是对月球和太阳系的行星进行广泛深入的研究和开发，包括资源开发利用以及生态化改造。① 新工业文明理论具有高度的理论性与战略性，属于高科技密集型工业化思路，就其作为赶超型战略理论形态而言，没有根本立足于市场经济和资源禀赋的基础之上，属于一种政府战略考量。新工业文明论与工业文明论都属于一种社会文明形态转型理论。

比较优势理论要求根据我国资源禀赋结构特点，利用国际市场与国际分工，发展劳动密集型产业，在提升资源禀赋结构的基础上，再不失时机地发展资本密集型产业。该理论强调：经济发展的真实含义，不是少数几个资本密集型产业"鹤立鸡群"式的发展，而是所有产业的资本密集程度的提高。而只有要素禀赋结构的提高，才可以实现这个目标。因此，处于落后地位的经济要求的发展，应是要素禀赋结构的提升。当要素禀赋结构水平提高了，资本变为相对丰富而便宜，劳动力变为相对稀缺而昂贵，以资本来替代劳动就是经济的自然要求，整体产业结构和技术水平的升级就成为水到渠成之事。发展中经济体如果能按比较优势来发展经济，要素禀赋结构的升级会相当迅速，从而要求产业结构和技术结构必须相应作出迅速的调整。中国资源禀赋结构的突出特点是劳动力过剩，应更关注劳动密集型而不是资本密集型产业的发展。比较优势理论强调，现在中国的情况恰恰相反，没有比较优势的重化工业得到政府银行支持，许多有竞争力的劳动密集型中小企业却无法取得银行贷款。而且重工业需要的是专业技术产业工人，无法吸纳中国数以亿计教育水平较低的农村劳动力。资金密集型重工业优先发展战略是一种典型的赶超战略，但几乎所有实行赶超战略的国家或地区都没有达到赶超的目标；相反，一些没有采取赶超战略的发展中国家和地区，却取得了快速缩小与发

---

① 综合参阅韩民青：《新工业化的历史必然性与中国的新工业化发展道路》，《济南大学学报》，2005年第2期；韩民青：《新工业化：一种新文明和一种新发展观》，《哲学研究》，2005年第8期。

达国家的差距或赶上发达国家的成绩。推行比较优势战略还能通过发展劳动密集型产业使劳动者得到充分就业，工资水平随着劳动力由相当丰富变为相对稀缺而不断提高，广大的劳动者因而可以从经济的增长中不断受益。因此，与发展重化工业的赶超战略相比，比较优势战略更能实现公平与效率的统一。推行比较优势战略，政府的首要任务是维持市场的充分竞争，因为价格信号能够准确反映要素的相对稀缺性。① 比较优势理论与新重化工业化理论的异同之处在于，比较优势理论认为资本密集型工业要发展，但要在资源禀赋升级之后；与服务业-工业化理论的不同之处在于，比较优势理论认为劳动密集型工业化是当前工业化的特征，但资源禀赋变化之后，则工业化类型应该随之变化。因此，比较优势理论实际上是认为，新工业化是非赶超型工业化，而传统工业化是赶超型工业化，赶超型工业化实际上导致落后，而非赶超型工业化则能够实现真正赶超。比较优势战略完全以市场经济为依托，在真正的市场化图景下，比较优势战略是可行的。问题是我国的市场化还存在由长期的计划经济体制所形成的观念和习惯带来的严重的扭曲和干扰，不但反对之声不绝于耳，而且地方政府热衷于插手微观经济运行。

四、新工业化思潮评析

新工业化思潮推动着我国工业化理论的发展与深化，主要表现在以下几个方面：

其一，普遍反对再走西方发达国家以往走过的先污染后治理、先工业化再信息化、重机械化轻就业、经济危机相伴随的传统工业化道路，也不同意继续走计划经济时代曾经走过的单一公有制、重工业优先、牺牲农业和消费品工业的发展、粗放型经济增长方式、城乡隔离、过分追求高速度、片面强调自力更生、资金投入高、资源消耗高、经济效益差的传统工业化道路。②

其二，认识到新型工业化是与城市化、市场化"三化"合一的过程。要通过深化体制改革，矫正人为割裂城乡经济关系、破坏城市化和工业化内在联系的政策，促进城乡经济一体化。必须跳出农业抓农业。用工业化的生产组织方式来拉伸农业产业链条，提升农业产业结构。必须注意第一产业、第二产业和第三产业的协调互动，否则工业化的发展就失去了基础和潜力；如

---

① 林毅夫：《谨慎对待"重化工业热"》，《商务周刊》，2005 年 8 月 25 日。
② 综合参阅吕政：《我国新型工业化道路探讨》，《经济与管理研究》，2003 年第 2 期；简新华、向琳：《新型工业化道路的特点和优越性》，《管理世界》，2003 年第 7 期。

果第二产业孤立发展，没有农业发展的支持，必然失去市场基础；如果没有第三产业的大力发展，则我国第二产业的发展不但失去了相应的市场基础，而且失去了分工更为细密，专业化水平更高从而提高劳动生产率的机会。[①]

其三，认识到推进信息化必须与推进工业化和改造传统产业密切结合起来，相互补充、互为动力，共同发展。先工业化、后信息化的道路是行不通的，而忽视发展工业，片面发展信息化的道路也是不现实的。只有以工业化培育和推动信息化，以信息化带动和促进工业化，才是正确的选择。特别是在当今时代，工业化已具有全新的内涵，信息化已成为产业竞争的基础。[②]

其四，认识到要走出一条新型工业化道路，一定要继续坚持对外开放的基本国策。全球化正在由生产全球化向科技全球化、产权市场全球化的层面深化，大量的资金、技术、管理经验、人力资源等生产要素在全球范围内流动。利用好这个机遇，就能把我国所具有的市场优势、低成本制造优势和产业基础优势与发达国家所具有的资金优势、技术优势和管理优势充分结合起来。产业结构的不断优化升级就有国际国内两种资源和两个市场作为保证。[③]

其五，认识到既要坚持工业化的社会主义方向，又要高度重视非公有制经济在推进工业化过程中的作用，要求吸取亿万农民被置于工业化进程之外的深刻历史教训，认为非公有部门将是新增劳动力就业的主渠道。[④]

其六，强调人力资本和以人为本。认为新工业化要把我国庞大的人口就业压力变成人力资源和人力资本，注意在新兴产业中吸收劳动者就业，又要广泛开辟新产业和新领域，积极消化和解决就业问题。[⑤]

其七，强调走新型工业化道路需要制度创新。认为新型工业化的主要推动力量是市场而非政府，要求尽可能发挥市场的作用，充分发挥中小企业和民营企业在工业化中的作用。主张完善社会主义市场经济体制，建立统一、

---

① 综合参阅杨建：《关于中国新型工业化道路的思考》，《改革与理论》，2003年第2期；朱廷春、王德忠：《推进我国新型工业化进程的对策探析》，《经济论坛》，2004年第6期；周镇宏：《从实际出发走新型工业化道路》，《求是》，2003年第13期；周柯：《论工业发展、工业化与新型工业化道路》，《企业活力》，2005年第1期。

② 综合参阅吴振坤：《加快中国新型工业化道路的发展进程》，《党政干部学刊》，2002年第12期；李风圣：《走新型工业化道路》，《求是》，2003年第4期。

③ 江小涓：《积极探索新型工业化道路》，《求是》，2002年第24期。

④ 综合参阅吴振坤：《加快中国新型工业化道路的发展进程》，《党政干部学刊》，2002年第12期；曹建海、李海舰：《论新型工业化的道路》，《中国工业经济》，2003年第1期；吕政：《我国新型工业化道路探讨》，《经济与管理研究》，2003年第2期。

⑤ 综合参阅吴敬琏：《中国应当走什么样的工业化道路——吴敬琏教授在"中国经济展望论坛"上的主题讲演》，《文汇报》（电子版），http://whb.news365.com.cn/mzjy/t20050227_410430.htm，2005年2月27日；刁永祚：《小康社会与新型工业化道路》，《高校理论战线》，2002年第12期。

开放、竞争、有序的现代市场体系。切实推动政府体制改革，加快转变政府职能，切实解决政企不分和政府对经济事务直接干预过多、过深，而公共服务又严重不足的状况，把政府经济工作的着力点转到创造鼓励公平竞争，促进投资、创业、发展的体制和政策环境上来。矫正行政干预造成的价格扭曲，弱化政府配置资源的权力，建设有限政府和有效政府。打破我国目前市场仍然存在的行政垄断、地区封锁，促使人才、资金、技术、商品等在全社会范围无障碍地自由流动；防止市场主体垄断，促使其自由竞争，充分竞争，公平竞争；借助于健全的法律、严格而公正的执法、优良的商业信用、较高的职业操守、规范的政企关系、强有力的宏观调控等促使市场体系有序运转；大力发展金融、技术、产权、土地、劳动力等要素市场；进一步改革户籍制度、农地流转制度、产权保护制度、社会保障制度、政府审批制度等。建立能激励科学研究和技术在生产中运用的制度和机制，建设独立自治的科学共同体，建设良好的市场竞争环境和知识产权保护体系。①

新工业化思潮在大规模论争之中达成了基本的共识，那就是：传统工业化不仅存在效率低和国际竞争能力不足的现实问题，而且面临资源短缺、环境恶化、生态破坏等长远问题。那种重速度轻效益、重数量轻质量、重结果轻代价、重生产轻环保的工业发展模式已经难以为继了，必须走一条新型工业化道路。其基本特点是：以信息化带动，跨越式发展；资源节约，环境友好，可持续发展；以人为本，大力发展服务业，特别是生产性服务业，满足充分就业；结合公有制和非公有制，强调民间投资对新型工业化的推动作用；以市场机制为实现机制，要求政府切实转变职能；集约型增长；实现农业的工业化、产业化与现代化；坚持对外开放，充分利用国际市场，培育核心竞争力。

新工业化思潮的主要不足之处表现在：首先，实践与理论的严重脱节。尽管国家政策再三强调科学发展与新工业化，而很多地方仍然延续传统的发展思维，即唯 GDP 增长与粗放增长，从实际上转换政府的发展思维远比理论上困难得多，而这种实际上的传统发展思维又影响对国家工业化战略和道路的理解和接受；其次，重化工业化与服务业-工业化之间的高层理论分歧不易

---

① 综合参阅任保平：《新型工业化：中国经济发展战略的创新》，《经济学家》，2003 年第 3 期；李廉水、宋乐伟：《新型工业化道路的特征分析》，《中国软科学》，2003 年第 9 期；国务院发展研究中心课题组：《新型工业化应新在何处》，《宏观经济管理》，2004 年第 4 期；朱廷春、王德忠：《推进我国新型工业化进程的对策探析》，《经济论坛》，2004 年第 6 期；刘世锦：《东北老工业基地转型和新工业体系重构》，《工业经济》，2004 年第 8 期；吴敬琏：《中国应当走什么样的工业化道路———吴敬琏教授在"中国经济展望论坛"上的主题讲演》，《文汇报》（电子版），http://whb.news365.com.cn/mzjy/t20050227_410430.htm，2005 年 2 月 27 日。

消除，结果地方各行其是；再次，在政府主导型市场经济理念下，市场机制与政府主导机制的界线仍然不清，如何弱化政府直接介入工业经营活动的权力，而相应加强政府对工业发展的引导和监控权力，仍然是一个亟待解决的难题。

新世纪初出现的新工业化思潮，应中国目前的工业困境与国家新工业化政策而兴起，至今方兴未艾。出现的主要理论形态有科学发展观、新重化工业论、服务业-工业化论、工业文明论、新工业文明论、比较优势论等。科学发展观为理论总纲，其他理论形态都在此主题下展开。其中，重化工业化与服务业-工业化两种理论之间转开了激烈论战，其共识是：新工业化必须以市场化为基础；政府配置资源的权力要规范并弱化，尤其不应陷入到重化工业发展重复建设的竞争中去。但在"重化工业化是否为工业化之必然与必须"这个最尖锐的问题上，仍然存在相当的分歧。而悖论则在于，如果论战双方所持道路皆可由市场选定，则此争论意义何在？新工业化主体理论在思潮中基本定型，但新工业化思潮并未终结，其中的深层次问题将随着新工业化实践的深化而获得更高层次的理解、讨论与认同，由此，新工业化思潮必将随着新工业化实践的发展而不断丰富。新工业化思潮的本质是，在已经变动的新国际国内环境下探索新的工业化路径，即在"知识经济"和"信息革命"的巨大历史机遇面前，在资源环境人口压力种种限制条件下，如何在日趋剧烈的全球性竞争市场中找准定位，从而为国家对工业化的引导和监控政策提供科学依据。在中国，新工业化内涵有特殊含义，应该包含三个层次：最低层次为产业结构层次，新型工业化道路在这个层次上体现为产业高加工度化（含所谓重化工业、服务业和高新技术产业等）以及以后的技术集约化；中间层次为制度变迁层次，体现为建设完善的社会主义市场经济体制以及与之配套的政治体制、社会体制和文化体制；最高层次为文明层次，体现为工业化与市场化结合以后对社会所有领域实现刷新，人们逐渐地得到自由而全面的发展，最终人的精神得到新的升华。目前我国的新工业化建设重点应该落实在前两个层次上，但最高层次也不能忽视，要注意借鉴先行工业化国家的优秀人文经验。就前两个层次而言，新工业化应该是以市场化来提高效率，并以信息化、知识化、服务化来提升品位，有效维系人与自然、人与人之间的和谐发展，三大产业协调互动、城乡联动、区域联动发展的新型工业化。新工业化的前提是理顺政府与市场的关系。只有在明晰的政府权力和全效的市场法则之间形成合理的分工和持续的张力，新工业化才能落到实处。新工业化才刚开始，任重而道远。新工业化的成功，将使中国由农业-土地文明社会进入真正的工业-市场文明社会。

第十三章

人文化与市场化交融： 第三次国学思潮探析

　　20 世纪以来，中国先后兴起了三次国学思潮①，第一次可以称为"国粹"思潮，发生在辛亥革命以前的晚清时期，借引日本"国学"话语，以"反满革命"为鹄的，以"古学复兴"为旗帜，标揭以"国粹"凝聚"国魂"，激励"种姓"，提升"国德"，增进"爱国的热肠"②，具有鲜明的民族主义色彩，《国粹学报》（1905～1911）为主要舆论阵地。③ 第二次可以名为"国故"思潮，主要发生在新文化运动以来，呼吁"重新估定一切价值"，标揭"研究问

---

　　① 本书所指的国学思潮，主要指复兴国学的社会思潮，也就是整个社会对国学复兴的基本认识，并不局限于学界。

　　② 如许守微在《论国粹无阻于欧化》（《国粹学报》第七期）强调"国粹"能"进国德"、"修民习"，增强"爱国心"。许之衡在《读〈国粹学报〉感言》（《国粹学报》第六期）强调作为"立国之本"的"国魂"源于"国学"。邓实在《古学复兴论》（《国粹学报》第九期）把他倡导的"亚洲古学复兴"运动比拟为15 世纪欧洲文艺复兴运动。在《国学通论》（《国粹学报》第三期）中昌言"国学"的致用功能在于"爱国保种"，《拟设国粹学堂启》（《国粹学报》第二十六期）忧虑"国未亡，而学先亡"，强调"欲谋保国，必先保学"。章太炎在《东京学生欢迎会演说词》强调"用国粹激励种姓，增进爱国的热肠"。

　　③ 第一次国学思潮还具有浓厚的实用主义色彩，当然其实用主义仍然附属于民族主义。因此，往往钟情于先秦"古学"中的"实验之学"与"民学"，而非议后来的"空言讲学"与"君学"。如刘光汉《论古学由于实验》（《国粹学报》第十一期）认为"古代学崇实际"。邓实《国学真论》（《国粹学报》第二十七期）、《国学无用辨》（《国粹学报》第三十期）、《〈国粹学报〉第三周年祝典叙》（《国粹学报》第三十八期）区别了"君学"（"在朝之学"）与"国学"（"在野之学"），认定先秦之学为"真国学"，其后则"国学之统以绝"，而"君学之统以成"，"君学"无用而"国学""以自治其一国而为一国之用"。《拟设国粹学堂启》更是强调：举世以为"外域之学"能致富强，然而"国学"其实也可使"国强者益兴"，而"弱者可以自保"。而第二次国学思潮则倾向于认为国学无关乎富强。某些提倡者甚至把"国学"与"科学"分为"精神文明"与"物质文明"。反对者则把它视为"中国腐败思想之薮藏所"。

题，输入学理，整理国故，再造文明"①，具有明显的科学主义特征，以北京大学国学门（1922～1927）、清华研究院国学门（1925～1929）为代表。第三次国学思潮，发生在 20 世纪 80 年代末 90 年代以来，至今方兴未艾。本章着重探讨的就是这次国学思潮的大致概貌及其趋向。

一、兴起及内涵

20 世纪 80 年代末 90 年代以来，中国兴起了第三次国学思潮，与前两次相比，这次思潮凸显了国学的人文性、大众化与市场化。一方面，国学教研机构大量兴起，如高校与民间的国学院、国学所、国学班、国学课、国学讲座、书院、蒙馆、私塾、淑女堂等；另一方面，国学媒介大量出现，如国学网、国学博客、国学期刊、电视国学、手机国学、国学丛书、国学读本等。此外，国学娱乐服务机构也有出现，如各种国学俱乐部、国学夏令营等。媒体关于国学的激辩也是一浪高过一浪。国学话语广泛进入社会与思想的前沿与主流媒体。国学与儒学也经常纠结在一起。

20 世纪 80 年代，我国出现了文化热。其中既有对传统文化的激烈批判，也有积极弘扬，在此基础上，新国学思潮开始萌发。1984 年深圳大学成立国学研究所，至 80 年代末 90 年代初，随着国内外政治经济形势的急剧变化，一股着力寻找本土文化资源支持的国学思潮开始勃兴。1989 年，北京大学成立传统文化研究中心，出版《国学研究》专刊。1990 年张岱年主编的《国学丛书》由辽宁教育出版社出版。1992 年北京大学成立国学研究院。1993 年，《人民日报》发表《国学，在燕园又悄然兴起》和《久违了，国学》，《光明日报》发表《国学与国学大师的魅力》。此后国学思潮一度沉潜。

---

①　参阅胡适：《新思潮的意义》，《新青年》第七卷第四号，1919 年 12 月 1 日。1923 年胡适等创立《国学季刊》以"整理国故"，其《发刊宣言》认为"国学"就是"国故学"，包括"国粹"与"国渣"，"国故学"的使命就是以科学方法"整理中国的一切文化历史"，痛斥"古学沦亡"的论调，要求"打破一切的门户成见"，提醒"学术的大仇敌是孤陋寡闻"，提倡开放的研究心态。但科学主义的"国学"最终并没有在现代学科体系中取得"科学"的地位。为什么呢？罗志田认为，由于其风行时间太短，"国学"或"国故学"未能形成自身的学术典范，在学科认同上缺乏一个广泛接受的界定。不仅如此，更深入地说，学者们反对国学的学科化，其实是出于"某种学理之外的关怀"，即国学与中国"富强"之"急需"无关，只有中国当前需要的、与"物质文明"相关的西来之"科学"（也含义甚广且有分歧）才是"知识"，而提倡"国学"则妨碍了"科学"的推广。罗志田指出，西学其实也是一个变量，学科的分聚与兴衰往往随外在的社会需求和学理内部的发展而演化。所谓学科的划分，更多是为了研究的方便。参阅罗志田：《国学不是学》，《社会科学研究》，2002 年第 1 期；罗志田：《国家与学术：清季民初关于"国学"的思想论争》，北京：生活·读书·新知三联书店，2003 年，第 381、382 页。

进入21世纪以来，国学思潮再次强劲勃发。2004年，北京举行"文化高峰论坛"，发表《甲申文化宣言》。"中华文化经典基础教育诵本"由高等教育出版社出版。一家以"仁、孝、忠、信"为校训的今日学堂在武汉成立。2005年，中国人民大学国学院成立。北京大学开办乾元国学教室。江苏教育出版社出版《国学书库》。苏州两家私塾"菊斋私塾"和"复兴私塾"相继开馆。2006年我国刮起了一阵国学旋风。百度联手国学网推出"国学搜索频道"，新浪开通"乾元国学博客圈"，老总"国学班"、"少年国学班"如雨后春笋般涌现，"国学的历史、现状与未来"学术研讨会在京召开，"易中天热"，《于丹〈论语〉心得》风行，孔子标准像发布，国学网、百度推出"我心目中的国学大师"评选活动，厦门大学国学研究院成立。2007年国学热继续高涨。中国人民大学出版社出版《国学基础文库》。深圳市电视台少儿频道打造重点栏目"国学小讲堂"。首届全国国学文化创新与产业发展高峰论坛暨中华慈善总会国学教育扶贫公益项目启动仪式在京举行，《二十一世纪国学教育振兴计划》以及中华慈善总会国学教育扶贫公益项目启动。上海举办"儒商论道之ACCP"。上海人民出版社举办"2007'国学与经典'上海学术论坛"。

国学大潮虽然席卷中国，但关于国学内涵，学界内外争议很大。其主流看法为中国传统学术文化论。其中又可分为国故论、广义国学与狭义国学论、大国学论、儒学论或儒家主导论、古代立国之学论、古代精神之学论、道学艺技论、母体文化论、汉学论等。国故论把中国传统学术文化称为国故或国学。例如，新旧《辞海》、徐友渔、楼宇烈、黄兴涛等持这种观点。[①] 肖云儒把精神国故、文化国故称为国学，认为包括义理之学（哲）、经世之学（政治、经济社会学）、考据之学（史、训诂）、词章之学（文），以及一切医、巫、侠、易，既有"国粹"，也有"国渣"。[②] 虞云国以国学指代中国传统的经史子集四部之学。[③] 网民"再兴国学"进一步认为，以《四库全书》分，应分为经、史、子、集四部；以思想分，应分为先秦诸子、儒道释三家等；

---

① 综合参考徐友渔：《"国学热"还能热多久》，《华夏时报》，2007年8月6日，中华国学网，http：//www.jguoxue.cn/html/42/n-80942.html，2009年6月9日；楼宇烈：《国学百年争论的实质》，《光明日报》，2007年1月11日，第10~11版；黄兴涛：《国学与现代意识》，《光明日报》，2006年6月20日，第5版；吴汉：《国学，日用品Or博物馆珍藏?》，http：//book.sohu.com/20060426/n243012011.shtml，2006年4月26日；涂涂：《关注接续国学薪火：我们为什么忧虑国学?》，中国经济网，http：//www.ce.cn/xwzx/kjwh/wh/200409/29/t20040929_1876409.shtml，2004年9月29日。

② 肖云儒：《炒糊了的国学热》，http：//news.guoxue.com/article.php? articleid=11700，2007年7月17日。

③ 虞云国：《"国学热"与"经典热"之我见》，《文汇报》，"学林"版，http：//whb.news365.com.cn/xl/200707/t20070715_1492528.htm，2007年7月15日。

以学科分，应分为哲学、史学、宗教学、文学、礼俗学等。①

　　季羡林提出"大国学"论，强调国学应是"大国学"，是中华文化的同义词。② 国内各地域文化和 56 个民族的文化，都包括在"国学"的范围内。而且，后来融入到中国文化的外来文化，也都属于国学范围。③ 刘梦溪、明远等提出广义国学与狭义国学论。刘梦溪认为广义国学指研究一切过去历史文化的学问，就是"国故学"，而狭义国学应与经学和小学联系在一起。④ 明远认为广义国学是指儒、释、道三家组成的中国传统文化，目前大家推广的"国学"，即狭义国学，以儒家一些经典文化著作为主，实际上以普及介绍为主。⑤ 新儒家往往持儒学即国学论，学界还有儒家主导论。例如，陈卫平指出，国学以儒家为主导，主张知行合一，即学问与道德的统一。⑥ 周桂钿认为国学精神就是民族魂，民族魂的主要内容就是儒、释、道三家，而三家中尤以儒家为代表。⑦

　　鞠曦提出国学即"古代立国之学"论，认为国学是以经邦济世、化成天下为目的，是具有道统与学统统一性的国家立国的根本之学，基本上是以儒学为主，道学为辅。⑧ 陆彩鸣认为国学涉及物质、技术、制度、精神四大层面。但现在我们所要弘扬的"国学"，主要指的是精神层面的东西，反映的是中华民族的文化源泉、精神底蕴、传统美德。⑨ 雷铎把国学概括成道学艺技四大部分论。"道"即哲学，例如，主脉儒、释、道三教和《黄帝内经》的养身哲学、《孙子兵法》中的兵法哲学、《史记》中的历史哲学；"学"即以诸子百家为主、各家名"集"为辅的种种学说，也包含了武学、医学种种；"艺"即从孔子的"六艺"到琴棋书画，一切中国古人创造的艺术，即我们今天所

　　① 再兴国学Ⅰ：《浅论"再兴国学"几大问题》，故乡网，http：//www. guxiang. com. xueshu/others/guoxue/200107/200107250027. htm，2001 年 7 月 25 日。

　　② 季羡林：《季羡林先生致北大国学研究院的贺信》，《光明日报》，2007 年 6 月 18 日，第 1 版。

　　③ 季羡林：《国学应该是"大国学"》，《人民日报·海外版》，2007 年 6 月 22 日。

　　④ 刘梦溪：《"国学"概念再检讨》，《21 世纪经济报道》，2006 年 11 月 6 日，第 32 版。

　　⑤ 杨斌鹄：《"国学"教育在西安》，《西安日报》，http：//hu7789. blog. 163. com/blog/static/30416441200702388231，2007 年 1 月 23 日。

　　⑥ 陈卫平：《〈百家讲坛〉的国学"好酒"与当代学校教育的缺失》，《解放日报》，2007 年 8 月 2 日，第七版。

　　⑦ 周桂钿：《国学精神与当代社会》，http：//news. guoxue. com/article. php？articleid=11577. 2007 年 7 月 2 日。

　　⑧ 鞠曦：《儒学、国学与国学院》，中国孟子网，http：//www. chinamengzi. net/Library/mjsjt-wo/jxwenji/200707/1916. html，2007 年 7 月 30 日。

　　⑨ 陆彩鸣：《今天我们怎样对待"国学"》，《解放日报》，人民网，http：//theory. people. com. cn/GB/49156/6257783. html，2007 年 9 月 13 日。

说的非物质文化遗产中的大部分；"技"即中国传统技艺，例如，以《天工开物》、《营造法式》为代表的各种发明和技法、建筑营造术等。[①] 网民"深谷飘雪"认为国学即国家的文化根源，也就是母体文化[②]；"武陵人远"则认为中国人所讲的国学，即相当于西方人所讲的"汉学"（Sinology）[③]。

此外，彦升提出判别国学的核心应该是国学的学术方法，而戴震所区分的"义理"、"考据"、"词章"是国学的基本方法。根据这个标准看，只有运用这三者来进行的学术研究，才能被称为国学，否则运用西方学术方法研究中国历史和社会的哈佛大学汉学家费正清，也可进入国学大师之列了。[④]

桑兵、纪宝成、袁济喜等不赞成国学乃"国故之学"或"传统之学"的观点，提出近现代国学实际上是以西释中，或以现代释传统，或由传统向现代转型。桑兵指出，近代国学并非传统学术的简单延续，而是中国学术在近代西学影响下由传统向现代转型的过渡形态。[⑤] 纪宝成认为，国学可理解为参照西方学术对以儒学为主体的中华传统文化与学术进行研究和阐释的一门学问，有广义与狭义之分。广义的国学，即中国的一切过去的历史文化，思想、学术、文学艺术、数术方技均包括其中；狭义的国学，则主要指意识形态层面的传统思想文化，它是国学的核心内涵，是国学本质属性的集中体现。[⑥] 袁济喜认为，从完备的意义来说，国学是指运用现代立场与眼光来研究中国传统学术的一种学术思潮，包含传统学术的内容与用现代眼光来阐释和创新传统的学术。[⑦] 于丹等则主张融合论，认为"国学"是以儒家思想为内核，吸收很多包括西方现代思想成果，走融合之路的思想。[⑧]

赵吉惠、钱文忠、卜昌炯、刘桂生等不赞成静态地理解释国学内涵，提出国学概念的不断演绎论。例如，赵吉惠认为，"应当把国学与历史、与时代

① 雷铎：《国学热中的冷思考》，http：//www.culcn.cn/info/shownews.asp? newsid＝16134，2007年6月12日。

② 深谷飘雪：《评〈国学是木乃伊，很臭〉》，http：//article.hongxiu.com/a/2007－6－29/2207253.shtml，2007年6月29日。

③ 武陵人远：《国学还是不要往大里说》，《东方早报》，新华网，http：//news.xinhuanet.com/comments/2007－07/08/content_6344201.htm，2007年7月8日。

④ 彦升：《国学的现今意义》，《第一财经日报》，新浪网，http：//tech.sina.com.cn/i/2006－06－22/02271002204.shtml，2006年6月22日。

⑤ 桑兵：《晚清民国时期的国学研究与西学》，http：//confucianism.com.cn/html/A00030013/1041293.html，2006年12月17日。

⑥ 纪宝成：《重估国学的价值》，《南方周末》，2005年5月26日。

⑦ 袁济喜：《聚焦国学：融通古今，创新传统》，《中国教育报》，2007年1月16日，第3版。

⑧ 于丹、纪连海：《国学可以温暖地回归》，《东方早报》，艺术中国网，http：//www.vartcn.com/art/zgwh/whxw/200701/12553.html，2007年1月23日。

联系起来"，"国学的概念应该是历史形成的，是不断丰富、不断发展的"。今天的国学不仅包括"国故学"，也包括已被中华民族所吸收、消化、认同或再创造的"外域之学"。① 钱文忠认为，国学作为一个概念已经被人不断演绎。狭义的国学指严肃的学术研究，以求知求实传承文化为宗旨，而广义的国学可以作为一种社会文化的普及工具。② 卜昌炯认为，国学应该是一个开放的概念，不仅仅指传统的四书五经、程朱理学，其内容是随着时代更替而不断延伸的。③ 刘桂生在研究中国近现代国学史后指出，"国学"有多种含义，反映了中西文化关系的百年变迁，是一个时代性、适应性与实用性都很强的名词，不能简单地看做一个学术名词。在晚清"中学为体、西学为用"的文化争论中，"国学"是"夷学"、"洋学"、"西学"等概念的对立面，是一个文化名词。在学制改革的过程中，"国学"作为经、史、子、集"四部之学"的总称，与从西方传来的文、理、法、商、工、农、医"七科之学"形成对立，是一个学科分类体系中的教育名词。在清代末年的革命高潮中，邓实、章太炎等人提倡作为"君学"对立面的、"不媚时君"、"不媚外族"的真正中国人自己的"国学"。"国学"一词成为反映民主革命要求的政治名词。随后，"国学"身上又渐渐长出一种新义，即作为"中华民族学术文化总代表"这样一种涵义，因而演变成一个学术名词。④

有人认为国学应该包括从古到今一切中国文化。如网民"光辉光明"认为，狭义的"国学"是修身养性，广义的"国学"就指所有中国文化。⑤ 赵玲玲认为，国学既包括中国五千年传统文化，还包含了当下已经发生改变的现状，更包含了未来可能发展的方向。⑥ 也有人认为国学只是一种书斋学术或深奥学问，不是大众文化，更不是鸡血疗法。⑦还有学者认为国学含义只可

---

① 赵吉惠：《国学·西学·马克思主义》（1996），《国学沉思》，杭州：浙江人民出版社，1998年，第16页。

② 徐颖：《沪上学者众议国学热》，《新闻晨报》，人民网，http：//culture. people. cn/GB/22219/5946655. html，2007年7月4日。

③ 卜昌炯：《当前国学热：尚古还是媚俗》，http：//www. dushu. com/news/2007/09 - 03/20321. html，2007年9月3日。

④ 刘桂生：《"国学"的外相和内涵》，《人民日报》，人民网，http：//culture. people. cn/GB/27296/6096146. html，2007年8月10日。

⑤ http：//blog. xinhuanet. com/blogIndex. do? bid=11255&aid=10494974&page=detail&agMode=1，2007年7月20日。

⑥ 崔雪芹、袁建胜：《国学正热 西学又来》，《科学时报》，凤凰网，http：//finance. ifeng. com/spirit/200708/0827 _ 199 _ 203314 _ 1. shtml，2007年8月27日。

⑦ 林野王：《国学不是大众文化，更不是鸡血疗法》，http：//book. sohu. com/20060426/n243012178. shtml，2006年4月26日。

意会，很难给国学下一个准确的定义。[①]

综上所述，在第三次国学思潮中，国学概念业已被大大拓宽与深化了。作为一个自近代以来就不断被演绎的开放性概念，如果说第一次国学思潮中的"国学"主要指"古学"（先秦诸子之学）或"国粹学"，而第二次国学思潮中的"国学"主要指"中国固有之学"或"国故学"，包括"国粹"与"国渣"，那么，在第三次国学思潮中，"国学"就演变成为一种"区域之学"，而不仅仅是"区域古典之学"，既包括古代中国文化（含学术），也包括近现代中国文化，还包括当今对它们的一种考据与诠释之学。这是一种"中国之学"而非"中国固有之学"的真正"大国学"概念。[②]

二、流派分析

从对国学的基本认识态度看，这次国学思潮流派纷纭，论战激烈，主要包括重倡派、反对派、缓行派、谨慎派、补充派、重估派等。

重倡派以赵吉惠、纪宝成等为代表，主张大力振兴国学。理由如下：第一，以国学传承文化，接续文脉，认为国学在近百年实际上是个衰微的过程。这不仅源于西学的冲击，更因为我们在"富国强兵"的现实主义思维下把国学视为造成中国落后挨打的文化"罪魁"，还有在此基础上形成的教条主义、一元文化史观等思想的干扰，文脉出现了断裂，延续中国文脉就是要"重倡国学"。[③] 第二，对国学所代表的传统思想资源的重新整合，使之成为社会发展进步的前提和动力，更好地应对现实问题。传统与现代化、国学与西学并非二分对立，而可统一与互补。中国需要科学与民主，中国也需要信仰与道德，而后者是离不开国学的。[④] 国学复兴绝不是向适应小农生产方式基础上的传统文化的回归，更不是要回归古代的专制主义，而是在适应现代生产方式基础上的"复兴"；它是现代人"寻根"的精神之旅。[⑤] 国学复兴是一种对"传统文化进行创造性的现代化转化"，在此基础上，以中国的视角来看待中

---

① 夏康达：《"国学热"存疑》，《天津日报》，北方网，http：//news. enorth. com. cn/system/2007/04/24/001632481. shtml，2007 年 4 月 24 日。

② 区域学与古典学在现代西方学科或学术体系中是存在的。认为国学不适合编入现代学科体系的观点无疑是偏激的与静止的。学科体系本身是动态演化的，而非僵化而不可动摇的。

③ 综合参考赵吉惠：《国学研究应该形成不同学派》（1996），《国学沉思》，杭州：浙江人民出版社，1998 年，第 20 页；纪宝成：《重倡国学，延续文脉》，《人民日报·海外版》，2005 年 6 月 3 日。

④ 牟钟鉴：《质疑〈"国学"质疑〉》，《光明日报》，2006 年 7 月 18 日，第 5 版。

⑤ 蔡永飞：《如何看"国学热"》，《中华读书报》，2007 年 9 月 19 日，第 1 版。

国，以中国立场来思考中国，以中国的角度来想象中国，以中国的方法来解决中国的问题。① 第三，批评国学教育薄弱，公众国学素养贫瘠②，把国学复兴看做民族文化意识觉醒的体现③，主张以国学提高国民素质，提升民族文化自信，强化民族国家认同。④ 第四，国学能够扩大执政的文化基础，提升执政能力。⑤ 第五，以国学建构企业文化，提高企业管理水平。认为"国学管理是大智慧，是管理的最高境界"⑥。

　　反对派以舒芜、章立凡等为代表，反对复兴国学，对其予以彻底否认。理由是：第一，国学是一个模糊的概念，不适合编入学科体系。国学的内容都可以纳入现有的学科体系，没有必要另立"门户"。⑦ 在当今社科学术分科越来越细、也愈益清晰的情况下，"国学"这样的错误概念就根本不应再存在了。⑧ 第二，国学是"中国几千年封建文化的积淀"⑨，国学思潮属于文化上的保守主义和复古思潮。"实际上是清朝末年、一直到'五四'以来，有些保守的人抵制西方'科学'与'民主'文化的一种借口，是一个狭隘、保守、笼统、含糊而且顽固透顶的口号。完全是顽固保守、抗拒进步、抗拒科学民主、抗拒文化变革这么一个东西。"⑩ 国学还是"一种竭力扼杀科学技术的文化，是与创造和个性为敌的文化。把科学技术当成奇技淫巧，而把蝇营狗苟争取做官当成人生唯一的荣华；鼓励人们狗一样地服从官场上的等级秩序，以培养奴隶和奴才为能事⑪。"凡反对西方文化进入中国的，其武器都是国学。"⑫ 因此，国学里"更多的是愚昧，而不是科学；更多的是专制，而不是

---

①　刘晓林：《中国国学热的背后》，明伦书院，http://www.qygxt.com/Article/rdwz/200704/515.html.，2007年4月5日。

②　赵丙臣：《从朱军的"家父门"看国学的贫瘠》，新华网，http://news.xinhuanet.com/comments/2007-04/25/content_6024754.htm，2007年4月25日。

③　张岂之：《国学传播要少点浮躁》，《人民日报》，2007年8月10日，第11版。

④　郑茜：《国学之清与时尚之浊》，新华网，http://news.xinhuanet.com/edu/2006-08/18/content_4977894.htm，2006年8月18日。

⑤　张岂之：《研究中国思想文化应坚持3个学术原则》，《科学时报》，http://159.226.97.8/html/Dir/2007/08/07/15/16/74.htm，2007年8月7日。

⑥　王武刚：《国学是管理哲学的最高境界》，《财经人物》，2007年1月8日。

⑦　耐末学的博客：《当国学成为流行文化——国学热的冷思考》，http://blog.xinhuanet.com/blogIndex.do? bid=11255&aid=10494974&page=detail&agMode=1，2007年7月19日。

⑧　陈云发：《故弄玄虚的"国学"》，http://www.ccmedu.com/bbs12_27607.html，2006年8月29日。

⑨　章立凡：《国学涨价与"凡是"思维》，《商务时报》，2007年8月25日，第2版。

⑩　舒芜：《"国学"质疑》，《文汇报》，2006年6月28日，"文汇笔会"版。

⑪　梁发芾：《国学家正在走火入魔》，http://liangff.blog.sohu.com/15043510.html，2006年10月5日。

⑫　苏双碧：《从"文化热"到"国学热"的反思》，《北京日报》，2006年8月28日，第17版。

民主；更多的是禁锢，而不是自由；更多的是守旧，而不是创新"①，以为"从小灌输中国文化，特别是儒学精神，就可以提高国民的教养和素质，其实是一种虚妄的想法"②。第三，国学精神"不是商业思维，而是小农思维，不太适合现在中国的发展，现在我国处于产业革命时期，适合着最好"③。"国学"无法培养出合格的企业家和企业家精神，"自我价值的实现"这是当今全球企业和企业家生存与发展的真正磐石。④ 第四，国学早已被五四运动送入博物馆，已经死去近百年了。"我们所有的研究，不过是一种考古、一种整理保存。"⑤

缓行派以刘梦溪、张绪山等为代表，指出国学是当我国近现代历史转型时期应时而生的一个特指名词，是"一时代的名词"，是"不甚恰当"的名词，应该缓行、少行乃至不行。⑥ 儒家思想中的有益因素在整体上的发挥作用，显然要到中国完成现代性改造以后。为中国的长远利益，孔孟之道应该缓行。他们批评对"传统文化"，特别是"孔孟之道"采取全面接受的态度，让没有足够免疫力的儿童读经，甚至定儒教为国教，是可怕的妄动，是思维混乱所产生的必然结果；指出孔孟之道中包含大量反现代性的政治伦理，而目前处在政治民主化和思想科学化改造关键时刻的中国社会，还没有足够的力量在吸收其有益营养的同时抵制其毒素，复兴国学必然会给处在现代性改造十字路口的中国社会带来严重的不利后果，甚至使宏伟的民族振兴事业出现倒退。⑦

谨慎派认同学术范围的国学研究，反对具有公共色彩的、以"弘扬国学"为主体的全民国学运动，提出警示"弘扬国学"范围的扩大化与极端化。⑧

补充派认同国学，但反对国学主导论。他们提示国学对今天应该是一种

---

① 慕毅飞：《别在国学面前热昏了头》，《中国青年报》，2007年8月24日，新浪网，http://news. sina. com. cn/pl/2007－09－06/080113828979. shtml，2007年9月6日。

② 李国文：《"望子成龙"的情结》，《解放日报》，2004年12月30日，"朝花"。

③ 张恩：《国学怎么是管理哲学的最高境界？》，http://whatxiao. blog. bokee. net/bloggermodule/blog＿viewblog. do? id＝427448，2006年12月8日。

④ 侯耀晨、周向阳：《国学要忽悠多少企业家》，http://www. chinavalue. net/Media/Article. aspx? ArticleId＝8518，2007年7月4日。

⑤ 踏雪无痕：《国学是木乃伊，很臭》，http://xfrh. blog. sohu. com/37630374. html，2007年3月13日。

⑥ 刘梦溪：《"国学"概念再检讨》，《21世纪经济报道》，2006年11月6日，第32版。

⑦ 张绪山：《论"孔孟之道"应该缓行》，http://www. philosophydoor. com/Article/criticize/3285. html，2007年4月24日。

⑧ 林野王：《国学不是大众文化，更不是鸡血疗法》，http://book. sohu. com/20060426/n243012178. shtml，2006年4月26日。

补充，而不是替代。只有其对现代学术能提供补益的部分才是值得发扬的，而其与现代社会和学术发展不相适应的部分，则应该成为记忆。①

重估派反对独尊论与复古论，主张对中国传统文化需要进行适应时代的重新估定，指出每个人自由而全面的发展方是我们努力的终极价值目标。古代的思想文化资源，外来的思想文化资源，都需要经由重新估定，重新构建，融入新文化的创造中，方能焕发出新的生命力。中华文明的伟大复兴有赖于百花园中万花绽放，而不是一枝独秀，尤赖于现代中国人以自己为主体，所从事的先进文化的伟大发展与创造。②

在以上讨论国学的流派中，重倡派与反对派都有一定的声势，但都有失偏激。前者往往倾向于夸大国学的功用，无视国学的负面，甚至走向了国学独尊（特别是"儒学独尊"）与国学救国（特别是"儒教救国"）的复古主义之路；后者往往倾向于完全抹杀中国文化与有中国特色的学术的价值，走向了本土文化虚无主义道路。缓行派与谨慎派则从当下国学运动的实际中存在的反现代化倾向出发，提出目前的任务主要是实现思想文化现代化的命题。补充派与重估派则主张结合时代特点，对传统文化进行扬弃。重估派尤其强调"重估"与"重构"、"多元"与"一体"、"传承"与"创造"、"主体"与"世界"的结合。而其中"每个人自由而全面的发展"为新中华文明的根本精神。

三、特征分析

这次国学思潮展现的无疑是现代化与传统性颉颃、人文性与市场化纠结、学术性与大众化并存的思想生态。其中，人文主义是其根本诉求。具体而言，它包含以下六大特征。

第一，具有一定的学术、文化与学科创新诉求。国学思潮尽管明显具有意识形态化、市场化与大众化的需求，但同样也具一定的学术、文化与学科创新诉求。认为重振国学有助于提高我国的人文学术创造力。批评近现代以来中国人文学术领域大规模移植西方学术，把基于西方文化传统和经验的学术和文化类型当做普遍形态、当做现代学术与文化的典范的做法。结果，一方面，我们借鉴西方人文学术建立了学科制度和教育制度，并产生了大量学

---

① 罗敏、彦升、葛剑雄等：《谁是我们的"国学大师"》，《第一财经日报》，2006 年 6 月 22 日，C07 版。

② 姜义华：《近代中国"国学"的形成与演进》，《学术月刊》，2007 年第 8 期。

术成果，造就了大量专业人才；另一方面，我们的人文学术普遍面临着西方化与本土化的矛盾，没有看到作为西方人文学术根基的文化传统和文化经验的限度，忽略了中国人文学术自身的经验、问题和语境，从而使中国人文学术在很大程度上失去了依据自己的资源，针对本土经验，不断创生新的文化理论的生命活力。国学倡导者指出，我国的人文学术若要进一步发展，就要克服普遍面临的学科合法性问题与学科基础理论合法性问题，解决好学科制度与文化传统之间的矛盾。①

第二，具有明显的人文素养及其伦理与精神诉求。人文需求是这次国学思潮的主要特征。国学是保存和传承中国传统人文精神的一种重要方式。在基于人的生存与发展的种种思考方面，传统人文精神虽然不免具有农业与家族的特性，但也具有构建现代人文精神所需要的人本与人道属性。国学复兴将"有助于人们了解中华传统文化经典，接受人文精神熏陶，给予我们更多的灵感、更多的人生启迪"②。从某种意义上说，中国正处于一种市场经济基础上新人文、新道德、新精神、新风俗养成的关键时期。在构建社会主流价值观，建设社会主义先进文化的过程中，传统文化中的一些伦理规范与精神原理完全可以在与时俱进的基础上加以利用。③"国学"注重人格教育、行为教育。里面蕴涵着诸多做人、做事的道理，如"自强不息"、"厚德载物"、"知义明耻"等思想。塑造人性品格的道德准则："仁、义、礼、智、信"④。因此，中国"既需要科学与民主，也需要信仰与道德，而后者是离不开国学的"⑤。国学的"最终目的应该是渗透进每个人生活的细节中，贯穿在做人的道理中"⑥。

第三，具有浓厚的功用化、市场化色彩。这次国学思潮在市场经济背景下发生，更加强调走出书斋，经世致用，充满商业气息，并且强化国学与管理学的结合，强调把国学作为文化产业来经营。由此，各种"老板国学班"应时而生，如"乾元国学教室"强调培育"能够掌握、传习、运用国学的综合思维，并与现代社会的政治、经济、科学技术等实现跨学科结合的复合型人才，实现东方传统与西方现代文明的对话，开启管理人的困惑"。中国国学俱乐部摒弃"训诂"、"读经"等传统国学学习传播路线，尝试将传统国学哲

---

① 纪宝成：《关于振兴国学的思考》，《光明日报》，2005 年 6 月 7 日，B4 版。
② 纪宝成：《关于振兴国学的思考》，《光明日报》，2005 年 6 月 7 日，B4 版。
③ 纪宝成：《国学的当代意义》，新华网，http：//news. xinhuanet. com/edu/2006 - 04/05/content_ 4385475. htm，2006 年 4 月 5 日。
④ 孟秀霞：《创新大学生思想政治工作》，《半月谈》，2006 年第 18 期。
⑤ 牟钟鉴：《质疑〈"国学"质疑〉》，《光明日报》，2006 年 7 月 18 日，第 5 版。
⑥ 楼宇烈：《当下的国学只是文化产业》，http：//www. gmw. cn/content/2006 - 05/10/content_ 414584. htm，2006 年 5 月 10 日。

学思维方式与现代生活进行结合，讲求"经世致用"，致力于发掘中国传统国学中有关"修身"、"养心"、"固意"、"省思"、"慎行"、"乐艺"六大传统国学训练和体验系统，从而倡导国学在事业、职业、家庭、健康等方面的生活化应用。① 东方管理学认为，国学蕴藏着丰富的管理智慧。能够解开管理人的困惑。因此，企业家国学班偏重"把中华文化的精髓与西方管理的方法融合并应用于企业实践"②。

　　第四，具有公共化、大众化、俗世化、运动化、时尚化与娱乐休闲化的趋向。国学，到底应成为国民生活中的日用品，还是仅仅被当做一只精美而脆弱的花瓶，在博物馆里用加厚玻璃、恒温设备保护珍藏？国学思潮把二者结合在一起。声称国学不应仅仅是书斋式研究，而应当密切联系现实社会生活，把它变成一种生活方式，使"国故"获得新的生命力，成为现时代新文化的根基和组成部分。张颐武指出，"吸收当下民间文化、草根文化中的精华，是发展国学应有之义"③。于是，国学以时尚的名义，走入当下生活。国学经典也从庙堂走进民间，以大众喜闻乐见的方式出现。国学日益成为一种消费的对象。④ 易中天品历史、于丹解诸子热极一时，"电视国学"、"讲坛国学"、"手机国学"争奇斗艳，采取超女模式的"国学大师"评选活动热闹地开展，保安员谭景伟在北京大学宣讲《论语》心得，苏州某教授推出《新编人文三字经》，"国学辣妹"也不失时机地展露"风采"。百度开辟国学频道，声称是为了将高端、权威、学术的国学通过网络生活化、大众化、时尚化，最终实现传统文化的复兴。⑤ 对于国学的俗世化、大众化、市场化与"生产力"化，有人表示不安⑥，有人指其浮躁⑦，也有人表示理解与认同，认为对娱乐化的国学用不着担忧，"要流行，要普及，总得寻找最易被大众接受的方

　　① 喻菲、斐闯、阿良：《国学新存在》，《瞭望·东方周刊》，2006年第1期；《国学"新时态"：书斋与市场对垒》，http://www.confucianism.com.cn/html/A00030001/141717.html，2005年12月26日。

　　② 王有佳：《复旦清华抢滩国学市场》，《人民日报》，2006年8月22日，浙江在线，http://www.zjol.com.cn/05edu/system/2006/08/23/007826231.shtml，2006年8月23日。

　　③ 张颐武：《大众需要国学，国学需要市场》，中国网，http://www.china.com.cn/chinese/OP-c/1187083.htm，2006年4月18日。

　　④ 袁跃兴：《谨防"国学热"变味》，《光明日报》，2007年8月3日，第10版。

　　⑤ 林野王：《国学不是大众文化，更不是鸡血疗法》，搜狐网，http://book.sohu.com/20060426/n243012178.shtml，2006年4月26日。

　　⑥ 刘培：《且看"国学变身生产力"》，《北京青年报》，凤凰网，http://new.ifeng.com/opinion/200708/0820_23_195102.shtml，2007年8月20日。

　　⑦ 张岜之：《国学传播要少点浮躁》，《人民日报》，2007年8月10日，第11版；朱建华：《"天价国学班"喧嚣里的浮躁》，http://www.eeo.com.cn/eobserve/observer/pop_commentary/2007/06/20/71818.html，2007年6月20日。

式，娱乐和媒体就是被国学需求力量选中的现代方式"①。"如果提到'国学'，就得诚惶诚恐，把国学搞成一门高高在上的学问，恐怕是与发扬光大国学的初衷南辕北辙，长此以往，国学也不是没有被'捧杀'甚至'跪杀'的可能。"② 对于保安讲国学，网民认为虽然保安在北京大学的演讲并不很成功，但这不能成为否定百姓研究国学的理由，百花齐放是极其必要的③，甚至认为"国学辣妹"现象也不过是文化多元化大众化一种符号，没有必要大惊小怪④，强调"国学坐在冷板凳上，是国学；为时尚所用的国学，仍是国学"⑤。"国学热"要能长期热下去，"必须与当代生活发生密不可分的联系"⑥。他们希望国学"作为优秀传统文化，能够深入人的生活，能够熏陶人的成长，并且与时俱进，有所创造发展"⑦。

第五，具有一定的民族主义色彩。国学复兴人士指出，国学是中华文明之根，是中国之所以为中国的根本和根基，是中华儿女的文化识别符号。因此，重振国学对于传承中华文明，实现文化认同与民族认同意义巨大，"可以扭转一个时期以来中国人对本民族文化的陌生和疏离，在实现祖国统一大业中有着无可替代的作用。对增强我国文化竞争力，增强国际影响的意义重大"⑧。为了保持民族文化的主体性、恢复民族与文化自信，增强民族意识的自觉性，增强民族凝聚力和认同感，构建民族精神支柱，激发民族精神，提升国民素质和国家"软实力"，建设现代新文化，就必须重振国学、振兴国学。⑨ 其核心主题就是"要更好地张扬中华文化的主体意识与时代意识"⑩。

---

① 陈彬斌：《国学也娱乐？》，http：//www.ccmedu.com/bbs12_52409.html，2007 年 8 月 31 日。

② 马龙华：《弘扬国学，就一定要为国学下跪吗？》，http：//news.xinhuanet.com/comments/2007-06/27/content_6295761.htm，2007 年 6 月 27 日。

③《人声鼎沸的国学让我们受益》，http：//www.culcn.cn/info/shownews.asp? newsid＝14898，2007 年 5 月 26 日。

④ 乔治元：《国学辣妹，勾引孔子不是罪！》，http：//blog.sina.com.cn/m/qiaozhiyuan，2006 年 11 月 11 日。

⑤ 郑茜：《国学之清与时尚之浊》，http：//news.xinhuanet.com/edu/2006-08/18/content_4977894.htm，2006 年 8 月 18 日。

⑥ 徐友渔：《"国学热"还能热多久》，《华夏时报》，2007 年 8 月 4 日，中华国学网，http：//www.iguoxue.cn/html/42/n-80942.html，2009 年 6 月 9 日。

⑦ 简超：《不要病态的"国学热"》，http：//culture.people.com.cn/GB/46104/46105/6120375.html，2007 年 8 月 16 日。

⑧ 纪宝成：《国学的当代意义》，http：//news.xinhuanet.com/edu/2006-04/05/content_4385475.htm，2006 年 4 月 5 日。

⑨ 李北陵：《读国学经典，提升软实力》，《出版参考：新阅读》，2007 年第 6 期。

⑩ 纪宝成：《关于振兴国学的思考》，《光明日报》，2005 年 6 月 7 日，B4 版。

只有坚持自己的主体性，"才能有效地、有针对性地吸收外国文化的养料，来滋润本国的文化、发展本国的文化"①。重建国学"是中华民族强大自信的标志，是进入世界多元文明体系，开展文化对话的表现"②。

第六，具有现代化与复古主义双重倾向，总体上还是朝着现代化方向发展。传统文化唯有古为今用，朝现代思维转化、创新，才能留在人们的生活中而非记忆里。因此，新国学思潮主流显示，"要用现代理念对传统文化再认识，用现代手段对传统文化再表现，用现代研究成果对传统文化进行再补充"③。的确，一个不能与传统和解的民族，始终是处于无根状态的。但与传统和解，不是复古，因此重建"儒教"、重立"三统"、独尊国学或儒学，不应成为新国学建设的选择。至于倡导穿汉服，少儿读经，行成童礼、开笔礼，定 9 月 28 日为中国"圣诞日"，甚至祭天、拜神等活动，应由大众自主选择。

四、背景及根源

第三次国学思潮与前两次国学思潮发生的背景具有根本的差异，前两次国学思潮发生的时候，中国基本上还是一个农业与小商品经济结合的前现代社会，而第三次国学思潮的高潮则深处于工业化中期与市场化的完善期，中国业已不可逆转地踏入现代工业市场经济与全球化的轨道上。经过 20 多年的持续经济增长之后，中国的综合国力突飞猛进，业已成为一个在国际事务与世界文明格局中具有举足轻重地位的大国了，但我们的文化与人文学术在国际上的影响并不与之对称，人文的自主创新意识还处于初级阶段。就中国现代化进程的实际来看，中国正处于"黄金发展期"与"矛盾突显期"的经济社会结点上，需要深入通过多元化与各方面的综合平衡来调节。第三次国学思潮就是在这种基础上展开的，以下从六个方面探讨其深刻根源。

第一，文化多元、文化认同与文化软实力的需求。自 20 世纪 80～90 年代以来，世界局势剧变，政治经济加速全球化与一体化，这不仅没有加强全球人文生态的一元化，反而加速了其多元化、区域化与本土化的趋势。世界

---

①　楼宇烈：《国学百年争论的实质》，《光明日报》，2007 年 1 月 11 日，第 10、11 版。

②　纪宝成：《重估国学的价值》，《理论参考》，2007 年第 7 期。

③　桂晓风：《我们从"于丹现象"现象看到什么》，http://cjr.zjol.com.cn/05cjr/system/2007/03/15/008250435.shtml，2007 年 3 月 15 日。

秩序在深刻调整。要求警惕全球冲突，呼吁文明对话与文化多元的国际呼声不断高涨。国际关系中的文明多元与核心文明仲裁范式受到重视，对非物质文化遗产的尊重与保护也提上日程，"国人迫切需要了解自己民族的历史，需要表明自己民族所具有的独特价值的内容"①，"国学"之热正是"适应我国民族本土文化复兴的时代潮流"②。无疑，它对于当今世界各国的政治、经济和文化建设提供了重要的参照意义。国学倡导者指出，"由于西方学术话语几乎全面覆盖了我们原有的学术话语，影响了我们的价值取向，我们从来没有像今天这样渴望'中国固有之学'这个参照系"③。而且，国学"代表中国人的独特之处，体现我们和西方文化的差异。像一条纽带，把每个中国人紧紧地联系在一起，使我们拥有一份归属感和安全感"④。伴随中国经济的持续高速增长，我们的民族主体文化意识日益强烈，文化自信感油然而生，文化创新意识活跃，文化自觉得到彰显，文化民族主义表现得日益活跃，关注民族身份符号识别与民族文化认同，由此实现民族国家认同与国家软实力提高的呼声日益高涨，国学思潮就是其显著反映。

第二，市场经济的人文诉求。中国市场经济历经 20 多年的发展在 21 世纪初进入完善期，人文主义诉求日益强烈，人们的心理、伦理和精神需要新的规范与发展。首先，国学之兴乃是市场经济背景下进行人们构建精神家园之所需。随着物质生活水平的提高，人们需要丰富的精神世界，需要一种持久的精神寄托，因此，求助于某种可以作为立身之本的思想体系。而国学已形成了比较完整的思想体系与精神架构，能够满足人们的精神饥渴、精神娱乐和精神境界的提升需求。其次，国学之兴还是市场经济基础上建设与其适配的道德规范之所需。市场经济的发展速度很快，道德层面还来不及重建一套与之相适应的行为规范，以至诚信缺失、慈善缺位、腐败横行，迫使人们到传统文化中寻找救偏之策，并在建设新的政治经济与社会道德中重整传统资源，以"协调人和自然的关系以及人和人的关系"，"促使人把自己掌握的技术用到造福于人类的正道上来"⑤。

第三，思想解放的不断深化。长期以来我们在思想上处于某种困境，一

① 王杰：《当前"国学热"兴起的主要原因》，《北京日报》，2007 年 6 月 18 日，第 19 版。

② 吴根友、张三夕、钱建强：《国学为现代化提供深厚的思想资源》，《光明日报》，2007 年 1 月 25 日，第 9 版。

③ 涂涂：《国学运动 不必仅是恢复记忆的宏大叙述》，http：//www.okid.cn/show.aspx? id= 20&cid=6，2006 年 1 月 12 日。

④ 刘京京：《国学让现代人静下心来》，《生命时报》，2007 年 7 月 31 日。

⑤ 袁行霈：《国学究竟有什么用?》，《人民日报》，2007 年 6 月 20 日，第 11 版。

般人的思想内容自然较为单调而贫乏。[①] 随着我国市场经济体制改革的启动与加速，伴随着我国经济的日益市场化，思想领域的解放与多元化诉求日益强烈。如果说 20 世纪 80 年代的第一次文化热（特指改革开放以来）主要体现在对困扰中国的农业社会主义与封建专制主义的冲击的话，[②] 那么，20 世纪 80 年代末 90 年代以来的第二次文化热则主要体现在文化的多元化、俗世化与大众化的诉求，深处现代化进程中的国学思潮无疑属于改革开放以来思想解放的进一步深化。

第四，海外儒学与海外华人的文化反哺。东亚文化圈的经济崛起，海外华人的经济成功，使得全球学者孜孜以求其"奇迹"之因，"儒家资本主义"解释一时风行，日本和亚洲"四小龙"经济腾飞的精神动力被归之于对儒家伦理的成功应用和改造的结果，新儒家由此获得进一步发展的动能与资源。海外儒学热与汉学热出现并持续发展，杜维明等新儒家代表人物以接续和传播中国传统文化为己任，在世界一些主要国家和地区频频"播道"，形成较大的反响。其论著在 20 世纪 80 年代以后相继在大陆出版并广为流传，由是，经过重新解释的儒家、诸子以及文化伦理观念反哺大陆，推促着国学思潮的萌发与发展。另外，以中华文化标识其身份符号并以之串联起来的海外华人归国探亲，也推动了当前国学思潮的高涨。

第五，西方后现代主义传播与苏联式马克思主义的挫折。后现代主义反话语霸权、反元叙事、解构西方中心主义、解构学科本位、呼吁重建西方人文社会科学的理念与实践，给了中国学界不同程度的刺激。而苏联解体、东欧剧变引发的苏联式马克思主义意识形态危机也推促我们从本土传统文化资源中寻找思想与精神养料，我们提倡的"以德治国"、"以人为本"、"和谐社会"、"八荣八耻"也在传统文化资源中找到了其源头活水。在这种文化与政治氛围里，国学崛起成为可能。

第六，现行教育科研体制的深刻缺陷。学界普遍认为，"当下国学的升温，多半源于传统历史文化教育在现代化的指标体系中缺乏应有的分量"[③]。新中国成立以来的教育科研体制仿照苏联建设，存在着"重理轻文"、实用主义、学科分割与封闭，甚至大学也多属技术专科型大学。"学好数理化，走遍天下都不怕"这样的话语，在很长一段时间内，就是中国教育的箴言，完全

---

① 傅佩荣：《大陆的国学热》，http：//news.xinhuanet.com/comments/2007-04/28/content_6038084.htm，2007 年 4 月 28 日。

② 苏双碧：《从"文化热"到"国学热"的反思》，《北京日报》，2006 年 8 月 28 日，第 17 版。

③ 吴根友、张三夕、钱建强：《国学为现代化提供深厚的思想资源》，《光明日报》，2007 年 1 月 25 日，第 9 版。

忽视与割断了中国本土人文文化及其教育与学术理念。传统书院教育强调学科的整体化有机化的教育方式和教育理念被废除了。①这种局面在进入 20 世纪 90 年代以后有所改观，如大学综合化、新学科设置自主化等，但很多变化实际上往往流于表面，多年形成的运作惯性并不容易改变。因此，在当前学术领域，仍然普遍存在着学科、专业划分过细，学科壁垒森严，知识结构单一的现象。不仅文理不融通，人文学科与社会科学也不融通，就是人文学科内部，文、史、哲也难以融通，甚至在某一专业领域，也被严格限制在划分得更细更小的方向范围内②，"多年来重理轻文的价值取向，其潜移默化的结果，是文化迷茫的触目惊心，道德滑坡的愈演愈烈"③。这种教育理念也深刻影响了我国的英语教学，导致重语言、轻文化的教学模式长期成为主导，"缺乏人们常说的文化'底蕴'"④。

五、反思与前瞻

第三次国学思潮还没有消歇，仍然在展开之中，并且在实践方面力行。在中国深入迈向现代工业市场社会之际，第三次国学思潮以人文主义为诉求，以期重整传统人文资源，构建工业市场社会的新伦理规范，抚慰人们在现实生活中的紧张与焦虑，满足物质生活充裕外的精神疗养需求。它传承并普及民族文化的优秀传统，广泛地激起人们对民族文化的兴趣与热爱，深化其认识，提高其认同，并树立良好的国家对外文化形象，借此提升国家软实力。这一切无疑是现时之所需。据此，无论是从学术发展、人文熏育、文化创新，还是从身份标识、文化认同、国家软实力来看，国学的昌盛是必要的，第三次国学思潮仍将继续开展。

值得指出的是，第三次国学思潮中也出现了若干误区，若不加以矫正，不利于其健康发展。一是出现了提倡儒学独尊、儒教救国、读经救世等把传统文化意识形态化、一元化和夸大化的错误；二是出现了不加区别地一概诋毁与排斥西方先进文化而崇尚本国传统文化的复古主义与闭关主义的不良倾向；三是在普及国学过程中由于过分强调其实用化与大众化而导致对国学的诸多歪曲。因此，必须以现代化的、开放的、多元的、发展的、自主创新的

① 袁济喜：《聚焦国学：融通古今，创新传统》，《中国教育报》，2007 年 1 月 16 日，第 3 版。
② 纪宝成：《关于振兴国学的思考》，《光明日报》，2005 年 6 月 7 日，B4 版。
③ 纪宝成：《重估国学的价值》，《理论参考》，2007 年第 7 期。
④ 刘立群：《大学英语教学不可忽视国学素养》，《光明日报》，2007 年 8 月 22 日，第 10 版。

态度来对待它。

第一，提倡学术与思想文化的多元而非一元，鼓励争鸣。"当今中国还没有多元文化的氛围，人们还没有想清楚国学在当代生活中应有的定位。"① 在"国学复兴"的旗帜下，鱼目混珠，往往出现无限拔高传统文化精华的国学救世与儒教立国论。必须指出，复兴国学不等于独尊国学或儒学，不等于把国学或儒学意识形态化与一元化。因此，研究国学，要做到鼓励多元与争鸣。② 在真正的民主法治条件下，决定各种学说流派的最终社会命运的关键因素则是它们自身的社会价值和生命力。无论是对于"国学热"——"重振国学"和"读经"的思潮，还是对那些反对"国学热"的观点，都必须一视同仁，坚持"百花齐放、百家争鸣"的方针。谨慎、耐心地去创造一种学术自由的气氛，使不同的学派、不同的观点，都能够得到平等的生存条件和发展机会。③ 反对"把国学与西学对立起来，把国学与马克思主义对立起来"，应该"把国学与西学、马克思主义看做是既有区别，又可以相互转化、融通的历史文化现象加以分析、对待"④。

第二，警惕复古主义与排外主义，提倡现代化与开放的态度。在国学复兴大潮中，有把国学简单理解成传统文化或孔儒思想的模仿回归，声称"国学救世"、"儒教国教化"和"读经救国"。结果，广场诵读、打坐叩头、古装古服一时登场。这都是过分渲染传统文化优越性的结果，甚至在"读经运动"中排斥外国经典，主张只读中国儒家经典。也有学者指出，"国学的基本精神与现代社会的基本精神南辕北辙，宗法文化和农本文化产生不了市场经济、民主制度和自由精神。从国学中产生不了现代社会、现代科学、现代人文、现代管理体系"⑤。"古代蒙学教材中所推崇的理念不利于孩子独立个性和怀疑精神的培养。"⑥ 其实，国学与西学并非相互排斥，王国维早在《国学丛刊·序》中就指出，"中西二学，盛则俱盛，衰则俱衰，风气既开，互相推

① 徐友渔：《"国学热"还能热多久》，《华夏时报》，2007 年 8 月 6 日，中华国学网，http：//www.iguoxue.cn/html/42/n-80942.html，2009 年 6 月 9 日。

② 朱维铮：《"国学热"要谨防假冒》，《深圳商报》，大学网，http：//www.implight.net/node/36749，2007 年 7 月 27 日。

③ 宋惠昌：《"国学热"中的沉思》，《理论参考》，2007 年第 7 期。

④ 赵吉惠：《国学·西学·马克思主义》(1996)，《国学沉思》，杭州：浙江人民出版社，1998 年，第 15 页。

⑤ 肖云儒：《"国学热"是仅次于股市麻将的第三热》，《华商报》，华商网，http：//www.hsw.cn/news/2007-08/04/content_6465421.htm，2007 年 8 月 4 日。

⑥ 赖少芬、卢迎新：《复兴国学，应该复兴什么？》，http：//zgwww.com/html/NEWS/seeing/20070429/9039.html，2007 年 4 月 29 日。

助。且居今日之世,讲今日之学,未有西学不兴,而中学能兴者;亦未有中学不兴,而西学能兴者"①。因此,复兴国学不是复古,不是抱残守缺,是为了现在和将来。顾晓鸣指出,国学的形成本是中西合璧的产物,是在吸收西方近代以来启蒙思潮的前提下,对传统学术进行清理与研究的,并不是与外国之学对立起来的唯本国之学,一部"国学"史就是一部中国学术和思想文化应对界外进入的异族异国之"学"的历史。国学的这种外联和内在的"创造性转化",是中国学术和思想文化的生命及活力所在②。国学学者也表示,"要把国学放到中国实现现代化的大格局中,放到经济全球化的大格局中加以研究"③。为了与时俱进地发展新学术新文化,必须具备国际化现代化的视野与开放包容自主的心态。

第三,不能以实用主义态度简单对待。关于国学的应用有三种态度:一种是完全不赞成国学的市场化、功利化、俗世化、运动化、大众化与多元化,反对"恶搞"、"搏出位"等对国学的"恶俗化",称之为"颠覆"、"浮躁"或"古人的厄运年"。另一种认为国学的春天就在于市场化、俗世化、大众化与多元化。④ 还有一种认为国学普及适当借助商业运作的力量,能加快国学走向大众的脚步,但绝不能急功近利和过于商业化,将国学作为牟取名利的工具。⑤ 国学只可在小范围内市场化,却不能在大范围内商业化。⑥ 因为普及传播国学是一种社会教育,其根本目的,是让社会公众对中国的古代社会和古代知识有一个比较明晰的认识,以便从国学中吸取精华,作为构建现代精神文明的有益养分。⑦ 前两种态度显然都走向了极端,前者忽视了国学的人文关怀与公共性,而后者忽视了国学的学术性与社会意义。正确的态度应是以分析的、开放的、发展的眼光来对待国学。国学的生命存在于一个民族的文化与生活实践中。

第四,在传承基础上,重新估定一切,实现中华文明的伟大复兴。国学思潮,归根结底,是"在现代化的进程当中思考如何正确对待本国已有的文

① 王国维:《〈国学丛刊〉序》,《王国维论学集》,北京:中国社会科学出版社,1997年,第404页。
② 顾晓鸣:《"国学"究竟是什么》,《文汇报》,2006年8月15日,第5版。
③ 袁行霈:《国学究竟有什么用?》,《人民日报》,2007年6月20日,第11版。
④ 简超:《"颠覆"经典 使国学的春天百花争艳》,http://news.guoxue.com/article.php?articleid=12172,2007年8月31日。
⑤ 邹明强:《"国学热",文化复兴还是热炒恶俗》,《工人日报》,2007年8月30日,第5版。
⑥ 韩浩月:《一斤国学能卖多少钱?》,http://news.guoxue.com/article.php?articleid=12113,2007年8月28日。
⑦ 邢兆良:《"国学虚热"误导了什么》,《文汇报》,2007年9月4日,第5版。

化传统，如何建设具有本国、本民族特色的现代化国家"①。在国学的传承与发展中，必须对传统文化做适应时代进步的重新估定，要区分传统思想文化里面的精华与糟粕，如礼教中的皇权崇拜与人身依附就必须清除，"今天的公民需要树立平等意识、法律意识、独立意识、权利意识"②。在研究方法方面，必须进行历史综合、明其因果、探其义理、古今中外比较、推陈出新。③在丰厚的历史文化资源基础上，在世界文明发展的前沿中，建构我们自己的文化自觉与文化自信，建设既融合世界先进文明，又富有中国品质的社会主义新文明。

　　20 世纪以来，中国先后兴起了以民族主义、科学主义和人文主义为基本诉求的三次国学思潮。不可否认的是，三次国学思潮都具有民族主义、科学主义和人文主义色彩，但各有偏重，第三次国学思潮由于深处于我国工业化中期与市场化完善期，又受西方后现代主义的影响，因而其偏重的诉求是人文主义。但其人文主义诉求中也出现了若干误区：一是出现了提倡儒学独尊、儒教救国、读经救世等把传统文化意识形态化、一元化和夸大化的错误；二是出现了不加区别地一概诋毁与排斥西方先进文化而崇尚本国传统文化的复古主义与闭关主义的不良倾向；三是在普及国学过程中由于过分强调其实用化与大众化而导致对国学的诸多歪曲。章太炎曾经指出，"我们若不故步自封，欲自成一家言，非但守着古人所发明的于我未足，即依律引申，也非我愿，必须别创新律，高出古人才满足心愿"④。只有摆正认识，矫正误区，国学才能获得良性发展。因此，无论是从学术发展、人文熏育、文化创新来看，还是从身份标识、文化认同、国家软实力来看，国学的昌盛都是必要的，但必须以现代化的、开放的、多元的、发展的、自主创新的态度来对待它。

---

　　① 楼宇烈：《国学百年争论的实质》，《光明日报》，2007 年 1 月 11 日，第 10、11 版。
　　② 张岂之：《研究中国思想文化应坚持三个学术原则》，《科学时报》，中国科学院网，http：//159.226.97.8/html/Dir/2007/08/07/15/16/74.htm，2007 年 8 月 7 日。
　　③ 吴宓 1926 年 9 月 18 日在清华《研究院发展计划意见书》提出了一种"综合、比较、创新"的国学研究方法。具体研究参阅赵吉惠：《综合、比较、创新说》，《国学沉思》，杭州：浙江人民出版社，1998 年，第 11 页。
　　④ 章太炎：《国学概论》，曹聚仁整理，上海：上海古籍出版社，1997 年，第 67 页。

第十四章

当代中国生态文明建设：理论探讨与实践指向

现代化与自然环境的互利耦合是为生态现代化。中国经济社会发展与环境保护关系理念，历经"以植树造林为百年大计"（1949～1994）、"实现可持续发展"（1994～2007）与"建设生态文明"（2007～　）三个时期。1994年7月，国务院批准了《中国21世纪人口、环境与发展白皮书》，我国进入实施"可持续发展战略"时期，为现代化的生态转型揭开了序幕。2007年10月，中共十七大报告则在"实现全面建设小康社会奋斗目标的新要求"中提出"建设生态文明"。由此，我国进入"建设生态文明"、积极推进生态现代化的新时期。

一、生态文明的含义

究竟何谓"生态文明"？目前主要有三种思路。

第一种思路是，把生态文明看做是小康建设（中国式现代化）或现代性文明体系（主要指工业市场文明，包括与工业市场经济相关的物质文明、政治文明、精神文明等文明体系）的重要构成部分。

其中，第一种观点从全面建设小康社会角度，提出了生态文明建设国家战略，认为建设生态文明，实质上就是要建设以资源环境承载力为基础、以自然规律为准则、以可持续发展为目标的资源节约型、环境友好性社会。①

第二种观点从现代化角度把生态现代化视为其中一个重要方面。例如，何传启等认为，生态现代化是现代化的一个重要领域，是现代化与自然环境的一种互利耦合，是世界现代化的一种生态转型。②

第三种观点，把生态文明视为是对工业文明的一种反思性文明，可称为工业文明反思论。例如，周生贤认为，生态文明是人类文明的一种形态，以尊重和维护自然为前提，以人与人、人与自然、人与社会和谐共生为宗旨，以建立可持续的生产方式和消费方式为内涵，以引导人们走上持续、和谐的发展道路为着眼点；强调人的自觉与自律及人与自然环境的相互依存、相互促进、共处共融，既追求人与生态的和谐，也追求人与人的和谐，而且人与人的和谐是人与自然和谐的前提，是人类对传统文明形态特别是工业文明进行深刻反思的成果，是人类文明形态和文明发展理念、道路和模式的重大进步。③

第四种观点，把生态文明视为是与物质文明、精神文明和政治文明并立的一种现代性文明形态。例如，何增科认为，提出生态文明的概念，是为了使人们从人类文明的战略高度认识保护自然环境、维护生态安全、促进可持续发展工作的重大意义。生态文明是物质文明、精神文明和政治文明的基础和前提，没有可持续的环境就没有可持续发展。保护生态环境就是保护可持续发展能力，改善生态环境就是提高可持续发展能力。④

第五种观点，区别了原生态文明、次生态文明与新生态文明，认为我们所要建设的生态文明指的是工业、市场与生态和谐共存共进的一种现代文明形态，它具有文明的现代性、发展的可持续性、人与自然的和谐性、生态建设的科学性、警惕人类改造自然的风险性、只承认人类改造自然能力的有限性等特点。⑤

第六种观点从意识、制度与行为把生态文明分为生态意识文明、生态制度文明和生态行为文明三个方面。例如，陈寿朋认为，生态意识文明是人们

① 中共中央文献研究室：《中国特色社会主义理论体系形成与发展大事记（1978—2008）》，北京：中央文献出版社，2008 年，第 455、456 页。
② 中国科学院中国现代化研究中心：《中国现代化报告 2007——生态现代化研究》，北京：北京大学出版社，2007 年，综述第 1 页。
③ 周生贤：《积极建设生态文明》，《人民日报》，2007 年 12 月 24 日，第 9 版。
④ 何增科、刘蔚：《生态文明给城市带来了什么？》，《中国环境报》，2008 年 8 月 25 日，第 2 版。
⑤ 何爱国：《中国生态文明建设：问题、内涵、指标与建设路向》，载上海市社会科学界联合会：《中国的未来：问题与挑战》，上海：上海人民出版社，2008 年，第 6、7 页。

正确对待生态问题的一种进步的观念形态，包括进步的生态意识、进步的生态心理、进步的生态道德以及体现人与自然平等、和谐的价值取向。生态制度文明是人们正确对待生态问题的一种进步的制度形态，包括生态制度、法律和规范。生态行为文明是在一定的生态文明观和生态文明意识指导下，人们在生产生活实践中推动生态文明进步发展的活动，包括清洁生产、循环经济、环保产业、绿化建设以及一切具有生态文明意义的参与和管理活动，同时还包括人们的生态意识和行为能力的培育。[①]

第二种思路是，把生态文明看做是工业文明形态之后的一种新阶段的文明形态。其中又可分为第三阶段论、第四阶段论、第五阶段论与未明晰阶段论等多种观点。

其中，第一种观点是把生态文明看做是人类文明发展的第三阶段，即继农业文明、工业文明之后的一种文明形态。例如，潘岳认为，生态文明是继农业文明（黄色文明）、工业文明（黑色文明）之后的绿色文明。工业文明以征服自然为主要特征，一系列全球性生态危机说明地球再没能力支持工业文明的继续发展。需要开创一个新的文明形态来延续人类的生存，这就是生态文明。它将使人类社会形态发生根本转变，首先是伦理价值观的转变，其次是生产和生活方式的转变。[②] 姬振海分析了生态文明同以往的农业文明、工业文明具有的异同之处。相同点是，都主张在改造自然的过程中发展物质生产力，不断提高人的物质生活水平；不同点是，生态文明遵循的是可持续发展原则，要求人们树立经济、社会与生态环境协调发展的新的发展观。[③]

第二种观点把生态文明视为继原始文明、农业文明、工业文明之后的第四阶段文明。例如，贾治邦认为，生态文明是在对传统文明破坏生态的弊端进行长期深刻反思和扬弃后而形成的一种新的文明，是对人类传统文明的整合、重塑与升华。它是人类在改造客观世界的同时，积极改善和优化人与自然的关系，建设科学的生态运行机制和良好的生态状况支撑的物质、精神、制度方面成果的总和。核心是人与自然和谐的价值观在经济社会发展中的落实及其成果的反映，摒弃人类破坏自然、征服自然、主宰自然的理念和行动，倡导在经济社会发展中尊重自然、保护自然、合理利用自然，并主动开展生

---

① 陈寿朋：《略论生态文明建设》，《人民日报》，2008 年 1 月 8 日，第 7 版。

② 潘岳：《社会主义生态文明》，人民网，http：//env. people. cn/GB/4859374. html，2006 年 9 月 26 日。

③ 姬振海：《对建设中国特色生态文明的若干思考》，新华网，http：//news. xinhuanet. com/report/2005 - 04/21/content _ 2858973. htm，2005 年 4 月 21 日。

态建设，实现生态良好、人与自然和谐。突出强调人与自然的平等关系。①
盛邦和认为市场·生态社会为人类文明继丛林·原始社会→土地·农业社
会→市场·工业社会之后的第四个转变期，全称是"市场的生态工业社会"，
这个社会讲求自然和谐、社会和谐与世界和谐。这个社会还是"市场"的，
市场非但不取消，还要更壮大，更成熟。这个社会还是"工业"的，工业化、
现代化初衷不改。②

　　第三种观点把生态文明视为继渔猎文明（A 文明）、农业文明（B 文明）、
工业文明（C 文明）、信息文明（D 文明）之后的第五阶段文明（E 文明）。
此观点的提出者是李兆清。他认为生态文明是人类实现人口、资源、环境、
生态协调进化的优化范型，是人类为了可持续发展，在经过渔猎文明、农业
文明、工业文明、信息文明四次选择后进行的第五次选择，是人类遵循人、
自然、社会和谐发展这一客观规律而得到的物质与精神成果的总和，是以人
与自然、人与人、人与社会和谐共生、良性循环、全面发展、持续繁荣为基
本宗旨的社会存在状态。主要包括"10E 理念"：earth（地球）、environment
（环境）、ecological（生态）、energy（能源）、entropy（熵）、efficiency（效
率）、enlightened（开放）、equalization（平衡）、eternal（永恒）、elegance
（高贵）。③

　　还有些学者未明确细区分人类文明演进阶段，但也认为生态文明是现有
文明基础上的一种更高级别的文明形态。例如，关琰珠等认为，生态文明是
在物质文明、精神文明和政治文明高度发达的基础上形成的更高级的文明
形态。④

　　第三种思路是前两种思路的兼容性综合，即把第一种思路称为狭义的生
态文明含义，第二种称为广义的生态文明含义。这种思路认为，广义生态文
明是人类社会继原始文明、农业文明、工业文明后的第四阶段文明形态，狭
义生态文明则是与物质文明、政治文明和精神文明相并列的现实文明形式之
一，着重强调人类在处理与自然关系时所达到的文明程度。⑤ 例如，陈家刚
指出，狭义生态文明表征着人与自然互相关系的进步状态，广义生态文明
（以产业生态化为主要特征的文明形态），是工业文明（以工业生产为核心的

　　① 贾治邦：《肩负起建设生态文明的历史使命》，《人民日报》，2008 年 2 月 27 日，第 7 版。
　　② 盛邦和：《市场·工业社会向何处延伸》，《解放日报》，2007 年 9 月 8 日，第 5 版。
　　③ 李兆清：《生态文明：新文明观》，《高科技与产业化》，2007 年第 9 期。
　　④ 关琰珠、郑建华、庄世坚：《生态文明指标体系研究》，《中国发展》，2007 年第 2 期。
　　⑤ 半月谈：《怎样认识和理解"建设生态文明"》，新华网，http://news. xinhuanet. com/poli-tics/2007 - 11/09/content _ 7038871. htm，2007 年 11 月 9 日。

文明）之后的人类文明新形态。①

除了以上三种主要思路外，还有主要从实践性与政策角度立论的思路。例如，林树森认为，生态文明是一种建立在先进生产力基础上的文明形态，不只是拿来看的，而是要拿来当饭吃的。生态文明也是一种让人普遍感到幸福的文明形态，要在确保人民群众基本生活需要的基础上，不断改善民众的生活环境和生活质量。生态文明是一种绿色的文明形态。必须在不断加强生态建设和环境保护的基础上，加快转变生产模式和行为模式，走一条依靠自然、利用自然而又保护自然，与自然和谐共处、互动发展的可持续发展之路。②

不管哪种思路，生态文明都属于现代性文明，要么是工业市场文明的深入性、成熟性发展或工业市场文明危机后的反思性文明，要么是工业信息文明转轨之后的更高级的新文明形态。从目前我国生态文明建设的实践诉求看，生态文明建设追求人类社会与生态环境的和谐发展与可持续发展。生态文明不是凭空而来，而是人类与自然互动互制关系的历史发展的文明结晶形式。建设生态文明，同样要立足于工业市场文明的历史与现实。

二、中国生态文明建设的目标、路径与方式

尽管对于生态文明含义的理解有不同的思路，但是，对于生态文明建设的目标，学界与政府几乎一致地认为是实现人与自然的和谐发展。当然，也有人认为生态文明的目标是社会公正，即平等对待自然界与人类社会。生态文明的价值诉求是多样性、可持续性、整体性、责任与权力下放。③ 实际上，这种观点的核心仍然是认同人与自然的和谐发展，不过，其更强调自然界与人类社会的平等相处。但从以人为本的视角看，和谐相处比平等相处更能反映人与自然关系的历史路径、现实祈求与未来趋向。

关于中国生态文明建设的路径与方式，学界与政府提出了众多的有识有益之见。有单从某一方面分析的，也有综合分析的；有主要基于理论分析的，也有主要基于政策与实践分析的；有从理论上与政策指导上提出生态文明发

① 陈家刚：《生态文明与协商文明》，载中国科学院中国现代化研究中心：《生态现代化：原理与方法》，北京：中国环境科学出版社，2008年，第100、101页。

② 林树森：《生态文明不只是拿来看的》，《人民日报》，人民网，http://politics.people.com.cn/GB/1026/6744842.html，2008年1月8日。

③ 陈家刚：《生态文明与协商文明》，载中国科学院中国现代化研究中心：《生态现代化：原理与方法》，北京：中国环境科学出版社，2008年，第101~103页。

展模式的，也有主要总结某一区域实践发展经验并结合理论分析提出生态文明发展模式的。

任勇主要从环境经济政策角度分析生态文明建设的路径与方式，认为作为"内在约束"力量的环境经济政策，具有促进环保技术创新、增强市场竞争力、降低环境治理成本与行政监控成本等优点，可使用的政策有七类：绿色税收、环境收费、绿色资本市场、生态补偿机制、排污交易、绿色贸易政策、绿色保险等。①

周生贤主要从环境保护角度分析生态文明建设的路径与方式，建议大规模开发和使用清洁的可再生能源，实现对自然资源的高效、循环利用，在思想上，正确认识环境保护与经济发展的关系；在政策上，从国家发展战略层面解决环境问题；在措施上，实行最严格的环境保护制度；在行动上，动员全社会力量共同参与保护环境。②

贾治邦主要从生态安全角度分析生态文明建设的路径与方式，要求全社会形成良好的生态伦理道德，履行维护生态安全的责任和义务，通过培育和发展森林资源，着力建设和保护好森林生态系统、荒漠生态系统、湿地生态系统，努力构建以森林植被为主体、林草结合的国土生态安全体系，加快构建发达的林业产业体系，加快构建繁荣的生态文化体系。③

陈家刚主要从生态治理角度分析生态文明建设的路径与方式。他认为生态文明的核心内容是生态治理，具有资源节约、多元参与、良性互动、基层民主、从善政走向善治等特点的生态治理，是实现生态文明的必然要求。他认为鼓励公民参与、理性反思、尊重差异、平等对话、明确责任、有效培育公民精神的协商民主是生态治理的路径选择。④

杨鹏主要从环保组织发展角度分析生态文明建设的路径与方式，建议政府要给各种环保技术创新的企业、组织以良好的法制空间，同时要给民间关注环保的行为予以保障。⑤

此外，更多的学者是从多角度、多层次、多方面去综合分析生态文明建设的路径与方式。

陈寿朋从生态经济、生态政治、生态文化、生态社会四个层面阐述生态

---

① 周炯、雷敏、任勇等：《现实呼唤"生态文明"》，《浙江人大》，2007 年第 11 期。
② 周生贤：《积极建设生态文明》，《人民日报》，2007 年 12 月 24 日，第 9 版。
③ 贾治邦：《肩负起建设生态文明的历史使命》，《人民日报》，2008 年 2 月 27 日，第 7 版。
④ 陈家刚：《生态文明与协商文明》，载中国科学院中国现代化研究中心：《生态现代化：原理与方法》，北京：中国环境科学出版社，2008 年，第 103～107 页。
⑤ 周炯、雷敏、任勇等：《现实呼唤"生态文明"》，《浙江人大》，2007 年第 11 期。

文明的建设路径与建设方式，指出生态文明建设的经济层面，是指所有的经济活动都要符合人与自然和谐的要求，主要包括第一、第二、第三产业和其他经济活动的"绿色化"、无害化以及生态环境保护产业化。大力发展循环经济，实施清洁生产，强化环保产业的职业责任意识。生态文明建设的政治层面，是指党和政府要重视生态问题，把解决生态问题、建设生态文明作为贯彻落实科学发展观、构建和谐社会的重要内容，主要包括树立正确的发展观和生态观。加强生态法制建设，重视生态行政建设，推进生态民主建设。生态文明建设的文化层面，是指一切文化活动包括指导我们进行生态环境创造的一切思想、方法、组织、规划等意识和行为都必须符合生态文明建设的要求。它主要包括树立生态文化意识，注重生态道德教育，加强生态文化建设。生态文明建设的社会层面，是指重视和加强社会事业建设，推动人们生活方式的革新，创造良好的社会生活环境。主要包括优化"人居"生活环境，实现人口良性发展，实现消费方式的生态化。[①] 何爱国也认为，生态文明建设要沿着文明现代化与生态现代化互制互动的轨道运行。从生态政治、生态经济、生态社会、生态文化四个方面自觉地谨慎地协调生态维护与人类发展的关系，保持对利用自然、改变生态的高度警觉，使我们能够在地球这个大生态系统中与我们的环境和谐共存。[②]

薛惠锋从观念、产业体系、产品、制度、标准、法律、统计和环境监测体系等方面分析生态文明建设的路径与方式。他提出，要正确处理生态文明建设与经济社会发展关系，树立正确的政绩观。要加快产业结构调整，构建节能环保型产业体系；大力发展循环经济，优先支持拥有自主知识产权的生态文明建设关键技术示范，采取多种方式加快高效生态文明建设产品的推广应用；通过财税政策、价格政策等各种经济杠杆，促进节约能源和污染物减排工作，形成激励和约束相结合的生态文明建设机制。加快制定和完善能源、环境相关标准，为落实生态文明建设目标提供强有力的支撑；通过确立节能与环境质量标准及污染物排放标准执行中的有关规定，增强标准的约束力和强制执行力，强化超标排污、违法排污的法律责任，加大对环境违法行为的处罚力度，还要加快节能统计和环境监测体系建设。[③]

基于生态文明的五大演进阶段分析，李兆清从理论上提出了生态文明建

---

① 陈寿朋：《略论生态文明建设》，《人民日报》，2008年1月8日，第7版。

② 何爱国：《中国生态文明建设：问题、内涵、指标与建设路向》，载上海市社会科学界联合会：《中国的未来：问题与挑战》，上海：上海人民出版社，2008年，第8、9页。

③ 薛惠锋：《生态文明建设的几点建议》，《人民论坛》，2008年1月3日。

设模式（E模式）。这个模式涵盖五个发展、八大体系、三个层次。"五个发展"是：科学发展、和平发展、可持续发展、节约发展、清洁发展的有机结合。"八大体系"是：低消耗的生产体系，适度消费的生活体系，可持续的、循环的环境资源体系，稳定高效的经济体系，不断创新的科技体系，更加开放的金融贸易体系，注重公平的分配体系、开明进步的民主体系。"三大层次"是：宏观层次上，要建立一个完全符合科学发展社会的基本模式；中观层次上，要建立一个可持续发展、适分对口、梯级利用的循环经济；微观层次上，要在社会各行业各领域建立清洁生产的概念。①

　　第一个城镇生态文明建设实践模式为"厦门模式"，由中共中央编译局与厦门市委市政府结合厦门市生态文明建设实践提出。"厦门模式"被概括为六个特征：一是坚持"以人为本、环境优先、生态立市、生态兴业"的生态城市先进理念，不以牺牲生态利益换取一时的发展，努力把经济建设、社会发展建立在环境和资源能够承载的基础上，积极发挥生态文明建设的政绩导向作用；二是始终将建设生态城市的先进理念贯穿于城市规划过程之中，以城市总体规划和生态城市建设规划为抓手，实现经济社会与生态环境保护的统筹发展；三是积极构建"政府主导、民间协同、公众参与"的城市生态善治模式，探索出"政府引导、市场推动、法律规范、政策扶持、科技支撑、公众参与"的运行机制；四是发挥市场作用，充分调动企业建设生态文明的积极性和主动性，建立多元化的投融资机制和市场化的资源供应机制，引导企业把有限的资源配置到最有效的地方，实现资源利用效率的最大化；五是鼓励科技创新，大力推广生态环保新技术，为生态文明建设提供技术支持；六是致力于加强区域和国际合作，勇于承担共同的生态责任。"厦门模式"的成功经验，集中到一点，就是生态文明与物质文明、政治文明、精神文明之间相互促进、协调发展。②"厦门模式"的提出者认为，其成功经验值得各类城市借鉴。

三、中国生态文明建设指标体系

　　生态文明建设指标体系，并不完全是通过对生态文明概念的具体分析表达出来的，在很大程度上，一方面（主要方面）基于国家环保系统倡导与地方政府响应的生态区域建设指标体系发展而来，另一方面基于全面小康建设

---

① 李兆清：《生态文明：新文明观》，《高科技与产业化》，2007年第9期。

② 何增科、刘蔚：《生态文明给城市带来了什么？》，《中国环境报》，2008年8月25日，第2版。

指标体系中的环境保护与生态建设分指标体系发展而来。生态区域建设指标体系，包括生态省、生态市、生态县、生态区、生态村等各级区域的建设指标体系，最早由国家环境保护总局发起实施，于 2003 年 91 号文件的附件中发布了"生态县、生态市、生态省建设指标（试行）"，这是由中央政府系统正式发布第一个系统的生态区域建设指标体系。2007 年国家环境保护总局 195 号文件的附件中发布了这个指标体系的修订稿。国家环境保护总局的生态区域建设指标体系的部分指标源于全面建设小康社会指标体系。各省市在国家环境保护总局的生态区域建设指标体系的基础上又纷纷设计出有本区域特色的指标体系，或更详细的下属区域的生态县、生态区、生态村建设指标体系。生态文明建设指标体系大体主要是在这些生态区域建设指标体系的基础上予以完善或发展而来。

中共中央编译局与厦门市委市政府提出以厦门市生态文明建设实践为基础的第一个城镇生态文明指标体系，共 30 项具体指标，分别反映了人们在发展生态经济、改善生态环境、维护生态安全、提高生态意识、实行生态善治等方面的努力程度和取得的实际成果。这套指标体系具有高度的综合性和强烈的行为导向功能，围绕生态文明这个核心理念，引导人们努力从事五项建设，即发展生态经济、改善生态环境、提高生态意识、建设生态伦理、实现生态善治；积极构建四大系统，即资源节约系统、生态安全系统、环境友好系统和制度保障系统。①

厦门市环保局的关琰珠、郑建华、庄世坚提出厦门市生态文明指标体系，包括目标（1 个）、系统（4 个）、状态（4 个）、变量（16 个）、要素（32 个具体指标）五级指标体系。其中状态指标包括可持续发展度、环境状况、生态平衡、文明程度。变量指标包括节约能源、节约用水、节约土地、综合利用、绿色消费；环境质量、污染控制、环境建设、环境管理；生态保有、生态预警；国民素质、经济保障、科技支撑、公共卫生、公众参与。厦门市生态文明指标体系包括标准值与 2005 年现状值，在备注中还注明了其他参考指标与部分指数获得途径。标准值来源系根据国家与厦门市相关标准制定（包括国家环境保护模范城市考核指标、国家城市环境综合整治定量考核指标、国家生态县生态市创建工作考核指标、厦门市环境保护发展规划指标、厦门市生态市建设规划指标、厦门市循环经济发展指标），对指标体系进行了可达性分析。②

---

① 何增科、刘蔚：《生态文明给城市带来了什么?》，《中国环境报》，2008 年 8 月 25 日，第 2 版。
② 关琰珠、郑建华、庄世坚：《生态文明指标体系研究》，《中国发展》，2007 年第 2 期。

蒋小平从河南省生态文明建设实践出发提出河南省生态文明评价指标体系。它包括两级体系：一级指标 3 个，包括生态环境保护（二级指标 11 个）、经济发展（二级指标 6 个）与社会进步（二级指标 3 个）；二级指标（具体指标）合计 20 个。整个指标体系简明扼要，层级清晰，有目标值（参考国家生态省建设目标与国际水平）与 2001～2005 年实际值。对 2001～2005 年生态文明建设进行了综合测评，并提出了对策分析。但指标全部属于定量指标，作者要求的定性指标与定量指标结合并没有做到。①

包头市环境监测站的于钢城、李爱琴、牛春梅以包头市生态文明建设实践为基础提出包头市生态文明市建设指标体系，包括自然生态指标、经济生态指标与社会生态指标三大体系，其中，自然生态指标包括自然生态区指标与森林（林草）覆盖率，经济生态指标包括农业生态与工业生态，社会生态指标包括生活环境质量指标与城市建设指标。该指标体系中有的指标不清晰，有的指标无量值，且未对现状或进度进行测评。②

宋马林、杨杰、赵淼提出社会主义生态文明建设评价指标体系。它包括目标、准则与指标三级指标体系。其中，一级指标 8 个，包括经济发展效率、金融生态环境、科技教育水平、人力资源利用、生态产业聚集、环境保护状况、区域节能降耗、社会秩序稳定；二级指标（具体指标）合计 28 个。这一指标体系的优点是指标层级简明，权重清晰，缺点是没有目标值，二级指标显得繁杂。作者认为目标值没有统一的标准，各地可根据指标自身历史数据变动的特点、规律与可能性边界，并综合分析与相关指标的关系，予以确定。③

梁文森提出以环境质量建设为基础的生态文明指标体系，共分大气环境质量（8 个指标）、水环境质量（6 个指标）、噪声环境质量（2 个指标）、辐射环境质量（1 个指标）、生活环境质量（4 个指标）、生态环境质量（8 个指标）、土壤环境质量（1 个指标）、经济环境质量（6 个指标）八大类型 36 个具体指标。该体系的优点是层级清晰，生态文明建设指标突出，有标准值与指标的性质说明，如区分了约束性指标、参考性指标、期望性指标、信号指标等。缺点是，缺乏对标准值来源的分析说明；只提出建议指标测评并由人

① 蒋小平：《河南省生态文明评价指标体系的构建问题》，《河南农业大学学报》，2008 年第 1 期。

② 于钢城、李爱琴、牛春梅：《生态文明市建设指标体系研究》，《内蒙古环境科学》，2008 年第 5 期。

③ 宋马林、杨杰、赵淼：《社会主义生态文明建设评价指标体系：一个基于 AHP 的构建脚本》，《深圳职业技术学院学报》，2008 年第 4 期。

大立法保障实施，未进行具体进度测评。[①]

何爱国从宏观上与理论上提出了生态文明建设统计监测指标体系，包括生态响应、生态政治、生态经济、生态社会、生态文化五个一级指标和若干二级指标。该体系着眼于指标体系的全面性、多样性与典型性。缺点是没有进行进度测评。[②]

中国科学院中国现代化研究中心提出了生态现代化评价指标体系，包括生态进步、经济生态化、社会生态化三大分类，各10个指标，共30个指标，提出了评价原则（反映生态现代化的典型特征、指标的代表性、指标内涵的相对独立性、指标变化的较好相关性、数据来源的连续可获得性、发展水平评价的可比性、指标体系的系统性与开放性、易理解与可接受性、指标数量的适中性）与评价方法，并对1970～2004年131个国家、2000年与2004年中国30个省、自治区、直辖市的生态现代化进程进行了评价。[③]

生态文明含义的第一种思路是，把生态文明看做是工业市场文明的有机组成部分，生态文明被视为与物质文明、政治文明、精神文明并立的四大文明层面之一，生态文明建设被作为全面建设小康社会中政治建设、经济建设、文化建设、社会建设并进互动的五大建设之一，中国生态文明建设指标体系大体是依据这一思路研制而成的。当然，生态文明建设并不是孤立地发生作用，在实践中必然渗透到物质文明、政治文明、精神文明建设之中、必然影响政治建设、经济建设、文化建设、社会建设进程，因此，生态文明建设在一定程度上又必然超越单一的自然生态修复与维护，从这个意义上说，中国生态文明建设指标体系又可以超脱全面建设小康社会指标体系，而成为独立的指标体系。

不过，对于生态文明含义，不少学者倾向于第二种思路，即把生态文明看做超越工业信息文明阶段的新文明形态，虽然从这种思路设计生态文明建设指标体系的还很罕见，但由此可以认为，生态文明建设指标体系的设计理念与研制主体应该是多元化的、多样化的、动态发展的。

---

① 梁文森：《生态文明指标体系问题》，《经济学家》，2009年第3期。

② 何爱国：《中国生态文明建设：问题、内涵、指标与建设路向》，载上海市社会科学界联合会：《中国的未来：问题与挑战》，上海人民出版社，2008年，第7、8页。

③ 详阅中国科学院中国现代化研究中心：《中国现代化报告2007——生态现代化研究》，北京：北京大学出版社，2007年。

第十五章

市民返乡与农民进城： 新中国成立初期的农民流动

　　从新中国成立到第一个五年计划实施这段时间，既存在人口空间流动意义上的农民流动，也存在着社会流动意义上的农民流动。人口空间流动意义的农民流动，并没有改变农民的社会身份，只是改变了农民生产与生活的空间。这种农民流动，在新中国成立初期主要有两种形式，一是严重自然灾害引发的农民流动，主要是受灾灾民在农村农业区域的地域流动。例如，1949年严重水灾造成约 4000 万灾民，其中，皖北、苏北、山东、河北、平原五省区为重灾区，重灾区灾民约 700 万人。[①] 1950 年安徽北部与河南等地又发生水灾，不少灾民向未遭灾地区流动。1949～1950 年，河北省保定、通县、天津、唐山四专区灾民16 022人流往山西与东北。[②] 二是农村劳动力在农村农业产业领域内的流动，如富裕与劳动力欠缺的农民家庭需要雇佣劳动所引发的农民流动。1951 年 2 月 2 日，国务院《关于 1951 年农村生产的决定》指出：

---

　　① 陈云：《财政状况与粮食状况》，《陈云文选》（1949～1956），北京：人民出版社，1984 年，第 79 页。

　　② 张同乐：《1949～1976 年河北省际人口迁移与社会结构变动》，《当代中国史研究》，2007 年第 5 期。

"农民互相间临时雇佣短工，可予提倡。允许富农经济存在，雇佣劳动自由。"①

社会流动意义的农民流动，是指农民在产业结构、就业结构与生活方式方面的转型，包括农民从传统农业向现代工业服务业的流动；从农村土地社会向城镇工业市场社会的流动。本质上是一种现代化转型，也包括特定情况下的逆转型。新中国成立初期存在以下形式：一是农民从农业向非农产业的流动；二是农民由农村向城镇的流动；三是农民的逆向流动，即已在城市就业与定居（一年以上）的市民的重新农民化（定居农村，从事农业）流动。本章主要探讨这种意义的农民流动。

一、农民流动的路径与方式

1949～1952年，农民流动出现了三股潮流，先是出现了城市失业人员向农村的农民化流动，接着在土地改革与合理调整工商业之后出现了农民向农村非农产业与城市的流动，随着经济的日益恢复与工业建设的逐渐展开，农民向城市的流动越来越活跃。同时随着1951年初"三年准备，十年计划经济建设"方案的实施，国家更加强调"有计划的流动"，对"盲流"的限制也越来越严格。

第一，城市失业人员与流向城市的农民向农村的逆向流动。1949年，城镇有400万失业人员。② 当时据全国总工会估计，到1950年4月，全国新增失业职工约10万人（实际上不止此数），各大城市的失业人口38万～40万人，全国失业人口总数仍高达117万人。③ 1950年6月，中共中央和政务院在制定救济城市失业人员办法时，结合农村土地改革，将返乡生产作为一项重要措施，遣返对象是离乡不久（特别是不足一年者）或有条件返回农村从事生产的失业人员，实施重点是中小城市，国家提供旅费和部分安家费。本着自愿、与当地政府联系协商安置的原则，国家着手动员组织城市中的失业无业人员返回农村，也和农民一样分得一份土地，从事劳动生产。④ 1951年

---

① 中共中央文献研究室：《建国以来重要文献选编》（第三册），北京：中央文献出版社，1992年，第30页。

② 池子华：《中国近代流民》（修订版），北京：社会科学文献出版社，2007年，第290页。

③ 陈云：《扭转商品滞销》，《陈云文选》（1949～1956），北京：人民出版社，1984年，第88页。

④ 中共中央文献研究室：《建国以来重要文献选编》（第三册），北京：中央文献出版社，1992年，第285页。

1月17日，政务院通知要求各地遣送城市失业人员返乡生产时，务必先与当地政府联系，并根据自愿原则，使其返乡后确能从事生产；对于长期在外，其原籍无家可归且无生产条件的失业者，应留在城市。据统计核算，1950～1952年，城市失业返乡人员达到138 604人以上。1952年以后，随着农村土地改革的基本完成，城市失业人员返乡行动逐渐停止。城市失业返乡人员98%以上是失业工人，其他还包括知识分子、小工商业者、旧政府工作人员（包括旧军官）、城市贫民、青年与妇女（具体数据详见表15-1、表15-2）。①

表 15-1　1950～1954 年城市失业返乡人员人数

年份	1950（7～12 月）	1951	1952（1～9 月）	1953	1954	合计
人数/人	98 408	23 851	16 345	4 505	2 605	145 714

表 15-2　1950～1954 年城市失业返乡人员构成

类别	工人	知识分子	小工商业者	旧政府工作人员	城市贫民	青年与妇女	其他	合计
人数/人	143 020	443	418	123	802	553	355	145 714

第二，农民向农村非农产业，主要是向副业、手工业、农产品加工业与矿业的产业流动。土地改革（以下简称土改）以前农村就已经存在剩余劳动力，土改完成后，剩余劳动力现象并没有消除，反而更加凸显。国家采取两种办法加以解决：一方面将其有计划地吸收到规模不断扩大的工矿建设中来；另一方面则是鼓励农村有计划地进行多种经营，大力发展林业、渔业、副业、手工业、农副产品加工业、小矿业、交通运输业、水利建设等，特别是鼓励发展手工业合作社，由此推动了农民从农村农业向农村非农产业的转移。新中国成立之初，个体手工业与手工业合作组织都受到鼓励发展，全国个体手工业从业人员为 585 万人，另有农民兼营手工业者 1200 万人。经过重点试办，手工业合作组织由 300 多个发展到 2700 多个，从业人员从 8 万人增加到25 万多人。② 湖北手工业户数增加到143 073户，增加了 13.04%；从业人数增加到278 714人，增加了 22.71%。③

第三，农民向城市的流动。农民向城市的大规模流动是一个国家农村经济向城市经济，农业经济向工业经济，农业社会向城市社会，小生产社会向

---

① 武力、郑有贵：《解决"三农"问题之路：中国共产党"三农"思想政策史》，北京：中国经济出版社，2004 年，第 328 页。

② 薄一波：《若干重大决策与事件的回顾》（上），北京：中共党史出版社，2008 年，第 314 页。

③ 易新涛：《建国初期湖北个体手工业的恢复和合作社的初步发展》，《当代中国史研究》，2001年第 6 期。

社会化大生产社会转型的重要标志。新中国成立前夕召开的中共七届二中全会已经作了把党的工作重心从农村转移到城市的战略决策。1951 年 10 月 9 日，周恩来总理在中国人民解放军总政治部举办的来京参加国庆节观礼的战斗英雄代表和老根据地代表联欢会上讲话指出："我们的胜利是依靠了农村的，但今后农民生活的改善，还必须依靠城市。"①

新中国成立初期，尽管城市经济发展困难，失业问题严重，但是，由于农村剩余劳动力的存在和城市更多就业机会、高收入与美好生活的吸引，仍然有大量农民进城。土地改革以后这种现象更加严重。农村剩余劳动力向城市的流动，一方面是国家组织的有计划的流动，另一方面是所谓的"在无组织无计划地盲目地向城市流动着"②。1949～1952 年，全国总人口从 54 167 万人增加到 57 482 万人，农业人口占总人口比重则从 89.4％减至 87.2％，城镇人口比重从 10.6％增加到 12.8％。③ 到 1952 年为止，全国每万人口中有零售商业、饮食业服务网点 95.7 个，服务人员 165.8 人，第三产业就业人员占就业总人数比重的 60.2％。④ 1950～1957 年城市人口机械增长占到 60.8％。⑤

二、农民流动的动力与制度分析

新中国成立初期的农民流动，既源于农村个体农业经济发展的推动力，也源于农村富农经济与城市工业经济发展的拉动力。

第一，土地改革以后农村个体经济发展造成剩余劳动力的大量出现。

从 1950 年冬开始，新解放区分三批改革土地制度。到 1953 年春为止，除了约 700 万人口的少数民族聚居区以外，土地改革已经全部完成。⑥ 土地改革完成后，由于农民生产积极性的充分发挥与农业生产效率的不断提高，农村劳动力大量剩余现象凸显。这一点中央当时已有认识。1952 年 7 月 25 日通过的《中央人民政府政务院关于劳动就业问题的决定》指出，"在农村中因已耕土地不足，农村劳动力过去就有剩余。土改后，人人有地种，有饭吃，

---

① 周恩来：《加强老根据地的工作》，《周恩来选集》（下卷），北京：人民出版社，1984 年，第 73 页。

② 中共中央文献研究室：《建国以来重要文献选编》（第三册），北京：中央文献出版社，1992 年，第 286 页。

③ 陆学艺：《中国"三农"问题的由来与发展》，《当代中国史研究》，2004 年第 3 期。

④ 邱国盛：《1949 年以来中国城市现代化与城市化关系探讨》，《当代中国史研究》，2002 年第 5 期。

⑤ 韩俊：《中国经济改革 30 年：农村经济卷》，重庆：重庆大学出版社，2008 年，第 173 页。

⑥ 薄一波：《若干重大决策与事件的回顾》（上），北京：中共党史出版社，2008 年，第 79 页。

但已耕土地不足的情况基本并未改变，劳动力仍有大量剩余，加以互助合作运动的开展与目前条件下可能的农具改良，如不在农业、副业、林业、畜牧业、手工业等方面积极设法，农村劳动力的剩余将会加多"①。据1952年统计，全国农业剩余劳动力占农业劳动力总数的16.8％。② 通过对湖北、江苏6个乡的实证分析，农村剩余劳动力占农村总劳动力比重平均达39.6％，其中，湖北省秭归县水田霸乡为47.6％，当阳县关陵乡为54.5％，咸宁县周原乡为2.7％，潜江县上莫市乡为22.4％，沔阳县扬步乡为35.4％，江苏省江阴县夏港乡为55.4％。如果计入以下三个因素，农村剩余劳动力将会更多：第一，妇女劳动力和半劳动力也计入劳动力；第二，男女劳动力与全半劳动力合理配置；第三，劳动力与耕畜资源有效整合。③ 加上新中国成立初期，随着医疗卫生事业的改善与集体社保体制的建立，人口增长率不断提高，已经超过2.0％，而除了美国因大量移民人口增长率较高外，各主要工业化国家人口增长率在工业化初期从未超过1.5％。④ 这种人口的高增长率将带来更多的剩余劳动力。《中央人民政府政务院关于劳动就业问题的决定》坚定地要求，"城市各种失业人员的就业问题和城乡大量剩余劳动力之充分应用的问题，是在大规模的国家建设中必须解决的问题"，并且乐观地预期，"在生产向前发展的前提下也是完全可以逐步得到解决的"。⑤

第二，土地改革后农村富农经济发展的吸纳作用。

新中国成立初期，中央推行消灭地主经济、保存富农经济、允许自由雇工的新民主主义农村发展政策。1950年6月14日，刘少奇在政协一届二次会议上《关于土地改革问题的报告》中指出，"我们所采取的保存富农经济的政策，当然不是一种暂时的政策，而是一种长期的政策。这就是说，在整个新民主主义的阶段中，都是要保存富农经济的。只有到了这样一种条件成熟，以至在农村中可以大量地采用机器耕种，组织集体农场，实行农村中的社会主义改造之时，富农经济的存在，才成为没有必要的了，而这是要在相当长

---

① 中共中央文献研究室：《建国以来重要文献选编》（第三册），北京：中央文献出版社，1992年，第286页。

② 武力：《论建国初期的劳动力市场及国家调控措施》，《中国经济史研究》，1994年第4期。

③ 张静：《20世纪50年代初期长江中下游地区乡村劳动力市场探微》，《当代中国史研究》，2007年第5期。

④ 胡鞍钢：《中国现代经济发展的初始条件》，《当代中国史研究》，2005年第1期。

⑤ 中共中央文献研究室：《建国以来重要文献选编》（第三册），北京：中央文献出版社，1992年，第289页。

远的将来才能做到的"①。土改后被有意保留的富农、农村中通过勤劳致富的富裕农民以及部分劳动力缺乏的家庭在不同程度上进行着雇佣劳动。农村剩余劳动力通过富农经济流向农业与非农领域。

第三，城市经济恢复与开始工业化的拉动作用。

"定为工国"，是晚清以来中国人追求的现代化理想。中共七届二中全会作出了变传统农业国为现代工业国的战略决策。新中国成立初期，继承的是旧中国的工业经济与城市经济基础，工业经济与城市经济很不发达，"大约是现代性的工业占 10％左右"②。新中国成立之初，中国的产业工人不过 300 万人，技术人员和管理人员大约 30 万人。③ 1949 年 12 月 22～23 日，周恩来在对参加全国农业会议、钢铁会议、航务会议人员的讲话中指出："农业不能作为重心，它必须在工业的领导下才能发展。必须把城市工业组织起来发挥领导作用，才能使农业现代化、机械化。"④ 1950 年 12 月 21 日，邓小平在西南局城市工作会议上，要求各省、自治区、直辖市必须加强对发展地方工业的指导，指出目前由于国家财力的限制，办很多大工厂不可能，但小型工业的发展是可能的，我们对此应采取积极的态度。各地可根据本区的条件，或由地方拨款，或组织私人资本，或组织机关生产，举办一些可办的小型工业，好好地经营这些事业。⑤ 1951 年 7 月 20 日，陈云在中共中央统战部讨论工商联工作会议上的总结预期：小城市以手工业为主，在土地改革后，他们的生意会兴旺一阵。在小城市中，私营工商业也不会垮得很快，而且在土地改革后会有一阵好生意做。⑥ 除重点恢复和改造旧有企业外，国家还抽出部分资金，新建了一批工业企业，如武汉、郑州、西安、新疆的纺织厂，哈尔滨的亚麻厂，山西重型机械厂，鞍山钢铁公司无缝钢管厂和大型轧钢厂，阜新海州露天煤矿等。到 1952 年年底，全国主要工业品产量大大超过 1949 年的水

---

① 刘少奇：《关于土地改革问题的报告》，《刘少奇选集》（下卷），北京：人民出版社，1985 年，第 40、41 页。

② 毛泽东：《在中国共产党第七届中央委员会第二次全体会议上的报告》，《毛泽东选集》（第四卷），北京：人民出版社，1991 年，第 2 版，第 1430 页。

③ 陈云：《技术人员是实现国家工业化不可缺少的力量》，《陈云文选》（1949～1956），北京：人民出版社，1984 年，第 45 页。

④ 周恩来：《当前财经形势和新中国经济的几种关系》，《周恩来选集》（下卷），北京：人民出版社，1984 年，第 9 页。

⑤ 邓小平：《在西南局城市工作会议上的报告提纲》，《邓小平文选》（第一卷），第 2 版，北京：人民出版社，1994 年，第 178 页。

⑥ 陈云：《做好工商联工作》，《陈云文选》（1949～1956），北京：人民出版社，1984 年，第 149 页。

平。工业总产值比 1949 年增长 145.1%，年递增率达到 34.8%。[①] 平均来看，工业生产超过第二次世界大战前最高生产水平的 23%。[②] 1949～1952 年河北省人口流入多于人口流出，年均 10 万人以上，一方面是因为经济恢复，另一方面是受工业化拉动，即新的工矿企业的兴建的影响。[③]

农民流动除了需要具备推动力与拉动力等动力条件，还需要具备有效的制度安排，才能从根本上确保流动的畅通性与持续性。

第一，农民流动的推动机制在于农民土地所有制。

新中国成立初期，通过土地改革及其他一系列制度变革，彻底打破了中国农村对立和冲突性的阶级阶层结构的制度基础，实现了土地及其他生产资料的均等化配置，农民土地所有制得以确立，从而既促进了农村生产力的提高，也消除了农村阶级阶层间的对立和冲突关系。[④] 农民土地所有制确立的意义，一方面，节省了劳动时间与劳动力的数量与质量，提高了农村人力资源配置效率，大大解放了农村生产力，有力地促进了农村剩余劳动力的显性化；另一方面，提高了农业生产效率，生产出更多的农产品，为农村剩余劳动力转移提供了坚实的经济基础。

第二，农民流动的吸纳机制是农村富农经济发展体制、多种经营机制与城市民营经济发展体制的存在。

农民流动的吸纳机制在农村是富农经济发展体制与农村多种经营机制。经过中共七届三中全会、政协一届二次会议讨论，最后由中央人民政府公布的《中华人民共和国土地改革法》第 6 条规定："保护富农所有自耕和雇人耕种的土地及其财产，不得侵犯。富农所有之出租小量土地，亦予保留不动。"[⑤] 1952 年 1 月 28 日，《中央人民政府政务院关于加强老根据地工作的指示》要求农村有计划地恢复与发展农村副业、手工业、土特产与农产品的加工业、小型矿业等，指出，"许多老根据地农村副业收入占全部收入的 30%～40% 以上，有的甚至超过农业生产的收入。农村副业和手工业是多种多样的，必须因地制宜有计划地加以恢复和发展，合作社和国营贸易机关应尽力帮助他们打开销路，以增加老根据地人民的收入。有些地区应特别提倡土特产与

---

① 中共中央党史研究室：《中国共产党的七十年》，北京：中共党史出版社，1991 年，第 339 页。

② 陈述：《中华人民共和国史》，北京：人民出版社，2009 年，第 50 页。

③ 张同乐：《1949～1976 年河北省际人口迁移与社会结构变动》，《当代中国史研究》，2007 年第 5 期。

④ 陈益龙：《中国农村社会阶级阶层结构六十年的变迁：回眸与展望》，《马克思主义与现实》，2009 年第 6 期。

⑤ 薄一波：《若干重大决策与事件的回顾》（上），北京：中共党史出版社，2008 年，第 92 页。

农产品的加工，如造纸浆、缫丝、烧酒、打蛋等。老根据地多系山地，各种矿产如煤、铁、石灰、钨、锡等蕴藏丰富，在不破坏矿藏、不影响规模开采的原则下，可以有计划地扶植当地群众按照开矿的规定做小型开采"①。《中央人民政府政务院关于劳动就业问题的决定》指明，农村大批剩余劳动力的出路之一是有计划地发展农村非农产业，指出："有计划地发展有销路的副业，手工业和农副产品的初步加工，植树造林，养鱼捕鱼，疏浚河道，修筑道路以及建设大型水利工程等，都是可以容纳大批剩余劳动力的，各主管部门应订出计划，因地制宜，逐步推行。尤其是合作总社，对既有利于国内销路又有利于出口的手工业品，应尽可能组织手工业生产合作社加以推广。"②

城市吸纳农民流动的机制是民营经济发展机制的存在。《中国人民政治协商会议共同纲领》允许有利于国计民生的民营经济在国营经济领导下存在与发展，奠定了民营经济发展的制度基础。1950 年 6 月中共七届三中全会指出，五种经济成分要统筹兼顾，各得其所，"私营工厂可以帮助增加生产，私营商业可以帮助商品流通，同时可以帮助解决失业问题，对人民有好处"③。1952 年 9 月 5 日，毛泽东在致黄炎培的信中指出："要求资产阶级接受社会主义。这些对于少数进步分子说来是可能的，当作一个阶级，则不宜这样要求，至少在第一个五年计划时期不宜如此宣传。"④ 根据中央财经会议规定，1952 年 6 月至 1954 年 7 月，在零售商业方面，私营商业比重为 75％。1952 年 11 月 15 日，中共中央发出《关于调整商业的指示》，提出在国营经济和合作社巩固了主要阵地的前提之下，容许私人资本经营零售业务和贩运业务。对于粮食和主要经济作物的收购，保留 20％～30％的私人经营。

第三，农民流动的通道机制是市场经济体制的存在。

新中国成立初期，并没有立即建立计划经济体制，市场经济体制仍然发挥着主导作用。虽然 1950 年统一财经工作与合理调整工商业已经清楚地表明计划经济体制在初步形成之中，但计划经济体制的系统建构主要是在第一个五年计划期间。这一时期，市场经济的主体有五种经济成分，民营经济吸纳流动农民有较大的自主权，粮食与农副产品市场流通机制仍然发挥作用，产

① 周恩来：《加强老根据地的工作》，《周恩来选集》（下卷），北京：人民出版社，1984 年，第 77、78 页。

② 中共中央文献研究室：《建国以来重要文献选编》（第三册），北京：中央文献出版社，1992 年，第 293 页。

③ 陈云：《调整公私关系和整顿税收》，《陈云文选》（1949～1956），北京：人民出版社，1984 年，第 92 页。

④ 中共中央文献研究室：《毛泽东书信选集》，北京：人民出版社，1983 年，第 441 页。

品市场活跃，城乡二元经济结构虽然存在，但并没有形成城乡相对封闭运行的城乡二元体制，"盲流"虽然受到一定限制，但限制措施并不严密，执行也不严格，对"盲流"的限制更多的是通过地方政府的宣传教育，农民流动的自主性仍然很强。

三、农民流动的限度及其原因

值得注意的是，尽管新中国成立初期的农民流动是较为自由的，但是，许多因素也决定了农民流动的有限性。这其中既存在思想认识根源及其由此导致的政策问题，也存在生产力落后与制度设计方面的局限因素。

第一，在思想认识根源上，已经存在对农村大量剩余劳动力性质与出路的不正确认识。

新中国成立初期已经出现了妨碍我国农村经济健康发展的三个重要的思想认识：一是过分害怕农民自发倾向引起的两极分化；二是把农民的绝对平均主义当成社会主义；三是离开工业发展去谈社会主义改造。[1] 这导致过早抑制农村个体经济与富农经济的发展，过快把农民大规模地引上集体化之路，过分限制农民向城市的流动，以致尽量把农民约束在农村。《中央人民政府政务院关于劳动就业问题的决定》虽然已经认识到我国可耕地不足与农村技术发展将导致农村剩余劳动力越来越多，但认为农村剩余劳动力的性质不同于城市中的失业半失业人员，他们是有饭吃有地种的。主要解决办法还是传统的移民、垦荒与精耕细作，"必须有计划有步骤地向东北、西北和西南地区移民，在不破坏水土保持及不妨害畜牧业发展的条件下，进行垦荒，扩大耕地面积，大量发展小型水利，变旱地为水地，改良种子，改良耕作技术，提倡精耕细作，提高单位面积产量。在人口密集的地区，也还有大量的废弃土地，如沙地、碱地、红土地等，经验证明是可以利用的，应组织农村剩余劳动力把这些废弃土地垦殖起来。整修土地，改良土壤以及湖泊的蓄洪垦殖与山地的水土保持工作等，最应有计划地进行"[2]。1952 年 7 月政务院制定的《关于解决农村剩余劳动力问题的方针和办法》（草案）明确认为，农村剩余劳动力应该靠发展多种经营，就地吸收转化，防止其盲目流入城市，增加城市负担。

---

① 薄一波：《若干重大决策与事件的回顾》（上），北京：中共党史出版社，2008 年，第 146～148 页。

② 中共中央文献研究室：《建国以来重要文献选编》（第三册），北京：中央文献出版社，1992 年，第 293 页。

因此，新中国成立初期，农民并不享有"充分的自由迁居城市的权利"①。当时为了限制农民盲目流入城市，各大区政府通报各级政府，禁止介绍农民进城找工作；城市劳动就业管理与服务部门不得对盲目流入城市的农民进行求职登记，不得进行失业救助；企业自行招聘就业人员时，不得招聘盲目流入城市的农民。②

第二，生产力极其落后，经济处于恢复之中，农民文化科技素质低下，城市失业人口大量存在，工业建设刚刚起步，工业投资有限，新增就业岗位不多。

1949 年，工业年总产值 140 亿元，只有抗日战争前 1937 年的一半；产业工人只有 306 万人，占全国总人口的 0.56%。③ 现代化的机器工业、运输业和农业还很少，在国民经济中，90%左右还是手工业和个体农业，在运输业中，也绝大部分是人畜力和木船运输。④ 而且，70%工业集中于占国土面积 12%的沿海地区，占国土面积 45%的西北地区与内蒙古工业产值仅占全国工业总产值的 3%，占国土面积 23%的西南地区工业产值也仅占全国工业总产值的 6%。⑤ 由此可见，新中国成立初期能够大量吸纳农民流动的现代工业与服务业很少，且布局严重不平衡。

不仅如此，新中国成立初期人力资源质量很差，不适应现代工业与服务业迅速发展的要求。1949 年全国 15 岁以上人口平均受教育年限为 1 年左右，80%以上人口为文盲。农民受教育程度更低，文盲普遍存在。由于长期战争、恶性通货膨胀与投资困难，工厂开工普遍不足。"革命胜利以后，整个旧的社会经济结构在各种不同的程度上正在重新改组，失业人员又有增多。"⑥ 据不完全统计，新中国成立初期城镇大约有 400 万名失业者，许多大城市，失业半失业工人占工人总数的 25%～30%。⑦ 1951 年 3 月 31 日，毛泽东在致彭友胜的信中也认为："工作的问题，如果你在乡下还勉强过得去，以待在乡下为

① 韩俊：《中国经济改革 30 年：农村经济卷》，重庆：重庆大学出版社，2008 年，第 173 页。
② 武力、郑有贵：《解决"三农"问题之路：中国共产党"三农"思想政策史》，北京：中国经济出版社，2004 年，第 328、329 页。
③ 力平：《开国总理周恩来》，北京：中共中央党校出版社，1994 年，第 236 页。
④ 刘少奇：《国家工业化和人民生活水平的提高》，《刘少奇选集》（下卷），北京：人民出版社，1985 年，第 1 页。
⑤ 胡鞍钢：《中国现代经济发展的初始条件》，《当代中国史研究》，2005 年第 1 期。
⑥ 毛泽东：《为争取国家财政经济状况的基本好转而斗争》，《毛泽东选集》（第五卷），北京：人民出版社，1977 年，第 17 页。
⑦ 胡鞍钢：《中国现代经济发展的初始条件》，《当代中国史研究》，2005 年第 1 期。

好，或者暂时在乡下待住一时期也好，因为出外面怕难于找到适宜的工作位置。"① 1950 年 6 月 6 日，陈云在中共七届三中全会的讲话指出："今后几年的工业投资规模，不能希望太大，因为无法支出那么多钱。"② 《中央人民政府政务院关于劳动就业问题的决定》指出，城市与工业的发展，国家各方面建设的发展，将要从农村吸收整批的劳动力，但这一工作必须是有计划、有步骤进行的，而且在短时期内不可能大量吸收。③

第三，社会主义改造的初步展开使得农村个体经济与城市民营经济的发展受到限制。

随着 1948 年 9 月以后具有中国特色的新民主主义理论逐渐被苏联过渡时期理论取代④，对民营经济（个体经济与资本主义工商业）的社会主义改造在新中国成立初期已经逐步展开。继 1951 年和 1952 年中央互助合作会议决议传达之后，到 1952 年冬季和 1953 年春季，农业生产合作运动进入高潮，"社会主义空气逼人，许多人怕冒富农之尖，富农在农村实际为不合法的了，共产党员如果不参加互助合作就站不住脚，雇工经营、放高利贷的共产党员被批评为'走台湾的路'"⑤。到 1952 年年底，全国参加农业生产互助合作经济的农户达到 40%。参加手工业生产合作社的社员达到 21.8 万人。接受国家资本主义形式的私营工业产值占私营工业总产值的 56%。⑥

第四，统一财经、合理调整工商业、"五反"运动导致计划经济体制初步形成。

新中国成立初期，市场经济体制仍然发挥主要作用，但不可否认的是，计划经济体制也在初步形成之中。明显的标志是统一财经、调整工商业与"五反"。"特别是在东北，已经开始了有计划的经济建设。"⑦ 统一财经与调整工商业，目的都是"在统筹兼顾的方针下，逐步地消灭经济中的盲目性和无政府状态"⑧。1950 年，"为了财政经济稳定，只顾货币回笼，于是税收、

① 中共中央文献研究室：《毛泽东书信选集》，北京：人民出版社，1983 年，第 409 页。
② 陈云：《调整公私关系和整顿税收》，《陈云文选》（1949~1956），北京：人民出版社，1984 年，第 96 页。
③ 中共中央文献研究室：《建国以来重要文献选编》（第三册），北京：中央文献出版社，1992 年，第 293 页。
④ 姜义华：《现代性：中国重撰》，北京：北京师范大学出版社，2008 年，第 466、467 页。
⑤ 薄一波：《若干重大决策与事件的回顾》（上），北京：中共党史出版社，2008 年，第 97 页。
⑥ 陈述：《中华人民共和国史》，北京：人民出版社，2009 年，第 52 页。
⑦ 毛泽东：《为争取国家财政经济状况的基本好转而斗争》，《毛泽东选集》（第五卷），北京：人民出版社，1977 年，第 17 页。
⑧ 毛泽东：《为争取国家财政经济状况的基本好转而斗争》，《毛泽东选集》（第五卷），北京：人民出版社，1977 年，第 19 页。

公债等几路一起抓，对资本主义经济攻了一下，后来不得不来一次调整工商业"①。1950 年年初，政务院第 22 次政务会议通过《关于统一国家财政经济工作的决定》，正式实施各部门、各企业人力资源管理与使用的全国统一调配与批准招工制度，下令立即制止各机关不经批准自行添招人员、招人开训练班的现象。政府及企业部门编外及多余的人员，不得擅自遣散，均由全国和各地编制委员会统一调配使用。各部门、各企业如需增添人员，在经过一定机关批准之后，必先向全国编制委员会请求调配，只有调配不足由经过一定机关批准时，才能另外招收。② 开展"五反"运动的目的则是："彻底查明私人工商业情况，以利于团结和控制资产阶级，进行国家的计划经济。"具体要求是："在国家划定的范围内发展私人工业，逐步缩小私人商业，消灭投机商业，逐年增加对私营工商业的计划性。"③ 1951 年 2 月中共中央党内通报提出，"三年准备，十年计划经济建设"的思想，要使省市级以上干部都明白，从现在开始，必须从各方面抓紧进行准备工作。④ 由此可见，计划经济思想在新中国成立初期已经开始贯彻，计划经济体制处于初步形成之中，农民流动越来越大程度地纳入国家计划。

---

① 陈云：《解决私营工业生产中的困难》，《陈云文选》（1949～1956），北京：人民出版社，1984 年，第 267 页。

② 陈云：《统一财政经济工作》，《陈云文选》（1949～1956），北京：人民出版社，1984 年，第 64 页。

③ 毛泽东：《关于"三反""五反"的斗争》，《毛泽东选集》（第五卷），北京：人民出版社，1977 年，第 57、58 页。

④ 毛泽东：《中共中央政治局扩大会议要点》，《毛泽东选集》（第五卷），北京：人民出版社，1977 年，第 34 页。

第十六章

新中国第一次农民进城潮的形成与消解

1953~1957 年的第一个五年计划、1958~1960 年的"大跃进",中国农民进城形成了具有连续性的第一次浪潮。1961~1963 年是这次浪潮的消解时期。这一时期,正是我国计划经济体制的形成时期,其中,第一个五年计划时期是计划体制初步形成与市场体制逐渐消解时期,也是计划体制弊端初步暴露时期。"大跃进"时期是在计划体制内试图解决体制弊端,调动地方、基层与群众积极性,由中央高度集权管理走向权力下放地方管理时期。1961~1963 年的调整时期则是重新恢复并加固原有的中央集权的计划体制时期。农民进城潮的形成,正是工业化、体制交接与调整综合作用的产物。而其消解则是通过重建与加固高度中央集权的计划体制,并最终形成城乡二元体制得以完成的。

一、农民进城潮形成与消解的实证分析

农民进城潮的构成,既包括城市政府与企业有计划地到农村招收,也包括农民自己进城去找工作(所谓"盲目流动人口");既包括企业招收的正式职工,也包括各种合同工、季节工、临时工、学徒工、家政服务工等,也包

括职工家属及要求帮助联系工作的亲属。除正式录用的职工外，其余进城农民均为城市暂住民，可统称为"农民工"。实际上，1961～1963年，很大一部分"新职工"（特别是1958年后进城的正式职工）被迫返乡，因此，这次农民进城潮也可称为第一次"农民工"浪潮。① 农民进城潮的第一波是在第一个五年计划时期，第二波是在"大跃进"时期。

第一波农民进城潮，实际上在1952年下半年为第一个五年计划作准备的时期就已经开始了，一直持续到1957年。这一时期，城市人口增长很快，1952年上半年为6100万人，1953年达7800万人，1956年城市人口增长更快，1957年城镇人口已达9900万人，占总人口比重的15.4%；增幅达3800万人之多。② 这还没有算入部分难以统计的"盲目流动人口"。实际数字应当高于此数。1957年12月18日，中共中央和国务院发出《关于制止农村人口盲目外流的指示》，指出1956年与1957年之交有大量农村人口盲目流入城市，1957年入秋以来，山东、江苏、安徽、河南、河北等省，又发生了农村人口盲目外流现象。可见农民进城人数之多。

第二波农民进城潮，发生于"大跃进"时期，从1958～1960年，1961年以后逐渐消解。这一时期城市人口又猛增了3000万～5000万人（不同的统计数字有出入），从1957年的9900万人，增加到1961年的13 000多万人。③ 1960年城镇人口占总人口比重已达19.7%。据《1981年中国统计年鉴》统计分析，1958年，国营单位的职工人数增加近2100万人，等于前8年净增职工总数的1.26倍。1959年和1960年又增加了500万人，1960年达到5044万人。1959～1961年，共招收职工2500多万人。另外，从1958年年底到1959年2月这两三个月，农民"盲目流动"（主要是流入城市）的现象相当严重，据不完全统计，约达300万人。④ 1961年4月4日，中央精简干部和安排劳动力五人小组《关于调整农村劳动力和精简下放职工问题的报告》指出，1960年10月以来，农民外流现象显著减少，很多农民已经返乡。

---

① 关于农民工的具体定义，可参阅何爱国：《中国农民工问题研究述论》，《当代中国史研究》，2009年第4期。

② 中共中央文献研究室：《建国以来重要文献选编》（第十四册），北京：中央文献出版社，1997年，第367页。

③ 中共中央文献研究室：《建国以来重要文献选编》（第十四册），北京：中央文献出版社，1997年，第367页。

④ 中共中央文献研究室：《建国以来重要文献选编》（第十二册），北京：中央文献出版社，1996年，第28页。

但是，农民外流现象还没有完全停止。①

　　由于城乡严重经济紧张（特别是粮食高度紧张）与生活困难的出现，1961年以后，进入制度调整与农民进城潮的消解时期。全国县以上国营工业企业1961年为61 600个，1962年减少到42 100个。全国大中型工业基本建设项目1961年为1300多个，1962年减少到707个。② 当时的政策规定：农村社办工业企业一般停办，人员回到生产队。城市公社工业企业基本上停办。城市手工业企业也要加以清理。县办工业企业至少关掉2/3，人员及时动员下乡。省辖市和专区属的工业企业必须关闭一批，大减一批职工，尽速将能减到农村的职工减到农村去。省、自治区、直辖市和中央直属的工业企业，按行业统一排队分别进行关闭、合并、缩小、改变任务，把能去农村的职工都一律先减到农村去。③ 因此，不仅来自农村的大部分职工被清理返乡，而且不少原住城市的居民也被迫下乡。不仅1958年以来进城的职工大部分要清退返乡，而且，1958年以前进城的职工也要部分返乡。农民进城则受到严厉禁止。全国城镇人口数，1961年1月至1963年6月，共减2600万人，其中，1962年1月至1963年6月，减少1600万人，1963年1～6月，减少约300万人。全国吃商品粮人口数，1961年1月至1963年6月，共减2800万人。全国职工人数，1961年1月至1963年6月，共减1887万人。1960年，为5043.8万人，到1963年6月，为3183万人。④

二、农民进城潮形成的制度分析

　　农民进城潮的形成与新中国大规模的工业建设是分不开的。这种工业建设，一方面，要求建立一个覆盖全国、工业种类较为整全的工业体系；另一方面，要求在主要工业品产量指标方面，迅速赶超先进工业国家。《人民日报》1954年8月11日社论指出："社会主义城市的建设和发展，必然要从属于社会主义工业的建设和发展；社会主义城市的发展速度必须要由社会主义

　　① 中共中央文献研究室：《建国以来重要文献选编》（第十四册），北京：中央文献出版社，1997年，第278页。
　　② 中共中央文献研究室：《建国以来重要文献选编》（第十六册），北京：中央文献出版社，1997年，第33页。
　　③ 中共中央文献研究室：《建国以来重要文献选编》（第十五册），北京：中央文献出版社，1997年，第463～466页。
　　④ 中共中央文献研究室：《建国以来重要文献选编》（第十六册），北京：中央文献出版社，1997年，第555页。

工业发展的速度来决定。"因此，需要密集进行大量的项目投资、资源投入、劳动力与技术人员吸纳。大量农民进城，能够提供丰富的廉价的劳动力资源。

"一五"计划掀起了第一次大规模的工业建设浪潮。计划规定：五年内全国经济建设和文化教育建设的支出总额为 766.4 亿元，其中，属于基本建设的投资为 427.4 亿元，占总支出的 55.8%。在基本建设投资中，工业是重点，占 58.2%；运输邮电占 19.2%；贸易、银行和物资储备占 3%；城市公用事业占 3.7%；文化、教育、卫生占 7.2%；农林水利占 7.6%。① 中共八大报告指出，预计到 1957 年年底，全国基本建设的投资额，有可能比原计划超额完成 10% 以上。计划规定的限额以上的建设单位，除了少数的以外，都有可能如期完成或者提前完成建设进度，而且在各个年度中又增加了一些新开工的建设单位。到 1957 年年底，预计大约有 500 个新建和改建的限额以上的工业企业建设完工。②

"大跃进"和"人民公社化"运动掀起了更大规模的工业化建设浪潮。"人民公社化"运动的发展，造成一种粮食产量大幅度上升的假象，使得领导人开始相信，久已存在的为日益增加的城市人口提供足够食物的问题已经解决，因此，放松对非农业人口的现有限制成为可能。③ "大跃进"在"人民公社化"运动的配合与互动下迅速发展起来，一场空前规模的工业化浪潮席卷全国。1958 年、1959 年、1960 年，国家大中型建设工程的开工数分别为 1587 项、1361 项、1815 项。均相当于"一五"计划的总和（1384）或者更多。④ 人民公社也普遍大办工业。1958 年 10 月 30 日，轻工业部通过《关于人民公社大办工业问题》的报告，指出人民公社办工业应该是"有啥办啥，要啥办啥，要多少办多少"，做到公社用的工业品 80%～90% 由公社自己生产。⑤ 1958 年 12 月 7 日，中共中央批转轻工业部《关于人民公社大办工业问题》的报告，进一步强调指出，人民公社和县联社在切实抓紧农业的同时，还要大力举办工业。⑥ 在席卷全国的工业化浪潮下，1958 年 11 月，全国工业

---

① 薄一波：《若干重大决策与事件的回顾》（上），北京：中共党史出版社，2008 年，第 201 页。

② 周恩来：《周恩来选集》（下卷），北京：人民出版社，1984 年，第 211、212 页。

③ 〔美〕费正清、麦克法夸尔：《剑桥中华人民共和国史：1949～1965》，王建朗等译，上海：上海人民出版社，1990 年，第 401 页。

④ 柳随年：《六十年代国民经济的调整》，转引自〔美〕费正清、麦克法夸尔：《剑桥中华人民共和国史：1949～1965》，王建朗等译，上海：上海人民出版社，1990 年，第 403 页。

⑤ 中共中央文献研究室：《建国以来重要文献选编》（第十一册），北京：中央文献出版社，1995 年，第 582 页。

⑥ 中共中央文献研究室：《建国以来重要文献选编》（第十一册），北京：中央文献出版社，1995 年，第 577 页。

书记会议预期：劳动力从过剩转变为普遍不足，历史上长期存在的失业问题得到了彻底解决。①

农民进城潮的形成固然与大规模的工业建设分不开，但如果没有这一时期的制度交替与制度调整的支持，也不会促成农民进城潮；特别是所谓大量的"盲目流动人口"的形成。

第一，计划体制虽然在初步形成之中，但存在一个市场体制与计划体制的交替过渡时期，计划体制并不严密，而且弊端已经初步显露，处于不断调整之中，这就为农民进城提供了很多便利。

从 1952 年起，从中央到基层的计划体制逐步形成。1952 年，国家计划委员会成立。1953 年，中央各部门建立基层企业和基层工作部门的计划机构。1954 年，各国民经济部门和文教部门，建立和健全计划机构，把计划机构逐级建立到基层工作部门及基层企业单位。计划体制框架基本形成。同时，在社会主义计划经济体制框架下，单一公有制、指令性计划管理体制、中央集权统收统支财政体制、中央部门直管企业、物流与基建项目体制、全国统一的等级工资管理体制、国家与单位结合的劳动保险体制、国家统分统配的劳动人事体制、国家粮食统购统销体制、城乡户籍分立体制、城市过剩人口上山下乡体制、农村人口盲目流动劝阻体制相继建立。1951 年公布《中华人民共和国劳动保险条例》，确立了以单位为基础、国家与单位结合的劳动保险体制。1953 年 10 月 16 日，中共中央正式作出《关于粮食统购统销的决议》。11 月 19 日，政务院正式发布关于实行粮食统购统销的命令。1955 年全国施行与健全市镇居民（非农业人口）定量供应制度与票证管理制度、农村粮食统购统销制度。统购统销之外的粮食，"可以在国家粮食市场进行交易"，"但禁止任何人以粮食进行投机"。② 1957 年国务院发布《关于由国家计划收购和统一收购的农产品和其他物资不准进入自由市场的规定》，规定凡属国家规定计划收购的农产品，如粮食、油料、棉花等，一律不开放自由市场，全部由国家计划收购。国家计划收购任务完成后，农民自己留用的部分，如果要出卖，也不准在市场上出售，必须卖给国家的收购商店。不是国家委托收购的商店和商贩一律不准收购。③ 1958 年国务院发布《中华人民共和国户口登

①　武力、郑有贵：《解决"三农"问题之路：中国共产党"三农"思想政策史》，北京：中国经济出版社，2004 年，第 465 页。

②　中共中央文献研究室：《建国以来重要文献选编》（第七册），北京：中央文献出版社，1993 年，第 124 页。

③　中共中央文献研究室：《建国以来重要文献选编》（第十册），北京：中央文献出版社，1994 年，第 532、533 页。

记条例》规定：公民由农村迁往城市，必须持有城市劳动部门的录用证明，学校的录取证明，或者城市户口登记机关的准予迁入的证明，向常住地户口登记机关申请办理迁出手续。公民因私事离开常住地外出暂住的时间超过三个月的，应当向户口登记机关申请延长时间或者办理迁移手续；既无理由延长时间又无迁移条件的，应当返回常住地。

从 1953 年起，劝阻、限制与遣送农村"盲目流动人口"的制度逐渐建立。1953 年 4 月 17 日，政务院发出《关于劝止农民盲目流入城市的指示》。1956 年 12 月 30 日，国务院发出《关于防止农村人口盲目外流的指示》。1957 年 9 月 14 日，国务院发出《关于防止农民盲目流入城市的通知》。1957 年 9 月 26 日，中共八届三中全会作了《关于劳动工资和劳保福利问题的报告》。1957 年 12 月 18 日，中共中央和国务院发出《关于制止农村人口盲目外流的指示》。1958 年 3 月，成都会议讨论通过了《关于调剂和补充职工问题的意见》。以上文件规定：其一，建立对城市及其企业招工的许可制度，规定各城市、各地区、各企业、事业单位一律不得随意招工，招工计划要由地方审定、中央核准。未经政府劳动部门许可或介绍的企业不得张榜招工，不得到农村招工。其二，建立对农民进城的劝阻与遣送制度。规定县、区、乡政府应劝阻农民进城找工作，除有企业正式证明文件外，均不得开具介绍证件。已进城而未被企业雇佣的农民，应当由有关政府机构动员返乡。对于非计划流动农民，采取随到随遣送的办法。其三，建立了城市多余劳动力的"上山下乡"制度。

虽然计划体制在"一五"计划期间逐步形成，但市场体制也没有完全退场。自由市场仍然发挥着一定的调节作用。另外，计划体制在具体运作时，并没有完全严密化与僵化。主要表现在：一是有些单位不经当地党委，政府劳动部门和人民公社同意，任意录用农民。二是某些干部作风"有毛病"。三是城市在一个时期内对用人制度和户口管理不严，粮食供应较宽。[①] 以三定（定产、定销、定购）为核心的统购统销制度到 1956 年以后才逐渐严密起来。

第二，从 1958 年起，计划经济体制内部实施了从中央集权向中央与地方分权的内部调整。"一五"计划期间，中央集权的计划体制初步形成，但也暴露了不少弊端，特别是地方、基层与单位的积极性受到严重抑制。因此，1958 年，中央决定把企业管理权下放给地方，中央只管总量控制与全国范围内的协调。地方上也把权力层层下放，由此，放松了对企业招工的控制。

---

① 中共中央文献研究室：《建国以来重要文献选编》（第十二册），北京：中央文献出版社，1996 年，第 28 页。

1958 年 2 月 18 日，毛主席在中共中央举行的春节团拜会上表示，企业管理权要下放给地方，地方只要"有原材料，你就可以开厂；有铁矿，有煤矿，就可以搞小型钢铁厂。化学肥料厂、机械厂，各省都可以搞。而且地方又有地方，它有专区，比较大的市镇，有县的工业。所以，有中央的工业，有省的工业，有专区的工业，有县的工业。这样就手脚多，大家的积极性多"。[1]
1958 年 4 月 11 日，中共中央、国务院正式发布《关于工业企业下放的几项规定》，6 月 2 日，发布《关于企业、事业单位和技术力量下放的规定》，规定中央企业除一些主要的、特殊的以及"试验田"性质的企业仍归中央继续管理以外，其余企业，原则上一律下放，归地方管理。[2] 9 月 24 日，中共中央、国务院发布《关于改进计划管理体制的规定》，确立了中央与地方分级计划管理体制，在全国统一计划中，实现中央计划管理主要是工资总额、职工总数、全国范围内的科学技术力量与劳动力的调配。各省、市、自治区以下地方在确保完成国家的劳动计划和技术力量调配任务的条件下，对本地区内的劳动力和技术力量，可以统筹安排。但是，在计划体制下，"权力下放过多、过散"[3] 导致的无政府状态也是极其严重的。另外，社会主义改造完成以后，一段时间内农村、大中城市重新恢复和出现了一些集市贸易市场和自发商贩市场，也解决了农民进城所需要的食品与生活必需品的消费。

三、农民进城潮消解的制度分析

1958 年的农民进城狂潮严重冲击了城市秩序与粮食供应。于是，1959 年 1 月 5 日，中共中央发出《关于立即停止招收新职工和固定临时工的通知》，1959 年 2 月 4 日发出《关于制止农村劳动力流动的指示》，并相应地出台了一些调整措施。但由于"大跃进"运动并没有中断，因此，农民进城潮并没有得到有效遏制。直到 1961 年以后，特别是 1962 年"七千人大会"召开以后，根本性的调整措施才得以实施。

第一，"新职工"精简和返乡政策与制度形成。1961 年 6 月 28 日，中共中央发出《关于精简职工工作若干问题的通知》，呼吁 1958 年 1 月以来参加工作的来自农村的新职工（包括临时工、合同工、学徒工和正式工）返乡。1957 年年底以前参加工作的来自农村的职工，自愿要求回乡的，也准许离职

---

① 薄一波：《若干重大决策与事件的回顾》（上），北京：中共党史出版社，2008 年，第 559 页。
② 薄一波：《若干重大决策与事件的回顾》（下），北京：中共党史出版社，2008 年，第 560 页。
③ 张素华：《变局：七千人大会始末》，北京：中国青年出版社，2007 年，第 2 版，第 244 页。

回乡。[①] 1962 年初"七千人大会"把"坚决精简机构，压缩城镇人口，精简职工人数，减少粮食供应"看做是"克服当前困难最重要的一招"。[②] 1962 年5 月 27 日，中共中央、国务院发出《关于进一步精简职工和减少城镇人口的决定》，对新职工精简与返乡政策作了详细的规定：1958 年以来来自农村的职工，除了少数行业（如矿山井下工人、石油采掘工人、有色金属工人、部分林业工人）必须保留的一部分而外，一般应回乡。1957 年年底以前来自农村的职工，凡能够回乡的，也应回乡。来自农村的勤杂人员，能回乡的，统统要回乡。多余的临时工（合同工）、季节工，都应精简。来自农村的保姆，除了无家可归的以外，应动员回乡。农村来的"黑人黑户"应动员回乡，并规定：今后精简的对象不仅有来自农村的新工人，而且还有较老的职工，家居城镇的职工以及各方面的干部。安置的方向，最主要、最大量的是到农村去。[③]

第二，中央高度集权的计划体制重建与最终形成。大量的农民进城、严重的粮食供应、混乱的企业管理等问题迫使中央断然采取收回地方的企业管理权与劳动人事权的措施。1959 年 3 月 11 日、4 月 28 日，国务院先后发出两个通知，决定将一部分下放企业的管理权限重新收归中央，1961 年以后，大部分下放企业管理权限收归中央。1959 年 1 月 5 日，中共中央发出《关于立即停止招收新职工和固定临时工的通知》，要求各省市 1959 年的劳动力计划，必须报告中央批准，然后方可按计划招工，超过原计划的招工，还必须报告中央批准。[④] 1963 年 3 月 3 日，中共中央、国务院发出《关于全部完成和力争超额完成精简任务的决定》，强调：国家计划规定的职工人数指标，必须严格遵守，任何地方、任何部门、任何单位都不得超过。各地方、各部门在国家计划外增加职工，必须单独作请示报告，经过中央主管部门审核后转报中央批准。在增加职工这个问题上，必须强调中央集中管理，强调制度，强调纪律。破坏计划、违反制度、私自招收和增加职工的单位和人员，应当受到一定的处分。[⑤]

---

① 中共中央文献研究室：《建国以来重要文献选编》（第十四册），北京：中央文献出版社，1997 年，第 505 页。

② 张素华：《变局：七千人大会始末》，北京：中国青年出版社，2007 年，第 250 页。

③ 中共中央文献研究室：《建国以来重要文献选编》（第十五册），北京：中央文献出版社，1997 年，第 467~470 页。

④ 中共中央文献研究室：《建国以来重要文献选编》（第十二册），北京：中央文献出版社，1996 年，第 10 页。

⑤ 中共中央文献研究室：《建国以来重要文献选编》（第十六册），北京：中央文献出版社，1997 年，第 193、194 页。

中央除了收回地方的企业管理权与劳动人事权之外，1963 年以后，开始采取最严厉的措施与制度来管理集贸市场与自由市场，特别是城市集贸市场、自由市场被取消，集市贸易也受到严厉的排挤与抑制。1963 年 3 月，中共中央、国务院发出《关于严格管理大中城市集市贸易和坚决打击投机倒把的指示》，认为城市集贸市场会助长资本主义势力的发展，给计划市场带来严重危害，不利于社会主义经济秩序和政治秩序的巩固，规定粮、棉、油、烟、麻等重要农产品及其加工制品，计划分配的工业品和手工业品，以及各省、市、自治区认为有必要禁止上市的商品，必须严格禁止上市。有的城市，经省、市、自治区党委批准，暂时还允许农民在完成统购任务后进城出售粮油的，也应当限定在供销合作社设置的货栈或粮食交易所成交，以便对买卖双方进行严格的监督和检查。[①]

第三，城乡二元发展体制最终形成。城乡二元经济社会结构在发展中国家普遍存在，但未必存在城乡二元发展体制。城乡二元发展体制只是计划经济体制下的一种城乡发展体制，这种体制是国家通过指令计划手段分别在城乡配置发展资源，而非让城乡之间有机地互动交流发展，以达到资源在城乡之间的自由流动。城乡二元发展体制在"一五"计划期间就伴随着计划体制对市场体制的替代而逐渐形成，但还没有得到严格执行。只有在"大跃进"运动造成了严重的城市问题，特别是粮食供应危机之后，城乡二元发展体制才被严格地执行起来。包括严格执行企业发展计划的国家控制制度，严格执行企业、事业、机关单位招工的中央计划制度，严格执行关于"盲目流动人口"的劝阻、收容与遣送制度，严格执行对城镇人口的粮食计划供应制度和城乡户口管理制度等。1959 年 2 月 4 日，中共中央发出《关于制止农村劳动力流动的指示》，要求各企业、事业、机关一律不得再招用流入城市的农民；已经使用的，应立即进行清理，已有固定工作确定不能离开的，必须补订包括企业、人民公社和劳动者本人三方面同意的劳动合同。其余的一律遣送回乡。在农民盲目外流严重的地区，必要时应在交通要道派人进行劝阻。对已经流入城市、工矿区而尚未找到工作的农民，当地党政机关应组织临时工作机构负责收容和说服动员，尽速遣返原籍。在城市和工矿区严格执行粮食计划供应制度和户口管理制度，没有迁移证件不准报户口，没有户口不供应粮食。对某些单位虚报人口冒领粮食的行为，必须严格纠正。各人民公社也不

---

① 中共中央文献研究室：《建国以来重要文献选编》（第十六册），北京：中央文献出版社，1997 年，第 197、199 页。

得随便开具证明信件，转移外流人员的粮食和户口关系。[①] 1960 年 9 月 7 日，中共中央发出《关于压低农村和城市的口粮标准的指示》，指出城市的粮食供应必须认真加以整顿，坚决消灭浮支冒领，取缔"黑人口"。[②] 1963 年 7 月 6 日，中央精简小组《关于精简任务完成情况和结束精简工作的意见的报告》强调，要继续严格控制农村人口迁入城市。严格控制临时工的使用和新职工的增加。严格禁止计划外用人，严格禁止私招乱雇。[③]

新中国第一次农民进城潮，是对初步形成的计划经济体制的全面检验。由于计划经济体制的主导地位不断强化，不断消解的市场经济体制没有发挥资源与劳力调节的基础性功能，只起到了部分消费品的调节作用，而在工业化大规模开展背景下初步形成的计划经济体制并不能有效遏制农民进城潮的持续。由于工业化的密集化与高速化，以及中央下放权力以后地方与企业盲目扩大建设规模与招工人数，严峻的粮食供应危机持续发生，迫使中央收回下放给地方的项目与企业管理权力，并关闭农村人口自发流向城市的大门，也基本上关闭了农民有计划向城市流动的大门，最终导致中央高度集权的计划经济体制与城乡相对独立发展的城乡二元体制最终形成。

---

① 中共中央文献研究室：《建国以来重要文献选编》（第十二册），北京：中央文献出版社，1996 年，第 29 页。

② 中共中央文献研究室：《建国以来重要文献选编》（第十三册），北京：中央文献出版社，1996 年，第 569 页。

③ 中共中央文献研究室：《建国以来重要文献选编》（第十六册），北京：中央文献出版社，1997 年，第 554 页。

第十七章

社队企业体制下的农民流动

当代中国农民流动有三大趋向：一是农村产业结构内部的流动，主要表现为从小农业向大农业（耕作业之外的农业）的流动、从农业向农村工业与服务业的流动。二是空间流动，主要是从农村向城市的流动，从落后区域（中西部）向发达区域（东部）的流动，当然，还存在逆向流动，就是已经流动到城市的新市民与原本定居城市的市民，在城市失业或消费资料供应紧张的情况下重新流回农村，以及随着东部产业向中西部转移而带来的农民从东部城市向中西部城市的流动。三是不同产权形态的企业间的流动，主要是从具有集体经济与合作经济性质的乡镇企业向民营企业（包括个体企业、私营企业与三资企业）的流动。第一种趋向并未改变农民的户籍与居住地身份，但部分或全部地改变了农民的职业身份。第二种趋向不仅改变了农民的职业身份，还逐渐改变农民的户籍或居住地身份。第三种趋向则改变了农民原来被赋予的集体劳动的"公有"成分。改革开放以前的农民流动已经包含前两大趋向。其中，人民公社社队企业体制下的农民流动主要表现为第一种流动趋向。

社队企业萌芽于1953~1957年合作化时期的互助组与合作社办的集体副业，在1958年人民公社化运动"全民办工业"时期正式形成。一直持续到1985年人民公社体制被取消，社队企业转制为乡镇企业为止。社队企业主要是小企业，一方面是根据当地原材料、技术与劳动力情况，生产适合当地需要的产品，另一方面是把国家大型企业满足计划之外多余的产品与材料组装研制出适应当地的型号。社队企业数量多，吸纳的农村剩余劳动力也多。在计划经济与城乡二元体制下，社队企业成为吸纳农村剩余劳动力的主要途径。根据国家关于社队企业的政策变化与农民流动变化的实际情况，社队企业体制下的农民流动可以分成以下四个阶段。

一、社队企业遍地开花，农民大规模地向社队企业集聚流动

1958~1960 年，在"全党办工业"、"全民办工业"的政策背景下，社队企业遍地开花，农民大规模地向社队企业集聚（急速地聚集）流动。同时，由于"二五计划"，特别是"大跃进"运动的展开，农民也向城镇大规模集聚流动，包括所谓的"盲流"与有计划的流动。

从传统小农社会向现代工业社会转型是新中国经济社会发展的国策。建立独立自主的工业体系与国民经济体系是新中国的战略发展目标。在大规模的"人民公社化"运动高潮掀起以前，中央已经决定要大办地方工业，其中就已经包括社队工业。在"人民公社化"运动掀起之后，"全国工业化、公社工业化、农业工厂化"，"人民公社大办工业"一时成为当时国家战略方针与具体实施方案。1958 年 11 月 8 日，毛泽东审定的《对十五年社会主义建设纲要四十条（1958—1972）初稿的批语和修改》指出，可通过人民公社这种社会组织形式，促进全国工业化、公社工业化、农业工厂化。1958 年 12 月 10 日，中共八届六中全会通过《关于人民公社若干问题的决议》，指出人民公社必须大办工业，应根据各个公社的不同条件，逐步把一个适当数量的劳动力从农业方面转移到工业方面，有计划地发展肥料、农药、农具和农业机械、建筑材料、农产品加工和综合利用、制糖、纺织、造纸以及采矿、冶金、电力等轻重工业生产。1958 年 7 月《红旗》杂志社论《迎接人民公社化的高潮》指出，"农村的小型以至中型的工业企业正在迅速地发展起来"。1958年，全国各地乡社工业企业达 260 万个，产值达 62.5 亿元。据 1958 年 17 个省的不完全统计，农村人民公社共建立煤窑 59 000 个，小型电站 4000 多个，水泥厂 9000 多个，农具修理、制造厂 80 000 多个，此外，还兴建了大批的土化肥厂、粮食加工厂、榨油厂、制糖厂和缝纫厂等。[①]

---

① 柳随年、吴群敢：《中国社会主义经济简史》（1949—1983），哈尔滨：黑龙江人民出版社，1985 年，第 238 页。

人民公社大办工业的结果是，农村剩余劳动力除了按计划或"盲流"到城市去的人员外，几近一半的农业劳动力转移到了非农业生产方面。1958 年至 1960 年上半年，人民公社劳动力使用在农业生产方面（粮食和经济作物）的，只占公社劳动力总数的 50%～60%，比 1957 年减少近 4000 万人。① 随后的粮食危机、工业原料危机、社队企业管理的混乱与无效率等因素，使得中央逐渐意识到"人民公社大办工业"是存在严重问题的。

首先，在落后的生产力条件下，在计划经济体制的基础上，为了保证粮食与其他农业生产的正常进行，必须平衡地合理地使用劳动力，对农村劳动力流动作一定的控制。1959 年 1 月 24 日，农业部党组《关于 1959 年农业生产的几点意见》规定："社办企业主要应该是直接为农业服务的工业和加工工业"，"使用在农业方面的劳动力一般应该不少于农村劳动力的 50%到60%"。② 1959 年 2 月至 3 月，毛泽东在郑州会议上高度评价社办企业的发展，称之为"伟大的光明灿烂的希望"，建议国家在 10 年内向公社投资几十亿到百多亿元人民币，帮助公社发展工业，帮助穷队发展生产。但批评社办企业中的平均主义、过分集中、劳动力占有太多的倾向。他强调："必须按农业、工业、运输业、服务业和其他各方面的正当需要，加以统筹，务使各方面的劳动分配达到应有的平衡。公社和县兴办工业是必要的，但是不可一下子办得太多。各级工业企业都必须节约人力，不允许浪费人力。"③ 1960 年 5 月 15 日，《中共中央关于农村劳动力安排的指示》指出，农村全劳动力大约占农村人口的 1/3 左右，其中：用于生活服务、文教卫生和生产行政管理的约占 10%，林渔副业和社办工业约占 15%左右，基本建设占 10%～15%，农业和牧业生产应该不少于 60%～65%，在农忙季节用于农业生产的则应该达到 80%以上。④ 1960 年 11 月 3 日，中共中央《关于农村人民公社当前政策问题的紧急指示信》，规定社办工业等各项事业所用的劳动力合计起来不能超过 20%。并强调，"在农业没有实现机械化、农业劳动生产率还没有根本的提高以前，这种比例维持不变"⑤。

---

① 中共中央文献研究室：《建国以来重要文献选编》（第十三册），北京：中央文献出版社，1996 年，第 593 页。

② 赵建国、刘顺道、黄立等：《中国乡镇企业的实践·理论·发展》，北京：档案出版社，1988 年，第 5 页。

③ 毛泽东：《建国以来毛泽东文稿》（第八册），北京：中央文献出版社，1993 年，第 68～73 页。

④ 中共中央文献研究室：《建国以来重要文献选编》（第十三册），北京：中央文献出版社，1996 年，第 385 页。

⑤ 黄道霞：《建国以来农业合作化史料汇编》，北京：中共党史出版社，1992 年，第 615 页。

其次，为了使农村劳动力真正得到合理使用与节约，使得农民流动具有相对的稳定性与持续性，保证激励机制的正常发挥与管理效率的有效发挥，必须明确界定各级政府对社队企业的管理权限。郑州会议明确规定了公社与大队对社队企业的管理权限。属于公社经营与管理的是：不宜于分散经营的全社性工业、交通运输业、商业、信用等。属于大队举办与管理的是：本单位所需要的小型工厂（如农具厂、土化肥厂、砖瓦厂、缝纫制鞋厂、粮食加工厂等）与宜于分散经营的农副产品生产与加工业等。1959 年 4 月，中共中央政治局上海会议纪要《关于人民公社的十八个问题》要求县、公社、大队按照新的管理体制对原高级社（生产队或生产大队）经营后调来自己经营的企业作出合理安排，或发还大队或生产队经营，或合营（按比例分配利润），或公社直接经营（向大队或生产队合理作价）。[①]

二、社队企业停办，农民流动停滞

1961～1965 年，全国范围内出现空前严重的粮食危机，同时社队企业产值低，劳动生产率低，原材料耗费大，中央下令社队企业停办，农村范围内农民向非农业的结构流动处于停滞状态。与此同时，向城镇的计划流动与"盲流"也被强令停止，在此基础上，1958 年以后（也部分包括 1958 年以前）流入城镇的农民被遣送返乡务农。大量的城市青年与失业人员也纷纷被动员"上山下乡"。由此，出现了一股从城市向农村、从非农业向农业、从大农业向小农业的人口大规模逆向流动。

1962 年中央制定的《农村人民公社工作条例（修正草案）》（简称《农业六十条》）规定人民公社与生产队一般不搞工业。1962 年 5 月 27 日，中共中央、国务院发布《关于进一步精简职工和减少城镇人口的决定》，指出，农村社办工业企业有 126 万多人，摊子多，人数多，产值低，劳动生产率低，原材料浪费大，消耗商品粮不少，一般地应当停办，人员回到生产队。今后，在调整阶段，农村人民公社一般地不办工业企业。[②]《农村人民公社工作条例（修正草案）》规定，公社管理委员会，在今后若干年内，一般地不办企业。已经举办的企业，不具有正常生产条件的，不受群众欢迎的，应该一律停办。需保留的企业，分别情况转给手工业合作社经营，下放给生产队经营，或改为个

---

① 黄道霞：《建国以来农业合作化史料汇编》，北京：中共党史出版社，1992 年，第 558 页。

② 中共中央文献研究室：《建国以来重要文献选编》（第十五册），北京：中央文献出版社，1995 年，第 464 页。

体手工业和家庭副业；个别企业可由公社继续经营，或下放给生产大队经营。①

　　社队企业的基本停办，虽然大大缓解了农业的劳动力危机以及因劳动力危机造成的全国性粮食危机，同时也大大缓解了大企业与先进企业的原材料危机，但是，毕竟农村远离城市，又在计划经济的严格统制下，没有农业之外的其他日常用品以及服务性产品的支持，会严重影响生活质量，甚至基本的日常生活供应。因此，中央号召发展农村副业，以弥补社队企业停办的不足，不少劳动力流向农村副业，即在农业内部从小农业向大农业流动。1962年 11 月，中共中央、国务院通过《关于发展农村副业生产的决定》，1965 年9 月 5 日通过《关于大力发展农村副业生产的指示》，指出发展农村副业，能够综合利用农村的人力物力，为社会增加财富，为集体增加资金和积累，为社员增加收入。②

三、社队企业重新焕发生机，成为农民流动的唯一渠道

　　1966～1977 年，经过 1961～1965 年的经济大调整之后，中央重提"亦工亦农"的发展构想，经济管理权限又开始部分下放，强调要"满腔热情地支持办好社队企业"。地方小型工业与社队企业重新焕发生机。不过，在全国动乱，特别是城市持续动乱的背景下，社队企业的发展以及吸纳农村剩余劳动力的能力也受到了影响。但是，在向城镇流动的渠道被计划体制严格控制之后，向社队企业的产业结构流动成为农民唯一的流动渠道。同时，城镇人口仍然有相当一部分向农村逆向流动。

　　1966 年"五四指示"提出"以农为主"，"在有条件的时候也要由集体办些小工厂"。1966 年 8 月 1 日，《人民日报》社论《全国都应当成为毛泽东思想的大学校》，指出"各行各业都要办成亦工亦农，亦文亦武的革命化大学校的思想，就是我们的纲领"。1970 年，全国北方农业会议提出，为了实现农业机械化，要求大办地方农机厂、农具厂，以及与农业有关的其他企业。1974 年 12 月 18 日，中央领导写信给湖南省社队企业局，要求对社队企业进行全面规划，不断向前发展。③ 1975 年 9 月至 10 月，第一次全国农业学大寨

---

　　① 中共中央文献研究室：《建国以来重要文献选编》（第十五册），北京：中央文献出版社，1997 年，第 621、622、628 页。

　　② 中共中央文献研究室：《建国以来重要文献选编》（第二十册），北京：中央文献出版社，1998 年，第 499 页。

　　③ 马杰三：《当代中国的乡镇企业》，北京：当代中国出版社，1991 年，第 55 页。

会议指出，社队企业代表人民公社的伟大希望和前途，要满腔热情地支持它、办好它。要求各地党委采取积极态度和有力措施推动社队企业更快更好地发展。1976年12月，第二次全国农业学大寨会议再次强调，社队企业发展对于巩固人民公社集体经济、加速实现农业机械化、消灭三大差别的重要意义。1975年10月11日，《人民日报》的调查报告和评论文章对社队企业予以高度肯定与积极支持，称之为"伟大的、光明灿烂的希望"。1975年8月18日，邓小平在国务院讨论国家计委起草的《关于加快工业发展的若干问题》时也指出，工业区、工业城市要带动附近农村，帮助农村发展小型工业，搞好农业生产。[①]

在中央要求"更快更好地发展社队企业"的政策支持下，社队企业出现了继"大跃进"之后的第二次发展高潮。据《中国统计年鉴1983》，1965～1976年，按不变价格计算，全国社办工业企业产值由5.3亿元增长到123.9亿元，在全国工业总产值中的比重由0.4%上升到3.8%。到1976年年底社队企业发展到111.5万个，工业总产值达243.5亿元。[②] 1970～1975年，社队企业总产值由92.5亿元增长到243亿元。[③] 在1961～1965年的大调整之后，1966～1977年社队企业吸纳农村剩余劳动力的能力恢复并不断增强，农民流动重新启动并呈加速趋势，这种趋势在经过20世纪80年代初期的整顿之后，仍然具有较强的连续性。

四、社队企业飞速发展，农民流动离土不离乡

1978～1985年，在"解放思想"与"以经济建设为中心"的政策背景下，国家对社队企业进行整顿、转型与大力扶持发展。社队企业飞速发展，吸纳农村剩余劳动力（离土不离乡）达到4000多万人。同时，由于城市国有企业"放权让利"与劳动就业制度的改革，农村剩余劳动力开始重新向城市流动，但范围不广，规模不大，数量不多。由于计划经济体制仍然发挥作用，同时也由于家庭联产承包责任制的推行与农产品流通制度改革之后商品经济的发展，这次农民流动并没有引发严重的粮食供应危机与原材料危机。

1979年7月，国务院颁布了《关于发展社队企业若干问题的规定（试行

① 邓小平：《邓小平文选》（第二卷），第2版，北京：人民出版社，1994年，第28页。

② 武力、郑有贵：《解决"三农"问题之路：中国共产党"三农"思想政策史》，北京：中国经济出版社，2004年，第575页。

③ 韩俊：《中国经济改革30年：农村经济卷》，重庆：重庆大学出版社，2008年，第145页。

草案)》，对社队企业的发展作了全国规划与系统部署。社队企业得到迅速发展。但由于社队企业发展带来的效益不高、重复建设与不适宜当地需求等问题，中央决定对社队企业进行合理的调整。1981 年 5 月 4 日，国务院颁布《关于社队企业贯彻国民经济调整方针的若干规定》，充分肯定了社队企业对于利用和发展地方资源、安排农村剩余劳动力、巩固壮大集体经济、增加社员收入的积极意义。强调社队企业关系到农民的经济利益，关系到近 3000 万人的就业，关系到一些不可缺少的市场商品供应的问题。但鉴于社队企业存在的问题，决定社队企业"既要坚决服从全局进行调整，又要尊重社队的自主权"。

第一，凡不与现有大厂争原料，产品有销路、经营有盈利的企业，均不应强制关停。对少数民族地区、山区、边远地区和贫困地区的社队企业，尤应给予照顾和扶持。凡国营企业加工能力有剩余的，社队不再办同类企业和扩大加工能力；凡以农副产品为原料、宜于农村加工的，国家一般也不再在城市建新厂和扩大加工能力，按经济合理原则，着重扶助发展集体所有制的加工业。社队棉纺厂、卷烟厂、小盐场停止发展。社队机械加工业，重点搞好中、小农具生产和农机具维修；或同大工业协作配套，生产零部件；也可为科研单位服务，试制新产品。社队采矿业进行整顿。

第二，社队企业要因地制宜，积极开发和充分利用资源，努力发展消费品生产，满足当地农民的各种实际需求与市场的商品供应。以种植业和养殖业为基础，发展为农业生产、为人民生活、为小集镇建设、为大工业、为外贸出口服务的生产性行业和生活服务性的事业，特别是传统的劳动密集型行业、能源工业、原材料工业和建筑材料工业。在少数民族地区，社队企业要注意发展当地特需产品的生产。

第三，社队企业的发展，要和小集镇的建设结合起来，统一规划，合理布点，适当集中。在发展工业生产的同时，发展各种文化福利事业和生活服务行业，逐步使小集镇繁荣起来。这点使得社队企业发展与农民流动的城镇化发展结合在一起，社队企业体制下的农民流动由农村内部的流动逐渐走向向小城镇的流动。

1978～1985 年，私营经济（雇工 8 人以上）的发展仍然没有松动，个体经济（1981 年以前不准雇工，1981 年以后可请一些帮工与学徒，帮工限 2 人以内，学徒限 5 人以内）作为公有制经济的补充而逐渐放开，作为体现公有制色彩的集体经济与合作经济的社队企业则获得支持鼓励与快速发展。1984年 3 月，中共中央、国务院转发农牧渔业部党组《关于开创社队企业新局面的报告》并发出通知，同意将"社队企业"易名为"乡镇企业"，并指出，乡镇企业是广大农民走向共同富裕的重要途径，要求大力扶持发展。1983年10月，中共中央、国务院发出《关于实行政社分开建立乡政府的通知》，开始了乡镇政府与村民委员会取代原来的人民公社与生产大队的撤社改制工作，到1985年5月结束。1985年以后，乡镇体制取代人民公社体制，乡镇企业管理体制取代社队企业管理体制。但乡镇企业的范围已经不限于原来的社队集体经济组织，据《中华人民共和国乡镇企业法》（1996年10月颁布），乡镇企业的范围包括乡镇地域范围内承担支农义务的全部乡镇办企业，村办企业，联户办企业，户办企业（包括个体企业与私营企业），以及这些企业之间或者与国有企业、城镇集体企业、私营企业以及外资企业（包括港澳台企业）等多种经济成分联合投资建立的企业。

1978年，全国社队企业共有152万个，总产值493亿元，占农村总产值的24.3％，吸纳了2827万人农村劳动力就业。1983年，社队企业总产值1008亿元，职工3235万人，净增408万人，比1978年分别增长104.5％、14.4％。[1]1985年，社队企业职工已达6979万人，占农村就业劳动力（3.7亿人）的18.8％。[2]1978～1980年，除了自然增长外，全国非农业人口增加了1800万人。但农业人口仍占84.2％（农业总产值只占工农业总产值的27.8％）。[3]

五、社队企业体制下农民流动的反思

从历史的角度看，社队企业的发展以及农民在农村内部的流动实属必然与必要。从必然性看，当中国选择了社会主义工业化的发展道路，推行以"一化三改"为中心任务的过渡时期总路线与"一五计划"，社队企业就已经孕育在其中。互助组与合作社开始自办各种非农业性产业。随着以"多快好省"、"赶英超美"为内容与目标的社会主义建设总路线的制定，"大跃进"运

---

① 韩俊：《中国经济改革30年：农村经济卷》，重庆：重庆大学出版社，2008年，第145页。另一种说法是1978年社队企业52.1万个，从业人员1734.4万人，总产值385.3亿元。1983年社队企业55.3万个，职工2168万人，产值686亿元。见武力、郑有贵《解决"三农"问题之路：中国共产党"三农"思想政策史》，北京：中国经济出版社，2004年，第636页。蔡昉、王德文、都阳《中国农村改革与变迁：30年历程和经验分析》（上海：格致出版社、上海人民出版社）在关于1978年与1983年社队企业从业人员人数上，认同韩俊的说法。

② 蔡昉、王德文、都阳：《中国农村改革与变迁：30年历程和经验分析》，上海：格致出版社、上海人民出版社，2008年，第55页。

③ 国家发展与改革委员会经济体制综合改革司、国家发展与改革委员会经济体制与管理研究所：《改革开放三十年：从历史走向未来》，北京：人民出版社，2008年，第575、10页。

动、"人民公社化"运动的实施，大力发展社队企业作为"全国工业化、农业工业化、公社工业化"的基本手段，就应运而生了。从必要性看，在综合国力一穷二白、消费品极度匮乏的基本国情下，要解决农民的各种生产与生活资料供应紧缺与农村剩余劳动力的出路需要，必须充分开发与利用农村现有资源，就近就地生产，以解决劳力、资本、运费、技术等各种生产与消费成本问题。这在中央领导的指示与讲话中也有明确表示。1960年5月15日，《中共中央关于农村劳动力安排的指示》指出，发展社办企业，既增加自给性的生产，又增加商品性的生产，扩大现金收入。[①] 1979年3月21日，陈云在中共中央政治局会议上的讲话指出，办社办工业是有道理、有原因的。原因就是要就业，要提高生活。[②] 1987年6月12日，邓小平指出，乡镇企业的发展，解决了占农村剩余劳动力50%的人的出路问题。[③]

社队企业体制下的农民流动，与后来的乡镇企业体制下的农民流动，特别是与城乡联动体制下的农民流动，具有以下三个不同特点。

第一，农村范围内的有限流动性。1958～1985年，社队企业在计划经济体制下几经波折，最终在走向市场体制的过程中转型为乡镇企业。社队企业体制下的农民流动，同样几经波折，由农村范围内有限流动，最终在20世纪80年代发展到部分向小村镇流动。1953～1960年，1978～1985年，这两个阶段，农民也可以向城市流动。其中，1953～1960年，农民曾经大规模地向城市流动，但由于计划体制下粮食供应与工业原材料的制约，向城市流动的农民很大一部分被遣送返乡，甚至原本早已定居城市的居民也有不少被动员下乡。1978～1985年，重新启动农民进城，但是受到严格限制。因此，虽然早在1956年我国工业产值就超过了工农业总产值比重，达51.3%，但是直到1980年，农村劳动力和农村人口还高达74.4%与80.6%。[④] 1985年以来乡镇企业体制下的农民流动，仍然属于"离土不离乡"式的流动，但其流动性更加持久稳定，并且在20世纪90年代以后逐渐小城镇化。1992年以来城乡联动体制下的农民流动，则完全走出了农村的地域范围，开始大规模地向沿海城市与大中城市流动。

第二，流动的不稳定性与非持续性。由于国家对社队企业发展的政策定

① 中共中央文献研究室：《建国以来重要文献选编》（第十三册），北京：中央文献出版社，1996年，第384页。

② 陈云：《陈云文选》（1956～1985），北京：人民出版社，1986年，第226页。

③ 邓小平：《邓小平文选》（第三卷），北京：人民出版社，1993年，第238页。

④ 林炳秋、巢峰、武克全等：《发展与改革：若干重大经济问题研究》，上海：上海人民出版社，1990年，第209页。

位变化不定，致使社队企业体制下的农民流动具有产业转移的不稳定性与非持续性。1958～1960 年，人民公社大办工业，这一时期国家对社队企业的政策定位是：作为地方工业发展的一部分与中央工业发展并举，作为全国工业化的一部分来实施公社工业化与农业工厂化，作为工、农、兵、学商结合与工农业并举的主要组成部分来全民大办工业。1958 年 3 月，成都会议明确提出发展中央工业与发展地方工业同时并举的方针。《中共中央关于发展地方工业问题的意见》（成都会议通过），要求干部既要学会办社，又要学会办厂，县以下工业企业形式为县营、乡营、社营及合营。1958 年 11 月 10 日，毛泽东审定的《〈郑州会议关于人民公社若干问题的决议〉的修改》和文件，强调公社工业化、农业工厂化的重要性。1958 年 12 月 7 日，中共中央批转轻工业部党组《关于人民公社大办工业问题》的报告，指出："人民公社和县联社必须贯彻执行工农商学兵结合和农林牧副渔结合，特别是工农业并举的方针，在切实抓紧农业的同时，还要大力举办工业。"[①] 1961～1965 年，社队企业进入调整整顿阶段，国家对社队企业的政策定位是：人民公社与生产队一般不搞工业，社队企业一般停办。1966～1977 年，社队企业进入复苏发展阶段，国家对社队企业的政策定位是：作为亦工亦农、农业发展的补充成分，作为巩固人民公社集体经济的伟大希望和前途，作为消灭工农差别、推进农业机械化的重要手段。1978～1985 年，社队企业进入快速发展阶段，国家对社队企业的政策定位是：作为安排农村剩余劳动力、巩固壮大集体经济，增加社员收入的主要手段。随着国家对社队企业的政策定位变化，农民的流动的短期稳定性也发生波动。很多社队企业本身还具有季节性与临时性的特点，因而农民流动的不稳定性与非持续性更强。乡镇企业体制下的农民流动在城乡二元体制下仍然具有一定的不稳定性与非持续性，但相对而言，农民的职业转移预期更加持久，实际上，后来这部分农民在城乡联动体制下大量地进入沿海城镇地区，同时，向小城镇的流动转移也大大加速了。城乡联动体制下的农民流动，已经处于建设社会主义市场经济体制的环境之中，农民流动的持续性基本以市场需求为转移。在中国市场经济体制不断完善与市场经济不断发展并日趋完善与统一的背景下，农民流动性大大强化，其可持续性与稳定性越来越强。

第三，流动的计划性。在市场经济与城乡联动体制下，农民流动依照市场劳动力需求变化而变化，无所谓"盲流"不"盲流"，但在计划经济体制

---

① 中共中央文献研究室：《建国以来重要文献选编》（第十一册），北京：中央文献出版社，1995 年，第 577 页。

下，农民流动则区分为计划流动与非计划流动（盲流）。社队企业体制下的农民流动，大都属于计划流动，其内在的不稳定性与非持续性就是由这种流动的计划性所规制的。乡镇企业体制下的农民流动，处在市场计划双轨制与城乡二元体制下，其中的集体所有制企业及其与集体所有制企业的合营企业受到一定的计划指导，其中的个体企业、私营企业以及相关合营企业则处于市场体制之中，整体而言，整个乡镇企业又处于城乡二元体制下的乡村体制与城市体制的交接点上，因此，乡镇企业体制下的农民流动实际上具有计划与市场的双重属性，但同时也在不断地向着市场性发展。而城乡联动体制下的农民流动，则基本上属于市场调节，因此，再称其为"盲流"显然是不适宜的，这也就是进入新世纪以来"盲流"被政府与学界易名为"农民工"或"新市民"的原因。

第十八章

乡镇企业体制下的农民流动

当代中国农民流动中，一个主要去向就是乡镇企业。从农民流动机制的角度看，作为一种经济发展体制的乡镇企业体制，成为农民流动的极其重要的拉动机制。[①] 土地改革，让农民回到土地上，是一场伟大的革命，把农民从土地上解放出来，同样是一场伟大的革命。让农民回到土地上，只是一种过渡形态，把农民从土地上解放出来，才是最终目的。[②] 以全国规模崛起的乡镇企业，就是把农民从土地上吸纳出来的第一个载体。乡镇企业源于 1958 年人民公社"大办工业"以来建立和不断发展的社队企业。改革开放以来，社队企业进入调整与大发展时期。《关于加快农村发展若干问题的决议》明确指出"社队企业要有一个大发展"。1984 年 3 月，中共中央、国务院转发农牧渔业部党组《关于开创社队企业新局面的报告》，正式决定将"社队企业"改为"乡镇企业"，要求地方政府大力扶持发展。此后，乡镇企业获得突飞猛进的发展，成为吸纳农村剩余劳动力的主力军。根据国家整体改革动向、乡

---

① 农民流动机制包括推动机制（把农民土地上解放出来的机制）、拉动机制（把从土地上解放出来的农民吸纳到非农领域的机制）、通道机制（让农民通畅地在农与非农之间、城乡之间流动的机制）与市民化转化机制（让农民通过农民工的过渡形式成为新市民的机制）。

② 池子华：《中国近代流民》（修订版），北京：社会科学文献出版社，2007 年，第 290 页。

镇企业体制具体变化与农民流动的实际波动情况，乡镇企业体制下的农民流动大略可分为以下五个阶段。

一、乡镇企业异军突起，形成改革开放以后农民流动的第一次高潮

　　1984～1988 年，乡镇企业异军突起，形成改革开放以后农民流动的第一次高潮。这一时期，随着改革开放的不断推进，家庭联产承包责任制在农村普遍实施，导致了农村剩余劳动力的显性化；农产品统派统购制度逐渐向农产品市场流通制度演变，农民进厂进城逐渐有了经济保障；农村社队企业转型为乡镇企业，并受到政策的鼓励发展，为农民流动提供了最大的出路。这一切最终导致了改革开放以后农民流动的第一次高潮。

　　这次农民流动的基本特点是：

　　第一，向乡镇企业的流动迅猛增长。1978 年社队企业（统计为乡镇企业）从业人员为 2827 万人，1980 年为 3000 万人，1983 年为 3235 万人，1984 年为 5208 万人，1985 年为 6979 万人，1988 年达到 9495 万人，比 1978 年增长 235.9％。其中，1983～1984 年（社队企业改为乡镇企业）农民流动增加了 2073 万人，1984～1985 年（人民公社体制最终解体）增加了 1771 万人，1985～1988 年增加了 2516 万人。1984～1988 年均吸纳 1200 万农民在非农产业中就业。1985～1988 年乡镇企业职工人数年平均递增率为 16.4％。[1]

　　第二，主要在农村与城乡结合部（小城镇）流动。由于这一时期的乡镇企业主要分布在农村，部分在小城镇，因此，农民实际上仍然主要在农村内部与农村边缘流动。1986 年 6 月 12 日，邓小平指出，乡镇企业的发展，解决了占农村剩余劳动力 50％的人的出路问题。农民不往城里跑，而是建设大批小型新型城镇。[2] 到 20 世纪 80 年代末，乡镇企业中只有约 1％分布在县城周围或县以上的城镇中，12％的企业分布在乡镇政府所在地，7％的企业分布在行政村所在地，80％的企业分布在自然村中。[3]

　　第三，本地流动为主，异地流动为辅，但异地流动明显在不断扩大。

---

　　① 武力、郑有贵：《解决"三农"问题之路：中国共产党"三农"思想政策史》，北京：中国经济出版社，2004 年，第 644 页。

　　② 邓小平：《邓小平文选》（第二卷），北京：人民出版社，1993 年，第 238 页。

　　③ 韩俊：《中国经济改革 30 年：农村经济卷》，重庆：重庆大学出版社，2008 年，第 155 页。

1983年中央1号文件《当前农村经济政策的若干问题》指出，农村的剩余劳动力离土不离乡，但也有限地承认农民可以进城，可以出县、出省。1983年跨乡镇流动为200万人，1989年达到3000万人。

第四，开始向城市流动，但受到限制。1984年中央1号文件《中共中央关于一九八四年农村工作的通知》开始允许务工、经商、办服务业的农民自理口粮到集镇落户。1985年中央1号文件《中共中央、国务院关于进一步活跃农村经济的十项政策》再次重申要允许农民进城开店设坊，兴办服务业，提供各种劳务。要求城市在用地和服务设施方面提供便利条件。

形成这些特点的根源在于：

第一，家庭联产承包责任制取代人民公社体制，同时逐渐改革农产品统派统购制度，逐渐推行农产品市场流通制度，解决了温饱问题，也部分地解决了粮食流通问题，从根本上解放了农村剩余劳动力。1981年10月，实行家庭联产承包责任制的基本核算单位只有48.8%，1982年为78.9%，到1983年，已上升到99.5%，其中实行家庭承包制的占98.3%。[1] 1985年改革农产品统派统购制度，实行合同定购和市场收购，规定任何单位都不得再向农民下达指令性生产计划。

第二，国家大力推动乡镇企业发展，乡镇企业异军突起。1984年中央1号文件《中共中央关于一九八四年农村工作的通知》强调，不改变"八亿农民搞饭吃"的局面，农民富裕不起来，国家富强不起来，"四化"也就无从实现，要求促进乡镇企业健康发展。1985年决定对乡镇企业实行信贷、税收优惠。在国家政策鼓励与扶持下，乡镇企业快速发展。1978年为152.4万个。1984年达606.52万个，比1983年翻了两番多，总收入为1537.08亿元，产值首次超过农业产值，比1983年增长65.5%。[2] 1985年达1222.5万个。1988年总产值达7018亿元，比1978年增长1323.5%。[3]到1988年，以乡镇企业为主的农村工业、建筑业、运输业、商业、饮食业等非农产业产值已占农村社会总产值的53.2%。沿海，特别是长江三角洲、珠江三角洲、闽南厦漳泉三角区、环渤海三角区的乡镇企业有了长足发展。在20世纪80年代大部分时期，农村个体私营企业尚未发展起来，非农就业主要依靠乡镇企业。不过，相比社队企业而言，这一时期乡镇企

① 蔡昉、王德文、都阳：《中国农村改革与变迁：30年历程和经验分析》，上海：上海人民出版社、格致出版社，2008年，第77页。

② 国家发展与改革委员会经济体制综合改革司、国家发展与改革委员会经济体制与管理研究所：《改革开放三十年：从历史走向未来》，北京：人民出版社，2008年，第23页。

③ 吴敬琏：《当代中国经济改革》，上海：上海远东出版社，2004年，第118页。

业发展具有如下新特点：农民联户办与户办企业发展迅速，横向经济联合获得广泛发展，由"三就地"逐渐转向国际市场，由运用传统技术逐渐向运用现代科学技术转化。

第三，国家开始允许农民进城，实施小城镇发展战略。整个 80 年代，小城镇战略是我国城市化的主导发展战略。1980 年国家建设委员会提出了"控制大城市规模，合理发展中等城市，积极发展小城市"的城市化方针。1984～1986年，1992～1994 年为小城镇发展的两个高峰。其中，1984～1986年，小城镇（建制镇）增加了 7750 个。20 世纪 80 年代末 90 年代初，各地相继撤县建市，小城镇规模迅速扩大，涌现出一批以乡镇企业为主体的新型城市。

二、乡镇企业整改，农民流动趋缓

1989～1992 年，乡镇企业进入整改阶段，农民向乡镇企业的流动趋缓。这一时期，改革进入蓄积能量、反思、调整与孕育新的突破口的阶段，在国内外复杂的政治经济因素作用下，乡镇企业进入整改阶段，大规模的农民流动受到抑制。

这一阶段农民流动的基本特点是：

第一，向乡镇企业的流动有波折，先降后升。相对前一阶段而言，总体上呈下降趋势。1989～1990 年下降比较突出。1989 年乡镇企业从业人员9367 万人，比 1988 年减少 179 万人，减少率为 1.9％。1990 年为 9265 万人，比 1989 年减少 102 万人，减少率为 1.1％。1991 年以后开始回升，幅度逐渐增大。1991 年为 9609 万人，比 1989 年增加 344 万人。1992 年为 10625 万人，比 1991 年增加 1016 万人。

第二，向乡村私营企业与个体经济的流动在不断增长，特别是向个体经济的流动，增长较快。1990 年乡镇企业就业人数为 9265 万人，私营企业为113 万人，个体为 1491 万人。1991 年乡镇企业就业人数为 9609 万人，私营企业为 116 万人，个体为 1616 万人。1992 年乡镇企业就业人数 10 625 万人，私营企业为 134 万人，个体为 1728 万人，个体就业已占乡企就业人数的 16％。

第三，异地流动的态势减弱。1989 年跨乡镇劳动力流动人数达 3000 万人，此后，每年平均只有 500 万～600 万人。

形成这些特点的根源在于以下三点：

第一，乡镇企业进行整改阶段，发展速度减缓。国家针对乡镇企业发展中的重复建设、严重浪费、资产流失、与国有企业的市场竞争等问题，提出了"调整、整顿、改造、提高"的发展方针，明确要求乡镇企业的发展，必须立足于农副产品和本地原材料加工，不同大工业争原料和能源。乡镇企业的发展速度被要求控制在 20％左右，乡镇工业的发展速度则控制在 15％左右。压缩乡镇企业的投资规模，对消耗原材料大的乡镇企业实行关停并转。在税收与信贷方面对乡镇企业的支持和优惠减少，乡镇企业发展所需资金主要靠农民集资解决。1989 年乡镇企业 1866 万家，比上年减少 1.2％。1990年为 1850.4 万个，比上年减少 0.8％。[1] 1991 年乡镇企业增长速度为 14％，远低于 1985～1988 年的平均水平。

第二，国有企业、个体私营企业与乡镇企业之间的竞争，使得乡镇企业的发展空间有所压缩。1984 年国务院颁布了《关于进一步扩大国营工业企业自主权的暂行规定》，拉开了国有企业改革的序幕。国有企业先后经历了"放权让利"、"利改税"、"承包经营责任制"，逐渐摆脱预算软约束，并享有更多的剩余索取权，国有企业通过市场寻求生存与发展的压力与动力越来越大，国有企业与乡镇企业的竞争关系逐渐形成。农村个体和私人企业也在政策支持下发展起来。

第三，乡镇企业普遍存在企业规模过小、过于分散（所谓"遍地开花"、"满天星斗"、"村村冒烟"）的问题，导致乡镇企业的效益与吸纳农村剩余劳动力的能力受到严重制约。据对绍兴市的调查，乡、村两级工业企业建在集镇的不到 50％，散在乡野的各类工业企业，平均每平方公里有 2～3 家。[2] 乡镇企业还出现"国有企业病"的症状，活力和增长率有所下降。但是，乡镇企业通过着力引进外资、国外技术、设备与管理方法，积极开拓国际市场，外向型经济得到迅速发展。到 1991 年，乡镇企业完成出口交货值 789 亿元，比 1988 年增长近 2 倍。

三、乡镇企业进入战略发展阶段，农民流动呈异地化与饱和化

1993～1996 年，乡镇企业进入战略发展阶段，农民向乡镇企业的流动呈

---

[1] 宋洪远等：《改革以来中国农业和农村经济政策的演变》，北京：中国经济出版社，2000 年。转引自蔡昉、王德文、都阳：《中国农村改革与变迁：30 年历程和经验分析》，上海：上海人民出版社、格致出版社，2008 年，第 91 页。

[2] 林炳秋、巢峰、武克全等：《发展与改革：若干重大经济问题研究》，上海：上海人民出版社，1990 年，第 221 页。

异地化与饱和化，农民流动呈多元化。这一时期，在邓小平南方谈话与中共十四大精神的指引下，改革开放打开了新局面，进入全面建设社会主义市场经济体制新阶段。乡镇企业被提升到国家整体发展战略的重要组成部分与农村发展战略的核心组成部分，对农村剩余劳动力的吸纳继续上升。同时由于社会主义市场经济体制的建设对城乡二元体制的强烈冲击，一方面，使得乡镇企业体制下的农民流动突破了离土不离乡的模式；另一方面，形成了改革开放以来的第一次农民进城浪潮。

这一阶段农民流动的基本特点是：

第一，乡镇企业吸纳农村就业人口继续上升，但受现行乡镇企业体制的影响，乡镇企业吸纳农村剩余劳动力的能力渐呈饱和状态，绝对数量处于停滞、徘徊的局面。1993 年乡镇企业从业人员为 1.23 亿人，1994 年为 1.20 亿人，1995 年为 1.29 亿人，1996 年达 1.35 亿人。1993～1996 年共增加了 1163 万人，增幅不大。

第二，农民流动进城迅速增加，出现了继 1953～1960 年之后的第二次农民进城潮，年均农民进城流动达到 1000 万人以上。

第三，异地流动加速，农民出现向沿海乡镇企业的流动热潮。这一时期，国家从战略发展考虑，决定把乡镇企业发展与中西部发展、区域合作发展结合，促进了东部与中西部乡镇企业的合作交流与农民的进一步异地流动。1993 年跨乡镇劳动力流动人数为 6200 万人，其中，跨省流动为 2200 万人。

第四，向乡村私营企业与个体经济的流动在加速。1993～1996 年，乡村私营企业就业人员分别为 187 万人、316 万人、471 万人、551 万人，共增加了 364 万人，增幅达到 195％。乡村个体经济就业人员分别为 2010 万人、2551 万人、3054 万人、3308 万人，共增加了 1298 万人，增幅达到 65％。

形成这些特点的根源在于：

第一，乡镇企业进入长期坚持、不能动摇、面向市场、全面发展的新阶段。1992 年 12 月 25 日，江泽民在武汉主持南方六省农业和农村工作座谈会，要求坚持不懈地发展乡镇企业，并把发展乡镇企业与建立新型集镇结合起来，指出中国 8 亿多农民，如果农村剩余劳动力都向城市流动，城市根本吃不消。会议认为，通过乡镇企业在农业与农村内部大力吸纳农村剩余劳动力，是解决农村剩余劳动力的一条重要途径，这项原则要长期坚持，不能动摇。但乡镇企业也要适当集中到新型集镇上。[①]《关于建立社会主义市场经济体制若干问题的决定》表示，要完善承包经营责任制，发展股份合作制，进

---

① 江泽民：《江泽民文选》（第一卷），北京：人民出版社，2006 年，第 270 页。

行产权制度和经营方式的创新，进一步增强乡镇企业的活力；在明晰产权的基础上，促进生产要素跨社区流动和组合，形成更合理的企业布局。到 1994 年年底，全国实行股份合作制的企业已经超过了 300 万家，占乡镇企业总数的 12％～13％。1996 年 10 月颁布《乡镇企业法》，系统规范乡镇企业行为，进一步鼓励乡镇企业发展。1995 年乡镇企业发展到 2202.7 万个。1996 年乡镇企业增加值近 1.8 万亿元，出口交货值 6008 亿元，利税总额 6253 亿元。①

第二，继续推进实施小城镇发展战略。1993 年中共十四届三中全会通过了《关于建立社会主义市场经济体制若干问题的决定》，明确提出："逐步改革小城镇的户籍管理制度，允许农民进入小城镇务工经商，发展农村第三产业，促进农村剩余劳动力的转移。"1996 年 3 月《"九五"计划和 2010 年远景目标纲要》，要求引导乡镇企业合理集中，把发展乡镇企业与建设小城镇结合起来，促进农业剩余劳动力有序转移。1992～1994 年为小城镇发展的第二个高峰，小城镇增加了 4247 个。

第三，实施乡镇企业发展与中西部发展、区域联动发展相结合战略。1993 年 11 月中共中央、国务院《关于当前农业和农村发展的若干政策措施》要求，积极发展乡镇企业，特别是要加快发展中西部地区的乡镇企业。中共中央、国务院《关于 1994 年农业和农村工作的意见》提出要组织实施乡镇企业东西合作。农业部据此制定了《乡镇企业东西合作示范工程》方案，1995 年确立了 124 个示范区与 72 个示范区项目。1996 年国务院作出了《加快发展中西部地区乡镇企业的决定》，决定 1996～2000 年每年给予中西部乡镇企业 100 亿元专项贷款，积极引导乡镇企业东西合作。

四、乡镇企业进入深层改制时期，吸纳就业能力大幅下降

1997～2003 年，乡镇企业进入深层改制发展时期，吸纳农民就业能力大幅下降。这一时期，东亚金融危机爆发，乡镇企业的融资与出口受到一定影响，效益质量与管理资质的提升成为燃眉之急，乡镇企业的民营化与多元化发展成为迫切需要，乡镇企业进入新一轮体制调整与创新发展时期。同时，国有企业改革进入攻坚阶段，即产权改革与战略改组时期，大量的工人下岗与转岗对农民进城与乡镇企业就业产生了直接的冲击，不少城镇为了接纳国有企业的下岗与转岗工人，而减少了对农村劳动力的吸纳。

---

① 韩俊：《中国经济改革 30 年：农村经济卷》，重庆：重庆大学出版社，2008 年，第 146 页。

　　这一阶段农民流动的基本特点是：第一，农民向乡镇企业流动有波折，基本处于下降与停滞状态。1997～1998 年乡镇企业就业人数持续减少。1997 年乡镇企业就业人数为 1.31 亿人，比 1996 年的 1.35 亿人减少 458 万人。1998 年为 1.25 亿人，比 1997 年减少 513 万人。1999～2003 年有所回升，分别为 1.27 亿人、1.28 亿人、1.31 亿人、1.33 亿人、1.357 亿人，到 2003 年才终于回升到 1996 年的水平。第二，乡村私营企业成为吸纳农民流动的主要渠道，扭转了乡镇企业与乡村个体经济就业人数下降的态势。1997～2003 年，乡村私营企业就业人员分别达到 600 万人、737 万人、969 万人、1139 万人、1187 万人、1411 万人、1754 万人，共增加 1154 万人，增幅达到 192%。而同期乡村个体经济就业人员分别为 3522 万人、3855 万人、3827 万人、2934 万人、2629 万人、2474 万人、2260 万人，从 1999～2004 年出现持续下降的态势，共减少 1595 万人，降幅为 41%。第三，农民进城潮有所缓和，异地流动加速。跨乡镇劳动力流动人数，2000 年达到 7550 万人。

　　形成这些基本特点的根源在于：

　　第一，乡镇企业进入产权改革与增长方式转变阶段。1997 年 3 月，中共中央、国务院批转了农业部《关于我国乡镇企业情况和今后改革与发展意见的报告》，提出乡镇企业今后发展的方向是：加强体制改革与转变增长方式。《中华人民共和国乡镇企业法》正式实施。国务院又召开了全国乡镇企业工作会议。1998 年 4 月 21 日，江泽民在江苏省考察乡镇企业时指出，发展乡镇企业是中国特色的工业化道路，但今后发展乡镇企业必须实现两个根本性转变：不可再走低水平重复建设、靠外延扩张的路子，也不可单纯依靠国家给优惠政策，只能充分发挥自己的优势，走改革开放、体制创新、依靠科技、加强管理的路子。[①] 乡镇企业进入以产权制度改革为中心的综合改革与转型发展时期，突破了单一集体经济的束缚，开创了多种所有制和混合所有制经济共同发展的新格局。根据一项对江浙 15 个县 670 家企业的调查，到 1999 年，超过一半的企业已明晰私有产权。受亚洲金融危机与资金供应制约的影响，乡镇企业自身也被迫加快技术改造与结构调整，向质量和效益型发展迈进。

　　第二，由于国有企业改革导致大量职工下岗转岗，急需就业安置，一些城市对农民进城就业（包括在城镇的乡镇企业就业）采取限制措施，农民流动趋缓，甚至短期逆转。但同时为了确保国有企业的竞争绩效，部分同类乡镇企业被关停并转，给农村劳动力就业造成更大的阻力，更多的农民趋于流入城市。

　　第三，继续推进小城镇发展战略，同时要求各城市政府取消对进城农民

----

　　① 江泽民：《江泽民文选》（第二卷），北京：人民出版社，2006 年，第 116、117 页。

的歧视。1997 年 6 月，国务院批转《公安部关于小城镇户籍管理制度改革试点方案和关于完善农村户籍管理制度的意见》，进一步打破了长期延续的城乡分割关系、促进城乡生产要素的合理流动，加快农村富余劳动力转移。20 世纪 90 年代中期以后，各类经济技术开发区和乡镇工业小区兴起，乡镇企业开始结束"村村办厂，处处冒烟"的历史，由分散走向集中，乡镇企业大量迁往小城镇，农民流动也告别了"离土不离乡，进厂不进城"的历史。2001 年 12 月 25 日，江泽民主持召开"三农"问题座谈会，强调要继续发展小城镇。同时要求城市政府对进城流动农民不搞歧视，搞好管理与服务，改变过去形成的不合时宜的政策。[①]

五、乡镇企业在城乡一体化与现代企业制度架构下改革，农民流动多元化

2004～2008 年，乡镇企业在城乡一体化与现代企业制度架构下进一步改革发展，农民流动更加多元化。这一时期，国家连续出台 1 号文件，推动"三农"问题破解、新农村建设与乡镇企业发展，同时大力统筹城乡发展，推进城乡一体化制度建设，规范政府与企业对农民工的各种待遇，农民流动稳定增长，直到 2008～2009 年之交，全球金融危机波及我国，出口导向型的乡镇企业、私营企业与三资企业普遍出现需求不足问题，农民工爆发大规模的返乡潮，国家鼓励农民工返乡创业。

这一阶段农民流动的基本特点是：第一，向乡镇企业的流动持续增长，但增幅不大。2004～2007 年乡镇企业从业人员分别为 1.39 亿人、1.43 亿人、1.47 亿人、1.51 亿人，共增加了 1224 万人，年均增加 306 万人。第二，向乡村私营企业的流动持续上升。2004～2007 年，乡村私营企业从业人员分别达 2024 万人、2366 万人、2632 万人、2672 万人。自 1990 年以来，农民流向乡村私营企业一直稳步上升，没有下降过。第三，向乡村个体经济的流动开始持续回升。2004～2007 年，乡村个体经济从业人员分别达 2066 万人、2123 万人、2147 万人、2187 万人。这是继 1999～2004 年持续下降之后的持续回升，但仍然没有达到 1994～2003 年的流动水平，这一时期的最低流动水平为 2003 年的 2260 万人。第四，异地流动超过了本地流动。2002～2006 年，外出流动农民年增加 400 万～700 万人。2007 年农民工总数为 2.26 亿

---

① 江泽民：《江泽民文选》（第三卷），北京：人民出版社，2006 年，第 408 页。

人，其中，外出就业 1.26 亿人，本地就业 1 亿人。第五，向城镇的流动超过了农村内部的流动。2005 年全国有建制镇 1.89 万个，企业从业人员 1.03 亿人，占整个乡镇企业从业人员的 73.6%，占农村转移劳动力的 57.2%。长江三角洲、珠江三角洲人口仅占全国小城镇人口的 10%，吸纳外来人口 2200 万人，占整个小城镇吸纳外来人口的 47.3%。[①]

形成这些特点的根源在于：

第一，国家继续推进乡镇企业改革和调整，引导企业改制成股份制和股份合作制等混合所有制企业，鼓励建立现代企业制度，继续采取政策措施鼓励乡镇企业发展。2005 年，国家决定加快落实对农户和农村中小企业实行多种抵押担保形式的有关规定。2006 年，国家鼓励和支持符合产业政策的乡镇企业发展，特别是劳动密集型企业和服务业。2007 年，国家决定积极发展新型农用工业，包括新型肥料、低毒高效农药、多功能农业机械及可降解农膜等新型农业投入品。2006 年乡镇企业总数已达 2314.47 万个，GDP 增加值 68 000 亿元，占全国 GDP 近 28%，占农村 GDP 的 60%，出口交货值占出口总额的 1/3 左右。[②]

第二，继续推进小城镇发展战略，加快城镇化发展力度。国家要求小城镇建设要同壮大县域经济、发展乡镇企业、推进农业产业化经营、移民搬迁结合起来，引导更多的农民进入小城镇，逐步形成产业发展、人口聚集、市场扩大的良性互动机制，增强小城镇吸纳农村人口、带动农村发展的能力。2010 年，国家决定要加快城镇化步伐，拓展农民外出就业空间，把解决符合条件的农业转移人口逐步在城镇就业落户作为推进城镇化的重要任务。

第三，加快破除城乡二元体制，积极探索建立促进农民稳定流动、城乡一体发展的体制机制；健全城乡统一的生产要素市场，实行城乡劳动者平等就业的制度，建立健全与经济发展水平相适应的多种形式的农村社会保障制度；进一步清理和取消各种针对务工农民流动和进城就业的歧视性规定和不合理限制。加快解决农民工的子女上学、工伤、医疗和养老保障等问题。

六、乡镇企业体制下农民流动的反思

农民流动，是中国现代化之必然与必需。农民的流动化、非身份化、非

---

① 韩俊：《中国经济改革 30 年：农村经济卷》，重庆：重庆大学出版社，2008 年，第 156、157 页。

② 韩俊：《中国经济改革 30 年：农村经济卷》，重庆：重庆大学出版社，2008 年，第 147 页。

农化与市民化是解决中国农民问题的根本出路。"大量减少农民，转移农民是提高消费和改变农民收入情况主要的渠道。"[①] 乡镇企业促成了中国历史上农民的第一次空前规模的持续非农化流动，进而推动了中国的城镇化发展与农民的市民化，极大地解放了农村生产力，同时也深入地推动了中国社会主义市场经济体系建设向农村与小城镇的辐射与覆盖，大大加快了我国的现代化进程，具有巨大的历史意义。

乡镇企业体制下农民流动，具有长期的持续性与较强的稳定性。其基本态势与主要特点如下：

第一，从大规模流动到稳定流动。大规模流动时期主要体现在 20 世纪 80 年代中后期、90 年代中前期。1985～1990 年乡镇企业吸纳农民流动人数从 6979 万人增加到 9265 万人，增加了 2286 万人，年均增加 457.2 万人。1990～1993 年乡镇企业吸纳农民流动人数从 9265 万人增加到 12 345 万人，增加了 3080 万人，年均增加 1027 万人。1997～2007 年乡镇企业吸纳农民流动人数从 12 537 万人增加到 15 090 万人，增加了 2553 万人，年均增加 255.3 万人。

第二，虽然受国家对乡镇企业的政策调整、制度改革与市场波动影响，乡镇企业吸纳农民流动的数量有所变化，但总体上仍然具有增长的持续性。从 1985 年的 6979 万人，达到 2007 年的 15 090 万人，增加 8111 万人，22 年间年均增加 368.68 万人。其中，从 1989～1990 年、1994 年、1997～1998 年乡镇企业吸纳农村劳动力的数量呈负增长状态。1989～1990 年比 1988 年减少吸纳 281 万人。1994 年比 1993 年减少吸纳 328 万人。1997～1998 年比 1996 年减少吸纳 804 万人。

第三，从就地流动到异地流动。农村劳动力在流出农村与农业的过程中，先是就地转移，农民"离土不离乡，进厂不进城"。其后是跨地域流向发达地区的乡镇企业。1992 年以前主要是就地转移，1992 年以后，以异地转移为主。

第四，从农村内部非农产业流动到向城镇流动。乡镇企业一开始与社队企业一样，无论是资源、资金、劳力的利用，还是产品的销售与服务，主要遵循国家划定的"就地"原则，乡镇企业也主要分布在农村的自然村中，农民主要是在农村就地进行产业流动。虽然 20 世纪 80 年代中后期在不断突破，但 1989～1991 年的整改时期，仍然强调乡镇企业的"就地"原则。在 1992 年确定建立社会主义市场经济体制以来，乡镇企业的"就地"原则被突破，

---

① 李培林：《把"调结构"扩大到社会领域》，《社会科学报》，2010 年 1 月 28 日，第 1 版。

农民也大量向沿海的乡镇企业流动，乡镇企业也大量迁往城镇，或者云集成新的城镇或城市。

"'三农'问题的实质是个结构问题。"[①] 由农业国向工业国、小农经济向现代化大生产转型，由乡土与农民社会向城镇与市民社会发展，是中华人民共和国成立以来的确定不移的根本任务。乡镇企业源于人民公社时期的社队企业，二者都承担着农业工业化、农村工厂化、农民工人化的使命与支农强农、以工补农的义务，大量吸纳农村剩余劳动力，是其必然需求，也是其必然结果。但是，乡镇企业与社队企业也有根本区别，就是，社队企业必须遵循"就地"原则，即就地利用资源、资金与技术、就地吸纳劳力、组织生产与服务等原则，具有自然经济与计划经济的特色。而乡镇企业是在计划体制逐渐松动、市场体制逐渐拓展的基础上产生与发展的，因而越来越面向全国与国际市场，越来越在现代市场体系与现代企业制度下运作，具有强劲的竞争压力与动力，成为破解城乡二元与"三农"问题、推进农民流动与城镇化、推动工业化与产业结构转型的先锋与津梁。[②]

---

①　陆学艺：《改变社会结构变动的"滞后"》，《社会科学报》，2010 年 1 月 28 日，第 1 版。
②　除本章已经注出的数据来源外，其他数据来源均参考国家统计局统计年鉴数据库。

第十九章

从城乡二元走向城乡一体：改革开放以来中国农民流动机制变迁的考察

　　中国要实现现代化，关键是解决"三农"问题。要解决"三农"问题，关键是解决农民转移问题，即农民流动或农民工问题。[①] 2001年12月25日，江泽民在主持召开"三农"问题座谈会上指出："提高我国的现代化水平，解决农民就业和增收问题，必须调整农村的就业结构和产业结构，走工业化、城市化的路子，把农村人口尽可能多地转移出来。这是世界各国走向现代化的共同规律，是一个大方向。我们也必须坚定不移地走这条路。"[②] 农民工是我国改革开放和工业化、城镇化进程中涌现的一支新型劳动大军。[③] 农民工流动及其市民化，关系到中国市场化、城市化、工业化与和谐社会建设的成败，是中国现代化的一个大问题。以农民做工与农民进城为特点的农民工可持续流动的确发生在改革以后，但农民流动实际上始于改革以前，1949～1952年的新民主主义时期就已经存在。计划经济体制形成以来，农民流动分

---

　　① 关于农民工概念，学界与政府主要有两种说法。一种是现代化进程中的"农村流动人口"论；另一种是中国特殊的有着"农业户口"的"非农居民"论。参阅何爱国：《中国农民工问题研究述论》，《当代中国史研究》，2009年第4期。

　　② 江泽民：《江泽民文选》（第三卷），北京：人民出版社，2006年，第407页。

　　③《国务院关于解决农民工问题的若干意见》，载张清泉：《二元经济结构条件下的中国农民工研究》，北京：经济科学出版社，2008年，第233页。

为有计划的流动与非计划的流动（所谓"盲流"）。1953～1957 年"一五计划"与 1958～1960 年"大跃进"时期，计划流动与"盲流"的规模都是很大的。1949～1960 年的农民流动既包括产业流动，也包括城市流动。1961～1978 年主要是从农业向农村社队企业的产业流动，农民的城市流动基本上被禁止。改革开放以来，农民流动经历了从农村第二、第三产业向城市第二、第三产业的流动过程。改革前后的农民流动机制差异相当大，前者主要处于计划经济体制管制（1949～1956 年为市场经济体制向计划经济体制过渡时期，1956 年以后为计划经济体制时期）之下，城乡二元体制形成，农民流动在地域与产业方面受到严格限制。后者则主要处于计划经济体制向市场经济体制演变的过渡体制（1978～1992）与社会主义市场经济体制（1992～）的主导下，城乡二元体制逐步破解，城乡统筹发展体制逐渐形成，产业流动与地域流动的制度壁垒基本拆除，但是，由于社会主义市场经济体制与城乡一体机制尚不完善，新的城市化战略还在调整之中，使得农民工流动机制还不配套，存在着忽视农民工权益与社保的弱点，特别是农民工市民化机制尚待完善。

一、农民流动机制的历史变迁

农民工流动机制，包括农民工流动的驱动机制、拉动（吸纳）机制、通道（流动平台）机制与市民化转化机制四部分。驱动机制是指驱使农民从农村或农业领域流向城镇或第二、第三产业，把农民从土地上解放出来的机制，如家庭联产承包责任制、地权流转制等。拉动（吸纳）机制是指把从土地上解放出来的农民吸纳到非农领域就业的机制，如乡镇企业发展机制，非公经济发展机制等。通道（流动平台）机制是指架通农民工流动路径，让农民通畅地在农与非农之间、城乡之间流动的机制，如市场经济体制、城乡统筹发展体制、城乡一体化体制等。农民工市民化转化机制是指流动农民或农民工能够完全融入城市真正成为市民的机制，如小城镇与中小城市发展机制，社会保障（广义的社会保障包括就业、医疗、养老、教育、住房等）体制等。四大机制在改革开放以后依次确立起来并存发展，并不断完善。

1978 年以来，随着改革的步步推进，先是侧重经济体制转轨，继而是重点推进经济发展方式转轨，在这种制度变迁背景下，农民工流动机制出现了重大变革：先是打开了农民工在农村内部产业之间流动的通道，接着是逐步打开农民工地域流动的通道，特别是向沿海地区与城市地区流动的通道。具体而言，农民工流动机制变迁经历三个基本阶段。

第一阶段，到 1992 年中共十四大召开为止，农民工流动的驱动机制完全确立，拉动机制与通道机制也进入初步建设时期。这一阶段着力打开农村内部的产业流动通道，建立农村内部的产业流动机制。家庭联产承包责任制对人民公社集体经济制度的取代发挥了推动农民流动的推力功能（驱动机制），乡镇企业体制对社队企业体制的承续性发展则发挥了吸引农民流动的拉力功能（拉动机制），在二者的作用下，一方面出现了农民从小农业（粮食种植业）向大农业（其他种植业与林牧副渔业）的流动，另一方面，更重要的是出现了"离土不离乡"、"进厂不进城"的由农村农业向农村非农产业的大规模产业流动。

包罗工、农、兵、学、商各行与农、林、牧、副、渔各业的农村人民公社体制，城乡日常消费品（特别是粮油棉）统购统销体制与票证制，重工业优先的工业发展体制，统包统配的城市就业安置体制，单一的城市公有经济体制，缺乏自主生活空间的城市单位社会体制，缺乏市场与制度联系的城乡二元发展体制，中央高度集权的计划经济体制，这些相互联系的制度安排使得农民工流动在改革开放以前降到最低，基本上堵住了城乡自发流动的通道，也把农村内部的产业流动主要控制在单个人民公社内部。

改革开放以来，首先被突破的是农村人民公社体制。人民公社的政社合一管理体制、为城市与国有部门"贡献"以及无处不在的平均主义，使得农民普遍缺乏生产积极性，农村长期处于极度贫困状态。家庭联产承包责任制，1980 年开始在"边远山区和贫困落后的地区"实行。1982 年突破了实施地域范围的限制。到 1984 年年底，全国普遍实行。1983 年 10 月以后正式实施政社分开。到 1985 年，政社合一的人民公社体制完全被只有行政功能的乡镇体制取代。同时，原有的计划性与行政控制性极强的社队企业体制，也完全被走向市场化与弱化行政控制的乡镇企业体制取代。

除了家庭联产承包责任制与乡镇企业体制发挥了推动与拉动农民流动的核心作用外，农村农副产品市场化机制也发挥了重要作用，主要是为农民流动提供日常消费品的支持。改革开放以来，随着家庭联产承包责任制的普及，粮食生产出现了越来越多的剩余，统购统销体制所依赖的紧缺经济环境发生变化，体制逐渐松动，首先是逐渐放宽与取消在农村的农副产品统派购制度，农村农副产品市场化机制逐步建立。1978 年 12 月中共十一届三中全会通过《中共中央关于加快农业发展若干问题的决定（草案）》，决定在农村恢复农贸市场，减少农产品统派购的品种和比重，扩大议价收购与市场调节的范围。1982 年，二类农副产品收购基数以外的产品，由社队和农民自行处理。基数外产品的收购价格，允许按照市场供求状况实行一定范围的浮动。1983 年，逐步推行购销合同制。对完成统派购任务后的产品（包括粮食，不包括棉花）和非统购派购产品，允许农民多渠道经营。1984 年，减少统派购的品种和数量。1985 年，从根本上改革农产品统派购制度，除个别品种外，国家不再向农民下达农产品统购派购任务；禁止任何单位再向农民下达指令性生产计划。[①]

　　这一时期，家庭联产承包责任制的普遍实施，使得包罗农民全部生活的农村人民公社体制与控制最重要消费品的统购统销体制解体。个体经济、私营企业与"三资"企业的逐渐发展，导致单一的城市公有经济体制、统包统配的城市就业体制以及缺乏自主生活空间的城市单位社会体制出现越来越大的裂痕。小城镇发展体制的改革也使得缺乏市场与制度联系的城乡二元发展体制有所松动。农民工产业流动的制度环境大为好转，城市流动的制度环境有所改善。

　　第二阶段，从 1992 年中共十四大召开到 2002 年中共十六大召开为止，农民工流动的通道机制与拉动机制进入系统建设时期。社会主义市场经济体制成为经济体制改革的基本目标，并开始进入框架体系建设时期。国有企业进入改制与战略调整阶段。1995 年中共十四届五中全会提出"抓大放小"的思路，中小国有企业趋于集体化与民营化。中共十四大正式确定私营经济的"有益补充"功能与"平等竞争"地位。1993 年中共十四届三中全会通过《关于建立社会主义市场经济体制若干问题的决定》，明确表示要"对各类企业一视同仁"，并提出要鼓励和引导农村剩余劳动力向非农产业转移和在地区间有序流动。1997 年中共十五大报告正式确认公有制经济与非公有制经济共同发展是"我国社会主义初级阶段的一项基本经济制度"，非公有制经济是"社会主义市场经济的重要组成部分"。非公经济（特别是私营经济）空前发展起来，与乡镇企业一道，共同成为支撑农民产业流动的两大支柱。改革重心偏向城市，乡镇企业向小城镇与小城市聚集，大中城市私营企业、沿海城镇"三资"企业广泛发展，吸纳了数千万规模的农民工向沿海与城市汇聚，导致"沿海打工潮"与"农民进城潮"（被媒体与学界统称为"民工潮"）在 1992 年以后以空前规模涌现，农民工流量猛增。20 世纪 90 年代中后期，由于国有企业的"下岗"潮的挤压效益与东南亚金融危机的影响，农民工流量趋缓。

---

　　① 参阅《中共中央国务院关于"三农"工作的十个一号文件（1982—2008 年）》，北京：人民出版社，2008 年。

除了非公经济的大发展及其体制的不断完善外，支持农民向城市流动的整个制度环境也好转起来。社会主义市场经济体制进入全面建设时期，1993年中共十四届三中全会提出建立现代企业制度，《中华人民共和国公司法》颁布，公司制、股份制广泛推进。产品市场已经完全放开，资本与劳力等要素市场快速发展起来。国有企业改制、乡镇企业改制、私营企业与"三资"企业发展体制进一步完善，使得城乡二元体制逐渐被打破，统分统配的就业体制瓦解。日常消费品供应的票证管理制度被彻底取消，城市农副产品市场化机制逐步建立。《国民经济与社会发展第十个五年计划纲要》提出要建设城乡人口有序流动的机制，引导农村富余劳动力在城乡间与区域间有序流动。城镇户籍有序放开，小城镇得到空前发展，特别是沿海的乡镇企业与民营企业聚集地，吸纳了大量的农民工。行政与企事业单位分离、企事业单位与社会分离、行政与社会服务组织分离，使得企业办社会、单位办社会的体制被打破，包罗个人生活万象的整体组织系统——单位社会体制逐渐解体。

第三阶段，从2002年中共十六大以来，在落实科学发展观的要求下，完善市场经济体制与统筹城乡发展体制的框架体系逐渐形成，农民流动向着"新农民"（农民工返乡就业与创业）与"新市民"（农民工市民化）的方向分流。其中，后一流动特别受到关注与重视。这一时期，有关农民流动的整体制度被重新审视，出现了有全局意义的系列制度变迁，表现在完善社会主义市场经济体制，改革城乡分割的就业管理体制，加快建立有利于逐步改变城乡二元结构的经济社会体制，建立中小城市自主吸纳农民流动的户籍制度、农民工社保制度、权益保障制度、创业扶持与就业培训制度等。

第一，完善社会主义市场经济体制，充分发挥市场配置资源的基础性作用，推进土地产权流转、户籍等制度改革，改革城乡分割的就业管理体制，建立统一规范的人力资源市场，加快建立有利于逐步改变城乡二元结构的经济社会体制。2002年中共十六大提出"两个毫不动摇"与"一个统一"，进一步明确了非公经济发展的战略思路。2003年中共十六届三中全会通过《中共中央关于完善社会主义市场经济体制若干问题的决定》，明确表示"允许非公有资本进入法律法规未禁入的基础设施、公有事业及其他行业和领域"。2005年2月国务院发布《关于鼓励、支持和引导个体私营等非公有制经济发展若干意见》（即"非公经济36条"）。非公经济得到不断鼓励、支持和发展，其体制进一步完善，发展空间不断拓展。乡镇企业逐步改制成混合所有制企业，建立现代企业制度，积极拓展农村非农就业空间。在税收、投融资、资源使用、人才政策等方面，农村个体工商户和私营企业受到支持。

第二，加快中小城市户籍制度与农民流动制度改革，放宽中小城市落户条件，建立中小城市自主吸纳农民流动的户籍制度。废除针对在城市未能顺利就业的农民工的收容遣送制度，全面实施社会救助制度。消除农民工就业歧视制度，完善农民工劳动合同制度，建立农民工平等就业与服务制度。进一步清理和取消针对农民进城流动和进城就业的歧视性规定与不合理限制，清理对企业使用农民工的行政审批和行政收费，简化农民跨地区就业和进城务工的各种手续。

第三，建立农民工社保制度。农民工纳入工伤保险范围，加快制定低费率、广覆盖、可转移、与现行制度相衔接的农民工养老保险办法，加强职业病防治和农民工健康服务，将与企业建立稳定劳动关系的农民工纳入城镇职工基本医疗保险。鼓励有条件的地方和企业通过多种形式提供符合农民工特点的低租金房屋，鼓励有条件的城市将有稳定职业并在城市居住一定年限的农民工逐步纳入城镇住房保障体系。

第四，建立农民工权益保障制度。城市政府把对进城农民工的职业培训、子女教育、劳动保障及其他服务和管理经费，纳入正常的财政预算。建立农民工工资正常增长和支付保障机制。严格执行最低工资制度，建立工资保障金等制度。逐步实现农民工劳动报酬、子女就学、公共卫生、住房租购等与城镇居民享有同等待遇，改善农民工劳动条件，保障生产安全。保障返乡农民工的合法土地承包权益，对生活无着的返乡农民工要提供临时救助或纳入农村低保。建立农民工子女就近接受义务教育的制度，农民工输入地以公办学校为主接收农民工子女就学，收费与当地学生平等对待。

第五，建立农民工创业扶持与就业培训制度。在贷款发放、税费减免、工商登记、信息咨询等方面提供支持；安排专门用于农民职业技能培训的资金，由农民自主选择培训机构、培训内容和培训时间，政府对接受培训的农民给予一定的补贴和资助；扩大"农村劳动力转移培训阳光工程"实施规模；加快建立政府扶助、面向市场、多元办学的培训机制。鼓励用工企业和培训机构开展定向、订单培训。[①]

二、农民产业流动机制变迁的解析

改革开放前后虽然都出现了农民工的产业流动，但前者处于城乡产业分

---

① 参阅《中共中央国务院关于"三农"工作的十个一号文件（1982—2008年）》，北京：人民出版社，2008年。

割与分隔发展的计划体制下，仅限于农村产业结构内部，城乡产业结构没有联通，农村产业集聚也没有突破为城镇化，农民工完全没有转化为市民的机会，连到小城镇旅行的机会也比较少。后者越来越处于城乡产业统筹发展与一体发展的市场体制下，农村产业集聚引发了城镇化效益，城乡产业结构逐渐联通并走向一体化，农民工也从农村第二、第三产业走向城镇第二、第三产业。

农民工在农村的产业流动首先（也是直接）受益于农业经营机制的根本改革，人民公社集体经济的单一经营机制为家庭联产承包责任制下的多种经营机制所取代，以粮食种植业为核心的小农业经营机制发展到以粮食作物与经济作物并重的大农业经营机制、农业与农村第二、第三产业并重发展机制。1982年《全国农村工作会议纪要》要求生产队要因地制宜制订全面发展农、林、牧、副、渔、工、商的规划，有计划地作好劳动力的安排，并选择相应的生产责任制形式。即使在那些目前基本上实行分户经营的生产队，也应逐步量力而行地从事一些多种经营项目，如林场、茶场、果园、养殖场等，逐步发展专业分工和专业承包，逐步改变按人口平均包地、"全部劳力归田"的做法，把剩余劳力转移到多种经营方面来。1983年《当前农村经济政策的若干问题》倡导把大量的剩余劳动力，转到多种经营的广阔天地中去，使农村的剩余劳动力离土不离乡，建设星罗棋布的小型经济文化中心，并决定扶持农村个体商业和各种服务业，允许农民个人或合伙进行长途贩运。在农村，多种经营机制获得国家认同与大力支持，主要面向市场经营的乡镇企业空前发展起来，成为吸引农民产业流动的主力军。

改革以前的农民产业流动往往限制在单个公社内部，属于有计划的产业流动。改革以来，首先是乡镇企业、个体经济与私营企业的农民流动放开。进入20世纪90年代以后，随着市场经济体制建设全面铺开，要素市场相继发展与完善，国有企业实施战略改组与改制，城市第二、第三产业迅猛发展。进入21世纪以来，乡镇企业也基本民营化、公司化与股份制化，私营企业发展体制更加完备，农业经营也越来越产业化，各类市场主体参与农业产业化经营，多种所有制、多种经营形式的农业产业化龙头企业受到国家重点支持，农村优势产业集群发展。市场化的产业流动机制有序建立起来，农民产业流动的环境空前好转。

改革开放以来，农民流动先是从农业到第二、第三产业，继而是从农村第二、第三产业到城市第二、第三产业。现在还逐渐形成一股新的农民流动浪潮，那就是随着东部第二、第三产业部分地向中西部的转移与扩张，农民工也从东部第二、第三产业向中西部第二、第三产业流动。目前国家在产业政策上鼓励大中城市、沿海发达地区的劳动密集型产业和资源加工型企业向中西部地区转移。中西部地区在有利于节约资源和保护环境的前提下，要主动承接产业转移，为当地农村劳动力转移就业创造良好环境。

吸纳农民工产业流动的主要载体，20世纪80年代是具有集体经济性质的乡镇企业，当然个体经济也具有相当的吸纳能力。20世纪90年代以来至今，乡镇企业仍然在农民工流动中发挥重要作用。"发展乡镇企业，大批农民务工经商，打破'农村—农业，城市—工业'的格局，革命性地开创了中国特色的农村工业化道路。"[①]乡镇企业的前身，是人民公社全面控制下的社队企业，在人民公社"农业工业化、农村工厂化"的过程中发展起来，改革开放以来得到进一步发展，1983年中央1号文件《当前农村经济政策的若干问题》指示：社队企业，应在体制改革中认真保护，勿使削弱，更不得随意破坏、分散。随着人民公社制度的废弃，1984年以后社队企业改制为乡镇企业。到1985年年底，乡镇企业吸收农民工6979万人。到1991年年底，乡镇企业吸收农民工9609万人。农村个体经济吸纳农民工1616万人。城市个体经济吸纳包括农民工在内的就业人员692万人。农村私营企业吸纳农民工116万人。城市私营企业吸纳包括农民工在内的就业人员68万人。

非公经济发展体制也是农民工产业流动机制的核心组成部分，在农民工产业流动中发挥着越来越重要的作用。1987年中共十三大正式承认私营经济"是公有制经济必要的和有益的补充"。1992年以后，私营企业逐渐成为农民工流动的重要载体，部分乡镇企业也逐渐私营化，但乡镇企业仍然发挥主要的吸纳功能，个体经济的吸纳能力不断提高，"三资"企业与国有企业也有了一定的吸纳能力。到2001年年底，乡镇企业吸纳农民工1.3086亿人。农村个体经济吸纳农民工2629万人。城市个体经济吸纳包括农民工在内的就业人员2131万人。农村私营企业吸纳农民工1189万人。城市私营企业吸纳包括农民工在内的就业人员1527万人。21世纪以来，乡镇企业与私营企业的吸纳能力进一步上升，个体经济的吸纳能力有所下降，为私营企业超过。到2007年年底，乡镇企业吸纳农民工1.509亿人。农村私营企业吸纳农民工2672万人。城市私营企业吸纳包括农民工在内的就业人员4581万人。农村个体经济吸纳农民工2187万人。城市个体经济吸纳包括农民工在内的就业人

①　武力、郑有贵：《解决"三农"问题之路：中国共产党"三农"思想政策史》，北京：中国经济出版社，2004年，第707页。

员 3310 万人。[①]

三、农民城市流动机制变迁的解析

自从计划经济体制建立以来，农民向城市的流动就纳入了计划管理渠道，受到严格限制。当然，在计划体制向市场体制过渡、计划体制不完善、计划体制改革与市场体制有限恢复的短暂时间，农民流动还是存在的，有时规模还是巨大的，如"一五"计划与"大跃进"时期。1961 年以后至改革开放以前的一段时间，农民向城市的流动是被严厉禁止的，同时，消费品的定量供应与票证管理制度等种种制度障碍也使得这种流动的可能性极小。

改革开放以来，农民向城镇的流动，首先是从农村向农村附近乡镇企业与个体经济聚集的小城镇流动，这是整个 20 世纪 80 年代农民城镇流动的基本特点，也是改革至今农民城镇化的主流。1984 年中央 1 号文件《关于一九八四年农村工作的通知》要求农村工业适当集中于集镇，节省能源、交通、仓库、给水、排污等方面的投资，并带动文化教育和其他服务事业的发展，使集镇逐步建设成为农村区域性的经济文化中心。1985 年中央 1 号文件《关于进一步活跃农村经济的十项政策》鼓励宜于分散生产或需要密集劳动的产业，从城市向小城镇和农村扩散。进入 90 年代以后，一方面，大量农民工继续向处于小城镇的乡镇企业云集，使得部分小城镇进一步扩大规模发展为小城市，甚至中等城市；另一方面，农民工越来越多地向大中城市民营企业、"三资"企业及其郊区乡镇企业流动。21 世纪以来，大中小城市与小城镇、城市群与单个城市、沿海城市与内地城市、东部城市与中西部城市进入协调发展阶段，根据当地产业发展、产业转移与劳力市场需求，农民工分流进入大中小城市与小城镇。由于农民工的大量进城，我国城镇化比重得到迅速提升，与改革开放以前形成鲜明对比。1982 年，城镇人口比重为 20.91%。到 1990 年，达 26.44%。1982～1990 年提升 5.53%。年均提升 0.69%。到 2000 年，达 36.22%。1990～2000 年提升 9.78%。年均提升 0.98%。到 2007 年，达 44.94%。2000～2007 年提升 8.72%。年均提升 1.25%。1982～2007 年 25 年间共提升 24.03%。年均提升 0.96%。与改革开放以前比较，1953 年城镇人口比重为 13.26%。1964 年为 18.30%。1953～1964 年

---

① 参阅《中国统计年鉴 2008》第四部分"就业人员与职工工资" 4—2 按城乡分就业人员数（年底数），载国家统计局统计数据库，http://www.stats.gov.cn/tjsj/ndsj/2008/indexch.htm，2010 年 3 月 14 日。

提升 5.04％，年均提升 0.46％。1982 年为 20.91％。1964～1982 年提升 2.61％，年均提升 0.15％。1953～1982 年 29 年间共提升 7.65％，年均提升 0.26％。① 20 世纪 60 年代以来的近 20 年间，城镇化几乎完全停止。

改革以来，农民不仅允许向城市第二、第三产业流动，而且农民工市民化（加入城市居民户籍）机制也在 80 年代肇始，一开始是放开小城镇（集镇）户籍。从 1984 年开始，中央同意各省、自治区、直辖市选若干集镇进行试点，允许务工、经商、办服务业的农民自理口粮到集镇落户。1985 年以后，允许农民进入大中小各级城市开店设坊，兴办服务业，提供各种劳务，要求城市在用地和服务设施方面提供便利条件。90 年代小城镇户籍进一步放开。21 世纪以来，我国积极稳妥推进城镇化，把加强中小城市和小城镇发展作为重点，进一步放宽农民进城就业和定居的条件。大中小城市户籍均自主实行条件准入。大城市对农民工中的劳动模范、先进工作者和高级技工、技师以及其他有突出贡献者，应优先准予落户。放宽中小城市、小城镇特别是县城和中心镇落户条件，促进农民工在城镇落户并享有与当地城镇居民同等的权益。

小城镇被政府赋予集中乡镇企业、推进农业产业化、承接城市产业转移、集聚农村特色产业、吸纳农村人口、吸引农民工创业和居住、带动农村发展的基本功能，建设产业发展、人口聚集、市场扩大的良性互动机制，不断提高城镇综合承载能力，进一步向中小城市发展。政府支持加快小城镇发展的财税、投融资等配套政策，国家固定资产投资支持小城镇建设，金融机构按市场经济规律支持小城镇发展；重点渔区渔港、林区和垦区场部建设与小城镇发展结合起来。农民工的小城镇市民化业已被政府确认为农民工市民化的重要路径，也是目前农民工市民化的主流。"以乡镇企业为动力发展起来的小城镇，打破了'农村—农民，城市—市民'的格局，将农村经济和社会发展推向一个崭新的阶段，革命性地开创了中国特色的农村城镇化道路。"②

农民向城市的流动不但需要城市提供就业机会，更需要城市提供食品与其他日常消费品的供应，而这有赖于城市农副产品市场化机制的建设。这种机制建设在 20 世纪 80 年代基本上已经到位。1984 年中央 1 号文件已经明确要求大中城市在继续办好农贸市场的同时，要有计划地建立农副产品批发市

---

① 根据《中国统计年鉴 2008》第三部分"五次全国人口普查人口基本情况"核算，载国家统计局统计数据库，http：//www.stats.gov.cn/tjsj/ndsj/2008/indexch.htm，2010 年 3 月 14 日。

② 武力、郑有贵：《解决"三农"问题之路：中国共产党"三农"思想政策史》，北京：中国经济出版社，2004 年，第 707 页。

场，有条件的地方要建立沟通市场信息、组织期货交易的农副产品贸易中心。此后，农贸市场、农副产品批发市场与农副产品贸易中心的建设被反复强调，城市农副产业市场化机制得以不断完善。

四、农民流动机制变迁的特点与经验

农业劳动力向非农产业和城镇转移，是世界各国工业化与城镇化的普遍趋势，是农业现代化的必然要求，也是我国全面建设小康社会、积极推进现代化建设的根本要求。"解决农民工问题是建设中国特色社会主义的战略任务。"①

相比改革以前，同时相比改革以来的每个发展阶段，农民工流动机制经历了一场深刻变迁，其基本特点与历史经验是：

第一，家庭联产承包责任制与社会主义市场经济体制搭建了农民工流动机制的基本框架，前者为剩余劳动力显性化驱动机制，后者为剩余劳动力吸纳转化机制。

第二，在城乡二元发展体制、三元（城市、乡村与农民工）发展体制走向城乡统筹发展体制的过程中，农民工流动机制从城乡区隔流动机制走向城乡一体流动机制。农民工流动大大改进了全国劳动力市场机制与城市化体制。城乡统一、公平竞争的劳动力市场逐渐形成，农民工的社会保障与权益保障也日益完善，农民工逐渐被城市视为"新市民"，而不是他者化的"边缘人"或"盲流"，更进一步被不同城市根据自身条件接纳为真正的市民。进一步提高社保统筹层次或进一步改进其转移方法，以有利于农民工的全国流动，是完善农民工城乡一体流动机制的必然要求。

第三，从产业流动机制到地域流动机制（特别是城镇流动）有序放开。产业流动机制中以乡镇企业与非公经济为主体。乡镇企业承担主要功能，但非公经济的作用在不断增强。乡镇企业本身也逐渐向非公经济转化。进一步完善非公经济体制，更大规模、更高层次、更深程度地发展非公经济，是持续稳定推进农民流动的根本要求。

第四，在城市流动机制中，以沿海城市与中小城市为吸纳主体，大城市与城市群的吸纳作用也很突出，特别是长江三角洲、珠江三角洲与闽南三角区。随着东部产业转移，中西部城市的吸纳作用不断强化。农民工市民化以小城镇为吸纳主体，小城镇进一步向中小城市发展，中小城市的转化作用不

---

① 《国务院关于解决农民工问题的若干意见》，载张清泉：《二元经济结构条件下的中国农民工研究》，北京：经济科学出版社，2008年，第234页。

断增强，中心城市带动下的城市圈的转化作用越来越受到重视。整个城市发展步入大、中、小城市互动协调发展阶段。农民工依照不同城市的准入要求有序转化为市民。深化户籍制度改革，以有利于长期就业与定居的农民工融入城市，是加快城市化进程的必然要求。

改革开放以来农民工流动机制变迁，积累了宝贵的经验，也留下了深刻的启示。

第一，伴随计划经济体制向市场经济体制的整体转型，农民流动机制也必须在市场经济基础上予以整体转型。此前的农民流动机制虽然与计划经济体制下严格限制"盲流"的机制相比有了巨大的进步，但是，很大程度上仍受着计划经济体制以及与之紧密联系的城乡二元机制与单位社会机制的深刻影响。因为，农民流动的主要障碍"来自于脱离一系列给予城市工人特权、保障国有企业职工就业、严格限制人口流动的体制和政策的困难。与之相关的是，建立支持劳动力市场发展的新体制非常困难，比如工人福利（养老金、医疗保障和住房）、可靠的社会安全网项目、有效执行的最低工资标准和公平解决工人的不满"①。另外，"农民独立发展的机会还不充分，他们还缺乏充分的市场自由和迁移就业自由，经营的自主权还是残缺不全的"②。因此，可以说，"以户籍制度为核心，包括就业制度、住房制度、教育制度、医疗保险制度等在内的城乡二元制度，以及现行的农村土地制度，对农民工的市民化进程构成了严重的阻碍"③。

第二，根本改变农民的身份性标签与歧视，使农民真正成为一种职业称呼，有效实现农民与市民之间的职业流动，大力推进农民的非农流动。"我国'三农'问题最深刻的根源，在于过多的农村人口与过少的农业资源之间的尖锐矛盾。"④ 人多地少与传统的经营方法使得农民留在农村从事农业生产，难以走上致富之路。解决"三农"问题的根本路径是实现农村剩余劳动力向非农产业的转移。大力推进农民流动，不仅是实现工业化、城镇化与现代化的应有之义，更是提高农民生活水平、实现共同富裕的主要路径。要推进农民流动，必须大力鼓励发展第二、第三产业，特别是第三产业，农业也要积极

① 〔美〕劳伦·勃兰特、托马斯·罗斯基：《伟大的中国经济转型》，方颖、赵扬等译，上海：格致出版社、上海人民出版社，2009 年，第 141 页。

② 杜润生：《农民应为"自由人"》（1998 年 12 月 15 日），载杜润生：《杜润生自述：中国农村体制变革重大决策纪实》（修订版），北京：人民出版社，2005 年，第 199 页。

③ 钱文荣、黄祖辉，《转型时期的中国农民工：长江三角洲十六城市农民工市民化问题调查》，北京：中国社会科学出版社，2007 年，第 300 页。

④ 吴敬琏：《当代中国经济改革》，上海：上海远东出版社，2004 年，第 115、116 页。

推进产业化经营，"注重发展就业容量大的劳动密集型产业和服务业"[①]，实现三大产业协调发展；大力鼓励发展民营企业，特别是民营中小企业，有效促进公有企业与非公企业协调发展与良性互动。

第三，根本改变城乡二元发展的思维误区，有序推进农民的城镇流动与城镇化。农民工是城市化的主力，也是城市化的工作重点。"城市化是一个长过程，就是农民变市民并经过农民工方式的过程。"[②] 从改革以来的农民流动进程看，"中国农村劳动力从农村向城镇转移就业，并不像发达国家和其他发展中国家一样以永久性迁移为特征，而是大部分人就业转移与家庭人口居住迁移相分离，转移具有很强的不稳定性、暂时性、两栖性"[③]。但是，农民流动的最终归属应该是城市，而不是农村，特别是改革开放以来出生的新生代农民工，由于长期在城镇生活，缺乏对传统农业经济与农村社会生活的基本认同，也没有农村工作经历，在城市也较容易就业，因此，留在城市是更现实的选择。必须把现代化进程中的城镇化与农民流动紧密地结合起来，充分利用城市化的集聚、辐射、带动与扩散效应，去推动农村发展与部分农村（具备向城镇发展的潜质与条件）的城镇化，去推动资源重组、整合与整个经济社会的高效发展。但是，城市化应该由国家控制的精英准入型的城市化模式转变为市场导向的个人选择型的城市化模式，"逐步放弃政府通过行政手段推动城市化的方式，让市场机制充分发挥作用，并尊重个人的自主选择"[④]。从农民城市化的意愿看，农民对城市规模与类型的选择是多元的。一项对长江三角洲 16 个城市农民工现状的调查表明，农民工以户口所在镇、中心镇为迁移目标的只占 9.8％与 14.9％，以县或县级市与地级市为迁移首选者占40.7％与 24.2％。而且，随着年龄的降低、受教育程度的增长与个人收入的提高，农民工越来越倾向于流向并迁往大城市，大多数人选择中小城市只是因适应能力问题而作出的无奈选择。已婚农民工 78％与配偶一起进入城市，与配偶子女一起居住者高达 56.9％。[⑤] 因此，在城市发展战略上，大、中、小城市与小城镇应该协调发展。着重发展以市场联系为基础的城镇群，充分

---

① 《国民经济和社会发展第十一个五年规划纲要（草案）》，载郭德宏：《历史的跨越——中华人民共和国国民经济和社会发展"一五"计划至"十一五"规划要览》（1953～2010）（下卷），北京：中共党史出版社，2006 年，第 1418 页。

② 沈立人：《中国农民工》，北京：民主与建设出版社，2005 年，第 228 页。

③ 魏城：《中国农民工调查》，北京：法律出版社，2007 年，第 177 页。

④ 熊贵彬：《国家权力与社会结构视野下的农民工城市化》，北京：中国社会出版社，2009 年，第 137 页。

⑤ 钱文荣、黄祖辉：《转型时期的中国农民工：长江三角洲十六城市农民工市民化问题调查》，北京：中国社会科学出版社，2007 年，第 157、242、243 页。

发挥核心城市（特大城市）对广阔区域的强大的辐射带动功能，大力完善区域性中心城市（大城市）对本区域经济与人口的集聚扩散功能，积极发展中小城市与中心城镇，把整个农村区域完全纳入城市体系覆盖范围，形成以核心城市为中心的城市圈。

　　第四，根本改变农民流动导致社会不稳定、不和谐的思维误区，彻底消除对农民流动的畏惧心态，大力取消对农民流动的限制性、歧视性规定，改善农民流动的整个制度环境、社会环境与社会心态。改革开放以来，农民向城市的流动空前增强，流动机制不断改善。但是，"与改善城乡关系的改革主要限于经济领域，改变农民社会身份的制度变革还没有取得显著成效，就业、教育、医疗卫生、社会保障等领域的既得利益没有从根本上触动，城乡对立问题依然比较突出，城乡协调发展面临着诸多制度障碍"[①]。目前我国的农民流动更多的是经济流动，社会流动有待加强。"严格意义上的市场化基础上的现代社会保障制度，在我国还没有建立起来，因为目前的社会保障制度主要是面向市场化因素渗透得不深入的体制内群体。"[②] 据对长江三角洲城市的农民工的调查表明，农民工在社会保险方面的参与度较低，参加养老保险的占12.7％，失业保险5.8％，医疗保险12.7％，工伤保险14.7％，59.9％的农民工没有参加任何保险。农民工住房条件虽然有所改善，但还有近半数的人居住在单位宿舍或工棚内，只有50％的农民工开始独立租房，10％左右的农民工住宅比较宽敞。[③] 从农民工自由流动、自由选择城市化与目前社会保障的现实基础出发，重构一套全国统一的、以市场化为基础的、低水平、广覆盖、自保公助的社会保障体制是当务之急。

　　第五，根本改变视农民为廉价劳动力资源与人口负担的思维，把"经济要发展，教育要先行"、"科学技术是第一生产力"这些战略思维落到实处，把农民真正视为一种可储备、可升级的人才资源，从制度上保障农民受教育以提升人力资本的权利，因为，"人力资本的提高对经济增长的贡献，远比物质资本、劳动力数量的增加更为重要"[④]。建立自主公助（自主选择培训机构、自费为主或通过社保卡预支工资）的人力资源培训机制，大力开发建设

　　① 郭春丽：《我国城乡统筹的回顾与思考》，载国家发展改革委经济体制综合改革司、国家发展改革委经济体制与管理研究所：《改革开放三十年：从历史走向未来》，北京：人民出版社，2008年，第582页。

　　② 熊贵彬：《国家权力与社会结构视野下的农民工城市化》，北京：中国社会出版社，2009年，第139页。

　　③ 钱文荣、黄祖辉：《转型时期的中国农民工：长江三角洲十六城市农民工市民化问题调查》，北京：中国社会科学出版社，2007年，第158页。

　　④ 韩俊：《中国经济改革30年：农村经济卷》，重庆：重庆大学出版社，2008年，第187页。

人力资源市场。"科教兴国"战略与"人才强国"战略，不仅仅是落实到城镇少数精英身上，更需要把最大的一支人力资源大军——农民与农民工纳入具体实施的范围。同时，必须建立城乡一体的、城市一体的、全国一体的、人力资源能够自由流动的人力资源市场体制。长期以来，我国城市劳动力市场被分割为"首属劳动力市场"（工作稳定、劳动环境好、收入高、待遇高并有较好的福利、较好的生活环境和较高的社会地位的劳动力市场）与"次属劳动力市场"（首属劳动力市场之外的劳动力市场），农民工大多在次属劳动力市场就业。次属劳动力市场很多没有固定的场所，也不签订劳动合同，这种局面必须逐步改变。

农民工流动对市场化、产业化与城市化意义重大，"不仅其自身是一种跨城乡、跨地区和跨产业的劳动力市场一体化力量，还由于农民工作为劳动力市场增量或新生部分，对整体劳动力市场机制的发挥产生了一种促进作用，这个迁移的人口及其积累进而成为加速的城市化的重要推动力"①。完善农民工流动机制，是中国完善社会主义市场经济体制与全面建设小康社会刻不容缓的要求。

---

① 蔡昉、王德文、都阳：《中国农村改革与变迁：30 年历程和经验分析》，上海：格致出版社、上海人民出版社，2008 年，第 267 页。

参考文献

艾恺 . 1991. 世界范围内的反现代化思潮 . 贵阳：贵州人民出版社

巴拉奇·代内什 . 1988. 邓小平 . 阙思静，季叶译 . 北京：解放军出版社

鲍吾刚 . 2004. 中国人的幸福观 . 严蓓雯，韩雪临，吴德祖译 . 南京：江苏人民出版社

本书编辑组 . 1954. 过渡时期总路线学习问题解答 . 上海：华东人民出版社

本书编辑组 . 1960. 列宁主义万岁 . 北京：人民出版社

本书编辑组 . 2008. 中共中央国务院关于三农工作的十个一号文件（1982—2008）. 北京：
    人民出版社

本书编辑组 . 2009. 中国共产党中央委员会关于建国以来党的若干历史问题的决议 . 北京：
    人民出版社

本书编辑组 . 2010. 五论牢牢抓住历史机遇，全面建设小康社会 . 北京：人民日报出版社

本书选编组 . 2006. 中华人民共和国国民经济和社会发展第十一个五年规划纲要学习参考 .
    北京：中共党史出版社

薄一波 . 2008. 若干重大决策与事件的回顾 . 北京：中共党史出版社

蔡昉，王德文，都阳 . 2008. 中国农村改革与变迁：30 年历程和经验分析 . 上海：格致出
    版社、上海人民出版社

陈明显 . 1998. 晚年毛泽东 . 南昌：江西人民出版社

陈述 . 2009. 中华人民共和国史 . 北京：人民出版社

陈一然 . 2009. 亲历共和国 60 年 . 北京：人民出版社

陈甬军，景普秋，陈爱民 . 2009. 中国城市化道路新论 . 北京：商务印书馆

陈煜，钱跃 . 2008. 民间记忆（1978—2008）. 北京：中央文献出版社

陈云 . 1984. 陈云文选（1949～1956）. 北京：人民出版社

陈云 . 1986. 陈云文选（1956～1985）. 北京：人民出版社

陈云 . 1995. 陈云文选 . 第 2～3 卷 . 第 2 版 . 北京：人民出版社

程中原 . 2009. 中国的成功之路 . 北京：中国社会科学出版社

池子华 . 2007. 中国近代流民 . 修订版 . 北京：社会科学文献出版社

大卫·雷·格里芬 . 2005. 后现代精神 . 王成兵译 . 北京：中央编译出版社

丹尼尔·伯斯坦，阿恩·德凯基泽 . 1998. 巨龙：商业、经济和全球秩序中的中国未来 .
    孙英春，丁力，徐蓝等译 . 北京：东方出版社

《党的文献》编辑部 . 1991. 建国以来主要文献选编 . 北京：中央文献出版社

邓小平. 1993. 邓小平文选. 第三卷. 北京：人民出版社

邓小平. 1994. 邓小平文选. 第一至二卷. 第2版，北京：人民出版社

邓子恢. 2007. 邓子恢自述. 北京：人民出版社

丁守和. 1999. 中国近代启蒙思潮. 北京：社会科学文献出版社

定宜庄. 2009. 中国知青史（1953—1968）. 第2版. 北京：当代中国出版社

董鉴泓. 2004. 中国城市建设史. 北京：中国建筑工业出版社

董正华. 2009. 世界现代化进程十五讲. 北京：北京大学出版社

杜润生. 2005. 杜润生自述：中国农村体制改革重大决策纪实修订版. 北京：人民出版社

杜维明. 2002. 杜维明文集. 武汉：武汉出版社

樊纲. 2004. 发展的道路. 北京：生活·读书·新知三联书店

费孝通. 2005. 乡土中国. 北京：北京出版社

费孝通. 2007. 乡土中国. 上海：上海人民出版社

费正清，麦克法夸尔. 1990. 剑桥中华人民共和国史：1949~1965. 王建朗等译. 上海：
    上海人民出版社

傅崇兰. 2009. 中国城市发展史. 北京：社会科学文献出版社

富永健一. 2004. 日本的现代化与社会变迁. 北京：商务印书馆

高尚全. 2008a. 改革文集. 北京：经济科学出版社

高尚全. 2008b. 改革历程. 北京：经济科学出版社

高尚全. 2010. 亲历思想解放——高尚全谈改革. 北京：中国友谊出版公司

公羊. 2003. 思潮. 北京：中国社会科学出版社

龚育之，逢先知，石仲泉. 2010. 毛泽东的读书生活. 北京：生活·读书·新知三联书店

沟口雄三. 1995. 中国的思想. 赵士林译. 北京：中国社会科学出版社

沟口雄三. 1997. 中国前近代思想之曲折与展开. 陈耀文译. 上海：上海人民出版社

顾龙生. 2010. 毛泽东经济理论与实践，北京：红旗出版社

郭德宏. 2006. 历史的跨越：中华人民共和国国民经济和社会发展"一五"计划至"十一
    五"规划要览（1953~2010）. 北京：中共党史出版社

郭少棠. 2001. 权力与自由：德国现代化新论. 上海：华东师范大学出版社

国风. 2006. 中国农村的历史变迁. 北京：经济科学出版社

国家发展改革委经济体制综合改革司，国家发展改革委经济体制与管理研究所. 2008. 改
    革开放三十年：从历史走向未来. 北京：人民出版社

韩俊. 2008. 中国经济改革30年：农村经济卷. 重庆：重庆大学出版社

何传启. 1999. 第二次现代化——人类文明进程的启示. 北京：高等教育出版社

何传启. 2003. 东方复兴：现代化的三条道路. 北京：商务印书馆

何沁. 2009. 中华人民共和国史. 第3版. 北京：高等教育出版社

何清涟. 1998. 现代化的陷阱. 北京：今日中国出版社

何一民. 2009. 从农业时代到工业时代：中国城市发展研究. 成都：巴蜀书社

胡鞍钢，鄢一龙. 2010. 中国：走向2015. 杭州：浙江人民出版社

胡鞍钢.2007.2020 年全面建设小康社会.北京：清华大学出版社

胡锦涛.2007.高举中国特色社会主义伟大旗帜，为夺取全面建设小康社会新胜利而奋斗.
　北京：人民出版社

胡锦涛.2008.在纪念党的十一届三中全会召开 30 周年大会上的讲话.北京：人民出版社

胡锦涛.2009c.在庆祝中华人民共和国成立 60 周年大会上的讲话.北京：人民出版社

胡锦涛.2009a.在全党深入学习实践科学发展观活动动员大会暨省部级主要领导干部专题
　研讨班上的讲话.北京：人民出版社

胡锦涛.2009b.在出席纪念四川汶川特大地震一周年活动时的讲话.北京：人民出版社

胡锦涛.2010.在全党深入学习实践科学发展观活动总结大会上的讲话.北京：人民出
　版社

胡少鸣，顾崇实，张帆等.1954.学习国家在过渡时期的总路线.上海：新知识出版社

黄俊杰.2008.公私领域新探：东亚与西方观点之比较.上海：华东师范大学出版社

黄一兵.2009.转折：改革开放启动实录.福州：福建人民出版社

惠宁.2007.中国农村剩余劳动力转移研究.北京：中国经济出版社

简新华，余江.2009.中国工业化与新型工业化道路.济南：山东人民出版社

江燕.2009.新中国成立以来农村基层政权建设的历史考察.保定：河北大学出版社

江泽民.2006.江泽民文选.第一至三卷.北京：人民出版社

江泽民.2001.在庆祝中国共产党成立八十周年大会上的讲话.北京：人民出版社

姜义华.1996.大道之行——孙中山思想发微.广州：广东人民出版社

姜义华.2000.理性缺位的启蒙.上海：上海三联书店

姜义华.2008.现代性：中国重撰.北京：北京师范大学出版社

姜义华.2009.章太炎思想研究.北京：中国人民大学出版社

金丽馥.2010.当代中国三农理论与实践问题研究.第 2 版.南京：南京大学出版社

金耀基.2010.从传统到现代.北京：法律出版社

《经济研究》编辑部.1985.建国以来社会主义经济理论问题争鸣（1949—1984）.北京：
　中国财政经济出版社

康有为.2010.大同书.姜义华，张荣华编校.北京：中国人民大学出版社

劳伦·勃兰特，托马斯·罗斯基.2009.伟大的中国经济转型.方颖，赵扬等译.上海：
　格致出版社，上海人民出版社

李春光.2009.国外三农面面观.北京：石油工业出版社

李君如.2006.全面建设小康社会.北京：中国水利水电出版社

李培林，张翼，赵延东等.2005.社会冲突与阶级意识——当代中国社会矛盾问题研究.
　北京：社会科学文献出版社

李培林.2004.中国社会分层.北京：社会科学文献出版社

李培林.2005.另一只看不见的手——社会结构转型.北京：社会科学文献出版社

李鹏.2007.市场与调控——李鹏经济日记.北京：新华出版社，中国电力出版社

李强.2008.中国社会变迁 30 年.北京：社会科学文献出版社

李慎明 . 2005. 马克思主义中国化与全面建设小康社会 . 北京：社会科学文献出版社

李伟 . 2007. 二十世纪五十年代末中国共产党对农业问题的认识和探索 . 北京：中共党史
　　出版社

力平 . 1994. 开国总理周恩来 . 北京：中共中央党校出版社

厉以宁 . 1998a. 经济漫谈录 . 北京：北京大学出版社

厉以宁 . 1998b. 厉以宁九十年代文选 . 北京：北京大学出版社

厉以宁 . 2005. 厉以宁经济评论集 . 北京：经济科学出版社

列利丘克 B C . 2004. 苏联的工业化：历史、经验、问题 . 闻一译 . 北京：商务印书馆

列宁 . 2001. 列宁论新经济政策 . 第 3 版 . 北京：人民出版社

列文森 . 2000. 儒教中国及其现代命运 . 郑大华，任菁译，北京：中国社会科学出版社

林炳秋，巢峰，武克全等 . 1990. 发展与改革：若干重大经济问题研究 . 上海：上海人民
　　出版社

林承节 . 2001. 印度现代化的发展道路 . 北京：北京大学出版社

林广，张鸿雁 . 2000. 成功与代价：中外城市化比较新论 . 南京：东南大学出版社

刘国光 . 2006. 中国十个五年计划研究报告 . 北京：人民出版社

刘吉 . 2008. 碰撞三十年 . 南京：江苏人民出版社

刘金田 . 1994. 邓小平的历程——一个伟人和他的一个世纪 . 北京：解放军文艺出版社

刘少奇 . 1985. 刘少奇选集 . 下卷 . 北京：人民出版社

刘蔚华 . 2002. 儒学与未来 . 济南：齐鲁书社

刘易斯 W A . 1994. 经济增长理论 . 梁小民译 . 新 1 版 . 上海：上海三联书店，上海人民
　　出版社

陆立军，王祖强 . 2007. 浙江模式 . 北京：人民出版社

陆学艺 . 2004. 当代中国社会流动 . 北京：社会科学文献出版社

吕国光 . 2008. 农民工口述史 . 武汉：湖北人民出版社

吕元礼 . 2002. 亚洲价值观：新加坡政治的诠释 . 南昌：江西人民出版社

栾文莲 . 2000. 交往与市场：马克思交往理论研究 . 北京：社会科学文献出版社

罗伯特·劳伦斯·库恩 . 2005. 他改变了中国：江泽民传 . 谈峥，于海江等译，上海：上
　　海译文出版社

罗平汉 . 2003. 大迁徙：1961—1963 年的城镇人口精简 . 南宁：广西人民出版社

罗平汉 . 2004. 农业合作化运动史 . 福州：福建人民出版社

罗平汉 . 2005. 土地改革运动史 . 福州：福建人民出版社

罗平汉 . 2006. 农村人民公社史 . 第 2 版 . 福州：福建人民出版社

罗平汉 . 2009. "大跃进"的发动 . 北京：人民出版社

罗荣渠 . 1990. 从"西化"到现代化——五四以来有关中国的文化趋向和发展道路论争文
　　选 . 北京：北京大学出版社

罗荣渠 . 1993. 现代化新论——世界与中国的现代化进程 . 北京：北京大学出版社

罗荣渠 . 1997. 现代化新论续编——东亚与中国的现代化进程 . 北京：北京大学出版社

罗荣渠 . 2004. 现代化新论——世界与中国的现代化进程 . 增订本 . 北京：商务印书馆

罗荣渠，牛大勇 . 1992. 中国现代化历程的探索 . 北京：北京大学出版社

罗荣渠，董正华 . 1997. 东亚现代化：新模式与新经验 . 北京：北京大学出版社

马杰三 . 1991. 当代中国的乡镇企业 . 北京：当代中国出版社

马克思 . 2000. 1844 年经济学哲学手稿 . 北京：人民出版社

马克思，恩格斯 . 1972. 马克思恩格斯选集 . 北京：人民出版社

马立诚 . 2008. 交锋 30 年：改革开放四次大争论亲历记 . 南京：江苏人民出版社

马强 . 2007. 走向"精明增长"：从"小汽车城市"到"公共交通城市" . 北京：中国建筑
    工业出版社

毛毛 . 2000. 我的父亲邓小平："文革"岁月 . 北京：中央文献出版社

毛泽东 . 1977. 毛泽东选集 . 第五卷 . 北京：人民出版社

毛泽东 . 1983. 毛泽东书信选集 . 北京：人民出版社

毛泽东 . 1987~1996. 建国以来毛泽东文稿 . 北京：中央文献出版社

毛泽东 . 1999. 毛泽东文集 . 第六至八卷 . 北京：人民出版社

牛凤瑞，潘家华，刘治彦 . 2009. 中国城市发展 30 年（1978—2008）. 北京：社会科学文
    献出版社

齐鹏飞，杨凤城 . 2007. 当代中国编年史 . 北京：人民出版社

齐鹏飞 . 2009. 中华人民共和国史 . 北京：中国人民大学出版社

钱文荣，黄祖辉 . 2007. 转型时期的中国农民工：长江三角洲十六城市农民工市民化问题
    调查 . 北京：中国社会科学出版社

全国人大财经委办公室与国家发改委发展规划司 . 2008. 建国以来国民经济和社会发展五
    年计划重要文件汇编 . 北京：中国民主法制出版社

沙健孙 . 2009. 毛泽东与新中国建设 . 北京：中国社会科学出版社

深入学习实践科学发展观编委会 . 2009. 科学发展观读本 . 北京：人民出版社

沈立人 . 2005. 中国农民工 . 北京：民主与建设出版社

沈宗武 . 2004. 斯大林模式的现代省思 . 昆明：云南人民出版社

石仲泉 . 2004. 我观毛泽东 . 北京：中共党史出版社

史正富 . 2009. 30 年与 60 年：中国的改革与发展 . 上海：格致出版社

舒富民 . 2006. 中国全面小康发展报告（2006）. 北京：社会科学文献出版社

速水佑次郎 . 2003. 发展经济学 . 李周译 . 北京：社会科学文献出版社

孙津 . 2004. 打开视域：比较现代化研究 . 北京：社会科学文献出版社

孙立平 . 2003. 断裂：20 世纪 90 年代以来的中国社会

孙立平 . 2004a. 转型与断裂：改革以来中国社会结构的变迁 . 北京：清华大学出版社

孙立平 . 2004b. 失衡——断裂社会的运作逻辑 . 北京：社会科学文献出版社

孙谦 . 2009. 中国现代化发展动力论 . 合肥：安徽大学出版社

谭来兴 . 2008. 中国现代化道路探索的历史考察 . 北京：人民出版社

唐晋 . 2009. 大国策：国学热与文化传承 . 北京：人民日报出版社

田居俭．2009．当代人与当代史探研．北京：中国社会科学出版社

童怀平，李成关．2004．邓小平八次南巡纪实．第2版．北京：解放军文艺出版社

童星．2007．现代性的图景．北京：北京师范大学出版社

王贵宸．2006．中国农村合作经济史．太原：山西经济出版社

王珏．1998．现代公有制——关于公有制实现形式的探讨．济南：济南出版社

王梦初．2008．"大跃进"亲历记．北京：人民出版社

魏城．2007b．所谓中产——英国《金融时报》中文网对中国中产阶级的调查．广州：南方
　日报出版社

魏城．2007a．中国农民工调查．北京：法律出版社

温铁军．2010．中国新农村建设报告．福州：福建人民出版社

温宗国．2010．当代中国的环境政策：形成、特点与趋势．北京：中国环境科学出版社

吴国盛．1999．现代化之忧思．北京：生活·读书·新知三联书店

吴敬琏．2002．转轨中国．成都：四川人民出版社

吴敬琏．2004．当代中国经济改革．上海：上海远东出版社

吴敬琏．2005．中国增长模式抉择．上海：上海远东出版社

吴敬琏．2010．吴敬琏经济文选．北京：中国时代经济出版社

吴松．2002．论全面建设小康社会．北京：人民出版社

吴廷璆．1997．日本近代化研究．北京：商务印书馆

吴泽．2002．吴泽文集．上海：华东师范大学出版社

武力，郑有贵．2004．解决"三农"问题之路：中国共产党"三农"思想政策史．北京：
　中国经济出版社

谢立中，孙立平．2002．二十世纪西方现代化理论文选．上海：上海三联书店

《新华月报》编辑部．2005．十六大以来党和国家重要文献选编．北京：人民出版社

熊贵彬．2009．国家权力与社会结构视野下的农民工城市化．北京：中国社会出版社

许纪霖．2006．中国现代化史．上海：学林出版社

许倬云．1991．中国文化与世界文化．贵阳：贵州人民出版社

严立贤．2010．现代化模式与近代以来中国历史进程．北京：九州出版社

严立贤．1999．中国和日本的早期现代化与国内市场．北京：北京大学出版社

杨德才．2002．工业化与农业发展问题研究——以中国台湾为例．北京：经济科学出版社

杨国枢．2004．中国人的心理与行为：本土化研究．北京：中国人民大学出版社

杨思涛．2008．走向生态现代化——海南现代化路径选择历史过程研究．北京：中共中央
　党校出版社

伊保云．2001．什么是现代化．北京：人民出版社

依田憙家．1997．日中两国现代化比较研究．卞立强，严立贤，叶坦等译．北京：北京大
　学出版社

依田憙家．2004．日本的近代化——与中国的比较．卞立强，陈生保，任清玉译，上海：
　上海远东出版社

于歌．2009．现代化的本质．南昌：江西人民出版社

于光远．2001．于光远经济学文选．北京：经济科学出版社

余英时．2003．中国思想传统的现代诠释．南京：江苏人民出版社

虞和平．2001．中国现代化历程（第二卷）．南京：江苏人民出版社

虞和平．2007．中国现代化历程．南京：江苏人民出版社

翟昌民．2005．回首建国初——从新民主主义向社会主义过渡的回顾与思考．北京：中共
中央党校出版社

张灏．2002．张灏自选集．上海：上海教育出版社

张军．1999．比较经济模式：关于计划与市场的经济理论．上海：复旦大学出版社

张清泉．2008．二元经济结构下的中国农民工研究．北京：经济科学出版社

张仁善．2005．1949中国社会．北京：社会科学文献出版社

张汝伦．2001．现代中国思想研究．上海：上海人民出版社

张维迎．2008．中国改革30年．上海：上海人民出版社

张新华．2007．新中国探索"三农"问题的历史经验．北京：中共党史出版社

张薰华．1991．社会科学争鸣大系（1949—1989）·社会主义经济理论卷．上海：上海人
民出版社

张云飞．2005．科学发展观与全面小康．北京：社会科学文献出版社

赵志峰．2007．转型中的国有企业演化逻辑．北京：社会科学文献出版社

赵智奎．2008．改革开放三十年思想史．北京：人民出版社

郑彭年．2005．西风东渐：改革开放史．北京：人民出版社

中共上海市委党史研究室．1993．毛泽东在上海．北京：中共党史出版社

中共中央文献研究室．1997（上）．十四大以来重要文献选编．北京：人民出版社

中共中央文献研究室．1999（下）．十四大以来重要文献选编．北京：人民出版社

中共中央文献研究室．1992～1998．建国以来重要文献选编．北京：中央文献出版社

中共中央文献研究室．2001．十五大以来重要文献选编（上）．北京：人民出版社

中共中央文献研究室．2003a．十五大以来重要文献选编（下）．北京：人民出版社

中共中央文献研究室．2003b．毛泽东著作专题摘编．北京：中央文献出版社

中共中央文献研究室．2004．邓小平年谱（1975—1997）．北京：中央文献出版社

中共中央文献研究室．2005．十六大以来重要文献选编（上）．北京：中央文献出版社

中共中央文献研究室．2006．十六大以来重要文献选编（中）．北京：中央文献出版社

中共中央文献研究室．2007．为全面建设小康社会、开创中国特色社会主义事业新局面而
奋斗．北京：中央文献出版社

中共中央文献研究室．2008a．十六大以来重要文献选编（下）．北京：中央文献出版社

中共中央文献研究室．2008b．改革开放三十年重要文献选编．北京：中央文献出版社

中共中央文献研究室．2008c．中国特色社会主义理论体系形成与发展大事记（1978—
2008）．北京：中央文献出版社

中共中央文献研究室．2008d．毛泽东、邓小平、江泽民论科学发展．北京：中央文献出版

社，党建读物出版社

中共中央文献研究室.2009a.科学发展观重要论述摘编.北京：中央文献出版社，党建读物出版社

中共中央文献研究室.2009b.小康社会理论与实践发展三十年.北京：中央文献出版社

中共中央文献研究室.2009c.邓小平年谱（1904—1974）.北京：中央文献出版社

中共中央整党工作指导委员会.1983.十一届三中全会以来重要文献简编.北京：人民出版社

中国科学院可持续发展战略研究组.2002.中国现代化进程战略构想.北京：科学出版社

中国科学院可持续发展战略研究组.2004.2004年中国可持续发展战略报告.北京：科学出版社

中国科学院中国现代化研究中心.2001~2010.中国现代化报告（2001~2010）.北京：北京大学出版社

中国科学院中国现代化研究中心.2008.生态现代化：原理与方法.北京：中国环境科学出版社

中国科学院中国现代化研究中心.2010a.中国经济现代化的新路径.北京：科学出版社

中国科学院中国现代化研究中心.2010b.中国社会现代化的新选择.北京：科学出版社

中国科学院中国现代化研究中心.2010c.中国现代化战略的新思维.北京：科学出版社

中国科学院中国现代化研究中心.2010d.世界现代化进程的关键点.北京：科学出版社

中国科学院中国现代化研究中心.2010e.中国文化现代化的新探索.北京：科学出版社

中国社会科学院全面建设小康社会指标体系研究课题组.2003.中国小康社会.北京：社会科学文献出版社

钟生.2008.解放：改革开放以来思想大论战.北京：人民出版社

周恩来.1984.周恩来选集（下卷）.北京：人民出版社

周建超.2010.近代中国"人的现代化思想"研究.北京：社会科学文献出版社

周叔莲，王延中，沈志渔等.2008.中国的工业化与城市化.北京：经济管理出版社

周志强.2003.中国共产党与中国农业发展道路.北京：中共党史出版社

朱德.1983.朱德文集.北京：人民出版社

朱佳木.2009.中国工业化与中国当代史.北京：中国社会科学出版社

邹牧仑.2005.乾坤再造：中国近代的现代化历程.北京：中国社会出版社

Black C E. 1976. Comparative Modernization. New York：The Free Press

Brandt L，Rawski T. 2008. China's Great Economic Transformation. Cambridge：Cambridge University Press

Giddens A. 1990. The Consequences of Modernity. Cambridge：Polity Press

Inglehart R. 1997. Modernization and Postmodernization. New Jersey：Princeton University Press

Krishna A，Uphoff N，Esman M J. 1997. Reasons for Hope：Instructive Experience in Rural Development. West Hartford，Conn.：Kumarian Press

Levy M J Jr. 1996. Modernization & the Structure of Societies. New Brunswick and London: Transaction Publishers

Rozman G. 1982. The Modernization of China. New York: The Free Press

Uphoff N, Esman M J, Krishna A. 1998. Reasons for Success: Learning from Instructive Experience in Rural Development. West Hartford, Conn. : Kumarian Press

Weiner M. 1966. Modernization: The Dynamics of Growth. New York: Basic

后 记

　　现代化研究是我的学术研究兴趣所在。2002 年，我进入华东师范大学历史系攻读博士学位，研究方向为"东亚文化与现代化"，在盛邦和教授的引领下，开始进入现代化研究领域，重点探讨现代化理论；2005 年，进入复旦大学历史学博士后流动站，从事"中国现代化理论与实践"方向的研究工作，在姜义华教授的指导下，深入进行中国现代化研究；2007 年，进入教育部人文社会科学重点研究基地复旦大学中外现代化进程研究中心专职从事现代化研究工作，主要从事中国现代化进程、理论与战略研究。

　　本书是姜义华教授主持的教育部人文社会科学重大项目"中国现代化：理论与实践"、教育部人文社会科学重点研究基地重大项目"中国社会主义现代化指标体系研究"、教育部纪念改革开放 30 周年项目"改革开放与中国现代化历史经验研究"、我自己主持的复旦大学"金苗"项目"从'盲流'到'农民工'的制度变迁研究"与复旦大学亚洲研究中心项目"当代中国农民流动机制研究"等系列相关成果的汇集。感谢复旦大学中外现代化进程研究中心对我的研究工作的大力支持。感谢引我进入现代化研究领域的姜义华教授、盛邦和教授的悉心指点。感谢中国科学院中国现代化研究中心主任何传启研究员及其研究团队对我的研究工作的热情支持。

何爱国

2011 年 4 月